Zum Buch:

Kaum jemand kennt sich so gut mit Wildkräutern aus wie Liv. Sie weiß genau, welch heilende Wirkung in manch unscheinbarem Pflänzchen steckt, und vermag jedes Kraut zu Tee, Pastille oder Arznei zu verwandeln. Doch in ihrem Alltag als Apothekerin in der Großstadt kann sie ihr Wissen kaum anwenden. Als Liv in ihr Heimatdorf zurückkehrt, um dort das elterliche Gehöft zu renovieren, keimt in ihr der Wunsch auf, in der heimischen Natur Kräuter anzubauen und zu verarbeiten. Doch kann man davon leben? Und hat Liv wirklich genug Mut, um den Schritt in die Ungewissheit zu wagen? Zum Glück findet die junge Frau alte und neue Vertraute, die an sie und ihren Traum glauben.

Zur Autorin:

Jule Böhm ist ein richtiges Naturkind und hat es als kleines Mädchen geliebt, die Felder und Wälder ihrer Heimat zu durchstreifen. Sie studierte Germanistik und Musik und arbeitete als Kauffrau im Gesundheitswesen. Sie ist verheiratet, hat zwei erwachsene Kinder und drei wunderbare Enkel. So richtig auftanken kann sie am besten bei ausgedehnten Spaziergängen mit ihrer Labradorhündin Tilla, sei es in der Eifel, am Rhein oder im wunderschönen Ostfriesland.

Lieferbare Titel:

Das Herz im Wald, die Füße im Sand
Das Weingut im Tal der Loreley

JULE BÖHM

Ein Kräutergarten zum Verlieben

ROMAN

HarperCollins

1. Auflage 2025
Originalausgabe
© 2025 HarperCollins in der
Verlagsgruppe HarperCollins Deutschland GmbH
Valentinskamp 24 · 20354 Hamburg
info@harpercollins.de
Umschlaggestaltung von bürosüd, München
unter Verwendung von Shutterstock
Gesetzt aus der Stempel Garamond
von GGP Media GmbH, Pößneck
Druck und Bindung von CPI books GmbH, Leck
Printed in Germany
ISBN 978-3-365-01005-1
www.harpercollins.de

Für meine Schwiegersöhne
von ganzem Herzen

Kapitel 1

Narzissenzeit. Livs Mund verzog sich unwillkürlich zu einem breiten Lächeln, als ihr Blick auf das lang gestreckte Band gelber Blüten fiel, die rechts und links entlang der Griether Straße wuchsen. Trotz des trüben Märzwetters vermittelte dieser Anblick schon einen Hauch von Frühling.

Sie spürte, wie sich unwillkürlich ihre Schultern entspannten. Nur noch ein paar Minuten, dann war sie zu Hause. Sie freute sich schon sehr darauf, die nächsten paar Tage noch einmal in ihrem Elternhaus zu verbringen. Selbst darauf, Maike zu treffen, schließlich war sie ihre Schwester, die einzige Familie, die sie noch hatte. Außerdem war sie froh, sämtliche Entscheidungen, die ihre persönliche Zukunft betrafen, weiterhin ein wenig vor sich herschieben zu können.

Sie bog ab auf die Rheinuferstraße, ließ das Dörfchen Grieth rechter Hand liegen und fuhr ein paar Hundert Meter hinter dem Ort nach links in die breite Einfahrt des Derksenhofs, der sich am Rande des dünn besiedelten Poldergebiets Bylerward befand. Nachdem sie den Motor abgestellt hatte, blieb sie noch einen Moment im Wagen sitzen und betrachtete das alte Bauernhaus, einen lang gestreckten, kantigen Bau aus dem 19. Jahrhundert.

Mit seinen grauen Bruchsteinmauern und dem wuchtigen schwarzen Walmdach, das sich über dem ersten Stockwerk erhob, trutzte er seit knapp 150 Jahren jeglichem Wetter.

Liv stieg aus und schlüpfte in ihren warmen Wollmantel, um sich wenigstens ein bisschen vor dem stetig fallenden Regen zu schützen. Vor der Haustür hielt sie abrupt inne und betrachtete nachdenklich den geschwungenen Türgriff aus Messing, mit dem sie die grün gestrichene Doppelflügeltür bereits unzählige Male geöffnet hatte. Doch heute empfand sie plötzlich ein Gefühl der Endgültigkeit, das sie schaudern ließ. Sie atmete noch einmal tief durch, drückte die Klinke hinunter und betrat das Haus. Sofort wurde sie vom Geruch ihrer Kindheit umhüllt. Tränen schossen ihr in die Augen. Trotz aller Probleme, denen ihre Familie im Laufe der Jahrzehnte ausgesetzt gewesen war, hatte sie sich hier niemals allein, sondern stets behütet gefühlt. Doch nun lag die alte Diele still und verlassen vor ihr, der Glanz früherer Tage längst verblasst.

Hoffentlich finden wir rasch einen Käufer, dachte sie, während sie um Fassung rang. Um sich abzulenken, betrachtete sie eingehend die Bodenfliesen aus dem 19. Jahrhundert, das Muster der stilisierten Blüten in Ocker-, Braun- und Grautönen, die von hellblauen Streifen umrahmt wurden. Sie waren immer der Stolz ihrer Mutter gewesen und lagen nun ungepflegt und ungeachtet unter einer dicken Staubschicht. Auch das dämmrige Licht dieses verregneten Tages trug nicht gerade dazu bei, diesem Moment etwas Anheimelndes zu geben. Alles wirkte dunkel und trüb, in die Jahre gekommen. Vom fein gedrechselten, weiß gestrichenen Treppengeländer blätterte die Farbe ab, und die weiß lackierten Kassettentüren, die von der Diele abgingen, zierten teils tiefe, dunkle Kratzer.

Sicher, in den letzten zwanzig Jahren war hier im Haus nichts mehr renoviert worden, aber die letzten zwei Jahre, seitdem das Haus unbewohnt dastand, hatten dem Zahn der Zeit besonderen Tribut gezollt.

Der neue Besitzer bräuchte nicht nur einiges an Geld, dachte sie bei dem traurigen Anblick, er bräuchte vor allem auch einiges an Fantasie, um die Möglichkeiten zu sehen, die sich ihm mit dem Kauf dieses Hofs erschlossen.

Obwohl sie selbst hier drin gar nicht so viel verändern würde. Sie drehte sich einmal um die eigene Achse. Die Wände frisch streichen, Türen und Treppe aufarbeiten und vor allem den Fliesen zu neuem Glanz verhelfen. Schon sähe es hier komplett anders aus.

Aber dazu würde es nicht kommen. Zumindest nicht unter ihrer Regie. Gemeinsam mit ihrer jüngeren Schwester Maike hatte Liv beschlossen, das Wohnhaus samt Nebengebäuden, Weiden und Ackerland zu verkaufen. Das daraus resultierende Geld sollte ihr einen Neuanfang ermöglichen. Ihr Flugticket nach Stockholm lag schon im Warenkorb eines Internetportals und wartete auf einen letzten Klick. Von Stockholm aus wollte sie auf eine Schäreninsel weiterreisen. Am besten in ein Ferienhaus mit Kamin und Blick aufs Wasser. Dort könnte sie sich dann gemütlich einigeln und bis zum Sommer darüber nachdenken, wie es in ihrem Leben eigentlich weitergehen sollte.

»Hallo?«, erklang es plötzlich dumpf aus der Küche.

Die Tür öffnete sich, und Livs frühere Nachbarin steckte den Kopf hindurch.

»Ach, du bist das, Liv«, sagte Anni Evers erleichtert. »Hattest du eine gute Fahrt?«

»Ja, alles bestens, danke«, antwortete Liv.

»Ich habe euch gerade eine Lasagne in den Ofen geschoben, müsste in einer halben Stunde fertig sein. Vegetarisch mit einem Hauch Bitterschokolade. Ich hoffe, das ist okay?«, fragte Anni, während sie immer noch im Türrahmen stand.

»Klar, das klingt prima«, antwortete Liv, obwohl ihr gerade überhaupt nicht der Sinn nach Essen stand.

Anni betrachtete Liv eingehend. »Du siehst nicht gut aus, Mädchen. Zu viel Arbeit?« Doch ohne eine Antwort abzuwarten, sprach sie gleich weiter: »Nun komm schon durch. Hier in der Diele ist es zu kalt. In der Küche, oben im Bad und in euren Schlafzimmern habe ich euch die Heizung angestellt, da ist es bereits muckelig warm.«

Liv musste schmunzeln. Wie früher redete Anni ohne Punkt und Komma und war besorgt um sie wie die Glucke um ihre Küken. Schön, dass sich manche Dinge niemals änderten.

Liv zog ihren Mantel aus und hängte ihn an die Garderobe. Merkwürdig, nicht mehr als ein Kleidungsstück dort hängen zu sehen. Früher herrschte hier, sehr zum Leidwesen ihrer Mutter, immer ein Gewusel an Jacken und Mänteln, da sich weder Maike noch sie selbst je die Mühe machen wollte, überflüssige Kleidung zurück in ihre Schränke zu hängen.

Bevor weitere traurig machende Gedanken aufkommen konnten, bemühte sie sich, den Blick auf die Gegenwart zu richten, und folgte Anni in die Küche. Die stellte gerade zwei Teller auf den Tisch.

»Ich habe euch auch frische Bettwäsche von mir hingelegt«, sagte sie und nahm zwei Gläser aus dem wuchtigen Vitrinenschrank. »Die Wäsche im Haus riecht sicher stockig nach all der Zeit und muss erst gewaschen werden, bevor sie wieder benutzt werden kann. Ansonsten habe ich hier und in euren Zimmern kurz durchgesaugt und den gröbsten Staub weggewischt. Für die Feinarbeiten und den Rest des Hauses seid ihr dann zuständig. Ich nehme doch an, dass ihr noch ein wenig Ordnung machen wollt, ehe ihr den Termin mit dem Makler habt?«

»Du bist wirklich ein Schatz«, bedankte sich Liv und kramte Besteck aus der Schublade. »Maike und ich werden dieses Wochenende zumindest hier im Haus alles auf Hochglanz bringen. Montagvormittag wird dann der Makler kommen und sich alles ansehen.«

»Ihr werdet doch dafür sorgen, dass wir nette Nachbarn bekommen, oder?«

Annis Ton bekam einen fordernden Klang, was Liv in die Defensive drängte. Natürlich konnte sie Annis Sorge gut verstehen. Da der Derksenhof der einzige Nachbar zu Annis Samenhandlung war, gab es seit Jahrzehnten ein enges Band zwischen den beiden Parteien. So war ihre Mutter bereits von Kindesbeinen an mit Anni befreundet gewesen und hatte sie später zu Livs Patentante gemacht. Dennoch wollte Liv keine leeren Versprechungen machen.

»Maike und ich werden unser Bestes geben«, erklärte sie daher ausweichend. »Wie geht es Opa Hein?«, fragte sie nach Annis Vater, in der Hoffnung das Thema zu wechseln.

Sofort erhellte sich Annis Gesicht. »Dem geht es besser. Das neue Medikament scheint gut anzuschlagen. Beide Nieren arbeiten wieder vernünftig. Von Dialyse ist zumindest erst einmal keine Rede mehr.«

»Wie schön!« Liv nahm Anni erfreut in den Arm und drückte sie. Dass der alte Herr auf dem Weg der Besserung war, erleichterte sie sehr. Auch wenn Opa Hein natürlich nicht ihr richtiger Opa war, liebte sie ihn doch von ganzem Herzen. Er war ein gutmütiger Kerl, der immer ein offenes Ohr für ihre Kindersorgen gehabt hatte. Vor fünfundzwanzig Jahren hatte er ihr das Fahrradfahren beigebracht und ihr nur wenige Jahre später ebenso geduldig gezeigt, wie man einen Rasenmäher reparierte. Allein der Gedanke an den Duft seines Pfeifentabaks vermittelte ihr ein Gefühl von Geborgenheit.

»Also gut, dann sind wir hier so weit fertig«, kam Anni zum Wesentlichen zurück. »Ich gehe jetzt wieder rüber. Fürs Frühstück habe ich euch einiges in den Kühlschrank gestellt, und wenn ihr sonst noch etwas braucht, könnt ihr einfach klingeln.«

Sie nahm Liv noch einmal herzlich in den Arm, und diese versank in dieser liebevollen Geste, die sie an die Umarmungen ihrer Mutter erinnerte.

»Ich danke dir für alles«, murmelte Liv. »Wir werden auf dich anstoßen, wenn wir zu Abend essen.«

»Tut das«, antwortete Anni in ihrer energischen Art und löste sich von ihr. »Jetzt muss ich aber wieder los, damit bei uns auch bald das Essen auf den Tisch kommt. Cornel hat mich zwar im Laden vertreten, aber du weißt, wie er ist, wenn er Hunger hat.«

Liv lachte. Cornel war wirklich ein spezieller Typ und nicht aus Annis Laden für Pflanzensamen und Gartenbedarf wegzudenken. Er arbeitete schon seit mehr als zwanzig Jahren mit im Betrieb und wohnte inzwischen hinter dem Haupthaus in einer der beiden Wohnungen der ehemaligen Remise. Cornel und Essen, diese beiden Worte gehörten schlicht und einfach zusammen. Niemals traf man ihn ohne etwas Essbares an, selbst wenn es sich nur um eine Tüte mit Erdnüssen handelte.

»Dann grüß ihn schön«, gab Liv Anni mit auf den Weg. »Ich komme morgen vorbei, um Opa Hein und Cornel Hallo zu sagen.«

Anni nahm ihre Jacke von der Stuhllehne und schlüpfte hinein. »Werde ich weitergeben. Und du grüßt Maike von mir. Ich hoffe, sie wird dir eine gute Hilfe sein.«

Der Blick, den Anni ihr jetzt zuwarf, drückte alles aus, was Liv durch den Kopf ging. Ihre jüngere Schwester hielt nicht viel von Zusagen und schon gar nichts von körperlicher Arbeit, da brauchte Liv sich wirklich nichts schönzureden. Ein Großteil der Aufgaben, die sie in den nächsten Tagen erledigen müssten, würde wohl an ihr hängen bleiben.

Da Anni das genauso klar war wie ihr selbst, zuckte Liv nur resigniert mit den Schultern und schob ein »Wird schon« hinterher.

Als sie schließlich allein in der Küche war, setzte sie sich auf einen der Stühle und schaute nachdenklich aus dem Fenster. Wehmut begleitete den Gedanken, das alte

Gehöft für einen Verkauf vorzubereiten. Aber sie hatte sich die Entscheidung wirklich nicht leicht gemacht. Sie hatte monatelang hin und her überlegt, ob es nicht doch eine Möglichkeit gab, den Hof in der Familie zu halten. Doch nach dem plötzlichen Tod ihrer Mutter vor zwei Jahren hatten sie mehrere Anzeigen geschaltet, um einen Pächter für das Anwesen zu finden, ohne Erfolg. Und weder ihr selbst noch Maike stand der Sinn danach, die Landwirtschaft wiederaufleben zu lassen. Auch wenn sie ihre Mutter früher bei all ihren Arbeiten unterstützt hatten, genauso gut mit der Melkmaschine umgehen konnten wie mit Traktor und 5-Schar-Pflug, hatten sie beide bereits als Jugendliche ihre Entscheidung gegen den Beruf der Landwirtin getroffen. Das aufopferungsvolle Leben ihrer Mutter wollten sie nicht führen. Ständige Existenzängste hatten diese um den Schlaf gebracht, und die viele Arbeit auf dem Hof gab ihr kaum Luft zum Durchatmen. Nein, schon früh war Liv klar gewesen, dass sie niemals selbstständig sein wollte. Ein Leben als Angestellte war genau das Richtige für sie, mit festen Arbeitszeiten und einem sicheren Gehaltsscheck am Ende des Monats. Ganz im Unterschied zu ihrer kleinen Schwester. Maike hatte sich zwar auch nie vorstellen können, selbstständig zu arbeiten wie ihre Mutter, aber ihr Leben glich bisher einer Berg- und Talfahrt. Nie hatte sie es lange an einem Ort, geschweige denn in einem Job ausgehalten. Da fiel Liv auf, dass sie noch nicht einmal wusste, womit Maike gerade ihr Geld verdiente.

Liv ließ ihren Blick aus dem Fenster schweifen. Zum alten Kuhstall, der sich im rechten Winkel an das Haus anschloss, und zur großen Scheune, die ihm leicht versetzt gegenüberlag. Bis auf Annis Grundstück lagen die nächsten Höfe einige Hundert Meter entfernt, verstreut inmitten der ausgedehnten Weiden und Felder des Polders. Mit gemischten Gefühlen bemerkte sie, dass die Natur sich bereits zunehmend auch die breiten Fugen des ausgetretenen Kopfsteinpflasters im Hof zurückerobert hatte. Überall sprießte es frühlingsgrün, und neben leuchtendem Löwenzahn entdeckte sie auch gelb blühenden Huflattich und Scharbockskraut. Ein sehnsuchtsvolles Gefühl durchströmte sie, setzte erneut das Gedankenkarussell in Gang, ob es nicht doch eine Möglichkeit ... Allein wenn Liv daran dachte, wie viel Platz es hier gab ... Weiter hinten, in Richtung Wiese, könnte sie in der windgeschützten Ecke des alten Kuhstalls hervorragend Kornrade einsäen ...

Nein. Auch wenn der Job in der großen Münsteraner Apotheke letztlich nicht das Richtige für sie gewesen war: Sie würde sich eine andere Anstellung suchen ... Nun, sie wusste noch nicht genau, was, aber sie wollte ganz sicher nicht in die Landwirtschaft. Und den Hof einfach nur zu bewohnen, dafür hing einfach zu viel Aufwand daran. Das Haus war für eine Großfamilie samt Personal errichtet worden, dazu noch die große Scheune und der Stall. Das müsste alles unterhalten und gepflegt werden. Für eine Person allein kaum zu schaffen.

Liv seufzte schwer, als sie aufstand und nach der Lasagne sah, deren Käsebelag sich schon sanft bräunte. Hoffentlich kommt Maike pünktlich, dachte sie, als ihr Magen lautstark knurrte.

»Bin da!«, erklang es in diesem Moment aus dem Flur.

Liv öffnete die Küchentür und sah ihre Schwester, die sich gewohnt grazil aus einem hellbraunen Teddymantel schälte.

»Hallo«, begrüßte sie Maike, die sie kurz an sich drückte. »Hattest du eine gute Fahrt?«

»Aus Düsseldorf raus war ätzend. Feierabendverkehr. Hier riecht es gut, hast du etwa gekocht?«

»Nein, ich bin auch noch nicht lange hier. Anni hat uns eine Lasagne gebracht. Komm schnell rein, in der Küche ist es warm.« Liv ging zurück in den Raum, dicht gefolgt von ihrer Schwester.

»Oh, sogar schon den Tisch gedeckt.«

Liv überhörte Maikes süffisanten Unterton. Sie wollte sich nicht direkt wieder streiten. »Setz dich«, sagte sie daher nur. »Ich hole die Lasagne aus dem Ofen.« Sie nahm sich ein Geschirrhandtuch, öffnete die Ofentür und nahm die große Auflaufform heraus.

»Davon können wir sicher auch morgen noch essen«, stellte Maike mit einem Blick darauf fest und ließ sich immerhin dazu herab, ihre beiden Gläser mit Wasser zu füllen, während Liv ihnen jeweils eine gute Portion auf die Teller gab.

»Guten Appetit«, murmelte sie, als sie sich auf ihren Stuhl setzte.

»Gleichfalls.« Maike hatte bereits ihr Besteck in der Hand und schnitt sich ein großzügiges Stück der Lasagne ab. »Mann, habe ich einen Hunger.«

Maike hatte schon immer einen gesegneten Appetit, der sich in keiner Weise negativ auf ihre Figur auswirkte.

Ein wenig neidisch betrachtete Liv ihre kleine Schwester aus dem Augenwinkel, die ihr auf den ersten Blick so ähnlich sah und doch so völlig anders war als sie selbst. Sie teilten die gleichen braunen Augen, die vollen Lippen und selbst das Grübchen im linken Mundwinkel. Auch die hellbraunen Locken hatten sie beide von ihrer Mutter geerbt, wobei Maikes Haare offen bis über die Schultern schwangen und Liv ihre kinnlang geschnittenen immer hinter die Ohren strich. Im Gegensatz zu Liv, die auch die kleine, ein wenig rundliche Statur ihrer Mutter geerbt hatte, kam Maike in dieser Beziehung ganz nach ihrem Vater. Sie überragte ihre große Schwester beinahe um einen halben Kopf und war dabei schlank und biegsam wie eine Ballerina.

»Habe ich einen Fleck auf der Bluse?« Irritiert schaute Maike an sich hinunter.

Ertappt fühlte Liv, wie ihr die Röte in die Wangen schoss. Rasch senkte sie den Blick und nuschelte: »Nein, nein. Ich, äh, dachte nur, ähm, dass du heute besonders gut aussiehst. Ist die Bluse neu?«

»Nein, die habe ich schon länger.«

Unbehagliches Schweigen breitete sich zwischen ihnen aus. Obwohl die Lasagne hervorragend schmeckte, kaute Liv lustlos darauf herum. Sie lag ihr bereits jetzt schwer im Magen, wenn sie daran dachte, die nächsten Tage so eng mit ihrer Schwester zusammen zu sein.

Dann sprach sie aus, was ihr durch den Kopf ging. »Wir werden die nächsten beiden Tage ordentlich ranklotzen müssen, damit das Haus am Montag vorzeigbar ist.«

»Wir können uns ruhig Zeit lassen.«

Liv legte ihr Besteck ab und schaute ihre Schwester verärgert an. Das ging ja gut los. »Wir können uns nicht ruhig Zeit lassen. Montag ist der Termin mit dem Makler, und wir waren uns einig, dass wir das Haus zu einem besseren Preis verkaufen können, wenn es einen vorzeigbaren Eindruck macht.«

»Darüber habe ich mir Gedanken gemacht.« Seelenruhig trank Maike einen Schluck aus ihrem Wasserglas.

»Und?«, fragte Liv, die spürte, wie die Anspannung in ihr wuchs. Sie hasste die dramatischen Auftritte ihrer kleinen Schwester.

»Und? Wir werden vorläufig nicht verkaufen.«

Liv war wie vom Donner gerührt. »Wie meinst du das?«

»So, wie ich es sage. Wir werden nicht verkaufen«, wiederholte Maike langsam, als sei Liv geistig nicht in der Lage, sie zu verstehen.

»Natürlich werden wir verkaufen, so war es abgesprochen!«

»Zuerst werden wir das Haus auf Vordermann bringen.«

Wie so oft begann Liv an den spärlichen Aussagen ihrer Schwester zu verzweifeln. Warum musste sie ihr bloß immer alles aus der Nase ziehen? Am liebsten wäre sie aufgestanden und hätte den Raum verlassen, nur um Maikes Arroganz etwas entgegenzusetzen. Aber dieses Gespräch war zu wichtig, um es einfach zu beenden. »Maike.« Liv bewunderte sich selbst für ihren geduldigen Tonfall. »Wir haben das lange diskutiert. Auf die Suchannoncen nach einem Pächter hat sich niemand gemeldet, und wir sind beide nicht bereit, den Hof weiterzuführen. Jetzt habe ich meinen Job gekündigt, weil ich mich auf den Verkauf des

Hofs verlassen habe. Ich brauche das Geld für einen Neustart.« Zum Ende des Satzes hatte sie doch nicht verhindern können, dass ihre Stimme lauter geworden war.

»Wir werden ja auch verkaufen.«

Liv konnte ihrer Schwester ansehen, wie sehr sie diese Hängepartie genoss.

»Wir werden aber zuerst den Hof renovieren. So können wir deutlich mehr Gewinn machen.«

Liv fühlte sich wie vor den Kopf geschlagen. »Den Hof renovieren? Wie stellst du dir das vor?«

Maike nahm sich seelenruhig ein weiteres Stück von der Lasagne und legte es sich auf den Teller. »Nun, wir werden wohl zuerst ein wenig Geld in die Hand nehmen müssen. Aber das wird sich im Endeffekt auszahlen, du wirst sehen.«

»Wir werden Geld in die Hand nehmen müssen?«, fragte Liv, wobei sie das Wörtchen *wir* deutlich hervorhob.

»Nun, so wie ich dich kenne, wirst du doch sicher einiges gespart haben.«

Und du eher nicht, dachte Liv, sprach es aber nicht aus. »Das Geld ist aber nicht für die Renovierung des alten Hofs bestimmt«, erwiderte sie stattdessen.

Jetzt legte Maike ihr Besteck zur Seite und schaute Liv eindringlich an. »Ach komm, du weißt doch selbst, dass wir kaum etwas für den Hof bekommen werden, wenn wir nur die Böden putzen. Aber was meinst du, wie begeistert die Leute sein werden, wenn sie hier reinkommen, und wir haben alles instand gesetzt? Vintage ist absolut in! Die Leute werden ordentlich was dafür bieten, hier leben zu dürfen.«

Liv wusste nicht, ob sie lachen oder weinen sollte. Was hatte bloß ihre Schwester geritten?

»Du nimmst mich wieder mal nicht ernst«, beschwerte diese sich prompt. »Aber ich habe mir das wirklich gut überlegt. Es gibt inzwischen viele Sendungen im Fernsehen, in denen gezeigt wird, wie die so was in den USA machen. Und nein, du brauchst jetzt gar nicht mit den Augen zu rollen, denn ich habe mich auch mit jemandem aus der Immobilienbranche darüber unterhalten, und der hat mir recht gegeben. Vielen Leuten fehlt einfach die Vorstellungskraft. Wenn sie ein renovierungsbedürftiges Haus sehen, achten sie nur auf bröckelnden Putz, zerkratztes Parkett oder hässliche Fliesen in den Badezimmern. Ihnen fehlt schlicht die Fantasie, zu erkennen, was man alles daraus machen kann.«

Maike war so begeistert von ihren eigenen Überlegungen, dass ein Fünkchen davon auf Liv übersprang. Hatte ihre kleine Schwester recht? War es wirklich sinnvoll, zuerst Geld in die Hand zu nehmen, um später eine deutlich höhere Rendite zu bekommen?

»Hast du eine Vorstellung davon, was es kostet, hier alles auf Vordermann zu bringen? Das fängt mit den zugigen Fenstern an und hört mit einer Sanierung der Elektrik noch lange nicht auf!«, gab sie dennoch zu bedenken.

Mit einer entsprechenden Geste wischte Maike diese Argumente vom Tisch. »Natürlich können wir das Haus nicht komplett sanieren, aber wir könnten einiges mit kleinen Mitteln renovieren, sodass das ganze Objekt gekonnt in Szene gesetzt wird. Das Treppenhaus zum Beispiel«, fügte sie konkret hinzu. »Wenn wir die Treppe wieder in Schuss bringen, die Türen neu lackieren und den Fliesenboden gründlich schrubben, hätten wir schon gut was vorzuweisen. ›Der erste Eindruck zählt und der letzte!‹, sagte der Makler, mit dem ich gesprochen habe. Und darauf müssen wir hinarbeiten.«

Liv schaute völlig perplex zu ihrer kleinen Schwester hinüber, die sich nun abwartend zurückgelehnt hatte. Maike schien das Projekt Hofsanierung bereits gut durchdacht zu haben, so kannte sie sie gar nicht. Sie musste sich erst einen Moment sammeln, ehe sie sich wieder auf das Gesagte konzentrieren konnte. Hatte Maike nicht genau das ausgesprochen, was sie selbst beim Betreten des Hauses gedacht hatte? Vielleicht wäre es wirklich eine gute Idee, das Haus ein wenig herzurichten und danach einen höheren Preis dafür zu verlangen, schließlich könnte sie das zusätzliche Geld gut gebrauchen. Wenn der Plan denn aufging.

»Also«, sagte sie schließlich, »die Idee klingt erst einmal ganz gut. Allerdings würde ich gern eine Nacht darüber schlafen.« Und zu dem Thema gründlich im Internet recherchieren, fügte sie in Gedanken hinzu.

»Super!« Maike klatschte in die Hände. »Schlaf drüber, und wir reden morgen früh noch mal. Ich habe jetzt sowieso noch etwas vor.«

Sie stand auf, warf Liv überschwänglich eine Kusshand zu und verließ die Küche.

Fassungslos schaute Liv ihr hinterher. Das war wieder die kleine Schwester, die sie kannte. Sorglos und unbekümmert, sich gern vor anfallenden Arbeiten drückend. Mit ihren neunundzwanzig Jahren war Maike gerade einmal zwei Jahre jünger als sie selbst, dennoch weigerte sie sich nach wie vor, auch nur ein Quäntchen Verantwortung zu übernehmen.

Nun denn. Liv stand auf, stellte die Teller aufeinander und legte das Besteck dazu. Das bisschen Geschirr konnte sie heute Abend auch selbst abwaschen. Aber falls sie sich wirklich für eine Renovierung des Hauses entschließen sollte, würde sie bald andere Saiten aufziehen.

Zumindest hoffte sie das.

Kapitel 2

Als Liv am nächsten Morgen mit ihrer ersten Tasse Tee am Frühstückstisch saß, fühlte sie sich wie gerädert. Sie hatte gestern Abend noch einige Stunden vor ihrem Laptop gehockt und in Immobilienportalen gestöbert, über Quadratmeterpreise und Ausstattungsmerkmale nachgelesen und anschließend hin und her überlegt, ob sie tatsächlich bereit war, hier im Haus noch Hand anzulegen und ihren Schwedenaufenthalt fürs Erste abzuhaken. Letztlich war sie zu der Überzeugung gelangt, dass sie ihr Elternhaus nicht einfach so verscherbeln wollte. Es hatte wahrlich Besseres verdient. Sie wünschte sich, Käufer zu finden, die es auch zu schätzen wüssten, hier auf dem Hof zu leben. Niemanden, der vielleicht alles plattmachen und einen schmucklosen Neubau errichten wollte.

Liv nippte an ihrem Tee und sah hinaus. Alles lag noch im Dämmerlicht, doch die Vögel waren schon lautstark dabei, den neuen Tag zu begrüßen.

Sie liebte den Frühling, wenn die Natur nach einem langen Schlaf zu erwachen schien. Die Pflaumenbäume zeigten bereits ihre Blüten, und das erste zarte Grün an den Zweigen reflektierte das kühle Sonnenlicht. Es schien, als habe ein Maler seinen Pinsel in Farbe getaucht und begänne nun damit, sein skizziertes Werk Stück für Stück auszumalen.

Liv lächelte bei dem Gedanken daran, dass sie mit dem Haus ähnlich verfahren würden. Stück für Stück würde es einen Teil seines alten Glanzes wiederbekommen. Sie spürte, wie die Vorfreude darauf durch ihren Körper schoss und die Müdigkeit sich verflüchtigte. Sie reckte und streckte sich noch einmal und stand dann auf. Wer wusste schon, bis wann Maike noch schlafen würde? Sie selbst wollte jedenfalls nicht länger untätig herumsitzen. Da sie nun eine Entscheidung gefällt hatte, konnte sie auch damit beginnen, sie umzusetzen.

Im Stehen trank sie noch ihren letzten Schluck Tee, ehe sie im Flur in ihren Mantel schlüpfte und nach ihrer Shopping-Bag griff. Sie brauchte gar nicht darüber nachzudenken, womit sie beginnen wollte – mit den Fliesen, das war klar, denn das Treppenhaus wollte sie auf jeden Fall renovieren. Maike hatte gestern vom »ersten Eindruck« gesprochen, und den hätten die potenziellen Käufer nun mal im Eingangsbereich. Sicher war es prinzipiell nicht sinnvoll, vor einer Renovierung gründlich zu putzen, und ganz bestimmt könnte sie Maike von der Sinnhaftigkeit nicht überzeugen, aber ihr persönlich würde es dabei helfen, sich ein Bild der Lage zu verschaffen. Im Moment lag alles unter einer dicken Staubschicht und machte einen trostlosen Eindruck. Wäre es hier erst einmal sauber, sähe sie sicher deutlich klarer, wo es sich lohnte, noch Hand anzulegen.

Und Geld zu investieren, dachte sie, als sie vom Hof fuhr.

Im Baumarkt angekommen, musste Liv sich erst einmal orientieren. Wenn sie ehrlich war, konnte sie an zwei

Händen abzählen, wie oft sie bisher ein solches Geschäft von innen gesehen hatte. Was leider auch deutlich machte, wie viel Erfahrung sie in puncto Renovierung vorweisen konnte. Aber sie hatte schon immer gern mit ihren Händen gearbeitet, und bisher hatte sie sich noch jeder Aufgabe gestellt. Hier würde sie keine Ausnahme machen. Heute wollte sie sich erst einmal informieren, was sie überhaupt dazu benötigte, Fliesen und Holz neues Leben einzuhauchen. Und falls sie irgendwelche Maschinen brauchen sollte, gab es dazu eine reichliche Auswahl in der ehemaligen Werkstatt ihres Großvaters.

Sie schlenderte durch die verschiedenen Abteilungen und war schier erschlagen von der Vielfalt des Angebots. Ohne fachliche Unterstützung kam sie nicht weiter, so viel war sicher. Sie schaute sich suchend nach einem Mitarbeiter um und erspähte einen jungen Mann im Gespräch mit einem Kunden.

In respektvollem Abstand zu den beiden stellte sie sich abwartend daneben. Ein Typ ihres Alters wollte von dem Mitarbeiter wissen, wie er am besten eine Tischplatte aus massivem Eichenholz bearbeiten solle. Liv hörte nur mit halbem Ohr zu und beobachtete stattdessen einen weiteren Mann, der am anderen Ende des Ganges mit einem nahezu entrückten Lächeln über einen massiven Hobel strich.

Was ist das bloß mit Männern und Werkzeug?, sinnierte sie, während ihr Blick auf einen älteren Herrn fiel, der aus einer großen Anzahl von Holzdübeln offenbar die richtige Ausführung suchte.

Lauter Männer, fiel ihr plötzlich auf. Das wäre doch der

ideale Ort, um jemanden kennenzulernen. Da machten sich viele Frauen die digitale Welt zunutze, um einen Partner zu finden, obwohl dies in einem Baumarkt doch sicher viel unkomplizierter wäre. Hier hätte man auch gleich ein Gesprächsthema, das die Männer interessierte.

Liv schmunzelte. Ohne die sozialen Medien war das Leben doch eigentlich viel leichter.

Eine Dreiviertelstunde später, nach einem sehr informativen Gespräch mit dem Mitarbeiter und einem ausgiebigen Einkauf in der Putzmittelabteilung, war sie wieder auf dem Heimweg. So einfach, wie Maike sich das mit dem Renovieren vorgestellt hatte, schien es nicht zu werden. Es sei denn, ihre Schwester hatte in den letzten Jahren Erfahrungen gesammelt, von denen Liv nichts wusste. Aber gemeinsam würden sie das Kind schon schaukeln, und vielleicht lohnte es sich tatsächlich, für einige Arbeiten einen Fachmann hinzuzuziehen. Oder eine Fachfrau, dachte sie, während sie den Wagen auf dem Hof abstellte. Außerdem gab es ja auch noch Hein und Cornel, die sie sicher zumindest mit guten Ratschlägen unterstützen würden.

Nachdenklich blieb sie noch einen Moment im Wagen sitzen und betrachtete die Frontseite des Hauses. Auf der linken Seite lag das große Wohnzimmer, während die Fenster rechts von der Eingangstür zum ehemaligen Büro ihrer Mutter und dem Zimmer ihres Vaters gehörten. Sie selbst hatte ihr Zimmer ebenfalls im Erdgeschoss, auf der Rückseite des Hauses, und die anderen Schlafräume der Familie sowie das Wohnzimmer ihrer Großeltern waren im ersten Stockwerk untergebracht. Es juckte ihr in den Fingern, mit dem Putzen zu beginnen und so das Haus aus seinem Dornröschenschlaf zu erwecken. Wie gern wäre sie diejenige, die die notwendigen Renovierungen leisten würde, um anschließend in dem Haus zu wohnen. Aber auf diesem Gedanken hatte sie lange genug herumgekaut, und das Ergebnis war immer wieder dasselbe gewesen: Ein solch großes Anwesen zu renovieren und zu erhalten, bedurfte einer Menge Geld und mindestens ebenso viel Zeit. Für sie allein war das einfach nicht zu stemmen, das hatte sie an ihrer Mutter gesehen. Und Maike …

Nun ja, sie kannte ihre kleine Schwester und wusste, dass man sich bei ihr nicht auf regelmäßige Einnahmen verlassen konnte. Geschweige denn, dass Maike jemals geäußert hätte, auf dem elterlichen Hof leben zu wollen.

Egal, dachte Liv, als sie aus dem Wagen stieg. Das waren sowieso bloß Hirngespinste, die sie inzwischen begraben hatte.

Sie hängte sich ihre Tasche über die Schulter und nahm die zwei großen Einkaufsbeutel aus dem Kofferraum ihres Golfs, bevor sie die Heckklappe wieder verschloss und zum Haus hinüberging. Sie freute sich darauf, gleich loszulegen. Obwohl, vielleicht war Maike ja inzwischen aufgestanden und hätte Lust, mit ihr zu frühstücken?

Als sie die Haustür öffnete, umfing sie bereits der Duft nach frisch aufgebrühtem Kaffee. Begierig sog sie die Aromen in sich auf. Wenn sie auch eine leidenschaftliche Teetrinkerin war, ging ihr nichts über eine gute Tasse Kaffee zwischendurch.

»Bin zurück!«, rief sie, schloss die Haustür und schälte sich aus ihrem Mantel. »Ich habe frische Brötchen mitgebracht!«

Sie nahm die Brötchentüte aus der einen Tasche und ging in die Küche. Maike saß in Leggings und Hoodie am Küchentisch, einen Becher Kaffee vor sich.

»Guten Morgen«, begrüßte Liv sie gut gelaunt.

»Morgen«, antwortete Maike brummig.

»Nicht gut geschlafen?« Liv betrachtete ihre Schwester skeptisch.

»Ich habe Bauchschmerzen.«

»Deine Regel?«

Maike nickte.

»Soll ich dir einen Kräutertee machen? Frauenmantel, Gänsefingerkraut und Schafgarbe wirken manchmal Wunder. Mache ich mir auch selbst bei Regelschmerzen.«

»Hast du das Zeug denn dabei?«

»Immer. Mit Honig gesüßt kann man sich mit dem Gänsefingerkraut nämlich auch eine leckere Kräutermilch kochen. Gerade bei kaltem Wetter abends im Bett die reine Wohltat.«

»Klingt gut. Also ich meine das Teegemisch. Würde ich gern ausprobieren.«

Liv lief den Flur entlang zu ihrem Zimmer. So wie andere Leute ihre Reiseapotheke hatte sie immer einiges an Kräutermischungen dabei, damit sie genau für solche Fälle gerüstet war. Nicht dass sie etwas gegen Schulmedizin hatte, die hatte absolut ihre Berechtigung. Aber bei leichteren Beschwerden oder zur Unterstützung waren Kräutertees und ätherische Öle ein wahrer Schatz der Natur. Sie griff nach der Baumwolltasche, die sie extra für ihre Kräutersammlung genäht hatte, und ging zurück in die Küche.

Maike hatte bereits den Frühstückstisch gedeckt und schaute gerade im Kühlschrank nach, was Anni ihnen hineingestellt hatte.

»Selbst gemachte Erdbeermarmelade, Butter, Camembert und Gouda.« Sie stellte die Sachen auf den Tisch und setzte sich wieder auf ihren Stuhl.

»Am besten fahre ich gleich erst einmal einkaufen«, stellte Liv fest, als sie den Wasserkocher aufsetzte. »Dann kannst du dich mit einer Wärmflasche wieder ins Bett legen.« Sie wandte sich zu Maike um und betrachtete ihr Outfit. »Oder wolltest du jetzt Sport machen?«

Irritiert schaute Maike an sich hinunter. Dann schüttelte sie den Kopf. »Nein, ist nur am bequemsten so.«

Während der Tee zog, setzte sich Liv ebenfalls an den Tisch, schmierte sich ein Brötchen mit Butter und Erdbeermarmelade und biss herzhaft hinein.

»Mmh, lecker.« Voller Genuss schloss sie kurz die Augen. Bis eben hatte sie gar nicht gemerkt, wie hungrig sie war.

»Du solltest auch etwas essen«, forderte sie ihre Schwester auf. »Ein bisschen Zucker wird dir guttun. Nachher bringe ich Honig mit und mache dir noch eine Kräutermilch. Du wirst sehen, dann geht es dir gleich viel besser.«

»Danke«, sagte Maike und griff ebenfalls nach einem Brötchen. »Bist du denn zu einem Ergebnis gekommen, was unser Gespräch von gestern anging?«

»Bin ich.« Liv lächelte Maike an. »Ich habe ein wenig im Internet gesurft und denke, dass die Hausrenovierung eine gute Idee von dir ist. Ich möchte, dass der zukünftige

Besitzer zu schätzen weiß, was er mit unserem Hof erwirbt.«

»Und dass er vor allem einen guten Preis macht«, fügte Maike hinzu.

»Sicher, wir sollten nicht unter Wert verkaufen. Wir müssen aber auf jeden Fall vorher einen Rahmen festlegen: Was muss alles gemacht werden, und wie viel wird das kosten.«

»War ja klar, dass du jetzt gleich wieder mit irgendwelchen Listen kommst«, meinte Maike abschätzig.

»In vielen Lebenssituationen ist das sinnvoll, vor allem, wenn es darum geht, Zeit zu investieren und Geld auszugeben. Ich nehme doch an, dass auch du Interesse daran hast, das alles hier in einem vernünftigen Zeitrahmen zu halten.«

»Was du so für vernünftig hältst, nehme ich an«, ätzte Maike.

Liv bemühte sich um Ruhe. Es nutzte überhaupt nichts, jetzt laut zu werden.

»Wie stellst du dir das in den nächsten Wochen vor?«, fragte sie stattdessen in ruhigem Ton. »Wirst du Urlaub nehmen?«

Maike wich ihrem Blick aus und zerbröselte ein Stück des trockenen Brötchens. »Ich bin gerade zwischen zwei Jobs, also kein Problem«, erklärte sie Liv ausweichend.

»Maike ...«, setzte Liv an, wurde jedoch von ihrer Schwester unterbrochen.

»Nein! Wir müssen nicht darüber reden, was ich aus meinem Leben machen will! Und nein, ich will weder eine weitere Ausbildung machen, noch will ich studieren!«

»Ich mache mir Sorgen um dich.«

»Das brauchst du nicht.« Nun sah Maike Liv eindringlich an. »Wirklich nicht. Ich komme bestens klar. Ich bin total zufrieden, wie es zurzeit bei mir läuft.«

Liv konnte einen zweifelnden Ausdruck nicht unterdrücken.

Jetzt lachte Maike auf. »Hey, es stimmt wirklich, mir geht es gut. Kannst du dasselbe auch von dir behaupten?«

Nun war es an Liv, betreten zu schauen. »Nun ja. Ich habe festgestellt, dass mir der Job in solch einer großen Apotheke nicht so viel Spaß macht, wie ich dachte, und habe gekündigt«, antwortete sie vage.

Doch ihrer Schwester reichte das als Info. »Na, dann ist doch alles bestens.« Sie nippte an dem Tee, den Liv inzwischen vor sie hingestellt hatte. »Schmeckt gar nicht so schlecht.«

»Warum sollte der schlecht schmecken?«

»Weil's Kräuter sind?«

Nun musste Liv lachen. »Ich denke, es wird schon Gelegenheiten gegeben haben, in denen du Kräuter sehr genossen hast.«

»Nicht dass ich wüsste. Eigentlich mag ich dieses Grünzeugs nicht.«

»Ach, tatsächlich? Und was ist mit Mamas Bärlauchbutter?«, fragte Liv mit einem süffisanten Unterton.

Perplex sah Maike sie an. »Ist das auch ein Kraut?«

»Klar. Und ich freu mich schon drauf, wenn ich ihn in ein paar Wochen wieder sammeln kann.«

»Ich auch. Gegen frische Bärlauchbutter habe ich nichts einzuwenden.«

Wenn Maikes Tonfall auch ein wenig nüchtern ausfiel, war Liv doch froh, dass die Stimmung am Tisch sich wieder normalisiert hatte.

»Ich war schon im Baumarkt und habe einiges an Putzmitteln gekauft.«

»Putzmittel? Brauchen wir nicht eher Schleifpapier und Wandfarbe?«

»Ich möchte erst einmal alles gründlich sauber machen, damit man besser entscheiden kann, was alles gemacht werden muss.«

»Du willst das ganze Haus putzen?«, fragte Maike entsetzt. »Nur damit wir es anschließend wieder dreckig machen? Ohne mich!«

Aber Liv störte sich nicht daran, da sie mit genau dieser Antwort gerechnet hatte. »Dann ruh du dich heute aus. Ich freue mich schon darauf, mit der Arbeit anzufangen und dem Haus wieder ein bisschen Leben einzuhauchen.«

Gute drei Stunden später stand sie auf dem Treppenabsatz und betrachtete ihr Werk. Die Fliesen in der Diele waren kaum wiederzuerkennen. Sie hatte sie, nachdem der Einkauf erledigt war, hingebungsvoll mit der Wurzelbürste und einem speziellen Reinigungsmittel bearbeitet, sodass nun die Farben wieder leuchtend hervortraten und eindrucksvoll die Fliesenkunst des 19. Jahrhunderts bekundeten.

Liv spürte, wie sich ein Grinsen auf ihrem Gesicht ausbreitete. War es nicht ein wundervolles Gefühl, wenn man nach getaner Arbeit ein solches Ergebnis sah? Sie spürte der körperlichen Herausforderung nach, bewegte locker die Schultern und kam zu dem Ergebnis, dass es sich gut mit ihrem Zustand nach einem 7-km-Lauf vergleichen ließ: Sie fühlte sich lebendig, voller Endorphine und mehr als bereit für eine heiße Dusche.

»Liv?«, erklang in diesem Moment Maikes Stimme aus dem Obergeschoss.

Sie hob den Kopf, als auch schon ihre Schwester am Treppengeländer auftauchte.

»Geht es dir besser?«, wollte Liv von ihr wissen.

»Ja, danke. Ui, das sieht schön aus!«, entfuhr es Maike nach einem Blick nach unten.

Liv betrachtete ebenfalls noch einmal ihr Werk. »Ja, die Arbeit hat sich wirklich gelohnt.«

»Apropos Arbeit.« Nun schaute ihr Maike ernst ins Gesicht. »Ich möchte nicht, dass du irgendwas in meinem Zimmer machst. Das ist für dich absolut tabu. Außerdem werde ich mir für die Zeit hier das Wohnzimmer von Oma und Opa herrichten. Die Tür bleibt ebenfalls geschlossen. Alles klar?«

»Warum sollte ich in dein Zimmer gehen? Das ist doch selbstverständlich. Und klar, wenn du dir das obere Wohnzimmer als zweiten Raum dazunehmen willst, nur zu. Es sind schließlich genug Räume da.«

»Muss ich abschließen, oder wirst du meine Privatsphäre respektieren?«, hakte Maike nach.

Langsam wurde Liv ärgerlich. »Natürlich respektiere ich deine Privatsphäre. Ich werde die Türen schon nicht öffnen. Ich wüsste ehrlich gesagt auch nicht, was mich an deinen Sachen interessieren sollte«, konnte sie sich nicht verkneifen, hinzuzufügen.

Als wenn irgendwas an Maikes Klamotten so außergewöhnlich sei, dass sie nur darauf brannte, sie zu Gesicht zu bekommen. Aber so war es immer schon gewesen: Maike machte ihr eigenes Ding, und wehe, jemand kam ihr dabei in die Quere.

Es war so schade, dass es Liv nach wie vor nicht gelang, die Mauern, die ihre Schwester um sich herum errichtet hatte, zu durchbrechen. Kaum hatte sie den Eindruck, sie habe einen Zugang zu ihrer Schwester gefunden, schob diese sie wieder von sich weg.

Liv seufzte, als Maike sich ohne ein weiteres Wort umdrehte und zurück in ihr Zimmer ging. Da kamen ein paar anstrengende Wochen auf sie zu.

Kapitel 3

Liv schob sich mit der rechten Hand eine Haarsträhne hinter das Ohr und betrachtete kritisch die Decke des ehemaligen Wohnzimmers ihrer Mutter. Durch die beiden großen Doppelflügelfenster fiel heute nur trübes Licht in den großen Raum und machte dadurch mehr als deutlich, dass hier seit etlichen Jahren nicht mehr gestrichen worden war. Eigentlich eine Schande, denn dadurch kamen die Stuckornamente an den Zierleisten und vor allem an der Deckenmitte kaum zur Geltung.

Mit ein wenig weißer Farbe könnte ich hier wahre Wunder vollbringen, dachte sie, während ihr Blick bereits prüfend auf den Dielenboden und die Fensterrahmen fiel. Jetzt, wo sie alles gründlich geputzt hatte, machte der Raum einen ganz passablen Eindruck, wenn auch die Fensterrahmen in keinem guten Zustand waren und der Boden einmal abgeschliffen werden müsste. Aber sie sah das Zimmer bereits umfassend renoviert vor sich und konnte sich gut vorstellen, dass es dann künftigen Interessenten deutlich machte, welch ein Potenzial in dem alten Haus steckte.

Ihr Blick fiel auf die beiden Nussbaumschränke, die noch aus der Zeit des Jugendstils stammten. Sie hatte sie mit einer speziellen Reinigungsmilch gesäubert und musste zugeben, dass sie sehr zufrieden mit ihrer Arbeit war. Die guten Stücke glänzten wieder, und der unverwechselbare Rotton des Holzes kam wunderbar zur Geltung. Dazu kam noch die cremefarbene Sitzecke, die sich ihre Mutter erst kurz vor ihrem Tod gekauft hatte. Sie rundete die Einrichtung ab und machte den Raum so richtig gemütlich.

»Also gut«, sagte Liv zu sich selbst und griff nach den restlichen Putzutensilien. »Wieder ein Stück weiter. Jetzt ist erst einmal Pause.«

Sie verließ das Wohnzimmer, brachte die Putzmittel zurück in die Besenkammer und schaute auf die große Standuhr neben dem Treppenaufgang. Gleich elf Uhr. Eine gute Zeit, um ihren Nachbarn den versprochenen Besuch abzustatten.

Wie erwartet, war die Hintertür von Annis Haus nicht verschlossen. Trotzdem drückte Liv auf den Klingelknopf, ehe sie eintrat und laut hineinrief: »Ich bin's!«

Während sie schon die Treppe hinaufstieg, hörte sie, wie oben eine Tür geöffnet wurde.

»Liv?« Cornels grauer Haarschopf erschien über dem Geländer. »Hallo«, brummte er, als er sie erkannte.

»Ebenfalls ein freundliches Hallo. Geht es euch gut?«

»Klar. Komm rein.«

Liv huschte an ihm vorbei ins gut geheizte Wohnzimmer, ehe er die Tür zum kalten Treppenhaus hinter ihr schloss.

»Guten Morgen!«, begrüßte sie Opa Hein und dessen Tochter. »Wird Zeit, dass endlich der Frühling kommt. Mann, ist das heute wieder ungemütlich.«

Die kleine, rundliche Anni saß auf der braunen Ledercouch und strickte. »Das liegt am Regen. Die Feuchtigkeit zieht dir bis in die Knochen. Cornel hat uns gerade einen Tee gemacht – Anis, Fenchel und Orangenschalen. Möchtest du auch einen?«

Sollte Liv sich darüber wundern, dass Cornel hier den Tee kochte? Ganz sicher nicht. Obwohl weder verwandt noch verschwägert, gehörte er nach all den Jahren quasi zur Familie und ging hier im Haus ein und aus, als habe er Wohnrecht.

»Ja, bitte«, sagte sie deshalb nur knapp an Cornel gewandt, ehe sie zu Hein hinüberging, der in einem Sessel am Fenster saß, das Wochenblatt *Niederrhein Nachrichten* aufgeschlagen auf dem Schoß.

Sie nahm ihn herzlich in den Arm und drückte ihn. »Es ist so schön, dich zu sehen«, sagte sie leise und inhalierte verstohlen den an ihm haftenden Duft seines Pfeifentabaks. Hier oben in der Wohnung hatte Anni ihm das Rauchen streng verboten, aber im Sommer schmökte er sein Pfeifchen am liebsten auf der Bank vor dem Laden, während er im Winter Cornels Werkstatt vorzog. So wie er roch, hatte er heute Morgen dort bereits Zeit verbracht.

Hein tätschelte ihr den Arm. »Ich freue mich auch, dass du gekommen bist.«

»Und? Was gibt es Neues?«, wollte sie wissen, als sie sich von ihm löste.

Hein tippte mit dem Zeigefinger auf einen Artikel in der Zeitung. »In Kellen gibt es zum Muttertag ein Konzert in der Kirche. Für Kinder. *Peter und der Wolf.* Ohne Orchester, eine Version für die Orgel. Da möchte ich gern hin.«

Anni schaute von ihrem Strickzeug auf. »Das ist ein Kinderkonzert, ich fürchte, aus dem Alter bist du inzwischen raus.«

»Hier steht extra, dass Leute jeglichen Alters eingeladen sind«, beharrte Hein auf seinem Wunsch. »*Peter und der Wolf* ist eine wunderbare Geschichte. Das erinnert mich an früher, als …«

»Jetzt lass Liv doch mal in Ruhe ankommen«, fiel seine Tochter ihm ins Wort. »Ich möchte zuerst einmal hören, wie es ihr in der letzten Zeit so ergangen ist.« Sie klopfte neben sich aufs Sofa, und Liv ging zu ihr hinüber.

Cornel hatte ihr bereits Tee eingeschenkt, sich in einen Sessel ihnen gegenüber gesetzt, und schaute sie nun ebenfalls erwartungsvoll an.

Sie nahm die Teetasse vom Tisch, hielt sie sich unter die Nase und roch an dem aufsteigenden Duft. »Mhm, riecht gut.«

»Schmeckt auch so«, bestätigte Anni, ohne von ihrem Strickzeug aufzusehen. »Und? Was gibt es Neues in deiner Apotheke?«

Liv nippte an ihrem Tee, um noch ein wenig Zeit zu gewinnen. Anni würde sich nicht so schnell mit einfachen Antworten abspeisen lassen wie Maike.

»Das weiß ich nicht«, antwortete sie schließlich. »Ich habe dort seit einer guten Woche nicht mehr gearbeitet.«

Nun hob Anni doch den Kopf. »Hast du Urlaub?«

»Ich habe gekündigt«, gab Liv zu und stellte ihre Teetasse zurück auf den Tisch.

»Hm«, war alles, was Cornel von sich gab, während er auf einem von Annis Karamellkeksen herumkaute.

Anni dagegen legte ihr Strickzeug beiseite und schaute Liv prüfend an. »Was ist passiert?«

»Es passte einfach nicht mehr. Ich habe mich dort nicht mehr wohlgefühlt.«

Anni verdrehte die Augen. »Mein Gott, heute bist du aber störrisch. Muss ich dir denn jedes Wort aus der Nase ziehen? Was ist passiert? Warum hast du dich plötzlich nicht mehr wohlgefühlt? Du hast doch immer gerne da gearbeitet.«

Liv schaute in die drei Gesichter, die sich ihr erwartungsvoll zugewandt hatten, und erinnerte sich daran, dass diese drei Menschen hier neben Maike dem Begriff Familie für sie am nächsten kamen. Warum also blieb sie so wortkarg, anstatt einfach Klartext zu reden? Sie musste sich doch für nichts schämen. Nun, vielleicht, ein bisschen unangenehm war es ihr schon. Schließlich war sie bisher immer gradlinig ihren Weg gegangen, ohne irgendwelche Umwege oder Auszeiten zu nehmen.

Immer ein braves Kind, dachte sie voller Ironie.

»Es ist gar nichts Dramatisches vorgefallen«, erklärte sie schließlich. »Ich habe gekündigt, weil mir meine Arbeit schon seit Längerem keinen richtigen Spaß mehr macht.« Dann atmete sie kurz durch und fuhr fort: »Und außerdem hatte ich eine Beziehung mit einem Kollegen, Paul, die unschön auseinandergegangen ist.«

So, jetzt war es raus.

Sie schaute Anni, Hein und Cornel nacheinander an und musste schmunzeln, als niemand etwas darauf erwiderte. Schließlich gluckste sie auf. »Hat es euch jetzt die Sprache verschlagen?«

Beide Männer schauten synchron zu Anni hinüber.

Diese räusperte sich. »Die Arbeit hat dir keinen Spaß mehr gemacht?«, fragte sie und widmete sich erst einmal dem unverfänglichen Thema.

»Es war einfach immer dasselbe, und ich habe mich zunehmend gefragt, ob ich das wirklich mein ganzes Leben lang machen will. Mitten in der Stadt, in solch einer großen Apotheke hatte ich nicht so eine enge Kundenbindung, wie ich gewollt hätte. Zudem habe ich den größten Teil des Tages damit verbracht, abgepackte Medikamente über die Theke zu reichen. Dazu kam ein wenig Beratung, aber selbst darauf legten die meisten Kunden keinen Wert. Meine Vorstellung aus der Zeit des Studiums, Rezepturen anzurühren und Medikamente herzustellen, nimmt nur einen unbedeutenden Anteil in meiner Arbeit ein.«

»Vielleicht solltest du dir besser eine kleine Apotheke hier in der Region suchen«, warf Hein ein. »Ich bin jedenfalls froh über den Kontakt zu meinem Apotheker. Tom kennt mich nun schon seit über zehn Jahren und weiß genau, welche Medikamente ich brauche und wie ich sie einnehmen muss.« Er nickte mit dem Kopf, um seine Aussage zu unterstützen.

»Danke, das ist sicher eine Alternative, über die ich nachdenken werde.«

»Und wie war das nun mit dem jungen Mann?«, hakte Anni nach.

Liv schob sich die Haare hinter die Ohren und richtete sich auf. »Es war ein Fehler«, stellte sie kurz und bündig fest. »Eine Liebelei am Arbeitsplatz kann nur in einer Katastrophe enden, was ich eindrucksvoll bewiesen habe.«

Anni legte ihr mitfühlend die Hand aufs Bein. »Und wie geht es dir damit?«

»Inzwischen sehr gut«, konnte sie ehrlich antworten. »Es war nicht die große Liebe. Zumindest nicht von meiner Seite«, fügte sie hinzu.

Annis Blick wandte sich an Cornel. »Darauf sollten wir etwas Stärkeres trinken als Tee. Was meinst du?«

»Vier Mal Johannisbeerschnaps?« Cornel schaute fragend in die Runde.

Als alle zustimmend nickten, stand er auf, holte den Schnaps aus dem Kühlschrank der dem Wohnzimmer anliegenden offenen Küche und füllte vier Gläschen damit, die auf einem Beistelltisch standen.

Liv musste schmunzeln. Die drei waren eine eingeschworene Gemeinschaft, die nicht nur gut zusammenarbeitete, sondern auch ihre Sonntage zelebrierte. Da wurde nichts fürs Geschäft getan, keine Reparaturaufträge abgearbeitet und auch nicht gekocht. Sie schliefen aus und frühstückten gemütlich, ehe sie sich im Wohnzimmer niederließen. Wenn sie keinen Ausflug geplant hatten. Nachmittags kehrten sie dann irgendwo ein und ließen sich ein Stück Kuchen schmecken, weshalb es stets nur ein kleines Abendessen mit Butterbroten gab.

Auf Neudeutsch hieß das »Pflege der Work-Life-Balance«. In diesem Haus wurde das aber schon zelebriert, seit Liv zurückdenken konnte. Schade, dass ihre Mutter das niemals übernommen hatte.

»Denn man Prost«, sagte Anni und kippte ihren Schnaps mit einem Schluck hinunter.

»Prost!«, stimmte Liv ihr zu und nippte an dem süßlichen Getränk.

Hein nickte ihr auffordernd zu. »Nun zier dich nicht, der Tag ist noch jung!«

Was das miteinander zu tun haben sollte, erschloss sich Liv nicht so ganz, aber sie folgte der Aufforderung und trank den Rest des Gläschens leer. Nun musste sie sich doch ein wenig räuspern, als sie es zurück auf den Tisch stellte. Der aufgesetzte Schnaps war ein echter Nachbrenner.

»So«, meinte Anni und stellte ihr Glas ebenfalls zurück auf den Tisch. »Jetzt erzähl uns mal von diesem jungen Mann. Was hat er dir angetan?«

Liv grinste schief. »Angetan hat er mir überhaupt nichts. Wir waren ein paar Monate zusammen, als Paul meinte, er wolle mit mir zu seinen Eltern fahren. Da habe ich gemerkt, dass mir das alles zu eng wurde und diese Beziehung die falsche Richtung nahm. Deshalb habe ich mit ihm Schluss gemacht. Das hat er mir krummgenommen und mich anschließend in der Apotheke geschnitten. Das Arbeitsklima war einfach unangenehm geworden, und dem wollte ich mich nicht länger aussetzen.«

»Mhm.« Anni schaute sie nachdenklich an.

Liv konnte ihr ansehen, dass ihr eine Frage auf der Seele brannte, aber sie wechselte das Thema.

»Apropos deine Arbeit in der Apotheke. Gehörte die Einstellung von neuem Personal auch zu deinen Aufgaben?«

Verwundert schaute Liv die Freundin ihrer Mutter an. »Ja. Wieso?«

Anni warf einen kurzen Blick auf Hein und Cornel, ehe sie fortfuhr. »Wir brauchen hier Unterstützung.«

»Ich werde langsam alt«, meinte Hein.

»Ach was.« Cornel machte eine wegwerfende Bewegung.

»Wie auch immer«, fuhr Anni fort. »Wir werden alle nicht jünger, und ich möchte zukünftig auch ein wenig kürzertreten. Ich habe hier überall rumgefragt, aber niemand interessiert sich für eine Stelle bei mir im Laden. Deshalb habe ich eine Anzeige im Internet aufgegeben.« Ihre Augen funkelten stolz, und sie machte eine dramatische Pause.

Also tat Liv ihr den Gefallen und fragte: »Im Internet?«

»Ja! Inzwischen bin ich da echt ganz fit. Und das Schöne ist, es hat sich tatsächlich jemand gemeldet. Und sie ist auch noch Gärtnerin!« Anni strahlte vor Begeisterung, doch dann wurde ihr Blick nachdenklich. »Aber ich habe in meinem ganzen Leben noch kein Bewerbungsgespräch geführt.«

Als Liv Cornel anschaute, hob dieser nur abwehrend die Hände.

»Und mich musst du gar nicht erst fragen«, erklärte Hein. »Mein letztes Bewerbungsgespräch hat schon lange vor Cornels Einstellung durch Anni stattgefunden. 1962. Damals habe ich meine Maria eingestellt.« Er senkte rasch den Blick, doch Liv konnte sehen, dass seine Augen feucht wurden, als er seine verstorbene Frau erwähnte.

»Also meint ihr, ich soll Anni bei dem Gespräch zur Seite stehen?«

Anni strahlte sie an. »Würdest du das tun?«

»Kommt darauf an, wann das stattfinden soll. So schnell bin ich offensichtlich nicht wieder weg.«

»Der Termin ist kommenden Donnerstag. Meinst du, dann bist du noch hier?«, fragte Anni besorgt.

»Ganz bestimmt«, antwortete Liv.

Und dann erzählte sie den dreien davon, was Maike und sie beschlossen hatten, wofür sie von allen viel Zustimmung erhielt, hörte sich anschließend an, was Anni für Geschichten aus dem Laden zu berichten hatte, und folgte Hein bei seinen Ausführungen zu einer neuen elektrischen Heckenschere, die laut ihm selbst durch die knorrigsten Äste ging wie durch Butter. Nur Cornel blieb wie gewohnt sehr ruhig, knabberte inzwischen an seinen obligatorischen Erdnüssen, die vor ihm auf dem Tisch standen, und nickte hin und wieder zustimmend mit dem Kopf.

Es war fast ein Uhr, als Liv schließlich wieder zu Hause war, und nach einem oder auch zwei weiteren Johannisbeerschnäpsen hatte sie das Bedürfnis nach einer ausgedehnten Mittagspause.

Manchmal hatte es doch auch sein Gutes, dass Maike so gar nicht zu den anpackenden Leuten gehörte. So könnte sie selbst diesen Sonntagnachmittag auch völlig ohne schlechtes Gewissen vertrödeln.

Kapitel 4

Als Liv am nächsten Morgen aufwachte, fühlte sie sich erfrischt wie lange nicht mehr. Sie hatte den gestrigen Nachmittag nach einem ausgiebigen Mittagsschlaf herrlich vertrödelt, hatte anschließend den Abend mit einem spannenden Krimi verbracht und sich heute nicht vom Wecker wecken lassen. So war es schon halb zehn, als sie frisch geduscht am Küchentisch saß und an ihrem ersten Kaffee nippte.

Von Maike war gestern den ganzen Tag nichts zu sehen gewesen. Auch ihr altersschwacher blauer Kangoo hatte nicht vor der Tür gestanden. Daher ging Liv davon aus, dass ihre Schwester den ganzen Tag über in Düsseldorf gewesen war, wo sie ja nach wie vor ihre Wohnung und ihre Freunde hatte.

Ist das nicht viel zu aufwendig?, überlegte Liv. Die Miete lief ja weiter, auch wenn Maike zurzeit gar nicht dort lebte. Es war selbst für sie eine schwierige Entscheidung gewesen, die Wohnung in Münster zu halten, obwohl sie eine längere Auszeit in Schweden plante. Doch konnte Maike sich das ebenfalls leisten? Vor allem jetzt, wo sie arbeitslos war?

Ich bin gerade zwischen zwei Jobs, hatte sie Samstagmorgen gesagt. Ob sie schon etwas Neues in Aussicht hatte? Das würde sie ihrer großen Schwester wohl nicht auf die Nase binden, so, wie sie sich die letzten Tage benommen hatte.

Liv bedauerte nach wie vor, dass sich der Kontakt zu ihrer Schwester niemals so richtig entwickelt hatte. Obwohl sie nur zwei Jahre trennten, gab es kein starkes Band zwischen ihnen. Während Liv ein absolutes Mamakind gewesen war, hatte Maike immer die Aufmerksamkeit ihres Vaters gesucht.

Sie seufzte, ehe sie erneut an ihrem Kaffee nippte. Unter dessen unstetem Lebenswandel und seinem plötzlichen Weggang hatte ihre Schwester sicher deutlich mehr gelitten als sie selbst.

Liv richtete ihren Blick aus dem Küchenfenster über die Wiesen und Felder, die sich an den Hof anschlossen. Die Regenwolken von gestern waren weitergezogen und hatten hellem Sonnenschein Platz gemacht, der die bunten Blüten von Taubnesseln, Lungenkraut und Huflattich um die Wette strahlen ließ. Unzählige Gänseblümchen gaben dem Bild etwas Anrührendes, doch trotzdem rieb sie sich fröstelnd die Arme. Wo kamen denn jetzt plötzlich diese unangenehmen Gedanken her? Sie hatte seit Jahren nicht mehr über ihren Vater nachgedacht.

Unwillig schüttelte sie den Kopf und stand auf. Zeit, sich mit etwas Positivem abzulenken. Jetzt würde sie sich erst einmal etwas Leckeres zum Frühstück machen und dann oben die beiden Badezimmer putzen. Vielleicht ließe sich an deren trostlosem Anblick ja noch etwas ändern? Viel Hoffnung hatte sie da nicht.

Gerade als sie die Kühlschranktür wieder schloss, hörte

sie Schritte auf der Treppe, und kurz darauf öffnete sich die Küchentür.

»Guten Morgen!«, erklang Maikes gut gelaunte Stimme.

»Guten Morgen«, antwortete Liv verdattert.

»Ist das nicht ein herrliches Licht da draußen?«

Unwillkürlich wandte Liv den Blick zum Fenster und verzog den Mund zu einem Lächeln. »Ja, wunderschön. Vor allem nach dem fiesen Wetter der letzten Tage.«

»Hast du noch einen Kaffee für mich?« Ohne eine Antwort abzuwarten, ging Maike hinüber zum Tisch und schüttelte prüfend die Thermoskanne. »Genug da«, stellte sie fest.

»Setz dich.« Liv stellte den Frischkäse und die Salami auf den Tisch, ehe sie zum Schrank hinüberging und einen großen Kaffeebecher für ihre Schwester herausnahm. »Möchtest du auch etwas essen?«

»Nein, ich esse unterwegs eine Kleinigkeit.«

Du bist heute schon wieder unterwegs?, wäre es fast aus Liv herausgeplatzt. Aber sie bemühte sich darum, ruhig zu bleiben, und setzte sich zurück auf ihren Stuhl.

»Was hast du denn vor?«, fragte sie stattdessen freundlich.

»Ach, dies und das«, erklärte Maike ausweichend. »Soll ich auf dem Rückweg noch irgendetwas besorgen?«

Immerhin bemühten sie sich heute Morgen beide darum, höflich miteinander umzugehen. Das war doch schon was.

»Danke, ich habe alles, was ich brauche. Wir müssten uns aber langsam mal zusammensetzen, um zu besprechen, was alles renoviert werden sollte. Hast du dir darüber schon Gedanken gemacht?«

Maike nickte, während sie sich Kaffee eingoss. »Ich bin am frühen Nachmittag zurück. Was hältst du davon, wenn ich uns beiden Schwarzwälder Kirschtorte mitbringe und wir es uns damit gemütlich machen? So spricht es sich doch viel angenehmer.«

Nun war Liv überrascht. Solche Töne kannte sie von ihrer kleinen Schwester gar nicht. Aber wenn das ein Friedensangebot sein sollte, wollte sie es gerne annehmen.

Deshalb lächelte sie Maike freundlich an, als sie antwortete: »Also gut. Nachher dann Kaffeeklatsch.«

✣

Wie immer genoss Liv es, ganz in Ruhe arbeiten zu können. Sie mochte es nicht, sich gehetzt zu fühlen, sondern arbeitete am liebsten die Dinge in ihrem eigenen Rhythmus ab. Die beiden Badezimmer im Haus mussten prinzipiell nur vom Staub befreit werden, der sich in den letzten beiden Jahren angesammelt hatte. Trotzdem benutzte sie auch hier einen speziellen Fliesenreiniger für die Wände und die Böden, um das bestmögliche Ergebnis zu erzielen. Doch all ihr Einsatz ließ nicht verhehlen, dass die Bäder aus den Achtzigerjahren stammten. Hier müsste der Käufer einiges an Geld in die Hand nehmen, um die Räume auf den neuesten Stand zu bringen. Denn dass sie und Maike die beiden Bäder selbst erneuerten, würde ihr Budget für die Renovierung sicherlich sprengen, vermutete Liv.

Sie betrachtete nachdenklich den Fensterrahmen im kleinen Duschbad. Überall schaute zwischen der abblätternden weißen Farbe das rohe Holz hervor, das bereits eine graue Färbung angenommen hatte. Auch hier müsste dringend Hand angelegt werden, bevor das Holz Schaden nahm.

Seufzend warf sie das Ledertuch, mit dem sie eben die kleinen Scheiben der Sprossenfenster gereinigt hatte, in den Putzeimer und drehte sich einmal um die eigene Achse. Mehr konnte sie hier heute nicht tun, was sie ein wenig frustrierte. Es wurde Zeit, dass Maike mit der Schwarzwälder Kirschtorte kam, sie brauchte jetzt dringend einen Seelentröster.

Sie nahm sich den Eimer, goss das Putzwasser in den Abfluss der Dusche, wischte kurz hinterher und verließ den Raum. Auch wenn Maike noch nicht da war, würde sie sich jetzt einen Tee kochen und die Beine hochlegen. Für heute hatte sie genug geputzt. Das Schrubben der Wandfliesen war ihr ganz schön in die Oberarme gegangen, die brauchten dringend eine Pause. Morgen wollte sie dann mit ihrem Schlafzimmer und der Küche weitermachen, sodass erst einmal alle Räume, die aktuell genutzt wurden, wirklich bewohnbar waren. Jetzt war sie erst einmal gespannt darauf, zu hören, was Maike sich wegen der Renovierung überlegt hatte.

Gerade als sie sich mit einer Tasse Pfefferminztee auf der Couch im Wohnzimmer niedergelassen hatte, hörte sie draußen einen Wagen vorfahren. Ihr erster Impuls war es, aufzuspringen und in die Küche hinüberzugehen, um den Kaffee aufzusetzen. Aber dann zwang sie sich, sitzen zu bleiben. Schließlich war ihre Schwester ebenso gut in der Lage, Kaffee zu kochen, wie sie selbst.

Entspannt schloss sie die Augen und genoss das aufsteigende Aroma der Minze. Pfefferminz liebte sie schon seit ihrer Kindheit in jeglicher Darreichungsform, sei es als Bonbon, als Eis oder in Verbindung mit Schokolade.

»Liv?«, erklang Maikes fragende Stimme aus dem Flur.

»Bin im Wohnzimmer!«

Sie hörte ein Poltern, und dann öffnete sich auch schon die Zimmertür, und Maike kam herein.

»Schau mal, wen ich uns mitgebracht habe.«

Ihre Schwester trat einen Schritt zur Seite, und ein merkwürdig gekleideter Mann und ein großer grauer Hund traten vor die Couch.

»Hallo«, begrüßte sie der Fremde, der aussah, als wäre er einer anderen Zeit entsprungen. »Ich bin Jasper.«

Liv nickte konsterniert und musterte ihn. Zu derben schwarzen Hosen mit weitem Schlag trug er ein weißes, kragenloses Hemd unter einer schwarzen Jacke, die mit sechs silbernen Knöpfen als Zweireiher geschlossen war. Mit der rechten Hand umfasste er einen Wanderstock, der mehr einem großen Knüppel glich, während über seiner linken Schulter ein verschnürter Beutel hing. Ein schwarzer, breitkrempiger Hut rundete sein Outfit ab und beschattete ein Paar strahlend blauer Augen, die sie jetzt gerade verschmitzt anfunkelten.

»Liv?«

Als sie Maikes Stimme hörte, schrak sie ertappt zusammen. Erst jetzt wurde ihr bewusst, dass sie Jasper in nahezu unverschämter Weise betrachtet hatte.

»Entschuldige«, stammelte sie. »Ich war einfach so überrascht.«

Mit der Hand, in der er die Hundeleine hielt, machte er eine wegwischende Bewegung. »Kein Problem. Ich bin es gewohnt, dass die Leute mich anschauen.«

»Wir haben uns in der Bäckerei kennengelernt, in der ich den Kuchen besorgt habe«, erklärte Maike nun dieses denkwürdige Aufeinandertreffen. »Jasper stand vor mir in der Schlange, und wir sind ins Gespräch gekommen. Als ich ihm davon erzählt habe, dass wir gerade dabei sind, ein altes Bauernhaus zu renovieren, hat er sich dazu bereit erklärt, sich das Ganze mal anzusehen. Wäre es nicht toll, wenn er uns helfen würde?« Am Ende des Satzes war Maikes Stimme hochgegangen, so sehr schien sie der Gedanke an eine Zusammenarbeit zu erfreuen.

Irgendwie fühlte Liv sich überfahren. Zudem behagte es ihr gar nicht, dass sie lang ausgestreckt auf dem Sofa lag, während die anderen beiden erwartungsvoll vor ihr standen. Deshalb sagte sie erst einmal nichts, sondern rappelte sich auf und stellte sich in gebührendem Abstand den beiden gegenüber. Sofort hatte sie das Gefühl, klarer denken zu können. »Also, ihr habt euch gerade eben kennengelernt und überlegt schon, ob Jasper bei uns arbeiten soll? Was bist du denn von Beruf?«

»Ich bin Tischler und inzwischen seit fast vier Jahren auf Wanderschaft. Habe also schon viele Baustellen gesehen und auch in anderen Gewerken gearbeitet.«

Natürlich. Fast hätte sich Liv mit der Hand vor die Stirn geschlagen. Jasper war auf der Walz, daher sein interessantes Outfit.

»Es tut mir leid, dass ich jetzt wie eine Spielverderberin dastehe«, erklärte sie, »aber Maike und ich haben noch gar nicht darüber gesprochen, was wir eigentlich alles renovieren lassen möchten.« Nun warf sie einen bedeutungsvollen Blick zu ihrer Schwester. »Und vor allem, wie viel Geld wir investieren wollen.«

»Darüber habe ich mir bereits einige Gedanken gemacht«, erklärte Maike, als wäre es das Selbstverständlichste von der Welt. »Meiner Meinung nach sollten wir uns auf ein paar wenige Räume beschränken, die wir herrichten. Für das ganze Haus würden wir doch einige Monate brauchen. Zeit, die weder du noch ich investieren wollen.« Sie hob fragend die Augenbrauen, ehe sie weitersprach: »Zudem geht es ja nur darum, dass die Interessenten eine Ahnung davon bekommen, was sie aus diesem Haus noch alles herausholen können. Die werden anschließend sowieso alles nach ihrem Geschmack gestalten. Außerdem soll sich der Aufwand für uns ja in Grenzen halten. Schließlich haben wir beide auch noch andere Sachen zu tun.«

Nun, es schien so, als habe Maike tatsächlich intensiv über ihr weiteres Vorgehen nachgedacht.

»Und du hättest in den nächsten Wochen Zeit, dich um die Renovierung zu kümmern?«, wandte sich Liv nun an Jasper. »Maike und ich würden dich natürlich unterstützen, allerdings sind unsere Kenntnisse bezüglich Renovierungsarbeiten sehr begrenzt.«

»Ich würde mir das Haus gern erst einmal anschauen, bevor ich irgendetwas entscheide. Maike meinte, mein Hund und ich könnten hier problemlos unterkommen?«

Livs Blick fiel unwillkürlich auf das graue Ungetüm, das nach wie vor brav neben seinem Herrchen saß, sie jedoch mit irritierend hellbraunen Augen musterte. So ganz behaglich war ihr nicht bei dem Gedanken, einen Hund im Haus zu haben. Als sie noch ein kleines Kind gewesen war, gab es einen Schäferhund auf dem Hof, mit dem nicht gut Kirschen essen gewesen war. Er hatte regelmäßig geknurrt, wenn sie zu Fressenszeiten auch nur in seine Nähe kam, und schnappte auch schon mal nach ihr, sobald sie nach etwas griff, das er auch haben wollte. Seither hatte sie vor Hunden großen Respekt und war froh, wenn sie sie nur aus der Ferne sah. Allerdings machte dieses Exemplar trotz seiner Größe einen eher friedlichen Eindruck.

Deshalb stimmte sie Maike zu. »Ja, die Unterbringung wäre überhaupt kein Problem. Wir haben genügend freie Zimmer.«

»Lasst uns doch mal schauen, was ihr so auf dem Plan habt, und dann sehen wir weiter«, meinte Jasper und nickte auffordernd in Richtung Flur.

»Ich gehe vor!«, rief Maike und eilte bereits voraus.

Als Jasper ihr mit dem Hund an seiner Seite folgte, verließ auch Liv mit einem gehörigen Sicherheitsabstand das Wohnzimmer.

»Am besten schaust du dir zuerst einmal den Eingangsbereich genauer an«, meinte Maike und warf ihnen über die Schulter einen kurzen Blick zu. »Das wird ja der erste Eindruck sein, den potenzielle Interessenten bekommen, und der soll sie am besten gleich vom Sockel hauen.«

Liv blieb am Ausgang zur Diele stehen und beobachtete, wie Jasper hinüber zur Treppe ging und mit der Hand über das Geländer strich, den gedrechselten Streben nachfuhr und schließlich auch die Stufen begutachtete.

»Da könnte man wirklich was draus machen«, erklärte er.

»Das klingt doch schon mal gut.« Maike drehte sich in Richtung der angrenzenden Zimmertüren. »Die Türen in diesem Bereich bräuchten auch eine Auffrischung.«

»Sicher.« Jasper nickte zustimmend. »Das wäre keine große Sache.«

»Was meinst du?« Nun schaute Maike zu Liv hinüber. »Welche Räume sollten wir noch herrichten?«

»Auf jeden Fall das Wohnzimmer im Erdgeschoss«, antwortete sie wie aus der Pistole geschossen. Schließlich hatte sie gestern erst darüber nachgedacht.

»Das war auch mein Gedanke«, bestätigte Maike sie. »Vielleicht zeigen wir dir einfach mal den Rest des Hauses«, sagte sie nun zu Jasper. »Dann kannst du dir einen besseren Eindruck von den Gegebenheiten machen und hast vielleicht selbst noch den einen oder anderen Vorschlag, was wir ohne großen Aufwand renovieren könnten.«

»Können wir gerne machen.« Jasper gab seinem Hund ein Handzeichen, sich abzulegen, was dieser auch unverzüglich tat.

»Dann mal los«, erklärte der junge Tischler, und Maike öffnete zunächst die Tür zum ehemaligen Büro ihrer Mutter, da sie diesem Raum am nächsten stand.

Jasper trat hinein, und Liv linste über seine Schulter. Wie bei den anderen Zimmern hatten die Wände inzwischen eine gräulich weiße Farbe angenommen. Rechts von ihnen standen deckenhohe Regale, in denen Bücher und Aktenordner aufgereiht waren. Unter dem Fenster befand sich ein schwerer Eichenholzschreibtisch, davor ein alter Bürostuhl mit abgesessenem schwarzem Polster. Linker Hand zierte eine hohe Vitrine die Wand, in der ihre Mutter die kostbarsten Exemplare ihrer Sammlung von Tierfiguren aus Glas und Porzellan ausgestellt hatte.

Jasper machte einen Schritt darauf zu und betrachtete sie ausgiebig.

»Hübsch«, meinte er, ehe er sich wieder umwandte. »Was ist mit den Fenstern? Sind sie verzogen?«

»Nur die Flügeltüren zum Hof. Aber an den Fenstern im ganzen Haus ist schon seit Jahren nichts mehr gemacht worden, die müssten dringend saniert werden«, antwortete Maike.

Liv schaute verblüfft zu ihr hinüber. Offenbar hatte sich ihre kleine Schwester schon deutlich mehr mit dem Haus beschäftigt, als ihr bewusst gewesen war.

»Die sollten wir dann auf jeden Fall auch in den Räumen bearbeiten, die ihr herrichten lassen wollt«, erklärte Jasper. »Was befindet sich im nächsten Zimmer?«

Das war der ehemalige Raum ihres Vaters. Ihre Mutter hatte nach seinem Weggang nichts daran verändert.

Liv wartete lieber im Flur, anstatt den anderen beiden zu folgen. Wenn sie dieses Zimmer betrat, stieg nach wie vor Wut in ihr hoch. Ihr war klar, dass sie dieses Gefühl langsam hinter sich lassen sollte, aber bisher hatte sie dieses Thema lieber verdrängt. Vielleicht auch etwas, worüber sie in den nächsten Wochen einmal nachdenken sollte?

*

Eine gute halbe Stunde später saßen sie zusammen um den großen Esstisch in der Küche, während im Hintergrund die blubbernden Geräusche der Kaffeemaschine zu hören waren.

»Also, was meinst du?«, fragte Maike und sah Jasper erwartungsvoll an.

»Ein wunderbarer Bau«, schwärmte der Tischler.

Dem Ausdruck seiner Augen nach erübrigte sich wohl, ihn danach zu fragen, ob er die Renovierungsarbeiten übernahm. Maike stellte die Frage trotzdem.

»Gern«, antwortete Jasper kurz und knapp. »Ich habe im Moment keinen weiteren Arbeitseinsatz geplant, wäre also von der Zeit her flexibel.«

Das klang ja fast zu schön, um wahr zu sein.

»Wie ist das mit der Bezahlung?«, wollte Liv von ihm wissen.

»Ganz normaler tariflicher Gesellenlohn, mit dem ihr Kost und Logis verrechnen könnt?« Er schaute fragend zwischen Maike und ihr hin und her.

Sie tauschte einen zustimmenden Blick mit ihrer Schwester, und diese reckte begeistert die Fäuste in die Luft. »Ja! Damit wäre das abgemacht.«

Maike sprang auf und nahm die gefüllte Glaskanne von der Maschine. »Darauf einen Kaffee und ein leckeres Stück Schwarzwälder Kirschtorte.«

Während Maike allen Kaffee einschenkte, verteilte Liv die Torte auf den Tellern.

»Ich gebe Flönz mal etwas Wasser«, erklärte Jasper und erhob sich. An der Außenseite seines Stoffbeutels hing eine Metallschüssel, die er nun löste.

»Wie heißt dein Hund?«, fragte Liv ihn, da sie den Namen nicht richtig verstanden hatte.

»Blutwurst.« Maike lachte.

»Blutwurst?« Liv war irritiert. So hatte das eben aber nicht geklungen.

»Er heißt nicht Blutwurst, sondern Flönz.« Nun hatte auch Jasper ein Grinsen im Gesicht. »Aber Maike hat recht, Flönz ist der kölsche Ausdruck für eine Blutwurst. Und Blutwurst ist seine absolute Leibspeise.«

Nun musste auch Liv schmunzeln. Sie betrachtete den großen Hund, der dem gefüllten Wassernapf überhaupt keine Beachtung schenkte, dafür allerdings die Schwarzwälder Kirschtorte auf dem Teller seines Herrchens nicht aus den Augen ließ.

»In welchem Zimmer möchtest du denn wohnen?«, fragte Maike, als sie alle wieder am Tisch saßen. »In einem der beiden Gästezimmer im ersten Stock? Dann hättest du direkt das Duschbad nebenan. Liv und ich könnten uns dann das große Badezimmer teilen.«

Liv nickte zustimmend. Das war doch eine sehr gute Idee.

Doch Jasper sah das anders. »Wenn es euch recht ist, würde ich lieber das untere Gästezimmer nehmen. Dann muss ich mit dem Hund nicht immer durchs ganze Haus. Vor allem hat es einen direkten Zugang zum Hof, das wäre mit Flönz wirklich praktisch.«

Liv schaute zwischen Jasper und seinem Hund hin und her. Das untere Gästezimmer lag neben ihrem, und Flönz direkt nebenan zu wissen, vermittelte ihr ein unsicheres Gefühl.

»Bist du damit nicht einverstanden?« Offenbar hatte Jasper ihre Zurückhaltung bemerkt.

Deshalb beeilte sie sich zu sagen: »Doch, doch, das ist überhaupt kein Problem.«

War es auch nicht, denn wenn Jasper hier arbeitete, würde sie sich so oder so an Flönz gewöhnen müssen.

Kapitel 5

Als Liv am nächsten Morgen erwachte, zeigte der Wecker 6:17 Uhr. Sie zählte zwar eher zu den Frühaufstehern, aber eigentlich hätte sie sich schon gewünscht, die Nacht wäre ein wenig länger gewesen. Verschlafen rieb sie sich die Augen, als sie von nebenan ein gedämpftes Scheppern vernahm. Offenbar hatte Jasper die Tür zum Hof geschlossen, um die es keinen Deut besser stand als um die Doppelflügeltür ihres Zimmer. Auch diese ließ sich weder geräuschlos öffnen noch schließen.

Entspannt kuschelte sie sich wieder in ihr Kissen und schloss die Augen. Obwohl sie jetzt wach war, musste sie glücklicherweise nicht sofort aus dem Bett springen. Stattdessen ließ sie ihren Gedanken freien Lauf, die ihr direkt das Bild ihres neuen Mitbewohners vor Augen führten.

Es war nett gewesen, gestern noch mit Maike und Jasper zusammenzusitzen und Pläne zu schmieden. Maike hatte sie wieder damit überrascht, wie genau ihre Vorstellungen von der Renovierung waren. Während sie selbst eher vage Überlegungen angestellt hatte, wie sie dabei am besten vorgehen sollten, hatte Maike schon ganz konkrete Pläne. Pläne, die Jasper aufgriff und auf ihre Umsetzung prüfte. Der Mann schien wirklich Ahnung von seinem Handwerk zu haben. Sie hatten sich darauf geeinigt, das Treppenhaus im Erdgeschoss und die Treppe hinauf in den ersten Stock zu renovieren, dazu das Wohnzimmer, das formelle Esszimmer und das Büro ihrer Mutter. Zudem die Fenster in den beiden Badezimmern, weil ein solider neuer Lackauftrag schon viel zur Verbesserung des ersten Eindrucks beitragen würde.

Als Liv daran dachte, wie sehr die Terrassentür nebenan eben gescheppert hatte, beschloss sie, mit ebendieser die Renovierungsarbeiten zu beginnen, damit zukünftig nicht das ganze Haus geweckt wurde, wenn Flönz morgens rausmusste.

Die Gedanken über die bevorstehenden Arbeiten machten sie ganz hibbelig. Deshalb schlug sie doch die Bettdecke zurück und stand auf. Sie fühlte sich wach und ausgeruht und hatte Lust loszulegen. Während sie sich anzog, wurde ihr jedoch bewusst, dass sie keine Arbeitsklamotten dabeihatte. Jeans und T-Shirt wären ja überhaupt kein Problem, aber dafür reichten die Temperaturen Ende März lange nicht. Und selbst wenn Jasper mit dem Treppenhaus begann und sie mit dem Ausbauen der Fenster etwas warten würden, bis es milder war, könnte sie sich in ihrem guten Wollmantel wohl kaum in die Scheune stellen und Fensterflügel oder Türen abschleifen. Da stand später wohl noch ein größerer Einkauf in Kleve an.

Liv knöpfte ihre Jeans zu, ehe sie in einen leichten Wollpullover schlüpfte. Heute Morgen wollte sie erst einmal mit Jasper in den Baumarkt fahren, um notwendige Werkzeuge und Materialien zu kaufen. Es kribbelte ihr schon in den Fingern, mal eine Schleifmaschine auszuprobieren.

Voller Energie verließ sie ihr Zimmer und machte sich auf den Weg in die Küche. Im Flur duftete es bereits nach frischem Kaffee. Sollte Jasper mehr als nur eine Tasse für sich selbst gekocht haben, war er ihr als Mitbewohner herzlich willkommen.

»Guten Morgen«, begrüßte sie ihn herzlich, als sie die Tür öffnete.

»Mist, habe ich dich geweckt?« Jasper saß, einen Kaffeebecher vor sich, am Tisch und schaute ihr dermaßen zerknirscht entgegen, dass sie ihm am liebsten beschwichtigend durch sein sowieso noch vom Schlaf verstrubbeltes Haar gefahren wäre.

Stocksteif blieb sie im Türrahmen stehen. Woher kam denn dieser Gedanke? Das Herz klopfte ihr bis zum Hals, als sie sich wieder aus ihrer Erstarrung löste und betont lässig antwortete: »Überhaupt kein Problem, ich bin eine Frühaufsteherin. Hast du auch einen Kaffee für mich?«

So locker es ihr möglich war, ging sie hinüber zur Kaffeemaschine und sah, dass die Glaskanne noch gut gefüllt war. Ein vorausschauender Mann. Sie atmete tief durch, bevor sie einen Kaffeebecher aus dem Schrank nahm und sich einschenkte. Dann zog sie den Stuhl hervor, der Jaspers Platz gegenüberstand, und setzte sich ebenfalls an den Tisch.

Erst jetzt nahm sie wahr, dass Flönz es sich darunter bequem gemacht hatte und nun neugierig an ihren Füßen schnupperte. Vorsichtig zog sie sie unter ihren Stuhl zurück. Nicht dass sie wirklich Angst vor dem haarigen Wesen hatte, aber doch zumindest so viel Respekt, dass sie ihn lieber auf Abstand hielt.

Als sie den Kopf hob und zu Jasper hinüberschaute, bemerkte sie, dass er sie fragend ansah.

»Milch und Zucker?«

»Beides. Danke«, antwortete sie, und er schob ihr Zuckerdose und Milchkännchen rüber.

»Wo finde ich denn im Haus einen Werkzeugkasten? Eventuell auch einen Hobel?«, wollte er von ihr wissen.

Sie goss einen guten Schuss Milch in den Kaffee, bevor sie noch einen halben Löffel Zucker hinzugab. »Einen Hobel?«

Jasper grinste verschmitzt. »Doch noch nicht ganz wach?«

»Ich weiß schon, was ein Hobel ist«, ereiferte sie sich und bemerkte erfreut, dass dieser Gefühlsausbruch das merkwürdige Flattern in ihrem Bauch verschwinden ließ. »Wenn wir einen haben, findest du ihn in der Werkstatt in der Scheune. Das andere Werkzeug natürlich auch. Ich weiß allerdings nicht, was von dem Kram, der dort liegt, noch funktionsfähig ist, schließlich wurde das alles seit mehr als zwei Jahren nicht mehr benutzt. Keine Ahnung, ob da irgendwas Rost angesetzt hat. Brauchst du das sofort?«

»Hat auf jeden Fall Zeit bis nach dem Kaffee. Aber ich dachte, ich schaue mal, ob ich die Terrassentür nicht zumindest provisorisch gerichtet bekomme, damit ich dich nicht jeden Morgen aus dem Schlaf reiße.«

»Wenn es klappt, könntest du dann auch gleich nach meiner Tür gucken? Die hängt ebenfalls, sodass ich diesen Ausgang im Moment gar nicht nutze.«

Dabei liebte sie es, nach dem Aufstehen erst einmal nach draußen zu gehen und die frische Morgenluft zu genießen, wenn alles um sie herum noch still war und der neue Tag verheißungsvoll vor ihr lag.

Nachdem sie in Ruhe ihren Kaffee getrunken und dabei ein wenig geplaudert hatten, machten sie sich gemeinsam auf den Weg zur Scheune. Gestern waren sie noch überhaupt nicht dazu gekommen, Jasper eine komplette Hofführung angedeihen zu lassen.

Liv knipste das Hoflicht an, und gemeinsam verließen sie die Küche durch die Hintertür. Jasper musste lachen, als diese sich nur mit ähnlichem Getöse öffnen und wieder schließen ließ wie die Tür in seinem Zimmer.

»Das Haus hat jetzt gut zwei Jahre leer gestanden«, erklärte Liv noch einmal entschuldigend. »Da hatte das Holz gut Zeit zu arbeiten.«

Jasper nickte, während er den Hof neben ihr in Richtung Scheune überquerte. »Ich schätze, das Richten wird kein großes Problem sein, vielleicht reicht schon das Einstellen der Bänder. Ich mache mich gleich an die Arbeit.«

Liv schaute ihn mit großen Augen an. »Morgens um sieben? Du hattest ja noch nicht einmal ein richtiges Frühstück.«

»Ach, das macht mir nichts aus. Das kann ich auch später nachholen. Oder meinst du, Maike fühlt sich gestört, wenn ich hier unten schon etwas tue?«

»Nein, ihr Zimmer liegt ja auf der anderen Seite des Hauses. Da kannst du ruhig mit unseren beiden Zimmern anfangen.«

Liv öffnete das große Scheunentor, suchte nach dem Lichtschalter und knipste ihn an. Wie zu erwarten, hatte sich auch hier nichts verändert. Rechter Hand stand eine

Bierbank, auf der ihre Mutter früher die Eier und die Kasse stehen hatte. An der Wand befand sich noch die große Kühltruhe, in der das Fleisch der eigenen Rinder angeboten worden war, und leicht zur Mitte versetzt ragten die Gestelle in die Höhe, in denen sie die Obst- und Gemüsekisten untergebracht hatte. Jetzt war natürlich alles leer. Keine prall gefüllten Kartoffelsäcke mehr, kein Geruch nach Jute, der hier sonst immer in der Luft gelegen hatte.

Liv riss sich von dem trostlosen Anblick los und wandte sich nach links. »Hier hinten ist die Werkstatt.«

Sie öffnete eine schmale Holztür, suchte nach dem Lichtschalter, und kurz darauf flammte an der Decke eine nackte Neonröhre auf.

»Eigentlich war dies das Refugium meines Großvaters«, erklärte sie Jasper, der kurz nach ihr den Raum betreten hatte. »Allerdings ist er schon vor neun Jahren verstorben, und ich weiß nicht, inwieweit die Werkzeuge danach noch genutzt wurden. Natürlich haben meine Mutter und ihr Geselle kleinere Reparaturen selbst durchgeführt, aber mein Großvater hat auch darüber hinaus viel hier drin gewerkelt. Vor allem in seinen letzten Lebensjahren, wo er körperlich nicht mehr fit genug für die schwereren Arbeiten gewesen war.«

Sie folgte Jaspers Blick, der interessiert über die ordentlich nebeneinander hängenden Werkzeuge an der Wand hinter der breiten Werkbank glitt.

»Hier im Schrank steht auch noch einiges.« Sie öffnete den breiten Stahlschrank, der die komplette Wand auf der rechten Seite einnahm.

»Am besten schaust du mal in Ruhe durch, was du für heute brauchst. Vielleicht ist auch einiges dabei, was du für das Treppenhaus oder die Fenster gebrauchen kannst.«

»Demnach hast du deinen Großvater früher nicht in die Werkstatt begleitet?«

Liv lachte auf. »Oh doch. Ich habe meinem Großvater und meiner Mutter immer gern geholfen, wenn es etwas zu reparieren gab. Auch Hein und Cornel, unsere Nachbarn, hatten nie etwas dagegen, wenn ich ihnen über die Schulter schaute. Aber das macht mich natürlich längst nicht zu einer Fachfrau.«

»Aber du arbeitest gern mit den Händen«, stellte Jasper fest.

»Auf jeden Fall. Wer auf einem Bauernhof aufwächst, lernt von klein auf, auch mit Werkzeugen umzugehen. Aber noch lieber mag ich es zu gärtnern. Heilkräuter sind meine große Leidenschaft, und ich hatte hier früher meine eigenen Beete, auf denen ich nach Herzenslust aussäen, anpflanzen, hegen und pflegen konnte.«

Er trat neben sie vor den offenen Schrank und betrachtete die Werkzeuge darin. »Machst du das auch beruflich?«

»Mit den Händen arbeiten? Leider nicht«, antwortete sie bedauernd.

Er schaute zu ihr hinüber. »Warum nicht?«

»Lange Geschichte«, erklärte sie abwehrend. Sie hatte keine Lust, bereits am frühen Morgen über ihre unerquickliche Lage nachzudenken.

*

Es war bereits kurz nach eins, als Liv wieder einmal auf die Uhr schaute. Sie war schon seit einer knappen Stunde dabei, den Inhalt des großen Nussbaumschranks im Wohnzimmer auszuräumen und sorgfältig in Kartons zu verpacken. Maike dagegen hatte sich bisher nicht sehen lassen, und so langsam machte Liv das ärgerlich. Dass ihre Schwester immer noch schlief, konnte sie sich beim besten Willen nicht vorstellen, denn Jasper hatte mit dem Abschleifen des Treppengeländers begonnen und machte dabei einen Heidenlärm. Umso mehr wurmte es sie, dass ihre Schwester nicht endlich auftauchte, schließlich war es ihre Idee gewesen, das Elternhaus zu renovieren. Bisher hatte sie jedoch noch keinen Handschlag dafür getan. Okay, sie hatte den Kontakt zu Jasper hergestellt, aber Liv schien es so, als sei sie nur zu froh, damit sämtliche Arbeiten auf ihn abzuwälzen. Dabei wären sie natürlich deutlich schneller fertig, wenn sie alle drei mit anpacken würden. Aber Maike war schon immer gut darin gewesen, sich vor Arbeiten zu drücken, zu denen sie keine Lust hatte. Daran hatte sich seit damals, wenn es darum ging, auf dem Hof mitzuhelfen, offenbar nichts geändert.

Liv betrachtete nachdenklich das fein geschliffene Likörglas, das sie gerade aus dem Schrank genommen hatte. Sie musste zugeben, dass sie selbst schon immer Freude an praktischen Tätigkeiten gefunden hatte, seien es Arbeiten im Haushalt oder auf dem Hof. Sie liebte es, anzupacken und etwas wegzuschaffen. Ihre Schwester war dagegen eher ein Feingeist, der sich lieber mit Romanen und irgendwelchem Schnickschnack beschäftigte. Das zeigte sich schon daran, wie unterschiedlich das Aussehen ihrer Räume hier im Haus war. Während Livs Zimmer eher schnörkellos eingerichtet war, mit Regalen voller Sachbücher über Pflanzen, Heilkräuter und allgemeinen Naturwissenschaften, bevölkerten Maikes Reich etliche Figuren aus Glas und Porzellan, die vor ihren vielen Büchern platziert waren. Die Sammelleidenschaft hatte ihre Schwester eindeutig von ihrer Mutter geerbt.

Wobei Liv zugeben musste, dass ihr eigenes Zimmer seit ihrer Jugendzeit hier im Haus kaum eine Veränderung erfahren hatte, während sie Maikes bereits seit etlichen Jahren nicht mehr zu Gesicht bekommen hatte.

Sie packte das Glas behutsam in Seidenpapier, das sie vorhin noch mit Jasper besorgt hatte, und legte es vorsichtig zu den anderen im Karton. Es war ja auch völlig egal, wie Maike inzwischen eingerichtet war und ob sie praktische Arbeiten liebte oder nicht. Sie sollte gefälligst ihren Hintern aus dem Bett bewegen und ihren Teil zu diesem Unterfangen beitragen.

Als habe sie durch telepathische Schwingungen mitbekommen, dass die Gefühlslage ihrer großen Schwester langsam, aber sicher eskalierte, stand Maike plötzlich im Raum.

»Wow, du bist ja schon wieder fleißig.«

»Im Gegensatz zu dir«, murrte Liv.

Sie hielt mit ihrer Arbeit inne und betrachtete ihre kleine Schwester. Sie wirkte gut ausgeruht, sorgsam zurechtgemacht und ausgesprochen gut gelaunt.

»Bist du schon wieder auf dem Weg irgendwohin?«, fragte Liv mit einem unüberhörbar genervten Unterton in der Stimme.

Doch davon hatte sich Maike noch nie beeindrucken lassen. »Ja, ich bin auf dem Weg in die Küche und wollte etwas essen.«

»Und dann? Kann ich heute mit deiner Hilfe rechnen?«

»Ich wollte heute mein Zimmer und das Wohnzimmer von Oma und Opa gründlich putzen, das wird höchste Zeit.«

Liv ließ ihren Blick erneut über das Outfit ihrer Schwester schweifen. In Rock und Bluse ging sie selbst höchstens zur Arbeit in die Apotheke. »So?«

Maike schaute an sich hinunter. »Klar, warum nicht?«

Liv verkniff sich jegliche Antwort, schließlich war es die Entscheidung ihrer Schwester, in welcher Kleidung sie ihre Zimmer sauber machte.

»Und wie ist dein Plan für morgen? Die Schränke im Esszimmer müssten ausgeräumt werden.«

»Kein Problem, das werde ich übernehmen. Darf ich jetzt frühstücken gehen, Chef?«

Eindeutig amüsiert verzog Maike ihren Mund zu einem breiten Grinsen, was Livs Ärger nur noch weiter schürte. Sie stand auf und stemmte die Hände in die Hüften.

»Ich müsste hier nicht den Chef raushängen lassen, wenn du von selbst auf die Idee kämst, hier mit anzupacken. Schließlich ist das Ganze auf deinem Mist gewachsen.«

»Nun komm mal wieder runter. Wir sind gerade mal ein paar Tage hier, und mir war nicht klar, dass du gleich solch einen straffen Zeitplan entwickelst. Du hast doch selbst gesagt, dass du arbeitstechnisch gerade eine Pause machst«, antwortete Maike immer noch gelassen.

»Die ich eigentlich für etwas anderes nutzen wollte, als hier das Haus zu renovieren!«

»Schon gut, schon gut. Du hast recht. Es ist auch mein Plan, und ich werde mich mehr einbringen. Jetzt zufrieden?«

Jetzt musste Liv sich doch ein Grinsen verkneifen, denn dieses Gespräch wirkte auf sie nun so sehr wie ein Streit zwischen großer und kleiner Schwester, dass sie es förmlich vor sich sah, wie diese ihr zum krönenden Abschluss noch die Zunge rausstreckte.

Doch offensichtlich war Maike diesem Alter inzwischen entwachsen, denn sie drehte sich nur wortlos um und stolzierte aus dem Raum.

Liv wischte sich mit beiden Händen übers Gesicht und gluckste laut auf. Ihr Ärger war plötzlich wie weggeblasen. Wenn dieses Gespräch inhaltlich nicht unbedingt erfreulich gewesen war, hatte es ihr doch gezeigt, dass noch immer eine Verbindung zu ihrer kleinen Schwester bestand. Vielleicht steckte diese im wahrsten Sinne des Wortes noch in den Kinderschuhen, aber es machte ihr Hoffnung auf mehr.

Kapitel 6

Nur einen Tag später war alle Hoffnung wieder verflogen und Liv nachhaltig angesäuert. Während Jasper an der Treppe wahre Wunderdinge vollbrachte und inzwischen nicht nur das Geländer, sondern auch die Stufen sorgfältig abgeschliffen hatte, war Maikes ganze Leistung bisher das Abräumen des Frühstückstischs gewesen.

Danach hatte sie, ohne ein Wort darüber zu verlieren, wann sie zurück sein wollte, das Haus verlassen und war weggefahren. Liv hatte keine Ahnung, was Maike in all den Stunden anstellte, wenn sie doch zurzeit arbeitslos war. Ob sie Vorstellungsgespräche hatte? Termine bei Ämtern?

Sie konnte ein missmutiges Schnauben nicht unterdrücken, denn ihre kleine Schwester war schon immer sehr kreativ darin gewesen, ausgiebige Pausen einzubauen. Ganz offensichtlich hatte sie diesbezüglich nichts verlernt.

Nachdenklich betrachtete sie den wuchtigen Eichenschrank aus der Gründerzeit, der nach wie vor als Geschirrschrank genutzt wurde. Eigentlich hatte sie keine Lust, stapelweise Kaffee- und Essservice einzupacken, im Laufe der Generationen hatte sich da einiges angesammelt. Wer brauchte jemals so viel Geschirr? Zudem schien draußen zum ersten Mal seit Tagen die Sonne, und die Temperaturen zeigten geradezu warme 14 Grad. Sie würde lieber etwas an der frischen Luft unternehmen.

Sie schaute auf die Uhr. Zwanzig nach zwei. Aus dem Flur hörte sie den monotonen Lärm der Schleifmaschine. Jasper war immer noch dabei, die gedrechselten Stäbe des Treppengeländers abzuschleifen und wäre sicher auch noch eine Weile damit beschäftigt. Im Gegensatz zu ihrer Schwester zeigte er hier vollen Einsatz.

Auch Liv hatte seit gestern einiges abhaken können. Die Schränke im Wohnzimmer waren leer, und der Inhalt samt dem Kleinkram, der herumgestanden hatte, war sorgfältig in beschriftete Kisten verpackt und in der Zimmermitte gestapelt worden. Jetzt müssten nur noch die Schränke und das Sofa von den Wänden gerückt werden, und der Raum wäre fertig zum Streichen.

Doch wer bestimmte eigentlich, dass sie nun direkt mit dem nächsten Zimmer weitermachen musste? Unwillkürlich dachte sie an den gestrigen Disput mit ihrer Schwester zurück. Es gab keine Deadline, zu der das Haus fertig sein sollte, niemanden, der sie hetzte.

Unmittelbar nach diesem Gedanken hob sich ihre Stimmung. Das schöne Wetter schreit doch geradezu danach, nach den Fahrrädern zu schauen, schoss es ihr durch den Kopf. Vielleicht könnte sie sogar noch einen kleinen Ausflug machen, bevor es am späten Nachmittag schon wieder zu kalt wurde.

Durch die Küchentür ging sie hinüber zur Scheune, wo in einem kleinen Schuppen seit jeher die Fahrräder der Familie aufbewahrt wurden. Die klapprige Holztür knarzte, als sie sie öffnete, und ein modriger Geruch hüllte sie ein.

Liv krauste die Nase und zog die Tür weit auf, damit die Luft ein wenig zirkulieren konnte. Wie befürchtet waren alle Reifen platt. Und wer wusste schon, ob Bremsen und Licht noch funktionierten? Da das Fahrrad ihrer Mutter am nächsten zu ihr stand, klappte sie den Ständer ein und schob es nach draußen. Auf den ersten Blick schien bis auf die platten Reifen alles damit in Ordnung zu sein. Sie schaute nach den Bremsen, prüfte das Licht. Selbst die Kette ließ sich einwandfrei bewegen, auch wenn ihr ein wenig Öl sicher guttun würde.

Aber die Reifen aufzupumpen, ohne zu wissen, ob sie die Luft auch hielten, animierte sie nicht unbedingt dazu, gleich noch einen Ausflug zu machen.

Trotzdem würde sie heute kein Geschirr mehr einwickeln, sondern sich lieber um die Instandsetzung der Fahrräder kümmern. Bei der Aussicht auf die Werkelei schlich sich ein Lächeln auf ihr Gesicht. Sie lehnte das Fahrrad an die Scheunenwand und lief zurück ins Haus. Obwohl die Sonne schien, brauchte sie zumindest einen dicken Fleecepullover. Gut, dass sie gestern Abend noch ausgiebig shoppen gewesen war.

Als sie wieder aus ihrem Zimmer kam, stand Flönz im Flur und schaute ihr schwanzwedelnd entgegen. Auch wenn er sich bisher als freundlicher und ruhiger Hausgenosse gezeigt hatte, begegnete Liv ihm nach wie vor mit gehörigem Respekt. Vor allem in Situationen wie dieser, wenn sie ganz allein mit ihm war.

Deshalb blieb sie stehen und streckte ihm ihre geschlossene Hand entgegen.

»Ist dir langweilig?«, fragte sie ihn und kam sich blöd dabei vor, sich mit einem Hund zu unterhalten.

Doch Flönz schien das nicht zu stören. Er kam auf sie zu und leckte ihr ausgiebig über die Faust.

»Möchtest du mit rauskommen?«

Sie entzog ihm ihre Hand und ging langsam den Flur entlang in die Diele.

»Jasper!«, rief sie lautstark die Treppe hinauf.

Augenblicklich verstummte die Schleifmaschine.

Dann tauchte sein Kopf über dem Geländer hervor.

»Ja?« Er sah lustig aus mit seinen verstrubbelten Haaren unter dem obligatorischen Hut und der breiten Schutzbrille vor den Augen.

»Ich gehe in den Hof, noch ein bisschen das herrliche Wetter nutzen und dabei nach den Fahrrädern schauen. Ist es dir recht, wenn Flönz mitkommt?«

»Wäre es okay, wenn ich auch mitkomme? Ein bisschen frische Luft würde mir guttun, und ich habe nur noch zwei Streben für heute. Das kann ich auch später noch erledigen.«

»Klar, du kannst mir gerne helfen.«

Jasper legte die Schleifmaschine auf den Boden, die Schutzbrille daneben und sprang leichtfüßig die Treppenstufen hinunter.

Instinktiv machte Liv einen großen Schritt zur Seite, um ein wenig auf Abstand zu bleiben. Sie wusste auch nicht, woher das kam, aber irgendetwas hatte der Mann an sich, das sie zutiefst irritierte.

Dicht gefolgt von Flönz, gingen sie durch die Küche nach draußen. Jasper, der neben der langen Hose nur sein weißes Hemd trug, streckte behaglich die Arme über seinen Kopf und atmete tief ein.

»Ach, ist das herrlich hier in der Sonne!«

Liv betrachtete fasziniert die ausgeprägte Schultermuskulatur, die sich unter seinem Hemd spannte, bevor sie sich selbst beim Starren ertappte und den Blick beschämt abwandte. Ich brauche nicht nur mehr Abstand, ich brauche vor allem eine kalte Dusche, schimpfte sie mit sich selbst, während sie zum Fahrrad ihrer Mutter ging.

»Hättest du vielleicht auch ein Rad, das ich benutzen dürfte, solange ich hier bin?«, wollte Jasper wissen, der ihr gefolgt war.

»Sicher.« Da er nah bei ihr stand und ein ganzes Stück größer war als sie selbst, musste sie den Kopf nach hinten neigen, um ihm ins Gesicht zu schauen.

»Da drinnen müsste auch noch ein Herrenrad stehen. Das ist noch von meinem Großvater, steht da also schon eine ganze Weile und ist genauso platt wie dieses hier.«

»Luftpumpe finde ich in der Werkstatt?«

Liv nickte und schaute ihm hinterher, als er in Richtung Scheunentür davonging.

Dieser Mann ist wirklich ein schöner Anblick, dachte sie und konnte nun ein Grinsen nicht unterdrücken.

In diesem Moment stupste Flönz gegen ihren Oberschenkel und schaute sie erwartungsvoll an. Liv nahm all ihren Mut zusammen und strich ihm vorsichtig über das Fell. Es fühlte sich gar nicht weich an. Eher rau und strohig. Erst als sie sich dazu durchrang, ihn sanft zu kraulen, spürte sie die zartere Unterwolle.

»Das mag er«, sagte Jasper, als er aus der Scheune kam.

Sie schaute zu ihm hinüber. »Was ist das eigentlich für eine Rasse?«

»Oh, ich würde sagen, eine perfekte Mischung.«

Jasper kam zu ihnen herüber, und Flönz öffnete kurz die Augen, die er genießerisch geschlossen hatte.

»Er ist so groß.«

»Ein Tierarzt meinte mal, dass von der Kopfform und der Größe her wohl ein Riesenschnauzer unter seinen Vorfahren war. Wobei ich meine Hand dafür ins Feuer legen würde, dass bei seiner Verfressenheit auch Gene eines Labradors in dem Gemisch enthalten sein müssen.«

Liv schmunzelte. Sie spürte, wie ihre Angst zunehmend einem wohligen Gefühl wich. Diese Hundeseele strahlte solch eine innere Ruhe aus.

»Und woher hat er diese Friedlichkeit? Oder irre ich mich, und er ist in Wirklichkeit ein Rabauke im Schafspelz?«

Nun lachte Jasper und kraulte Flönz seinerseits hinter den Ohren, was Liv den Hund instinktiv loslassen und einen Schritt zurückweichen ließ. So dicht neben ihm zu stehen, tat ihr eindeutig nicht gut, denn ihr ganzer Körper hatte zu kribbeln begonnen.

Er schien das aber nicht zu bemerken. »Nein, er ist wirklich sehr friedlich. Keine Ahnung, woher er das hat. Ich habe ihn vor knapp drei Jahren gefunden, da war er kaum älter als ein halbes Jahr. Man hatte ihn im Wald an einen Baum gebunden.«

»Was?«, fragte Liv entsetzt. Wie konnte man einem Lebewesen nur so etwas Schreckliches antun.

»Seitdem gibt es uns beide nur noch im Doppelpack.« Jasper räusperte sich, als ginge ihm die Erinnerung an damals immer noch nahe. »Dann will ich mal loslegen.« Er stellte die Standpumpe auf den Boden und verschwand im Fahrradschuppen.

Liv musste sich erst einmal sortieren. Sie betrachtete Flönz, der sich inzwischen hingelegt hatte und die Sonne zu genießen schien. Was er wohl alles erlebt hatte, bis Jasper ihn fand? Bei dem Gedanken an den jungen wehrlosen Hund ganz allein im Wald drehte sich schier ihr Magen um. Sie wollte sich gar nicht ausmalen, was alles hätte passieren können.

Sie seufzte schwer und wandte sich erneut dem Fahrrad ihrer Mutter zu. Eigentlich müsste sie es gar nicht herrichten, da sie ebenso wie Maike ein eigenes Fahrrad im Schuppen stehen hatte. Aber obwohl es unlogisch war, hatte sie das innere Bedürfnis, sich auch um dieses Fahrrad zu kümmern. Also griff sie beherzt zur Luftpumpe und machte sich ans Werk.

Kurz darauf kam Jasper aus dem Schuppen und schob das Fahrrad ihres Großvaters auf den Hof. Es war ein kompaktes schwarzes Hollandrad, das trotz seines Alters bis zum Tode ihres Großvaters gute Dienste geleistet hatte.

»Das ist ja ein Prachtstück.« Jaspers Augen funkelten begeistert.

»Mein Großvater hat seinen Drahtesel geliebt und deshalb auch gehegt und gepflegt. Er hat das Auto nur für weitere Strecken genutzt. Bis ins hohe Alter ist er hier im Umkreis immer nur mit dem Fahrrad anzutreffen gewesen.«

»Dann wollen wir mal sehen, was wir von dem alten Glanz wiederherstellen können.«

Eine Weile werkelten sie schweigend nebeneinander. Nachdem sie das Fahrrad ihrer Mutter aufgepumpt und zurück in den Schuppen gestellt hatte, ölte Liv die Kette ihres eigenen Rades, während Jasper an der Lichtanlage des Herrenfahrrads hantierte.

»Ist es eigentlich schwer für dich, die Sachen deiner Mutter zu sortieren?«, fragte er plötzlich.

Liv musste erst einmal ihr träge vor sich hin träumendes Hirn anschalten. »Sortieren?«, fragte sie nach.

»Das machst du doch zurzeit, oder?«

»Ich räume die Schränke aus und verpacke alles in Kisten.«

»Ach so. Klar. Tut mir leid.«

Erst in diesem Moment, in dem Jasper unangenehm berührt wirkte, erschloss sich ihr der wahre Sinn der Frage.

Sie fühlte sich wie vor den Kopf geschlagen und starrte fassungslos zu ihm hinüber.

Jasper richtete sich auf und kratzte sich verlegen unter seinem Hut. »Entschuldige bitte, das hätte ich nicht ansprechen sollen. Ich musste nur gerade daran zurückdenken, wie ich nach dem Tod meiner Großmutter dabei geholfen habe, ihren Haushalt aufzulösen. Und, na ja ...«

»Dafür musst du dich doch nicht entschuldigen. Ich bin nur einfach so überrascht. Kannst du glauben, dass ich bisher nicht einen Gedanken daran verschwendet habe, was aus den Sachen wird, die ich da einpacke? Als wäre völlig klar, dass die ganzen Dinge nach der Renovierung wieder zurück in die Schränke kommen. Aber dem ist ja wohl nicht so.«

Liv spürte, wie ihr die Tränen in die Augen schossen. Sie schluckte und bemühte sich, die Fassung zu bewahren. Doch als Jasper ihr plötzlich die Hand auf die Schulter legte, brachen alle Dämme.

»Meine Mutter ist nun schon zwei Jahre tot«, stammelte sie schluchzend, »aber weder Maike noch ich haben es bisher über uns gebracht, hier im Haus irgendetwas zu verändern. Insgeheim war ich erleichtert, dass sich auf unsere Anzeigen, den Hof zu verpachten, niemand gemeldet hatte.«

Sie zog geräuschvoll die Nase hoch und wischte sich mit dem Ärmel über die Augen.

»Aber du hast natürlich völlig recht«, sagte sie, schon wieder ein wenig gefasster. »Es ist an der Zeit, das endlich anzugehen. Und wenn ich schon mal dabei bin, alles auszuräumen, kann ich die Dinge, die wir nicht aufheben wollen, auch gleich aussortieren.«

Sie atmete einmal tief durch, und Jasper zog seine Hand wieder zurück.

»Immer wenn ich denke, ich habe die Trauer überwunden, taucht sie plötzlich wieder auf. Da reicht ein bestimmtes Musikstück oder ein Geruch. Manchmal schon ein spezielles Licht, das mich an besondere Geschehnisse mit ihr erinnert«, sagte sie leise.

»Ich denke, das wird auch so bleiben. Vielleicht wird es mit der Zeit seltener. Vielleicht mehren sich zunehmend wehmütige statt schmerzhafte Gedanken. Aber trotzdem wird einen dieser Trennungsschmerz wohl niemals so ganz loslassen.«

Sein Blick wirkte verhangen, und Liv nahm an, dass er in diesem Moment wieder an seine Großmutter dachte.

Scharf kehrte der Schmerz um ihre Mutter zurück, und sie wandte sich um, schloss ihn in sich ein. Sie wollte jetzt nicht schon wieder weinen. Allerdings stand ihr nun auch nicht mehr der Sinn danach, weiter an ihrem Fahrrad zu arbeiten. Zumal sich die Sonne zunehmend zurückzog und es bereits deutlich abkühlte.

»Für heute wird es zu kalt für einen Ausflug mit dem Fahrrad, aber für einen Spaziergang reicht es noch«, sagte Liv.

Jasper stand immer noch wie festgefroren neben ihr und nickte ihr zu. Er sah plötzlich so verloren aus, dass es ihr das Herz rührte.

»Warst du schon am Rhein?«, fragte sie ihn deshalb.

»Flönz und ich haben uns ein wenig in Grieth umgeschaut und waren dort auch am Rhein.«

»Soll ich dir noch einen anderen Platz zeigen? Da könnten wir beide etwas durchatmen, unsere Gedanken sortieren oder sie uns einfach nur aus dem Kopf pusten lassen.«

»Sehr gern. Ich räume nur noch die Werkzeuge weg.«

»Lass es uns rasch gemeinsam machen, damit wir loskommen. Ein paar Sonnenstrahlen werden wir vielleicht noch abbekommen.«

Sie brachten die Räder zurück in den Schuppen, die Werkzeuge in die Werkstatt und verließen den Hof in Richtung Landstraße.

»Wir müssen nur ein Stück in Richtung Grieth an der Straße entlang, dann führt der Pfad durch die Rheinwiesen direkt ans Ufer«, erklärte Liv.

Sie gingen schweigend nebeneinanderher, jeder mit seinen eigenen Gedanken beschäftigt. Als sie schließlich über den Deich hinweggestiegen waren und der Rhein in seiner Weite vor ihnen lag, fiel spürbar der Druck von Liv ab. Es hatte ihr schon immer gutgetan, diesen friedlichen Ort aufzusuchen, wenn sie Kummer hatte. Das Dorf war noch ein gutes Stück entfernt, sodass sie hier niemand störte, und sie konnte, während sie die vorbeiziehenden Schiffe beobachtete, ihre Sorgen einfach mit ihnen auf Reisen gehen lassen.

Dicht gefolgt von Jasper und Flönz, ging sie hinunter an den kleinen Sandstrand. Zum Hinsetzen war es noch viel zu kalt, weshalb sie sich einfach nur ans Ufer stellte und versonnen aufs Wasser schaute. Ihre kleine Oase. Um sie herum die Wiesen, das Wasser und die vorbeituckernden Binnenschiffe, deren Schiffsschrauben sanfte Wellen an den Rheinstrand schickten.

Hier hatte sie so manche Stunde verbracht, wenn sie etwas beschäftigte, egal, ob es um ihre berufliche Zukunft, ihr Studium oder Sorgen um ihre Mutter ging. Aber auch wenn sie wütend war, hatte sie hier, wo sie niemand hörte, ordentlich Dampf ablassen können. Wenn die Rheinwiesen sprechen könnten, hätten sie einiges zu erzählen.

Liv schaute hinüber zu Jasper, der den Blick aufs Wasser gerichtet hatte.

»Ein wunderschöner Ort«, sagte er, ohne sie anzusehen. »Da würde sicher der eine oder andere Fernweh bekommen. Ging es dir so? Als Kind?« Nun wandte er doch den Kopf und schaute sie an.

»Richtiges Fernweh kenne ich eigentlich nicht«, erklärte sie. »Ich habe schon hier gesessen und überlegt, woher die Schiffe wohl kamen und wohin sie fuhren. Aber viel mehr trieb mich die Frage um, ob wohl Kinder an Bord waren und dass es sicher spannend sein musste, auf einem Schiff zu leben. Ich habe mir vorgestellt, wie es wohl im Führerhaus aussieht und ob es gemütlich war unter Deck.« Liv lachte verlegen. »Ich hatte immer mehr Interesse daran, wie das Leben anderer Familien ablief, und habe es mir in den buntesten Farben ausgemalt.«

»Diese Sehnsucht kenne ich auch. Doch wenn ich dann an meine eigene Familie dachte, bekam ich immer Fernweh. Mich zog es hinaus in die Welt«, antwortete Jasper.

»Das hast du jetzt ja umgesetzt. Willst du noch lange reisen?«

Jasper hob einen Rheinkiesel auf und warf ihn schwungvoll ins Wasser. »Ich weiß es noch nicht. Irgendwie habe ich noch nicht genug. Weder hatte ich irgendwo das Gefühl, angekommen zu sein, noch ...« Er schaute nachdenklich in die Ferne. »Mein ehemaliger Chef hat mir, bevor ich damals auf Wanderschaft ging, angeboten, nach meiner Rückkehr meinen Meister zu machen und seinen Betrieb zu übernehmen. Aber ob ich zurück nach Hamburg will ...?«

»Du kommst aus Hamburg?«

»Aus Rissen, das liegt ganz im Westen. An der Elbe. Neben Blankenese.«

»Blankenese sagt mir natürlich was. Ganz schön vornehme Gegend.«

»Ja, viele Ecken in Rissen auch.« Er schaute wieder hinaus auf den Rhein. »Geld war bei uns nie ein Problem«, fuhr er fort. »Meine Eltern sind beide Steuerberater, ihre Klienten Unternehmer und Privatiers. In meiner Kindheit waren sie eigentlich immer im Büro oder pflegten gesellschaftliche Kontakte. Mein Lebensmittelpunkt war meine Großmutter. Sie wohnte in einem ganz kleinen Haus mit einem herrlich verwilderten alten Garten. Sie starb vor sieben Jahren, da war ich fünfundzwanzig und machte gerade meinen Master in Finanzen und Steuern. Ganz so, wie meine Eltern es sich wünschten.«

»Das tut mir leid«, sagte Liv leise. »Das mit deiner Oma.«

Er löste seinen Blick vom Wasser und schaute ihr wieder ins Gesicht. »An den Tod meiner Großmutter musste ich denken, als wir vorhin über die Auflösung des Haushalts sprachen. Es tut weh, sich von den Gegenständen eines Menschen zu lösen, den man geliebt hat.«

Liv schluckte, weil der eigene Schmerz sie plötzlich wieder mit voller Wucht traf. Jasper schien wirklich gut zu verstehen, was gerade in ihr vorging.

»Das Schlimmste aber war für mich, dass meine Eltern das Haus meiner Großmutter einfach verkauften. War gerade eine gute Zeit für Immobilien.« Jaspers Tonfall wurde zynisch.

»Konntest du nicht ...«, stammelte Liv.

Verbittert lachte Jasper auf, bückte sich und warf zornig einen weiteren Stein in den Fluss. »Wovon? Ich war noch im Studium, und meine Eltern haben mich nicht gerade mit Geld überschüttet.« Er streichelte Flönz über den Kopf, der sich jetzt neben ihn gesetzt hatte. »Aber der Streit, der darüber entbrannte, hatte auch sein Gutes. Ich hatte endlich den Mut, mich gegen meine Eltern aufzulehnen. Bin ausgezogen, habe mein Masterstudium geschmissen und eine Ausbildung zum Tischler begonnen. Meine Großmutter hatte mir ihr Erspartes hinterlassen. Es war kein Vermögen, aber es ermöglichte mir ein sicheres Auskommen.«

»Dann verstehe ich jetzt, warum es dich nicht nach Hamburg zurückzieht. Und warum du dich so gut in meine Situation hineinfühlen kannst«, fügte Liv hinzu.

»Hattest du ein gutes Verhältnis zu deiner Mutter?«, wollte Jasper wissen.

»Ein sehr gutes. Wir beide haben diesen Hof geliebt, haben es gemocht, Seite an Seite darauf zu arbeiten.«

»Und doch hast du den Hof verlassen.«

»Ja, und es ist nicht einmal eine schwere Entscheidung gewesen. Mir war klar, dass ich das stressige Leben der selbstständigen Landwirtin nicht führen will. Die ständigen Existenzängste, die meine Mutter plagten, dazu die Abhängigkeit von Milch- und Fleischpreisen und nicht zuletzt auch vom Wetter. Da mein Vater früher schon meist durch Abwesenheit glänzte, ehe er uns endgültig verließ, konnte sie froh sein, dass ihre Eltern mit im Haus lebten. Dafür hatte sie jedoch auch noch für diese zu sorgen, als sie in die Jahre kamen.«

»Ein arbeitsreiches Leben.«

Liv nickte. »Das hatte sie. Im Nachhinein mache ich mir Vorwürfe, dass ich sie nicht mehr unterstützt habe. Aber davon wollte sie nichts wissen. Sie sagte immer, dass der Hof ihre Entscheidung gewesen sei, Maike und ich sollten unsere eigenen treffen.«

Liv wischte sich ein paar der Tränen weg, die ihr über die Wangen liefen. »Ich denke immer noch, sie müsste jeden Moment zur Tür hereinkommen. Es ist jetzt zwei Jahre her, dass sie den schweren Schlaganfall hatte, ich müsste das doch langsam mal begriffen haben.«

»Weißt du, ich wünschte mir, das Haus meiner Großmutter wäre noch in unserem Besitz und ich würde sie wieder in der Tür stehen sehen. Versteh mich recht«, er lachte auf, »es ist nicht so, dass ich an mystische Gestalten glaube. Aber es muss schön sein, einen Ort zu haben, an dem man sich dem Verstorbenen so nahe fühlen kann.«

»Ich verstehe, was du meinst. Dieser Hof ist für mich voller Geschichte. Im wahrsten Sinne des Wortes. Ich habe herrliche Zeiten dort verbracht. Sicher, nicht nur schöne, aber meine Mutter und meine Großeltern haben uns Mädchen geliebt und uns diese Liebe auch gezeigt.«

»Es ist sicher schwierig, so ein Haus aufzugeben.« Er sah sie eindringlich an.

»Das Merkwürdige ist, dass ich bisher noch gar nicht richtig darüber nachgedacht habe, was das eigentlich bedeutet.« Liv schnaubte. »Was man daran erkennt, dass ich noch nicht einmal auf die Idee gekommen bin, Mamas Sachen nicht nur auszuräumen, sondern auch auszusortieren.«

Jasper kratzte sich am Kopf, was er anscheinend immer dann tat, wenn ihm etwas unangenehm war. »Das klingt jetzt vielleicht ein bisschen provokant, aber kann es sein, dass du den Hof nach wie vor gar nicht verkaufen willst?«

»Es geht nicht ums Wollen. Ich muss.«

»Warum? Entschuldige, das musst du mir natürlich nicht beantworten.«

»Doch, doch, das ist überhaupt kein Problem. Der Hof

ist einfach zu groß, um ihn allein zu unterhalten. Wenn ich hier einziehen wollte, hätte ich kaum andere Arbeitsmöglichkeiten, als in einer Apotheke im Umkreis zu arbeiten. Das möchte ich aber nicht mehr machen. Mich mit einer Apotheke selbstständig machen, kann ich aber auch nicht, denn dann wäre mit Sicherheit nicht mehr genug Zeit, um diesen großen Hof in Schuss zu halten.«

»Würdest du dich denn gern mit einer Apotheke selbstständig machen?«

»Da bin ich noch hin- und hergerissen. Eigentlich hatte ich diesen Beruf gewählt, um genau das nicht zu tun, denn die Selbstständigkeit liegt mir nicht. Sonst hätte ich ja auch Landwirtin werden können.« Liv lachte verlegen. »Du siehst, ich drehe mich im Kreis und komme keinen Schritt weiter.«

»Und wenn du etwas anderes mit dem Hof anfängst als Landwirtschaft? Du könntest zum Beispiel den Stall und die Scheune ausbauen und Ferienwohnungen vermieten.«

»Oh nein!«, wehrte sie vehement ab. »Da müsste ich mich ja bis zum Sankt Nimmerleinstag verschulden. Solche Summen alleine zu stemmen, würde mir Existenzängste im Quadrat bescheren.«

»Trotzdem würde ich an deiner Stelle nicht so schnell aufgeben. Anstatt Schränke zu sortieren, könntest du dir doch einfach noch ein paar Tage Zeit nehmen und in Ruhe darüber nachdenken, ob du nicht vielleicht doch eine Möglichkeit findest, wie du dir ein Leben auf dem Hof ermöglichen könntest. Es ist solch ein Geschenk, wenn man einen Ort wirklich als Zuhause empfindet. Das solltest du nicht leichtfertig weggeben.«

Leicht hatte sie sich ihre Entscheidung wahrlich nicht gemacht, aber Jasper hatte recht. Die Renovierungsarbeiten würden sowieso noch einige Zeit in Anspruch nehmen. Warum sollte sie die Auszeit, die sie sich in Schweden nehmen wollte, nicht einfach hierher verlegen? Vielleicht schaffte sie es ja tatsächlich, die Blockade in ihrem Kopf zu überwinden, indem sie auf Erinnerungsreisen in ihrer Heimat ging.

Liv spürte, wie sich ihre Lippen zu einem Grinsen verzogen. »Ich könnte tatsächlich ein paar Tage Urlaub machen«, antwortete sie. »Kopf und Seele mit schönen Erinnerungen füllen und schauen, was dabei herauskommt.«

»Klingt nach einer guten Idee.«

Er lächelte sie verschmitzt an, und Liv spürte wieder, wie empfänglich sie für sein charmantes Wesen war. Sie fühlte sich plötzlich wie von einer schweren Last befreit, obwohl doch eigentlich noch überhaupt nichts geklärt war. Aber sie hatte den Eindruck, ein erster wichtiger Schritt wäre getan und sie müsse nur noch dem Weg folgen, der nun sichtbar vor ihr lag.

»Es hat mir gutgetan, mit dir zu sprechen«, sagte sie. »Vielen Dank.«

»Ebenso«, antwortete Jasper knapp. »Und nun lass uns zurückgehen, damit ich die Streben heute noch fertig bekomme.«

Er wandte sich um und pfiff nach Flönz, der in der Zwischenzeit seine Umgebung in Augenschein genommen hatte. Nun kam er langsam angetrabt, und sie machten sich gemeinsam auf den Heimweg.

Kapitel 7

Am nächsten Morgen hatte Liv wider Erwarten lange geschlafen. Es war bereits halb zehn, als sie auf ihren Wecker schaute. Doch das malte ihr nur ein zufriedenes Grinsen aufs Gesicht, und sie rekelte sich behaglich. Erst jetzt merkte sie, welchem Druck sie sich in den letzten Tagen ausgesetzt hatte. Eine schlechte Eigenschaft, an der sie dringend arbeiten musste. Vielleicht sollte sie sich ein Beispiel an Maike nehmen, die sie gestern nicht mehr zu Gesicht bekommen hatte. Aber darüber ärgerte sie sich nicht mehr, denn Jasper hatte völlig recht, es war völlig egal, ob sie das Haus in vier, sechs oder acht Wochen zum Kauf anboten. Zumindest ihr war das ab jetzt egal, da sie ja sowieso vorgehabt hatte, erst einmal eine längere Auszeit zu nehmen. Warum musste sie dafür nach Schweden? Der Niederrhein bot viele Möglichkeiten, seine Tage zu genießen, und genau das würde sie ab heute tun.

Sie schwang die Beine aus dem Bett, stand auf und öffnete die Doppelflügeltür zum Hof. Ein Schwall kalter Luft umhüllte sie und drang durch den Flanellstoff ihres Pyjamas. Sie fröstelte und schlang unwillkürlich die Arme um ihren Oberkörper, um sich warm zu halten. Trotz der Kälte schloss sie kurz die Augen und atmete mehrmals tief durch. Füllte ihre Lungen mit der herrlich frischen Luft und meinte zu spüren, wie der Sauerstoff bei jeder einzelnen Zelle ihres Körpers ankam. Jetzt war sie richtig wach, der Tag konnte beginnen.

Sie zog sich rasch an, griff nach ihrer Haarbürste und kämmte sich durch die kurzen Locken. Da fiel ihr plötzlich auf, dass sie überhaupt keinen Lärm von der Schleifmaschine hörte. Wollte Jasper heute nicht mit den Treppenstufen beginnen?

Irritiert verließ sie ihr Zimmer und ging ins Treppenhaus.

»Jasper?«, rief sie, bekam aber keine Reaktion. Auch Flönz war nirgendwo zu sehen. Ob Jasper mit seinem Hund unterwegs war? Eigentlich machte er den morgendlichen Hundegang gleich in der Früh.

Sie spinkste aus dem Fenster, aber beide Autos standen noch im Hof. Da hörte sie ein Geräusch aus dem Esszimmer.

»Jasper?«, rief sie erneut und ging weiter den Flur entlang.

»Der ist unterwegs«, erklang Maikes gedämpfte Stimme.

»Du bist hier«, stellte Liv erstaunt fest, als sie die Tür zum Esszimmer öffnete.

»Ja, ich bin hier«, erwiderte Maike genervt. »Und ich kämpfe mich jetzt schon durch das zweite Service. Wer braucht bloß so viele Teller?«

Liv schmunzelte. Ähnliche Gedanken hatte sie sich auch schon gemacht.

»Lust auf einen Kaffee?«

Maike schaute sie verwundert an. »Ich darf Pause machen?«

»Heute kannst du mich mit deinem Sarkasmus nicht reizen, dafür bin ich zu gut gelaunt. Weshalb ich mir jetzt auch ein ausgiebiges Frühstück gönnen werde.«

»Was haben Sie mit meiner Schwester gemacht? Erst bis in die Puppen schlafen und dann noch ein ausgiebiges Frühstück? Hast du gar kein schlechtes Gewissen, dass du die Arbeit schleifen lässt?«

»In keiner Weise. Also, ich würde mich freuen, wenn du mir Gesellschaft leisten würdest.«

Damit wandte Liv sich ab und ging den Flur zurück zur Küche. Als sie einen Blick in den Kühlschrank warf und den mageren Inhalt betrachtete, entschloss sie sich, nach dem Frühstück erst einmal einkaufen zu fahren. Heute hatte sie richtig Lust, etwas Leckeres zu kochen.

Sie schaute kurz auf die Küchenuhr, die zwischen den Fenstern an der Wand hing. Selbst wenn sie ganz in Ruhe frühstücken würde, hätte sie noch Zeit für einen entspannten Einkauf, ehe sie hinüber zu Anni musste, um sie bei dem Bewerbungsgespräch zu unterstützen.

Sie setzte frischen Kaffee auf und erhitzte gleichzeitig Wasser für eine Kanne Kräutertee, die sie dann über den Tag leeren konnte. Mit der mageren Ausbeute aus dem Kühlschrank war der Tisch rasch gedeckt, und auf frische Brötchen musste sie heute leider verzichten.

Aber es gibt Schlimmeres, dachte sie, während sie eine Scheibe Vollkornbrot mit Butter bestrich. Sie hatte noch zwei Tomaten gefunden, von denen sie nun eine in Scheiben schnitt, mit Salz und Pfeffer bestreute und mit ein wenig Senf die letzte Würze gab.

Herzhaft biss sie zu und schloss beim Kauen genussvoll die Augen. So konnte ein Urlaubstag beginnen.

»Schmeckt's?«, fragte Maike, als sie die Küche betrat.

»Saulecker. Bringst du bitte den Kaffee mit? Der müsste durchgelaufen sein.«

Maike setzte sich ihr gegenüber und schenkte ihnen ein. »Du machst jetzt also Urlaub, ja?«

»Ich gebe zu, ich hatte mich ein wenig zu sehr in dieses Projekt verbissen.«

»Und woher kommt diese plötzliche Erkenntnis?«

»Ich hatte ein Gespräch mit Jasper.«

»Ach?«

»Da brauchst du gar nicht so süffisant zu grinsen. Wir haben uns nur miteinander unterhalten.«

»Scheint ja ein tiefschürfendes Gespräch gewesen zu sein.«

Wie tiefschürfend es tatsächlich gewesen war, würde Liv ihrer Schwester sicher nicht auf die Nase binden. Deshalb wechselte sie das Thema. »Wo ist er überhaupt?«

»Er wollte dich mit dem Schleiflärm nicht wecken, deshalb macht er einen ausgedehnten Spaziergang mit Flönz. Er wollte mal ein wenig durch die Umgebung streifen, aber ich denke, dass er bald wieder hier sein wird, weil er die Treppe heute noch fertig abschleifen will.«

»Wir sollten ihm noch einmal sagen, dass er völlig frei darin ist, wie er sich seine Arbeit einteilt. Er schreibt doch sowieso seine Stunden auf.«

Maike stellte ihren Kaffeebecher auf den Tisch und starrte sie an. »Jetzt machst du mir langsam Angst. Hat Jasper bei dir eine Gehirnwäsche gemacht?«

Liv lachte. »Mal sehen, wie lange dieser Gemütszustand anhält. Auf jeden Fall werde ich mich bemühen, ein wenig lockerzulassen. Was allerdings nicht heißen soll, dass alles an mir hängen bleibt, weil du nur durch Abwesenheit glänzt.«

»Sorry, das tut mir wirklich leid. Ich hatte dir eigentlich zugesagt, dass ich genug Zeit für die Renovierung habe, aber nun hat sich noch etwas anderes ergeben.«

Liv wartete einen Moment, in der Hoffnung, dass ihre Schwester vielleicht ein wenig mehr erzählen würde, doch dem war nicht so.

»Ich habe heute auf jeden Fall Zeit und könnte auch morgen Vormittag noch einiges erledigen«, fuhr Maike fort. »Den ganzen Samstag werde ich aber wieder unterwegs sein.«

»Wie gesagt, ich möchte da den Druck rausnehmen. Vor allem jetzt, wo Jasper einen großen Teil der Renovierungsarbeiten übernimmt. Außerdem freue ich mich schon darauf, ihm bei den Fenstern zu helfen.«

»Ach ja?«, fragte Maike erneut in einem anzüglichen Ton.

»Ja, weil ich gern mit den Händen arbeite.«

Als ihre Schwester losprustete, fiel Liv erst die Doppeldeutigkeit ihrer Antwort auf, und sie stimmte in das Lachen mit ein.

Es war so schön, mit Maike zusammenzusitzen und sich ausnahmsweise einmal nicht zu streiten. Vielleicht waren sie tatsächlich auf einem guten Weg.

✳

Drei Stunden später schloss Liv die Haustür hinter sich und machte sich auf den Weg zu ihren Nachbarn. Nach einem gemütlichen Frühstück war sie einkaufen gewesen und war nun gespannt auf die Bewerberin, die sich heute vorstellen wollte.

»Hallo!«, rief sie, als sie die Samenhandlung betrat.

»Ich komme!«, erscholl Annis Stimme aus dem hinteren Teil des Ladens. Einen kurzen Moment später tauchte sie in einem der Gänge auf. »Du bist früh dran.«

Sie nahmen sich kurz in den Arm und drückten sich.

»Ich dachte, du könntest mir vielleicht schon ein wenig über die Bewerberin erzählen.«

»Dann komm mit nach hinten. Ich war gerade dabei, einen Tee aufzusetzen. Ich habe heute Morgen schon ganz früh Ricciarelli gebacken.« Sie zwinkerte Liv wissend zu und ging nach hinten in die kleine Wohnküche, die sich an den Laden anschloss.

Ricciarelli. Livs Herz machte einen kleinen Hüpfer, als sie Anni folgte. Sie liebte dieses feine italienische Mandelgebäck – und das wusste Anni natürlich ganz genau. Dass sie sich die Mühe gemacht hatte, die Kekse noch vor Öffnung des Ladens zu backen, war ein Ausdruck ihrer Wertschätzung, dass Liv sie bei diesem Vorstellungsgespräch unterstützte. Dabei wäre das natürlich überhaupt nicht nötig gewesen.

Was Liv auch kundtat, als sie in der gemütlichen Küche ankam. »Du hättest dir doch nicht solche Arbeit machen müssen.«

»Es war mir eine Freude«, erwiderte Anni nur knapp und stellte einen großen Teller voll duftender Ricciarelli mitten auf den Tisch. »Greif zu.«

Das ließ Liv sich nicht zweimal sagen und nahm sich eines der Prachtstücke. »Was kannst du mir denn schon zu deiner Bewerberin sagen?«, fragte sie, bevor sie bedächtig von der Köstlichkeit abbiss.

»Sie kommt aus Köln, ist neunundzwanzig Jahre alt und gelernte Gärtnerin. Ihre Ausbildung hat sie als Friedhofs-gärtnerin gemacht, hat aber auch schon im Staudenbau und zuletzt in einem Gartencenter gearbeitet.«

»Wow, das klingt ja nach umfassender Erfahrung. Und was verschlägt sie hier an den Niederrhein? Ist doch unge-wöhnlich, wenn sie aus Köln hierher will.«

Anni zog die Augenbrauen hoch. »Suchst du schon nach einem Haken?«

»Nein, das nicht, aber es ist doch wichtig zu wissen, wa-rum sie von der Großstadt in diese ländliche Gegend zie-hen will. Es ist dir ja nicht damit gedient, wenn sie nach drei Monaten wieder aufhört, weil es hier kein Clubleben gibt.«

Anni schnaubte. »Und sonst hast du keine Vorurteile?«

»Du wolltest, dass ich dich bei diesem Bewerbungsge-spräch unterstütze, und genau das tue ich, indem ich auch solche Fragen stelle. Du suchst schließlich jemanden, der langfristig bleibt.«

»Ähm.« Plötzlich wirkte Anni verlegen. »Hatte ich dir schon gesagt, dass ich ihr die andere Wohnung in der Re-mise zugesagt habe, falls sie die Stelle annimmt?«

Liv war fassungslos. »Du kennst sie doch noch über-haupt nicht. Wie kannst du ihr denn so etwas zusagen? Vielleicht bringt sie ein fürchterliches Durcheinander in eure Hausgemeinschaft.«

»Ach, Mädchen, sei doch nicht immer so pessimistisch. Wir werden sie ja gleich kennenlernen. Und genau deshalb wollte ich dich auch gern dabeihaben. Da können wir uns beide einen Eindruck machen. Außerdem brauchen wir hier wirklich Hilfe. Mir wächst die Arbeit langsam über den Kopf.«

Anni schaute sie mit solch einem flehenden Blick an, dass Liv nicht länger ungehalten sein konnte. Sie seufzte. »Also gut. Wir werden sie ordentlich unter die Lupe nehmen.«

»Hallo?«, erklang da eine weibliche Stimme aus dem Laden.

Anni schaute auf ihre Armbanduhr. »Überpünktlich, das ist doch schon mal ein gutes Zeichen.«

Liv brummte nur, während Anni nach vorne eilte, um die Bewerberin hereinzuführen und gleichzeitig die Eingangstür zum Laden für die Mittagspause zu verschließen.

Gespannt wippte Liv mit dem Fuß auf und ab. Vielleicht hätte sie im Vorfeld besser die Korrespondenz der beiden gelesen, um sich bereits ein Urteil zu bilden. Andererseits war es manchmal besser, so unvoreingenommen wie möglich an eine Sache heranzugehen.

Anni trat durch die Tür, gefolgt von einer jungen Frau, noch ein wenig kleiner als Liv selbst, mit einer elfenhaften Figur. Dieser Eindruck wurde noch verstärkt durch ihr raspelkurz geschnittenes blondes Haar und die großen grünen, ein wenig schräg stehenden Augen. Und genau diese Augen richteten sich nun auf sie.

»Hallo, ich bin Pia Schiffer«, stellte sie sich vor und reichte Liv die Hand. »Und das ist Zoe.« Sie trat einen

Schritt zur Seite, sodass plötzlich ein kleines Mädchen sichtbar wurde.

Sie ist das Ebenbild ihrer Mutter, schoss es Liv durch den Kopf. Allerdings war sie nicht nur schlank, sie wirkte eher dünn und blass. Fast ein bisschen kränklich.

Ob Anni gewusst hatte, dass ihre Bewerberin eine Tochter hatte? Und dass sie sie zum Vorstellungsgespräch mitbrachte, war ja auch nicht gerade üblich.

Liv sah zu ihrer Patentante hinüber, die sich inzwischen neben sie gesetzt hatte und in keiner Weise erstaunt wirkte. Fast hätte sie gegrinst. Es war so typisch für Anni, dass sie diese Info als nicht wichtig erachtet hatte.

Sie stand auf und streckte den beiden ihre Hand entgegen. »Herzlich willkommen, ich bin Liv Derksen.«

Während Pia den Händedruck erwiderte, versteckte sich das Mädchen wieder hinter seiner Mutter.

»Zoe ist ein bisschen schüchtern«, entschuldigte Pia sie.

»Das ist gar kein Problem«, sagte Anni in ihrer herzlichen Art. Sie nahm den Teller mit den Ricciarelli vom Tisch und hielt ihn Zoe hin. »Möchtest du vielleicht einen Keks?«

Aber so leicht ließ sich die Kleine nicht erweichen. Sie trat nur noch ein bisschen weiter hinter ihre Mutter zurück.

»Dann setzen wir uns doch am besten.« Liv deutete auf die Stühle ihnen gegenüber.

Pia nahm Platz und zog einen zweiten Stuhl dicht an ihren heran, sodass auch Zoe sich traute, sich zu ihnen zu gesellen.

Als sie schließlich alle vier saßen, Pia und Zoe mit Tee und einem Glas Wasser versorgt waren, ergriff Anni das

Wort: »Sie wollen also zu uns an den schönen Niederrhein kommen?«

»Ja, das würde ich sehr gern.«

»Würden Sie uns denn verraten, warum Sie Köln verlassen wollen?«

Liv, die sich vorgenommen hatte, nach Möglichkeit nicht in das Gespräch einzugreifen, entspannte sich ein wenig. Anni schien den Anfang ja schon gut im Griff zu haben.

»Vor allem wegen Zoe. Ihre Bronchien reagieren überempfindlich auf Umweltreize wie Autoabgase und Feinstaub. Auch die Duftstoffe in dem Gartencenter, in dem ich zuletzt gearbeitet habe, führen bei ihr zu schweren Hustenanfällen. Vor Kurzem hatte sie eine schwere Lungenentzündung, von der sie sich nur langsam wieder erholt. Wir sind auf der Suche nach einem neuen Zuhause in einer reizärmeren Umgebung.«

Anni strahlte Pia an. »Oh, die finden Sie hier ganz bestimmt. Wir haben keinen starken Autoverkehr, und direkt hinter dem Haus liegen große Wiesen zum Austoben. Aber wie ist das mit den Gerüchen hier im Laden?«, schob sie nachdenklich hinterher. »Sie hatten mir ja schon geschrieben, dass es anfangs eventuell schwierig sein könne, für Zoe die entsprechende Betreuung zu organisieren, und dass das Kind dann mit zur Arbeit kommen würde.«

Jetzt richtete sich Liv doch wieder auf. Das wäre natürlich ein Problem. Wie sollte Frau Schiffer konzentriert arbeiten, wenn sie gleichzeitig ein kleines Mädchen beaufsichtigen musste?

»Oh, da sehe ich kein Problem, hier riecht es ja eher erdig und nicht so stark wie in einem Blumengeschäft.«

Liv sah Pias Augen liebevoll aufleuchten, als sie ihre Tochter anschaute und ihr über den Rücken strich. Trotzdem hakte sie jetzt nach. »Wie stellen Sie sich die Betreuung Ihrer Tochter denn vor?«

»Zoe kommt nach den Sommerferien in die Schule. Ich weiß nur nicht, ob ich für die nächsten Monate noch einen Kindergartenplatz finde.«

»Das ist überhaupt kein Problem«, mischte sich nun Anni ein und wandte sich an Liv. »Ich bin als kleines Mädchen auch immer mit hier im Laden gewesen, das war damals völlig normal. Weißt du nicht mehr, wie oft Maike und du damals hier bei uns herumgestromert seid? Hat uns das jemals gestört?«

Liv wurde nachdenklich. Anni hatte recht. Maike und sie waren oft stundenlang mit im Laden oder in der Werkstatt gewesen, ohne dass sich einer der Erwachsenen darüber beschwert hätte. Im Gegenteil. Sie hatte sich immer willkommen gefühlt.

»Stimmt«, gab sie daher zu. »Das wäre sicher kein Problem.«

»Siehst du.« Anni tätschelte ihr das Knie und wandte sich wieder Frau Schiffer zu. »Was würde Sie denn an der Arbeit hier im Laden reizen? Schließlich kommen Sie doch aus einer völlig anderen Richtung.«

»Ich liebe alles, was mit Pflanzen zu tun hat. Und so, wie ich mir das vorstelle, hat dieser Job ja nicht nur mit dem Verkaufen von Pflanzensamen zu tun. Ich denke, es geht auch um eine fachliche Beratung der Kunden zum Thema Gartenarbeiten. Bestimmt suchen viele Kunden bei Ihnen nach einem Rat bezüglich der Bepflanzung ihrer

Beete oder Kräuter- und Gemüsegärten.« Erneut blitzten ihre Augen auf, und Liv wünschte, sie könnte eine ähnliche Leidenschaft für ihren Beruf empfinden.

Das Gespräch zwischen Anni und der jungen Gärtnerin wurde zunehmend fachspezifischer, und Liv konnte immer schlechter folgen, obwohl sie sich in der Kräuterkunde recht gut auskannte. Aber Anni und Pia verloren sich immer mehr in Details bezüglich der Qualität der Samen, der Pflanzerde und des Düngers, sodass Liv irgendwann nur noch mit halbem Ohr zuhörte.

Ihr Blick fiel auf das kleine Mädchen an Pias Seite. Es schien ein sehr geduldiges Wesen zu sein, denn es saß nach wie vor still auf seinem Stuhl und beobachtete aufmerksam Anni und ihre Mutter. Dabei konnte die Kleine in ihrem Alter sicher noch überhaupt nichts mit dem anfangen, worüber da gesprochen wurde.

Würde Pia sich wohl in die Hausgemeinschaft einfügen?, überlegte Liv. Bei der jungen Frau machte sie sich da weniger Sorgen als bei der kleinen Zoe. Pia schien ein unkomplizierter, burschikoser Typ zu sein, ebenso wie ihre Tochter war sie mit Jeans und Hoody bekleidet, Sneakers an den Füßen. Doch das Mädchen wirkte nicht wie eine fröhliche Sechsjährige. Ob Zoe mit dem schweigsamen Cornel zurechtkommen würde? Oder mit Annis manchmal überschwänglicher Art?

Als diese direkt neben ihr plötzlich in die Hände klatschte, zuckte Liv erschrocken zusammen.

»Also, dann ist das abgemacht«, stellte Livs Patentante klar und reichte Pia die Hand.

Offenbar hatte Liv vor lauter Grübeleien nicht mitbekommen, dass sich die beiden Frauen einig geworden waren.

»Dann zeige ich Ihnen und Ihrer Tochter noch kurz die Wohnung, damit Sie auch davon eine Vorstellung bekommen. Ich hoffe, es wird Ihnen ausreichen, denn eines der Zimmer ist wirklich sehr klein und war eigentlich nur als Arbeitszimmer gedacht.«

»Das hatten Sie mir ja bereits geschrieben, und das ist überhaupt kein Problem. Da wir im Moment nur eine Zweizimmerwohnung haben, wird das auf jeden Fall eine Verbesserung.«

Pia strahlte ihre Tochter an und zauberte so ein kleines Lächeln auf deren Gesicht.

So wie es aussah, hatte Anni eine neue Mitarbeiterin gefunden, und Liv war gespannt, wie sich ihre Nachbarschaft zukünftig entwickeln würde.

Kapitel 8

Am nächsten Morgen machte Liv sich auf in Richtung Kalkar, der Stadt, in der sie zur Schule gegangen war. Sie wollte gemütlich durch die Altstadt schlendern und ein wenig in Erinnerungen schwelgen. Vielleicht würde sie später noch eine Kleinigkeit trinken, ehe sie wieder nach Hause fuhr. Dann wollte sie ganz in Ruhe kochen. Sie hatte Lust auf etwas Deftiges, und gestern war ihr beim Surfen durchs Netz ein Rezept für Kümmelkartoffeln in die Hände gefallen. Sie liebte Kümmel, egal ob im Brot, im Käse oder eben bei deftigen Speisen. Dazu dann Wirsingrouladen, so wie sie schon ihre Großmutter zubereitet hatte.

Allein bei dem Gedanken daran lief ihr schon das Wasser im Munde zusammen. Dabei fiel ihr ein, dass sie sich auch noch mit dem Büro ihrer Mutter auseinandersetzen wollte. Mal schauen, ob das heute noch reinpasste, schließlich hatte sie sich eigentlich vorgenommen, ein paar Tage Urlaub zu machen. Doch das Gespräch mit Jasper am Rhein wollte ihr einfach nicht mehr aus dem Kopf, und es hatte nicht viel Sinn, die Klärung der Frage, ob sie nicht doch Möglichkeiten hätte, den Hof zu halten, immer weiter vor sich herzuschieben. Dafür müsste Liv sich aber mit den Unterlagen ihrer Mutter auseinandersetzen.

Genug der schweren Gedanken, schimpfte sie mit sich selbst. Jetzt war ein entspannter Morgen gefüllt mit schönen Erinnerungen angesagt. Mit viel Glück ergatterte sie einen Parkplatz an der Jan-Joest-Straße. Sie war gespannt, wie es inzwischen auf dem Marktplatz und in dessen Umgebung aussah. In den vergangenen Jahren war der historische Stadtkern aufwendig saniert worden, sodass ihre letzten Erinnerungen vor allem von Baustellenzäunen und lärmenden Maschinen geprägt war.

Das war heute ganz anders, das sah sie schon, als sie die Straße entlangblickte. Keine Bauzäune weit und breit, dafür sorgfältig gepflegtes Kopfsteinpflaster. Sie schlenderte an der St.-Nicolai-Kirche vorbei zur Altkalkarer Straße und ging dort nach rechts hinüber zum Markt. Zu dieser frühen Stunde war es noch relativ ruhig im Städtchen, wenn sie von der obligatorischen Brötchenschlange vor der Bäckerei einmal absah. An drei Seiten wurde der Marktplatz von breiten Wegen begrenzt, auf denen an wärmeren Tagen die Außengastronomie das Bild bestimmte. Sobald sich die Sonne blicken ließ, herrschte hier geschäftiges Treiben unter bunten, ausladenden Sonnenschirmen. Ein Teil des Platzes diente zwar dem Parken, aber trotzdem wirkte er offen und einladend. Eine alte Linde bildete den Mittelpunkt und prunkte im Sommer mit ihrer ausladenden Krone. Jetzt zeigte sie zaghaft ihr erstes Grün.

Liv blieb kurz stehen und betrachtete das wuchtige spätgotische Rathaus der Stadt an der Kopfseite des Platzes. Urplötzlich überkamen sie so starke Gefühle der Verbundenheit, dass ihr die Tränen in die Augen schossen. So schön Münster auch war, sie hatte sich dort nie wirklich zugehörig gefühlt. Ihre Freunde aus Studienzeiten hatten sich in alle Winde verteilt, und neue Freundschaften zu knüpfen war ihr während ihrer Berufstätigkeit sehr schwergefallen. Sie war längst nicht so ein kontaktfreudiger Mensch wie ihre Schwester, brauchte immer etwas Zeit, bis sie mit jemandem warm wurde. Während ihrer Zeit in der Apotheke waren die Freundschaften zu Kollegen leider eher oberflächlich geblieben.

Selbst zu Paul, stellte sie erstaunt fest. Während er offensichtlich etwas völlig anderes in ihrer Beziehung gesehen hatte, waren ihre Gefühle kaum in die Tiefe gegangen. Was sagte das über sie aus? War sie ein oberflächlicher Mensch? Bisher hatte keine ihrer Beziehungen richtig lange gehalten. Spätestens wenn es darum ging, zusammenzuziehen, hatte sie die Reißleine gezogen. Und wenn sie sich selbst gegenüber ehrlich war, wusste sie auch ganz genau, woran das lag.

Plötzlich erklang eine Frauenstimme neben ihr. »Liv, bist du es? Du siehst so nachdenklich aus. Und das schon am frühen Morgen?«

Liv wandte sich der Stimme zu und musste sich erst einmal orientieren. Dann erkannte sie ihre ehemalige Schulfreundin vom Jan-Joest-Gymnasium. »Svenja! Das ist ja ein Zufall!«

»Wie man's nimmt. Um diese Zeit trifft man mich unter der Woche eigentlich jeden Tag hier an.« Svenja wies auf das Schild einer Finanzberatung jenseits der Altkalkarer Straße, die am Markt vorbeiführte. »Ich arbeite da.«

»Du bist wieder nach Kalkar zurückgekommen?«, fragte Liv konsterniert.

Svenja wollte nach dem Abitur auf Weltreise gehen und danach BWL oder Jura studieren. Am besten im Ausland. Leider war ihr Kontakt abgebrochen, während Svenja auf Reisen gewesen war, aber wenn Liv gefragt worden wäre, hätte sie ihre Freundin eher in London oder New York gewähnt.

»Sieht so aus«, antwortete Svenja mit einem Lächeln. Sie schien in keiner Weise traurig darüber zu sein. »Und was machst du hier? Bist du auf Besuch?«

Liv schüttelte den Kopf. »Besuch kann man es wohl nicht nennen, ich habe aber auch keinen anderen Ausdruck dafür.«

»Das klingt ja mysteriös.« Svenja zog fragend die Augenbrauen hoch.

»Weniger mysteriös, eher konfus. Lange Geschichte.«

»Die ich wirklich gern einmal hören möchte.« Ihre Freundin warf einen kurzen Blick auf ihre Smartwatch. »Aber jetzt habe ich leider erst einmal einen Termin. Gibst du mir deine Telefonnummer? Dann melde ich mich bei dir, und wir treffen uns mal auf einen Kaffee?«

»Das würde mich wirklich freuen. Ich habe es ehrlich bedauert, dass alle Kontakte von früher nach und nach eingeschlafen sind.«

»Das finde ich auch sehr schade«, bestätigte Svenja. »Ich bin auch erst seit Anfang des Jahres wieder hier und hatte noch keine Gelegenheit nachzuforschen, wer sich von früher noch in der Gegend aufhält. Aber mit dir habe ich jetzt einen tollen Anfang gemacht.«

Svenja strahlte sie an, und Liv wurde warm ums Herz, als sie sie kurz darauf in den Arm nahm und drückte.

»Ich melde mich bei dir«, sagte ihre Freundin, als sie sich von ihr löste, drehte sich um und eilte mit großen Schritten hinüber zur Agentur.

Ein wenig perplex blieb Liv stehen und schaute Svenja hinterher. Sie war schon immer ein Wirbelwind gewesen und hätte vom Charakter eigentlich viel eher zu Maike gepasst. Aber manchmal ging das Schicksal seltsame Wege, und die eher ruhige Liv hatte sich mit Svenja angefreundet.

✳

Drei Stunden später stand sie, immer noch beschwingt von ihrem Treffen mit Svenja, vor dem Herd in der Küche und rührte in der Soße. Ein herrlicher Duft nach Wirsing, gebratenen Kartoffeln und Kümmel durchzog den Raum. Liv liebte es zu kochen, wenn sie ausreichend Zeit dafür hatte. Eine Leidenschaft, die sie während ihres Arbeitslebens in Münster sträflich vernachlässigt hatte. Vor allem in den letzten beiden Jahren. Davor hatte sie bei ihren Wochenendbesuchen zu Hause noch die eine oder andere Kochsession mit ihrer Mutter veranstaltet, noch früher war ihre Großmutter dann die Dritte im Bunde gewesen.

Ein bisschen wehmütig dachte sie daran zurück, wie viele schöne Stunden sie in dieser Küche verbracht hatten. Wie in vielen anderen Häusern auch war dieser Raum immer der wahre Mittelpunkt des Hauses gewesen. Das Wohnzimmer wurde eigentlich nur abends zum Fernsehen benutzt. Nicht nur von ihnen, sondern meist auch von ihren Großeltern, die ihr eigenes Wohnzimmer nur nutzten, wenn sie Besuch bekamen. Und selbst mit diesem waren sie oft in der Küche zu finden gewesen.

Liv verspürte einen Stich. Genau diese Art von Leben wünschte sie sich auch für sich selbst. Sie war es leid, allein in einer Wohnung zu hocken, wo sie es doch ganz anders hatte erfahren dürfen.

Sie griff nach der Sahne und gab einen guten Schuss davon an die Soße. Wenn es doch eine Möglichkeit gäbe, den Hof zu halten, könnte sie dann vielleicht eine entsprechende Gemeinschaft aufbauen? Bei Anni, Hein und Cornel klappte es ja auch schon seit vielen Jahren, obwohl sie keine wirkliche Familie waren.

Bevor sie weiter darüber nachdenken konnte, öffnete sich die Küchentür, und Jasper kam herein.

»Himmel, riecht das lecker«, sagte er und kam zu ihr herüber.

»Möchtest du mal probieren?«

Spontan nahm Liv einen Löffel aus der Schublade, tunkte ihn in die Soße und hielt ihn ihm entgegen.

Erst in dem Moment, in dem Jasper sich vorbeugte und den Mund öffnete, wurde ihr das Pikante an der Situation bewusst. Sie spürte, dass ihr Pulsschlag sich erhöhte und ihr das Atmen schwerer fiel, als sie ihm den Löffel zwischen die Lippen schob. Unwillkürlich richtete sie ihren Blick auf seine Augen, die konzentriert in ihre schauten.

Reiß dich am Riemen, schalt sie sich selbst und zwang sich, betont lässig zu fragen: »Schmeckt es?«

»Der pure Wahnsinn«, antwortete er und leckte sich die Lippen, ohne den Blick von ihr zu wenden.

Liv drehte sich hastig um, gab die Wirsingrouladen in

die Soße und kontrollierte anschließend die Kümmelkartoffeln im Backofen.

»Wir können jetzt essen«, sagte sie knapp, ohne ihm einen weiteren Blick zu schenken.

Kurz darauf saßen sie vor ihren gut gefüllten Tellern am Tisch. Sie waren heute und morgen nur zu zweit. Da die Treppe nach dem Ölen trocknen musste und nicht betreten werden durfte, käme Maike solange nicht in ihre Zimmer im Obergeschoss. Also hatte sie beschlossen, in Düsseldorf zu bleiben.

Liv goss sich ein Glas Wasser ein, als Jasper bereits sichtlich begeistert auf einem Bissen Wirsingroulade herumkaute.

»Ich wusste gar nicht, dass du so gut kochen kannst«, sagte er, nachdem er geschluckt hatte.

»Bis jetzt bin ich ja auch noch nicht dazu gekommen. Es gab einfach zu viel zu tun.«

»Kochst du gern?«

»Sehr gern. Und ja, bevor du etwas dazu sagst, ich sollte mir mehr Zeit dafür nehmen.«

Jasper grinste schief und meinte schlicht: »Na denn.«

Aber Liv hatte jetzt keine Lust, sich über ihre verkorkste Auffassung von Zeiteinteilung zu unterhalten, deshalb fragte sie ihn: »Wieso bist du eigentlich auf der Walz?«

»Mir gefiel der Gedanke, einer alten Tradition zu folgen. Auf Schusters Rappen durch die Welt zu tingeln. In einem deutlich langsameren Tempo, als es heutzutage üblich ist. Den Druck rausnehmen und neben den Zeiten, in denen man einem festen Job nachgeht, auch immer wieder Monate zu haben, in denen man einfach nur seiner Intuition folgt. Ich habe bereits viel gesehen, viel Neues über mein Handwerk gelernt und tolle Menschen kennengelernt. Du glaubst gar nicht, wie viel Hilfsbereitschaft ich in all der Zeit erfahren durfte.«

»Dabei spricht man doch laufend von einem immer raueren Klima und dass die Menschen kaum noch aufeinander zugehen.«

»Das stimmt sicher auch. Aus dem Grund halte ich mich von politischen oder religiösen Diskussionen fern und bin mit dieser Strategie bisher sehr gut gefahren.«

»Und wie triffst du die Menschen, die auf der Suche nach einem Tischler sind und dafür Kost und Logis anbieten?«, fragte Liv.

»Manche Infos erhält man von Kameraden, andere in den Rathäusern, in denen wir vorsprechen, wenn wir neu in einen Ort kommen. Manches ergibt sich einfach durch ein abendliches Gespräch in der Kneipe. Oder eben in einer Bäckerei«, fügte er hinzu.

Liv lachte. »Ja, das war wirklich ein glücklicher Zufall. Die Treppe wird wieder wunderschön.«

Nach dem Abschleifen war unter dem alten weißen Lack Eichenholz zum Vorschein gekommen, welches nach dem Abbeizen bereits einen honigfarbenen Ton angenommen hatte. Bereits jetzt, wo Jasper sie erst zu einem Drittel geölt hatte, konnte sie sich ein gutes Bild davon machen, wie prächtig sie aussehen würde, wenn sie erst einmal ganz fertig war. Eine Schande, dass ihre Familie das in früheren Jahren überlackiert hatte.

»Es macht mir großen Spaß, an dieser Verwandlung teilzuhaben.«

Liv lachte kurz auf. »Teilzuhaben ist gut. Du bist maßgeblich dafür verantwortlich.«

»Und das macht mir Freude«, wiederholte er schlicht.

»Was ist das eigentlich für ein Grünzeug in der Hackfüllung?«, wollte er wissen, als er sich erneut ein Stück der Roulade abschnitt.

»Petersilie, warum? Schmeckt es dir nicht?«

»Doch, es schmeckt sogar ausgesprochen gut. Aber ich glaube, ich habe solche Rouladen noch nie mit Petersilie gegessen. War das deine Idee?«

»Ich experimentiere beim Kochen zwar gern mit Kräutern und Gewürzen, aber dieses Rezept ist schon von meiner Großmutter.«

»Die gute alte Hausmannskost.«

»Vielleicht nicht unbedingt typisch, aber ein Familienrezept. Meine Mutter und meine Großmutter waren nämlich auch sehr kreativ in der Küche«, erklärte sie und fuhr dann fort: »Auf deinen Wanderungen hast du sicher auch viele interessante Gerichte kennengelernt.«

Jasper stand auf und ging hinüber zum Herd, um sich noch einen Nachschlag zu holen.

»Auf jeden Fall«, bestätigte er, während er sich noch ein paar Kartoffeln nahm. »Ich habe in jeder Küche Gerichte gefunden, die mir gut geschmeckt haben.« Er nahm sich noch eine Roulade, gab ordentlich Soße hinzu und setzte sich wieder zu ihr an den Tisch. »Und bevor du fragst: Ich habe keinen wirklichen Favoriten.«

Das konnte sie sich überhaupt nicht vorstellen. »Aber es muss doch etwas geben, was du ganz besonders gern isst«, hakte sie nach.

Er dachte einen Moment nach und schüttelte dann den Kopf. »Nein. Ich denke, dafür esse ich einfach zu gern. Deswegen schätze ich einen guten Koch oder eben eine gute Köchin auch besonders.«

Als er ihr verschmitzt zuzwinkerte, spürte sie das inzwischen schon vertraute Flattern in ihrem Bauch. Irgendetwas hatte es mit diesem Mann auf sich, was ihr die Knie weich werden ließ, obwohl sie saß. Und Liv wusste nicht, ob sie es genießen oder besser ignorieren sollte.

Kapitel 9

Sonntagmorgen saß Liv am Schreibtisch ihrer Mutter und schaute aus dem Fenster. Es war ganz still im Haus. Jasper war mit Flönz unterwegs, und Maike kam erst heute Abend wieder zurück.

Liv dachte an den gestrigen Nachmittag, als sie mit dem Fahrrad durch die Umgebung geradelt war und sich dabei an die vielen Ausflüge mit ihrem Großvater erinnert hatte. Damals hatte Maike sie noch oft begleitet. Überhaupt hatten sie als Kinder viel Zeit gemeinsam verbracht. An Regentagen hatten sie stundenlang *Monopoly* gespielt und im Sommer Picknicks mit ihren Puppen auf der wilden Kräuterwiese hinter dem Haus veranstaltet. Erst als sie in die Pubertät kamen, drifteten sie auseinander.

Nein, dachte Liv. Ab dem Zeitpunkt, an dem ihr Vater die Familie endgültig verlassen hatte, war nichts mehr so gewesen wie früher. Sie spürte Ärger in sich aufsteigen, sobald sie nur an das benachbarte Zimmer dachte. Dieses auszuräumen würde sie Maike überlassen müssen, denn wenn sie selbst zu entscheiden hätte, würde sie einfach alles entsorgen, ohne einen weiteren Blick darauf zu werfen.

Sie rieb sich über das Gesicht, um diese Gedanken zu verscheuchen, schließlich wollte sie die schönen Erinnerungen wiederaufleben lassen, die sie mit dem Haus verband. Ein Grund, weshalb sie heute an diesem Schreibtisch saß. Irgendwie hatte sie das Gefühl, sie müsse erst mit etwas abschließen, ehe sie offen für eine Entscheidung zu einer möglichen Zukunft auf dem Hof war.

Sie seufzte schwer und betrachtete die leere Schreibtischplatte. Früher hatte hier immer ein Chaos aus Ordnern, Rechnungen über Saatgut und Tierfutter sowie allerlei Notizzetteln geherrscht. Der große Tischkalender, der die Schreibunterlage bildete, war stets mehr mit Kritzeleien als mit Terminen beschriftet gewesen.

Liv schmunzelte. Ihre Mutter hatte die Eigenschaft gehabt, kleine Bildchen zu zeichnen, während sie telefonierte. Nichts Weltbewegendes, aber für Liv gehörten sie unauslöschlich zu den Erinnerungen an ihre Mutter dazu.

Jetzt war die Schreibtischplatte leer geräumt. Nach dem Tod ihrer Mutter hatte sie sich mit Maike darum gekümmert, dass alle Rechnungen beglichen wurden. Sie hatten die Versicherungen gekündigt, Bankkonten aufgelöst und alles erledigt, was an steuerlichen Angelegenheiten zu regeln war. Mit Unterstützung des früheren Gesellen hatten sie die Tiere und großen Maschinen verkauft und dafür gesorgt, dass alle anderen noch nutzbaren Sachen ausgeräumt und verschenkt wurden. Nur mit den persönlichen Dingen ihrer Mutter hatten sie sich damals noch nicht auseinandersetzen können.

Selbst jetzt noch hatte Liv das Gefühl, in die Intimsphäre ihrer Mutter einzudringen, als sie die erste Schublade des Schreibtischs öffnete. Außer einem Durcheinander an Bleistiften, Kugelschreibern, Radiergummis und Linealen gab es dort nichts Besonderes zu sehen. Die nächste Schublade enthielt Büroklammern, einen Tacker samt einem Schächtelchen mit Klemmen, einen Zollstock und einen kleinen Frosch aus Porzellan.

Livs Mund verzog sich zu einem Grinsen. Ihre Mutter und ihre Leidenschaft für kleine Tierfiguren. Überall im Haus hatten sie herumgestanden oder einem, so wie jetzt, aus irgendwelchen Schubladen entgegengeblickt.

Sie befreite den kleinen Gesellen aus seinem Schattendasein und stellte ihn auf den Schreibtisch. Es war völlig überflüssiger Nippeskram, aber sie konnte verstehen, warum ihre Mutter sich an so etwas erfreut hatte, denn der kleine Kerl schien zu lächeln und strahlte einfach gute Laune aus.

Liv schob auch diese Schublade wieder zu und öffnete die unterste. Darin lag ein Wust an Kinderzeichnungen und Muttertagsgrüßen, die noch aus Maikes und ihrer Grundschulzeit stammen mussten. Liv hob den Stapel heraus und sah alles durch. Ein Lächeln zog sich über ihr Gesicht, als sie die mühsam hingekritzelten Kinderschriften betrachtete. Wie lange ist das her? sinnierte sie. Die Zeit verging einfach zu schnell.

Als sie die krakelige Zeichnung einer Berglandschaft hochhob, entdeckte sie darunter ein flaches Büchlein. Verwundert betrachtete sie den ramponierten Einband. Das ehemals grüne Leder war brüchig und matt und das goldfarben eingeprägte Telefon vom vielen Anfassen schon ganz abgerieben.

Dieses Büchlein hatte Liv noch nie gesehen. Zumindest war ihr nicht bewusst, es schon einmal in der Hand gehabt zu haben. In der Diele, in der das Festnetztelefon installiert gewesen war, hatte stets ein deutlich größeres weinrotes Adressverzeichnis gelegen, das im Laufe der Zeit immer voluminöser geworden war.

Neugierig öffnete sie das Büchlein, das eigentlich kaum mehr als ein dickeres Heftchen war, und las die ersten Einträge. Die Schrift wirkte noch sehr jugendlich. In ordentlichen Buchstaben waren Adressen und Telefonnummern notiert worden. Keine Handynummern, alles Festnetzanschlüsse. Es wurde ihr klar, dass es sich um das persönliche Adressbuch aus der Jugendzeit ihrer Mutter handeln musste, denn alle Namen, die Liv bekannt waren, gehörten zu Freunden oder ehemaligen Mitschülern ihrer Mutter.

Warum hat sie es bloß aufgehoben? wunderte sie sich. Schließlich hatten sich die Adressen der meisten mit zunehmendem Alter geändert.

Aber nichtsdestotrotz machte es ihr Spaß, weiter darin herumzublättern. Zu vielen Namen tauchten bekannte Gesichter vor ihr auf, und sie erinnerte sich an gemeinsame Erlebnisse. Hin und wieder meldete sich auch eine Spur von schlechtem Gewissen, weil sie sich bei dem einen oder anderen schon so lang nicht mehr gemeldet hatte.

Als sie bei dem Buchstaben R ankam, stutzte sie plötzlich. Regina war hier notiert. Ohne Nachnamen. Dazu eine Adresse in Lenzkirch, einer Gemeinde in Süddeutschland, wie die Postleitzahl vermuten ließ. Regina, so hieß die ältere Schwester ihrer Mutter, die Liv allerdings nie kennengelernt hatte. Schon vor ihrer Geburt musste es zu einem heftigen Streit zwischen Regina und ihren Eltern, Livs Großeltern, gekommen sein, weshalb sie mit der Familie brach. Über Weiteres war nie gesprochen worden.

Ob ihre Mutter trotzdem noch Kontakt mit ihr gehabt hatte?

Liv blickte nachdenklich aus dem Fenster. Vielleicht lebte irgendwo nicht nur eine Tante von ihr, vielleicht hatte sie sogar Cousins und Cousinen. Ihr wurde ganz warm ums Herz bei dem Gedanken. Wäre es nicht schön, wenn es da draußen doch noch weitere Familie gäbe?

Sie horchte ins Haus, doch es umgab sie nur absolute Stille. Natürlich genoss sie es, auch für sich allein zu sein. Ihrem Rhythmus und ihren Interessen folgen zu können. An Tagen wie heute wünschte sie sich jedoch mehr Leben um sich. Menschen, die sich für sie interessierten, denen etwas daran lag, dass es ihr gut ging, die Anteil nehmen wollten an ihren Belangen.

Sie wusste, dass sich das nicht automatisch einstellte, wenn man eine Familie hatte. Es war nicht alles Bullerbü. Doch sie hatte erlebt, wie schön es sein konnte, liebevolle Menschen um sich zu haben, und sah es im Moment gerade wieder nebenan bei Anni und ihren beiden Männern.

Eine tiefe Sehnsucht nach Verbundenheit stieg in ihr auf, als sie erneut auf die Adresse in dem Büchlein starrte. Eine Telefonnummer war nicht eingetragen, sonst hätte sie jetzt ganz spontan versucht, Regina zu erreichen. Aber sie könnte einen Brief schreiben …

Aufregung kribbelte durch ihren Körper. Genau, sie könnte einen Brief schreiben! Vielleicht lebte ihre Tante noch immer an diesem Ort, oder derjenige, der jetzt dort lebte, hatte noch Verbindung zu ihr.

Sie öffnete erneut die oberste Schublade des Schreibtischs und nahm sich einen Kugelschreiber heraus, griff nach einem Blatt Druckerpapier aus dem Regal links neben ihr und begann zu schreiben:

Liebe Tante Regina,

deine Adresse fand ich eben erst in Mutters Schreibtisch, und ich hoffe, dass dich dieser Brief erreichen wird. Sicher wunderst du dich, von mir zu hören. Mein Name ist Liv Derksen, ich bin einunddreißig Jahre alt und Kathrins älteste Tochter. Ich habe noch eine jüngere Schwester, Maike, die gerade neunundzwanzig geworden ist.
Leider muss ich dir mitteilen, dass deine Schwester vor zwei Jahren an einem schweren Schlaganfall verstorben ist. Maike und ich befinden uns zurzeit auf dem alten Hof der Familie und renovieren und sichten Mutters Sachen. Wenn du also auf diesen Brief antworten möchtest, schickst du ihn am besten an die alte Adresse. Du kannst mich aber natürlich auch jederzeit anrufen, meine Handynummer füge ich bei.
Ich würde mich wirklich sehr freuen, von dir zu hören.

Herzliche Grüße
Deine Nichte Liv

Nachdenklich las sie sich den Brief noch einmal durch. Ob sie Maike davon erzählen sollte, dass sie versuchte, Kontakt zu ihrer Tante zu knüpfen?

Was für eine Frage? schimpfte sie mit sich selbst. Sie konnte schlecht von ihrer Schwester erwarten, offener zu sein, wenn sie selbst solch eine Geheimniskrämerei in Erwägung zog. Was sollte Maike schon dagegen haben? Vielleicht hätte sie ja Lust, selbst noch Grüße hinzuzufügen. Heute würde das nicht mehr klappen, da Maike schon angekündigt hatte, erst am späten Abend zurückzukommen, aber spätestens morgen beim Frühstück würde Liv mit ihr darüber sprechen.

Viel zu aufgewühlt, um die Sichtung des Büros fortzusetzen, ging sie hinüber in ihr Zimmer. Ob Regina sich wohl meldet? überlegte sie und legte den Brief auf ihren Schreibtisch. Ein Treffen mit ihrer Tante und vielleicht auch Cousinen und Cousins stellte sie sich sehr spannend vor. Ihre Familienfeiern hatten früher stets im ganz kleinen Kreis stattgefunden, während Livs Freundinnen bei ähnlichen Gelegenheiten mit etlichen Verwandten herumtoben konnten. Das hatte sie als Kind immer ein wenig neidisch werden lassen.

Genug über ungelegte Eier gegrübelt, entschied sie streng. Sie hatte ja nun wirklich keine trostlose Kindheit erlebt. Im Gegenteil, sie hatte hier auf dem Hof immer viel Abwechslung gehabt. Auch deshalb, weil sie oft bei Anni und Hein und später auch bei Cornel gewesen war. Und genau das würde sie nun auch tun.

Sie schaute auf ihre Armbanduhr. Kurz nach elf, da würde sie die drei sicher nicht stören, wenn sie mal vorbeischaute.

Als sie an Annis Haus vorbei zur Hintertür ging, sah sie auf dem Hof einen weißen Sprinter stehen, dessen Türen zum Laderaum sperrangelweit geöffnet waren. Neugierig ging sie hinüber. Ob Cornel etwas geliefert bekam?

Doch es war nicht Cornel, den sie im Inneren des Wagens entdeckte, es war Pia.

»Hallo«, begrüßte Liv sie erstaunt. »Du ziehst schon ein?«

»Hi«, ächzte Pia, die einen offensichtlich schweren Karton zur Ladekante schleppte und dort abstellte. »Ja, wir sind vor knapp zwei Stunden angekommen.«

»Kann ich dir helfen?«

Pia riss die Augen auf. »Ist das ein ernst gemeintes Angebot?«

»Natürlich.«

»Dann herzlich gern!« Die junge Frau schenkte ihr ein strahlendes Lächeln. »Gestern haben mir ein paar Freunde geholfen, die Wohnung in Köln leer zu räumen und alles, was wir mitnehmen wollten, zu verstauen. Aber leider hatte so kurzfristig niemand Zeit, um heute mit uns hier hochzufahren«, erklärte sie.

»Du bist aber auch wirklich schnell bei dem, was du dir vornimmst«, erklärte Liv mit einem Lachen. »Wir haben uns doch gerade erst am Donnerstag gesehen.«

Pias Gesicht wurde ernst. »Du würdest mich verstehen, wenn du gesehen hättest, wie schlecht es Zoe in den letzten Monaten gegangen ist. Jeder Tag, den sie früher aus der Großstadt raus ist, ist ein besserer Tag für ihre Lungen.«

»Tut mir leid«, sagte Liv betreten. »Daran hatte ich gar nicht mehr gedacht.«

Nun zauberte Pia doch wieder ein Lächeln auf ihr Gesicht. »Du kennst ja auch unsere Geschichte nicht, mach dir also bloß keine Gedanken.« Sie sprang vom Wagen, schaute Liv herausfordernd an und deutete mit einer Hand auf die Kiste. »Wollen wir?«

»Sicher!«

Liv griff auf der einen Seite in den Karton, während Pia auf der anderen Seite zupackte und ihn über die Ladekante zog.

»Puh«, ächzte Liv, »das ist wirklich schwer. Was hast du da drin?«

Pia gluckste, während sie sich auf den Weg in die Remise machten. »Meine Gartenbücher.«

»Klingt spannend.«

»Meinst du das ernst?«

»Absolut«, antwortete Liv, während sie die Wohnung betraten. »Ich liebe Sachbücher, und ganz besonders welche, die von der Natur oder Pflanzen und Kräutern handeln.«

Sie gingen den Flur entlang, der geradewegs in das geräumige Wohnzimmer führte. Da die Wohnung bis vor Kurzem noch als Ferienwohnung gedient hatte, war sie komplett möbliert. Sicher konnte man die Einrichtung nicht als modern bezeichnen, aber die hellen Möbel passten gut zusammen und vermittelten mit der blau gemusterten Couchgarnitur einen wohnlichen Eindruck.

»Meinst du, du wirst dich hier wohlfühlen?«, fragte Liv, als sie die Kiste vor einem hohen Regal abstellten.

Pia strahlte sie an. »Ganz bestimmt. Wir haben hier so viel Platz und dazu noch den ganzen Hof und die Wiesen drum herum. Das wird ein ganz neues Wohngefühl, nicht nur für Zoe.«

»Wo ist sie eigentlich?«

»Zoe? Die sitzt in der Küche und malt.«

Als sie auf dem Rückweg zum Wagen an der Küche vorbeigingen, streckte Liv den Kopf durch die Tür und begrüßte die Kleine. »Hallo, Zoe!«

Die hob nur kurz den Kopf, murmelte ein »Hallo« und malte dann weiter.

»Sie braucht immer etwas Zeit, um aufzutauen«, erklärte Pia. »Sie tut sich ein wenig schwer, was soziale Kontakte angeht.«

Sie sprang wieder in den Wagen und griff nach der nächsten Kiste.

»Wann ist denn ihre Einschulung?«, fragte Liv.

»Erst nach den Sommerferien. Und das macht mir ein wenig Sorge.«

Pia hüpfte wieder aus dem Wagen, und gemeinsam trugen sie die nächste Bücherkiste ins Haus.

»Es wäre gut, wenn Zoe schon vor Schulbeginn das eine oder andere Kind kennenlernen könnte, damit der Start nicht eine ganz so große Herausforderung wird. Aber so kurzfristig noch einen Kitaplatz zu finden, wird sicher ein Ding der Unmöglichkeit.«

»Versuchen solltest du es auf jeden Fall. Und ansonsten wird Anni Rat wissen«, beschwichtigte Liv Pias Sorgen. »Sie kennt hier Gott und die Welt und weiß sicher auch, wessen Kinder vom Alter her gut zu Zoe passen würden. Sie hilft dir ganz bestimmt.«

»Das würde mich so sehr für Zoe freuen!«

Nach und nach leerten sie den Sprinter und unterhielten sich dabei über Pias Leben in Köln und die Möglichkeiten, die sie hier mit Zoe hätte.

Eine knappe Stunde später, als die Ladefläche des Wagens komplett leer geräumt war und sämtliche Kisten in den Räumen verteilt waren, fragte Pia: »Jetzt brauche ich erst mal eine Pause. Trinkst du noch einen Tee mit mir?«

»Sehr gern!«

Liv war froh, dass sie nicht wieder auf den leeren Hof zurückkehren musste, denn für einen Besuch bei Anni war es inzwischen zu spät.

Auf dem Weg in die Küche kamen sie an der geöffneten Tür des Kinderzimmers vorbei, wo Zoe inzwischen mit etlichen Pferden und anderen Tieren aus Kunststoff den Boden bevölkerte.

»Ui«, sagte Liv zu ihr und blieb im Türrahmen stehen. »Baust du einen Reiterhof?«

Zoe schenkte ihr nur einen flüchtigen Blick, ehe sie nickte und weiterspielte.

Da würde wohl noch einiges an Zeit ins Land gehen, bis die Kleine aufgeschlossener wurde.

Da Liv sich ihr nicht aufdrängen wollte, ging sie in die gegenüberliegende Küche und wandte sich an Pia. »Hast du vielleicht auch einen Kräutertee da?«

»Sogar eine ganz besonders leckere Mischung mit Anis. Magst du Anis?«

»Sehr gern.«

Pia setzte Wasser auf und nahm ein Fläschchen aus dem Kühlschrank.

»Du musst noch deinen Sirup nehmen«, rief sie Zoe zu, die direkt aufstand und herüberkam.

Als Liv sah, dass das schlichte Glasfläschchen kein Etikett trug, fragte sie neugierig: »Was gibst du ihr da?«

»Thymiansirup.«

Pia hielt ihrer Tochter einen Löffel voll hin, den diese folgsam leerte.

»Lecker«, sagte die Kleine und leckte sich die Lippen, ehe sie wieder in ihr Zimmer ging.

»Machst du den selbst?«, wollte Liv von der jungen Gärtnerin wissen.

»Ja.« Sie stellte das Fläschchen zurück in den Kühlschrank. »Das Rezept habe ich von einer anderen Mutter aus dem Kindergarten bekommen. Demnächst möchte ich mich mehr einlesen in die Welt der Heilkräuter. Vielleicht gibt es noch andere Möglichkeiten, Zoes Zustand zu verbessern. Ein großes Problem ist nämlich auch ihr mangelnder Appetit.«

»Tausendgüldenkraut. Oder Koriander«, sagte Liv automatisch.

Pia schaute sie mit großen Augen an. »Du kennst dich damit aus?«

Liv zuckte mit den Schultern. »Ich bin Apothekerin. Und ich interessiere mich für Kräuter.«

»Wow. Dann bin ich bei dir ja direkt an der Quelle. Kannst du mir sagen, was genau ich mit diesen Kräutern machen muss und wo ich sie herbekomme? Koriander wird ja sicherlich nicht so schwierig, aber Tausendgüldenkraut? Davon habe ich bisher noch nichts gehört. Bekomme ich das bei dir in der Apotheke?«

Unbehaglich lehnte sich Liv auf ihrem Stuhl zurück. »Ich arbeite zurzeit in keiner Apotheke.«

»Ach so. Und wo arbeitest du?« Pia stellte eine knallrote Teekanne aus Keramik auf den Tisch, die sie eben noch aus einem Karton gekramt hatte.

»Nirgendwo. Ich mache eine Auszeit.«

»Das muss dir doch nicht unangenehm sein.« Offenbar hatte Pia ein gutes Gespür für die Gefühle anderer.

»Ist es aber. Du bist alleinerziehende Mutter, dein Kind ist nicht ganz gesund, und trotzdem wagst du einen kompletten Neuanfang, mit all den Unwägbarkeiten, die dabei auf dich zukommen. Dagegen habe ich mit meiner Frage, wie ich mich beruflich ausrichten möchte, ein wahres Luxusproblem.«

Pia setzte sich Liv gegenüber und stellte zwei zur Teekanne passende Keramikbecher auf den Tisch. »Das sehe ich überhaupt nicht so. Jede Sorge drückt auf die Seele, egal ob groß oder klein. Da kann niemand von außen bewerten, wessen Sorgen nun größer sind. Außerdem ist mir dieser Umzug gar nicht schwergefallen. Ich würde alles für Zoe tun, und dieser Ort wird ihr nicht nur gesundheitlich helfen, davon bin ich überzeugt. Was meinst du, wie sehr sie es genießen wird, hier draußen über die Felder streifen zu dürfen. Und ich auch. Zudem machte Anni einen total netten Eindruck auf mich, die Arbeit scheint interessant zu werden, und diese Wohnung ist einfach ein Traum.«

»Wenn man das so sieht …«, murmelte Liv.

»So sehe ich es.«

Pia schenkte ihnen Tee in die Becher, und Liv genoss für einen Moment das süßliche Aroma, das ihr in die Nase stieg.

»Bist du mit deinen Überlegungen denn schon weiter gekommen?«, wollte die junge Gärtnerin wissen.

Liv seufzte schwer. »Noch nicht wirklich. Ich hadere gerade mit dem Gedanken, den Hof meiner Familie nebenan zu erhalten und vielleicht selbst zu bewirtschaften.«

»Das traumhaft schöne alte Bauernhaus? Was ist denn das für eine Frage! So etwas kannst du doch nicht verkaufen.« Pia wirkte entsetzt.

»Genau das ist das Problem. Ich habe noch eine Schwester, Maike. Wir haben den Hof gemeinsam geerbt, aber keine von uns wollte die Landwirtschaft weiterführen. Und jetzt, wo wir angefangen haben, das Haus zu renovieren, merke ich zunehmend, dass ich es gar nicht weggeben möchte. Es ist verzwickt, aber ich werde mich entscheiden müssen.«

»Was sagt denn deine Schwester dazu?«

Liv lachte kurz auf. »Du scheinst ein Talent dafür zu haben, den Finger direkt in die Wunde zu legen. Ich habe noch nicht mit ihr darüber gesprochen. Von wegen ungelegte Eier und so.«

Nun musste auch Pia lachen. »Und da sagst du, du hättest nur Luxusprobleme. Für mich hört sich das nach einem ganz schönen Berg an, den du abzuarbeiten hast.«

So saßen sie noch eine Weile zusammen und erzählten, ehe sie sich gemeinsam wieder an die Arbeit machten. Es war Liv eine große Freude, mit ihrer neuen Nachbarin den Tag zu verbringen und dabei zu helfen, deren Wohnung gemütlich einzurichten.

Als sie am späten Nachmittag wieder nach Hause ging, hatte sie das Gefühl, dass aus der neuen Nachbarschaft auch eine Freundschaft entstehen könnte.

Kapitel 10

Als Liv am nächsten Morgen aufwachte, war es bereits nach acht. Sie hatte sich innerhalb der letzten Tage zu einer regelrechten Schlafmütze entwickelt. Sie rekelte sich genüsslich unter ihrer warmen Bettdecke, dachte an den gestrigen Abend zurück, und sofort überfiel sie ein wohliges Gefühl. Als sie von ihrem Besuch bei Pia heimgekehrt war, war das Haus immer noch leer und ihre Enttäuschung groß gewesen. Sie hatte sich schon darauf gefreut, den Rest des Tages gemeinsam mit Jasper verbringen zu können, doch der hatte den Nachmittag für einen Spaziergang nach Wissel, dem Nachbardorf, genutzt und sich im dortigen Dünencafé mit einem jungen Touristenpaar festgequatscht, das per Work-and-Travel die Welt bereist hatte. Umso größer war ihre Freude gewesen, als er kurz nach sechs wieder nach Hause kam. Sie hatten Pizza und eine Flasche Rotwein bestellt und es sich damit in der Küche gemütlich gemacht. Jasper, noch inspiriert von seinem Gespräch im Café, unterhielt sie mit Anekdoten aus seiner Wanderschaft und unterstrich bei ihr den Wunsch, auch ein bunteres Leben zu führen, ohne den immer gleichen Trott. Sie beneidete ihn um die mannigfaltigen Erfahrungen, die er in den letzten Jahren gesammelt hatte, auch wenn ihr bewusst war, dass sie selbst sich erheblich aus

ihrer Komfortzone bewegen müsste, um derart kontaktfreudig aufzutreten wie er. Aber jeder Mensch brauchte
ja Ziele in seinem Leben, vielleicht wäre das Heraustreten
aus ihrem Schneckenhaus eine gute Aufgabe für die Zukunft.

Bei dem Gedanken daran fiel Liv auf, dass ihr der Kontakt zu Pia gestern überhaupt nicht schwergefallen war.
Die junge Gärtnerin war derart offen gewesen, dass ihr gar
nicht aufgefallen war, wie selbstverständlich sie mit ihr ins
Gespräch gekommen war. Dabei musste sie unwillkürlich
an Zoe denken, die ihrer Mutter gegenüber zwar völlig
unkompliziert gewesen war, ihre Distanziertheit Liv gegenüber jedoch nicht aufgegeben hatte.

Automatisch wanderte ihr Blick über die Buchrücken
im gegenüberstehenden Regal, als ihr wieder einfiel, dass
Pia sich noch weitere Unterstützung bei Zoes Genesung
wünschte.

Liv stand auf und nahm eines der schweren Fachbücher
aus dem Regal, das sie schon im Grundstudium begleitet
hatte. Das umfangreiche Lexikon über Heilpflanzen hatte
ihr nicht nur bis zum Staatsexamen gute Dienste geleistet,
sondern sie auch noch durch die Ausbildung begleitet, in
der sie sich besonders mit Kräuterkunde auseinanderge-
setzt hatte. Leider waren in der Apotheke, in der sie in
Münster gearbeitet hatte, Heilkräuter eher selten zur An-
wendung gekommen.

Sie setzte sich auf die Bettkante und suchte im Stich-
wortverzeichnis nach Tausendgüldenkraut, schlug die entsprechende Seite auf und las sich die Informationen durch.
Rein theoretisch könnte das Kraut Zoes Beschwerden

lindern, aber ob ein sechsjähriges Kind diesen Aufguss trinken würde? Und zudem noch regelmäßig? Sie schlug das Buch wieder zu und legte es auf ihren Schreibtisch. Nach dem Frühstück würde sie noch einmal ganz in Ruhe darüber nachdenken.

Beschwingt von dem Gedanken, zog sie sich an. Es war wirklich eine gute Idee gewesen, sich ein paar Tage Auszeit zu nehmen und sich einfach treiben zu lassen. So leicht und entspannt wie im Moment hatte sie sich wirklich schon lange nicht mehr gefühlt.

Ein Glucksen entwich ihrer Kehle, als das Bild des attraktiven Tischlers vor ihrem geistigen Auge erschien, der nicht unwesentlichen Anteil an ihrem Hochgefühl hatte. Vielleicht hatte sie ja Glück, und er saß gerade jetzt mit einer zweiten Tasse Kaffee am Frühstückstisch.

Tatsächlich. Als Liv in die Küche kam, saßen Maike und Jasper am gedeckten Tisch und unterhielten sich. Während Jasper nur den erwarteten Becher Kaffee vor sich stehen hatte, beschmierte ihre Schwester gerade einen Toast mit Butter.

»Guten Morgen«, begrüßte Liv die beiden und setzte sich an den für sie eingedeckten Platz.

»Morgen«, antworteten beide wie aus einem Mund.

»Ausgeschlafen?«, wollte Maike wissen.

»Und wie. Es war fast zu gemütlich, um aufzustehen.«

Als wäre das sein Stichwort gewesen, regte sich jetzt Flönz, der unter dem Esstisch lag, und platzierte seinen schweren Schädel mitten auf Livs Füßen. Ein wenig irritiert schaute sie nach unten und überlegte einen Moment, ob sie ihre Füße nicht lieber wieder unter ihm hervorziehen sollte. Dann jedoch spürte sie schnell, wie behaglich es sich anfühlte, und verharrte in der Position.

Als sie wieder den Kopf hob, fiel ihr auf, dass Maike sie aufmerksam musterte.

»Was ist los? Habe ich noch Schlaf im Gesicht?«

»Du erstaunst mich jeden Tag aufs Neue. Was ist mit dir passiert?«, fragte ihre Schwester.

»Ich hatte ein gutes Gespräch«, antwortete Liv und schaute zu Jasper hinüber. Als er ihren Blick erwiderte, spürte sie, wie Wärme in ihr aufstieg. Rasch wandte sie den Kopf und beschäftigte sich eindringlich damit, sich ebenfalls einen Becher Kaffee einzuschenken.

»Wir haben uns gerade darüber unterhalten, wie die Planung für die nächsten Tage aussieht«, erklärte Jasper währenddessen. »Ich möchte mit dem Abschleifen der Fenster beginnen und dachte, ich nehme mir als Erstes eins der Badezimmerfenster vor.«

Liv goss sich einen Schuss Milch in den Kaffee und sagte: »Da wäre ich gern dabei und würde das mit dem Abschleifen mal ausprobieren.«

Jasper zuckte mit den Schultern. »Kein Problem. Wenn es euch recht ist, würde ich die Arbeiten in der Scheune erledigen, damit im Haus nicht so viel Dreck ist.«

»Das hört sich gut an«, sagte Liv.

»Habt ihr vielleicht noch Holzböcke, die ich nutzen könnte?«

»Da musst du mal im Schuppen schauen. Könnte sein, dass da noch etwas steht.«

Just in dem Moment, in dem Liv nach der Zuckerdose griff, streckte Jasper ebenfalls die Hand danach aus, um sie ihr zu reichen, und als ihre Finger einander berührten, spürte sie ein aufregendes Kribbeln.

Während sie ihre Hand verlegen zurückzog, schien sich Jasper eher zu amüsieren. »Alles in Ordnung?«

Mit spitzen Fingern nahm sie ihm die Porzellandose aus der Hand und ignorierte seinen Kommentar. »Danke.«

Maike schien glücklicherweise mit ihren Gedanken ganz woanders zu sein.

»Worüber denkst du nach?«, wollte Liv von ihr wissen, während sie den Zucker im Kaffee verrührte.

»Hm?«, fragte Maike desorientiert. »Ach so. Ähm, das Wochenende ist gut gelaufen. Und wie war es bei dir?«

Da ihre Schwester nicht weiter ins Detail gehen wollte, ergriff Liv die Möglichkeit, ihr von ihrer gestrigen Entdeckung im Büro zu erzählen.

»Ich hatte dir ja gesagt, dass ich mir Mutters Büro mal vornehmen wollte.«

»Hast du. Obwohl du doch eigentlich ein paar Tage freinehmen wolltest«, konnte Maike sich offenbar nicht verkneifen hinzuzufügen.

Doch Liv beschloss, es nicht als Spitze gegen sich selbst aufzunehmen und nicht darauf einzugehen. »Auf jeden Fall habe ich die Schreibtischschubladen durchgesehen und ein altes Telefonbuch gefunden.«

Maike schaute sie fragend an. »Und?«

»Es ist ein Telefonverzeichnis aus Mamas Jugendzeit, und ich habe darin eine Adresse von Tante Regina gefunden.«

Liv konnte ihrer Schwester ansehen, dass sie einen Moment brauchte, ehe sie verstand, was sie da gerade gesagt hatte.

»Von Tante Regina? Der ominösen Regina Derksen? Dem schwarzen Schaf der Familie?«

»Ich vermute auf jeden Fall schwer, dass sie es ist, weil nur der Vorname notiert war.«

»Gibt es auch eine Telefonnummer?« Nun wirkte Maike sehr aufmerksam.

»Nur eine Adresse. Und die ist ja auch schon jahrzehntealt. Trotzdem habe ich gestern einen Brief geschrieben.«

»An Tante Regina?«

Liv nickte.

»Wow. Da war hier ja einiges los.«

Prompt musste Liv an den gestrigen Abend mit Jasper denken, schob aber den Gedanken sofort wieder beiseite und versuchte sich wieder auf ihre Schwester zu konzentrieren.

»Wenn du möchtest, kannst du ihn lesen und eventuell noch etwas hinzufügen. Noch habe ich ihn nicht abgeschickt. Oder bist du dagegen, wieder Kontakt mit Regina aufzunehmen?«

Maike schüttelte den Kopf. »Nein, warum sollte ich dagegen sein? Es wäre doch schön, wenn wir diese Tante endlich einmal kennenlernen.«

Erleichtert lehnte sich Liv auf ihrem Stuhl zurück und nippte an ihrem Kaffee. Da erst fiel ihr Blick wieder auf den jungen Tischler, der interessiert zwischen Maike und ihr hin- und herschaute.

»Entschuldige«, sagte sie zu ihm. »Du weißt überhaupt nicht, worum es hier geht.«

»Kein Problem«, wiegelte er ab. »Familiending.«

»Nein, nein«, entgegnete Maike energisch, »das kannst

du ruhig wissen. Wobei, eigentlich wissen wir selbst kaum etwas darüber. Oder?«, fragte sie Liv.

Die schüttelte den Kopf. »Ich weiß auch nicht mehr als du. Es hat damals wohl einen schlimmen Streit innerhalb der Familie gegeben, Tante Regina ist weggegangen, und danach ist der Kontakt abgebrochen. Ich weiß nicht, ob Mama später noch mit ihr in Verbindung war.«

»Ich finde es auf jeden Fall gut, dass du ihr geschrieben hast. Von mir aus kannst du den Brief ruhig in deinem Namen abschicken. Mal abwarten, ob er sie überhaupt erreicht, wo die Adresse schon so alt ist«, sagte Maike.

»Du hast recht«, bestätigte Liv. »Es ist eher unwahrscheinlich, dass sie dort immer noch wohnt. Aber so haben wir es zumindest versucht.«

Jasper stand auf und stellte seine Kaffeetasse in die Spülmaschine. »Ich mache mich mal an die Arbeit. Lass dir ruhig Zeit«, wandte er sich an Liv. »Es dauert noch etwas, bis ich alles zum Abschleifen vorbereitet habe.«

Dann pfiff er nach Flönz, doch der klopfte nur ein paar Mal mit dem Schwanz auf den Boden, ohne irgendetwas an seiner bequemen Position zu verändern.

Jasper und Maike lachten, während Liv verwundert unter den Tisch schaute.

»Sieht so aus, als habe er jemanden gefunden, mit dem er lieber abhängen möchte«, sagte Jasper. »Du kannst ihn ja nachher einfach mitbringen.«

»Er scheint sich bei dir richtig wohlzufühlen«, sagte Maike, nachdem Jasper gegangen war.

»Was mich erstaunt. Eigentlich weiß ich noch nicht so genau, was ich von ihm halten soll.«

Maike lachte. »Sieht ganz so aus, als habe er für dich entschieden, ihn zu mögen. Aber er ist ja auch wirklich knuffig.«

»Knuffig? Das wäre sicher nicht das Erste, was mir zu ihm einfiele. Wie wäre es mit groß? Wuchtig? Furcht einflößend?«

»Furcht einflößend? Flönz ist doch ein Riesenbaby.«

Liv warf einen zweifelnden Blick auf den schlafenden Rüden. »Da bin ich mir nicht so sicher.«

Doch in dem Moment, in dem sie es aussprach, war ihr klar, dass sich ihr Gefühl für ihn verändert hatte. Dieses Ungetüm von Hund war ihr in den letzten Tagen schon ein Stück weit ans Herz gewachsen.

»Was hast du denn gestern Schönes gemacht?«, fragte Maike.

Dass sie so offen Interesse an ihrem Leben zeigte, freute Liv. »Ich habe unserer neuen Nachbarin beim Einzug geholfen.«

»Wir haben eine neue Nachbarin?«

Maike wirkte verwirrt und zeigte damit wieder einmal, wie wenig sie von Liv und den Menschen in ihrer Umgebung mitbekam. Höchste Zeit, etwas daran zu ändern.

Also erzählte Liv ausführlich von dem Bewerbungsgespräch, bei dem sie Anni unterstützt hatte, und von ihrem gestrigen Tag in Gesellschaft von Pia und ihrer kleinen Tochter.

»Zoe. Was für ein hübscher Name«, sinnierte Maike. »Und sie ist krank?«

»Ja. Offenbar eine Überempfindlichkeit der Bronchien.

131

Sie braucht viel frische Luft, deshalb wollte Pia mit ihr aufs Land ziehen.«

»Nun, Land hat sie hier wahrlich genug. Und du überlegst jetzt sicher schon, mit welchem Heilkraut du die Kleine unterstützen könntest.«

Perplex starrte Liv ihre Schwester an. »Du hast völlig recht. Woher weißt du das?«

»Ich kenne dich.«

Maike lächelte sie an, und Liv spürte, wie ihr warm ums Herz wurde.

Sie legte ihrer Schwester die Hand auf den Arm und drückte ihn sanft. »Das tut gut zu wissen.«

»Hast du denn schon eine Idee?«

Liv zog ihre Hand zurück und nippte erneut an ihrem Kaffee, um sich einen Moment zu sortieren. »Noch nicht so richtig«, antwortete sie schließlich. »Natürlich weiß ich, welche Kräuter bei Lungenerkrankungen unterstützen können. Aber ich muss ja bedenken, dass ein sechsjähriges Kind geschmacklich anders unterwegs ist als ein Erwachsener. Es muss also etwas sein, das ihr so gut schmeckt, dass sie es auch regelmäßig zu sich nimmt.«

»Da wird dir bestimmt etwas einfallen. Wozu hast du schließlich deine ganzen schlauen Bücher?«

Liv bemühte sich, auch diesen Satz nicht als gegen sie gerichtete Spitze zu interpretieren, deshalb stimmte sie Maike einfach zu. »Eins der schlauen Bücher liegt bereits auf meinem Schreibtisch und wartet darauf, von mir durchforstet zu werden. Und was hast du heute vor?«

Maike atmete tief durch und lehnte sich auf ihrem Stuhl zurück. »Ich dachte, ich nehme mir heute das Esszimmer vor und sortiere die Dinge aus, die ich gern behalten würde. Hast du irgendwas, wovon du jetzt schon weißt, dass du es gern haben möchtest?«

Liv dachte einen Moment nach, und ihr fiel die große Schale aus Bunzlauer Keramik ein, in der ihre Mutter immer den Kartoffelsalat angerichtet hatte, wenn sie große Feiern hatten.

»Ich hätte gern die große Schale vom Kartoffelsalat. Wäre das ein Problem?«

Maike schüttelte den Kopf. »Sonst noch was?«

»Such du dir einfach alles aus, was du möchtest, und ich schaue dann nachher mal drüber. Wir werden uns bestimmt einigen können.«

Als Liv wenig später allein in der Küche war, ließ sie das Gespräch mit ihrer Schwester noch einmal Revue passieren. Wahrscheinlich hätte sie schon viel früher darauf achten sollen, nicht alles, was Maike zu ihr sagte, auf die Goldwaage zu legen. Sie war so daran gewöhnt, all ihre Bemerkungen als Kritik aufzufassen, dass es sich nun fast wie eine Befreiung anfühlte, Sätze von ihr einfach stehen zu lassen.

Liv nahm sich eine Scheibe Vollkornbrot aus dem Brotkorb und bestrich sie mit Frischkäse. Sie beschloss, sich in Zukunft große Mühe zu geben, die gemeinsame Zeit mit Maike hier auf dem Hof zu nutzen, um ihr Verhältnis zu verbessern. Die traurige Geschichte um ihre Mutter und Tante Regina sollte ihr eine Lehre sein. So weit wollte sie es mit Maike nicht kommen lassen.

Als wollte sie ihr Vorhaben unterstreichen, biss sie energisch in ihr Brot. Sie hatte viel zu viel Zeit damit vertändelt, das Leben einfach passieren zu lassen, und viel zu wenig

Augenmerk darauf gerichtet, wer und was ihr wirklich wichtig war. Mit dem Brief an ihre Tante und den guten Vorsätzen Maike gegenüber hatte sie die ersten Schritte geschafft, und auch die Kontakte zu Pia und ihrer alten Schulfreundin Svenja stimmten sie positiv. Dass augenblicklich auch das verschmitzte Lächeln eines gewissen Tischlers vor Livs geistigem Auge aufblitzte und für ein sehnsuchtsvolles Ziehen sorgte, war dabei das sprichwörtliche Sahnehäubchen.

Kapitel 11

Jasper hatte gesagt, Liv solle sich Zeit lassen, und das tat sie auch. Sie frühstückte in Ruhe zu Ende, räumte die Küche auf und ging noch einmal in ihr Zimmer. Das Fachbuch über Heilkräuter, das sie auf ihren Schreibtisch gelegt hatte, zog sie magisch an. Sie griff danach und setzte sich in den kleinen Sessel, der am Fußende ihres Bettes unter dem Fenster stand. Noch einmal schlug sie die Seite mit den Informationen zum Tausendgüldenkraut auf. Es passte hervorragend zu Zoes Symptomen, denn es wirkte nicht nur appetitanregend, sondern unterstützte allgemein bei Erschöpfung und stärkte das Immunsystem. Allerdings wurde es zu Recht mancherorts auch als Bitterkraut bezeichnet und war sicher nicht als regelmäßiges Getränk für ein sechsjähriges Kind geeignet. Auch vom Koriander war Liv trotz seiner appetitanregenden Wirkung nicht überzeugt. Viele Leute liebten seinen Geschmack und beschrieben ihn als frisch und belebend. Sie selbst hingegen konnte ein damit gewürztes Gericht kaum hinunterwürgen.

Seufzend klappte sie das Buch wieder zu. Sie brauchte ein Kraut, das dem Kind nach Möglichkeit bereits vertraut war. Nachdenklich klopfte sie mit den Fingerspitzen auf dem Buchdeckel herum. Dann schlug sie sich mit der

Hand gegen die Stirn. Manchmal stand sie aber wirklich auf der Leitung. Da dachte sie über Koriander und Tausendgüldenkraut nach, anstatt schlicht und einfach Pfefferminztee zu empfehlen.

»Ja, ja, Liv«, schimpfte sie mit sich selbst. »Warum einfach, wenn es auch kompliziert geht?«

Kopfschüttelnd stellte sie das Buch zurück ins Regal. Um Pia Minztee zum Anregen von Zoes Appetit zu empfehlen, musste sie wahrlich nichts nachlesen. Vor allem war das etwas, was vielen Kindern richtig gut schmeckte. Sie freute sich schon darauf, nachher bei ihnen vorbeizugehen und Pia zu erklären, wie sie den Tee für die Kleine am besten dosierte.

Gerade als sie die Hintertür in der Küche öffnete, spürte sie Flönz' feuchte Nase an ihrer Hand. Automatisch zuckte sie zurück. Sie war so in Gedanken versunken gewesen, dass sie überhaupt nicht auf den Hund geachtet hatte.

Nach dem ersten Schreck kraulte sie ihn hinter den Ohren. »Willst du mit raus?«

Sie öffnete die Tür, und Flönz lief an ihr vorbei und schnurstracks über den Hof in Richtung der angrenzenden Wiesen. Es war so ein schönes Bild, wie das große Tier hier auf dem Hof seine Freiheit genießen konnte. Keine Autos in unmittelbarer Nähe, die weiten Grünflächen rund um ihr Grundstück. Wieder einmal wurde Liv bewusst, wie schön es wäre, dies wieder als ihr Zuhause bezeichnen zu können. Doch obwohl sie in den letzten Tagen viel darüber nachgedacht hatte, war sie noch immer unsicher, mit welcher Tätigkeit sie den Unterhalt für den

Hof würde stemmen können. Sie schloss die Hintertür und ging hinüber zur Scheune. Jasper hatte das Tor weit offen gelassen, sodass er reichlich Licht und frische Luft zum Arbeiten hatte, trotzdem aber vor dem Wind, der heute stetig von Westen her wehte, geschützt war. Das Fenster lag bereits auf zwei Holzböcken, die er offensichtlich im Schuppen gefunden hatte, und er war gerade dabei, den Kitt rund um die letzte der zwölf kleinen Scheiben zu entfernen.

»Du kommst gerade richtig.« Er hob kurz den Kopf und lächelte ihr zu. »Noch diese Scheibe, und dann können wir damit anfangen, den Rahmen abzuschleifen.«

Liv beobachtete, wie geschickt er den verkrusteten Kitt herauskratzte, ohne das Glas zu beschädigen. Dieser Moment erinnerte sie wohlig an früher, wenn sie ihrem Großvater bei seinen Arbeiten zuschauen durfte. Oft entspann sich aus der harmonischen Stille heraus ein Gespräch, in dem sie mit ihm auch über ihre aktuellen Sorgen sprechen konnte. Besonders während der Pubertät, als sie sich von Maike abgrenzte und viele Themen auch nicht mehr mit ihrer Mutter besprechen wollte, hatte sie immer einen guten Draht zu ihrem Großvater gehabt. Er hatte Liv nie gedrängt, etwas zu erzählen. Er hatte einfach in aller Ruhe abgewartet, bis sie so weit war, über ihre Gedanken zu sprechen.

Liv atmete tief durch. Schöne Zeiten waren das gewesen. Trotz aller Irrungen und Wirrungen eines Teenagers, trotz der heftigen Gefühle, die in ihr tobten, nachdem ihr Vater die Familie endgültig verlassen hatte. Dieser Hof hatte ihr immer das Gefühl vermittelt, geerdet zu sein. Hier hatte sie tiefe Wurzeln gebildet, fühlte sich auch in diesem Moment wieder verankert.

»Können wir?«

Jaspers Stimme riss sie aus ihren Gedanken. Sie hatte gar nicht mitbekommen, dass er die Fensterscheibe inzwischen herausgenommen und nach dem Schleifgerät gegriffen hatte.

»Klar«, sagte sie und bemühte sich um einen klaren Kopf.

Sie nahm ihm die Schleifmaschine ab, stellte sich vor die beiden Holzböcke und versuchte sich zu sammeln. Die Maschine lag ihr gut in der Hand, und sie wollte direkt loslegen.

»Ganz locker bleiben«, erklärte Jasper. »Du wirst sehen, dann läuft das ganz von allein.«

Liv setzte die Maschine aufs Holz und schaltete sie ein. Sofort erwachte sie zum Leben und begann mit einem kräftigen Surren ihre Arbeit. Nun musste sie sich doch konzentrieren, damit sie gleichmäßige Bewegungen ausführte. Doch trotz der Anspannung durchzuckte sie ein Gefühl der Freude. Am liebsten hätte sie laut gelacht. Es war ihr immer ein solcher Genuss, mit den Händen zu arbeiten und zu sehen, dass sie etwas bewirkte. Gerade jetzt war das Ergebnis ihres Handelns unmittelbar zu erkennen.

»Um die Innenflächen sauber abzuschleifen, solltest du den Winkel noch ein wenig ändern.«

Jasper trat hinter sie, umfasste sie mit beiden Armen und legte seine Hände um ihre. Sanft korrigierte er den Winkel ihrer Handhaltung und führte die Maschine mit gleichmäßigen Bewegungen.

Liv musste sich zwingen, weiter zu atmen. Eben erst hatte sie gedacht, voller Endorphine zu sein, aber ihr Körper zeigte ihr deutlich, dass da noch eine Steigerung möglich war. Konnte es sein, dass man vor lauter unterdrückten Glücksgefühlen explodierte?

Während Jasper seine Hände von ihren löste, strich er ihr sanft über die Handrücken.

Oder war das eine reine Wunschvorstellung?

Im nächsten Moment nahm er Abstand und stellte sich neben sie, als sei nichts gewesen.

Erneut atmete Liv tief durch. Doch dieses Mal nicht, weil sie sich an schöne Zeiten erinnerte, sondern weil sie sich bemühen musste, diese Arbeit konzentriert weiterzuführen, ohne sich dabei zum Affen zu machen.

Bemüht sorgfältig führte sie die Schleifmaschine über das Holz, versuchte den richtigen Winkel zu treffen, als sie sich den einzelnen Sprossen zuwandte, und wanderte in ihren Gedanken doch immer wieder zu Jasper zurück.

Was, wenn er sie gar nicht absichtlich berührt hatte?

Was, wenn sie sich das nur eingebildet hatte?

Und wollte sie das überhaupt?

Innerlich schüttelte Liv vehement den Kopf. Nein. Sie hatte im Moment ganz andere Probleme, mit denen sie sich beschäftigen musste. Da passte ein Mann überhaupt nicht ins Bild, obwohl genau dieses unwillkürlich durch ihr Hirn blitzte. Und als wäre das alles nicht schlimm genug, trat Jasper erneut hinter sie und übernahm wieder die Führung ihrer Hände. Liv musste sich beherrschen, Schleifmaschine nicht Schleifmaschine sein zu lassen und sich einfach mit dem Rücken an ihn zu drängen. Mit dem letzten bisschen Willenskraft, das ihr geblieben war, führte sie gemeinsam mit Jasper die Arbeit zu Ende. Als sie die Schleifmaschine ausstellte, füllte dröhnende Stille die Scheune.

Mit einem gewissen Zögern ließ Jasper ihre Hände los, trat einen entschlossenen Schritt zurück und räusperte sich. »Das ist wirklich sehr gut geworden. Man sieht, dass du handwerklich was draufhast.«

Nur langsam sickerten seine Worte bei ihr ein, und sie freute sich über sein Lob.

»Danke.« Sie reichte ihm die Schleifmaschine. »Das war wirklich eine interessante Erfahrung.«

Erst als sich Jasper verlegen über das Kinn strich, fiel ihr auf, was sie da gesagt hatte.

»Ich meine …«, stammelte sie, setzte den Satz jedoch nicht fort, weil ihr plötzlich auffiel, dass er eine Wunde auf dem Handrücken hatte.

Instinktiv griff sie nach seiner Hand, zog sie zu sich heran und begutachtete den tiefen Kratzer.

»Wann ist das denn passiert?«

»Vorhin. Kein Ding. Bin mit dem Schraubenzieher blöd abgerutscht.«

»Das sollte schon vernünftig versorgt werden, sonst entzündet es sich noch. Bist du gegen etwas allergisch?«

Perplex schaute er sie an. »Nicht dass ich wüsste.«

»Ich habe selbst gemachte Ringelblumensalbe da, damit wird das sicher gut abheilen.«

»Das wird sicher auch so gut abheilen«, brummelte er leise.

Aber offenbar entnahm er ihrem Blick, dass sie bei so etwas keine Widerrede akzeptierte.

»Also gut«, gab er nach, »gehen wir rüber.«

Erst jetzt merkte sie, dass sie seine Hand immer noch festhielt. Abrupt ließ sie sie los, wandte sich von ihm ab und ging mit eiligen Schritten vor ihm her ins Haus.

Kurz darauf saß Jasper auf einem der Küchenstühle, und Liv versorgte seine Wunde. Nachdem sie sie desinfiziert hatte, trug sie vorsichtig ihre selbst gemachte Ringelblumensalbe auf, ehe sie alles mit einem Verband umschloss.

»Fertig.«

Sie ließ seine Hand los, und der junge Tischler betrachtete wohlwollend ihr Werk.

»Es sieht so aus, als wüsstest du tatsächlich, wovon du sprichst.«

»Danke.«

»Und die Salbe hast du selbst hergestellt?«

»Als Apothekerin ist das keine große Kunst.«

»Aber das macht dir Freude?«, hakte er nach, ohne auf ihren Einwand einzugehen.

»Ja, ich beschäftige mich gern mit der Heilkraft der Natur. Wenn du Kräuter richtig einsetzt, können sie die Schulmedizin prima unterstützen.«

»Und warum machst du so was nicht beruflich, wenn du so viel Wissen hast?« Demonstrativ hielt er ihr die verbundene Hand entgegen.

Liv lachte. »Verbände?«

Doch Jasper blieb ernst. »Nein. Warum verdienst du nicht dein Geld mit Kräutern?«

»Mit Kräutern?«

»Ja. So wie das hier. Mit der Salbe.«

»Ich will nicht mehr in der Apotheke arbeiten«, stellte sie klar.

»Das weiß ich. Mach dich hier selbstständig.«

»Hier? Auf dem Hof? Mit Kräutern? Davon kann man doch nicht leben.«

Er schaute sie eindringlich an. »Weißt du das genau?«

Nein, das wusste sie nicht genau. Woher auch? Darüber hatte sie sich ja noch nie Gedanken gemacht.

Als sie schwieg, stand er auf. »Danke dir, dass du die Wunde versorgt hast. Ich gehe mal weiterarbeiten.«

Liv hatte im Moment nicht mehr Esprit, als ihm zuzunicken, bevor er die Küche verließ. Konsterniert ließ sie sich auf den Stuhl fallen, auf dem Jasper gerade gesessen hatte.

Mit Kräutern Geld verdienen, wie stellte er sich das vor? Der Hof lag nicht gerade in einer hoch frequentierten Einkaufsstraße, die einem genug Laufkundschaft bescherte, um über die Runden zu kommen.

»Schnapsidee«, murmelte sie vor sich hin, als sie wieder aufstand und das Verbandszeug zusammenpackte. »Wer kommt schon hier raus, um ein Bund Pfefferminze oder Lavendel zu kaufen? Und selbst wenn: Davon kann doch kein Mensch leben, geschweige denn einen ganzen Hof unterhalten.«

Sie verschloss die Dose mit der Ringelblumensalbe und stellte sie auf das Regal über dem Esstisch. Heute Abend und an den nächsten Tagen würde sie den Verband erneuern, dann wäre die Wunde sicher rasch wieder verheilt.

Sie schaute auf die Küchenuhr. Kurz vor elf. Ob drüben bei Anni wohl gerade viel zu tun war? Sie brannte darauf, Pia von ihrer Idee gegen Zoes Appetitlosigkeit zu erzählen.

Liv nahm ihre Jacke, die sie vorhin über eine Stuhllehne gehängt hatte, und verließ das Haus.

Auf dem Weg nach nebenan atmete sie tief die frische Frühlingsluft ein. Obwohl ein kühler Wind wehte, schien die Sonne und strahlte auf das kräftige Grün der Wiesen, die gelb blühenden Schlüsselblumen und die zartlila Blüten des Gundermanns. Es war so wohltuend für ihre Seele, nach den letzten grauen Tagen wieder in die Farben des Frühlings eintauchen zu können.

Beschwingt setzte sie den kurzen Weg fort und öffnete die Eingangstür der Samenhandlung. Sofort ertönte das Bimmeln der kleinen Glöckchen, die seit sie zurückdenken konnte über der Tür befestigt waren.

Pia stand mit einer Kundin vor dem Regal, an dem unzählige Samentütchen gelagert waren. Schon als Kind war Liv schier überwältigt von den vielen Bildchen von Blüten, Kräutern und Gemüsen gewesen. Auch die Kundin wirkte ein wenig überfordert von dem großen Angebot.

Liv nickte den beiden zur Begrüßung zu und schmunzelte vor sich hin, während sie den Laden durchquerte, um in die kleine Küche zu gelangen. Sie war gespannt, wofür die Frau sich letztlich entscheiden würde. War sie wohl mehr der Blumen- oder der Gemüsetyp?

Liv liebte Blumen, konnte sich an ihren Farben nicht sattsehen, doch wenn sie wählen müsste, würde sie sich immer für Kräuter und Gemüse entscheiden. Kräuter, um ihrer Leidenschaft zu frönen, und Gemüse, weil sie nun mal die Tochter einer Landwirtin war.

In der Küche saßen Anni und Zoe einander gegenüber und spielten Memory.

»Guten Morgen«, begrüßte sie die beiden.

»Morgen. Wie schön, dich zu sehen«, antwortete Anni, während Zoe sie nur mit einem misstrauischen Blick musterte.

»Ihr habt es euch gemütlich gemacht?«, fragte Liv und hängte ihre Jacke über eine Stuhllehne, ehe sie sich setzte. »Wer gewinnt?«

Jetzt zog sich tatsächlich ein zartes Lächeln über Zoes Gesicht. Kein Wunder bei dem großen Stapel Kärtchen, der bereits vor ihr stand.

Liv lachte. »Ich sehe schon, Anni, du hast keine Chance.«

Die strahlte das kleine Mädchen an. »Ich gebe mir zwar Mühe, aber Zoe ist einfach zu gut.«

Offensichtlich kamen die zwei schon prima miteinander zurecht.

»Wie läuft eure Renovierung?«, wollte Anni von Liv wissen.

»Alles bestens. Maike hat sich heute mal ans Esszimmer gewagt und sortiert alles aus, was sie behalten möchte, und Jasper hat mit den Fenstern angefangen. Du solltest dir mal anschauen, was er aus dem Treppenhaus gemacht hat.«

»Du schwärmst ja richtig«, sagte Anni.

»Das wirst du auch, wenn du es erst einmal gesehen hast. Der Mann ist ein wahrer Künstler.«

»Ach ja?«

»Das brauchst du gar nicht so merkwürdig zu betonen«, erwiderte Liv und warf dabei einen kurzen Blick auf Zoe, die ihrer Unterhaltung aufmerksam folgte.

»Wenn du es sagst«, konnte sich Anni eine weitere Frotzelei nicht verkneifen.

Bevor dieses Geplänkel noch ausarten konnte, betrat glücklicherweise Pia den Raum.

»Hey! Schön, dich zu sehen«, sagte sie und setzte sich auf den letzten freien Stuhl. »Alles klar?«

»Ja, eigentlich wollte ich zu dir«, erklärte Liv. »Ich habe mir ein paar Gedanken zu einem Tee gemacht, der appetitanregend wirkt.« Dann wandte sie sich an das Mädchen. »Magst du Pfefferminztee?«

Zoe warf einen fragenden Blick auf ihre Mutter.

Die legte ihr eine Hand auf die Schulter und sagte: »Zoe trinkt am liebsten Früchte- oder Fencheltee. Pfefferminztee haben wir schon seit Längerem nicht mehr probiert.«

»Versucht es einfach. Und wenn es doch nicht das Richtige für Zoe sein sollte, werde ich versuchen, euch eine Mischung mit Beifuß zu kreieren, die ihr schmeckt. Wir haben da noch etliche Möglichkeiten.«

Nachdem sie Pia erklärt hatte, welche Minze sie verwenden und wie sie den Tee für Zoe dosieren sollte, ging Liv wieder nach Hause. Im Moment stand ihr nicht der Sinn nach netter Unterhaltung. Jaspers Worte spukten ihr unaufhörlich im Kopf herum.

Warum verdienst du nicht dein Geld mit Kräutern?

Ja, dachte sie, als sie sich in ihrem Zimmer in den Sessel setzte, warum eigentlich nicht? War es wirklich eine

Schnapsidee, oder gäbe es tatsächlich eine Möglichkeit, davon zu leben?

Sie sprang auf, ging hinüber zu ihrem Schreibtisch und suchte nach ihrem Collegeblock. Es war an der Zeit, ein paar Listen zu schreiben.

Kapitel 12

Als Liv am nächsten Morgen aufstand, fühlte sie sich wie gerädert. Nachdem sie gestern auch noch den Fensterrahmen des zweiten Badezimmers abgeschliffen hatte, hatte sie den Rest des Tages über Jaspers Worte nachgedacht und dabei etliche Seiten ihres Collegeblocks mit Notizen gefüllt. Auch gestern Abend war sie noch einige Stunden durchs Internet gesurft, um Informationen zum Handel mit Kräutern zu finden, vor allem auf der Suche nach Möglichkeiten, diese auch zu verarbeiten und zu vertreiben. Das Ergebnis war, dass sie sich heute Nacht von einer Seite auf die andere gewälzt hatte und in ihrem Kopf nun das reinste Chaos herrschte.

Sie ächzte genervt von sich selbst, als sie sich aus dem Bett hievte. Ihr Körper machte den Anschein, als sei er über Nacht gealtert. Sie reckte die Arme über den Kopf, ehe sie die Terrassentür öffnete und barfuß einen Schritt nach draußen trat. Der Kälteschock machte sie schlagartig wach. Sie schlang die Arme um den Oberkörper und atmete die feuchte Luft tief ein. Es war erst halb sieben. Die Sonne ging gerade auf und schickte erste zaghafte Strahlen durch einen dichten Nebelschleier.

Der perfekte Zeitpunkt für einen Gang über die Wiesen, entschied sie kurz entschlossen und eilte zurück ins

Haus. Sie hielt sich nicht lange damit auf, sich anzuziehen, sondern griff nur nach ihren Wollsocken, die sie rasch überstreifte, ehe sie hinaus in den Flur stürmte, um sich ihre Jacke zu holen. Zur Vervollkommnung ihres Outfits schlüpfte sie noch in ihre Gummistiefel, ehe sie durch die Küchentür hinaus über den Hof in Richtung der naturbelassenen Wiesen auf ihrem weiten Grundstück stapfte. Innerhalb von ein paar Minuten hatte sich Livs Stimmung von unterirdisch in hellauf begeistert verändert. Sie liebte es, zu dieser frühen Stunde unterwegs zu sein, die mystischen Nebelschwaden über den Wiesen und dazu die schlürfenden Geräusche, die ihre Stiefel verursachten, während sie durch das taunasse Gras schritt.

Gab es etwas Besseres, um seinen Tag zu beginnen, als dieses Gefühl, eins mit der Natur zu sein? Zu spüren, wie die frische Luft in die Lungen drang und die zarte Feuchtigkeit des Nebels ihren Körper umgab?

Für sie eindeutig nicht. Liv schloss für einen Moment die Augen und drehte sich mehrmals um sich selbst. Sollte sie es vielleicht wirklich wagen, hier zu leben?

Als sie ihre Augen wieder öffnete, fiel ihr Blick auf ihr Elternhaus, dessen Umrisse sich bei diesem Nebel nur erahnen ließen. Kantig, stabil, allen Stürmen des Lebens trotzend, hatte es schon mehr als ein Jahrhundert überdauert. Sie liebte dieses Haus mit all seinem Drum und Dran und spürte diese Liebe jetzt noch mehr, wo die Möglichkeit bestand, dass sie sich tatsächlich hier niederlassen könnte.

Als sie sich umdrehte, um ihren Weg fortzusetzen, sah sie plötzlich etwas Dunkles auf sich zuschießen, doch noch bevor sie sich erschrecken konnte, wurde sie von Flönz fast umgeworfen.

Sie lachte laut auf. »Hey, nicht so stürmisch!«

Offensichtlich war der Hund sehr erfreut, sie zu sehen, und sprang mit seinen nassen Pfoten an ihr hoch.

»Flönz! Sitz!« Jaspers Befehle knallten durch die Stille.

Mit wild wedelndem Schwanz ließ Flönz von Liv ab und setzte sich hin, ohne sie jedoch aus den Augen zu lassen.

»Tut mir leid«, entschuldigte Jasper sich außer Atem, während er auf sie zukam. »Von einem auf den anderen Augenblick ist er losgedüst. Bei dieser Suppe hatte ich dich gar nicht kommen sehen.«

»Kein Problem«, antwortete Liv und kraulte Flönz hinter den Ohren. »Ist doch schön, wenn man morgens schon so freudig begrüßt wird.«

»Aber deine Jacke ist ganz dreckig«, sagte er zerknirscht.

Liv lachte. »Ich bin auf einem Bauernhof aufgewachsen. So ein bisschen Schlamm kann mich nicht aus der Ruhe bringen, wir haben doch eine Waschmaschine.«

»Eigentlich ist er wirklich gut erzogen, aber manchmal überwiegt einfach seine große Freude.«

»Ich nehme ihm das in keiner Weise übel«, beschwichtigte Liv erneut. »Ihr habt euren Morgenspaziergang also schon hinter euch?«

»Ja, ich konnte nicht mehr schlafen.« Ein breites Lächeln zog sich plötzlich über Jaspers Gesicht. »Ich freue mich einfach schon so darauf, mit den Fenstern weiterzumachen. Es ist wirklich erfüllend, mir vorzustellen, was wir mit diesem Haus in den nächsten Wochen noch erreichen können.«

Nur zu gern ließ sie sich von seiner Begeisterung anstecken. Allein das Treppenhaus war schon eine Augenweide. Wenn jetzt auch noch nach und nach die Fensterrahmen saniert würden, sähe das Haus bald ganz verändert aus.

»Die Freude, mit den eigenen Händen etwas Neues entstehen zu lassen, kann ich nur zu gut nachvollziehen«, stimmte sie ihm zu.

»Was hast du denn heute Schönes vor?«, wollte er von ihr wissen, während sie gemeinsam zum Haus zurückgingen.

»Darüber habe ich mir noch keine Gedanken gemacht.« Auch wenn in ihrem Kopf im Moment weniger Durcheinander herrschte als noch vor ihrem Spaziergang, wusste sie doch, dass sie heute damit beginnen musste, ihren Überlegungen eine gewisse Struktur zu geben. Sie wünschte, sie hätte jemanden, mit dem sie sprechen könnte. Sosehr sie sich auch zu Jasper hingezogen fühlte, er war für ein solches Gespräch nicht der Richtige. Und auf gar keinem Fall wollte Liv mit Maike sprechen, ehe sie sich nicht endgültig entschieden hatte. Auch Anni kam nicht infrage. Zum einen stand Anni den ganzen Tag im Geschäft, und außerdem wäre sie viel zu parteiisch. Natürlich würde sie Liv raten, sich hier niederzulassen, allein weil sie sie gern bei sich in der Nähe hätte.

Da schoss ihr der Gedanke an ihre alte Schulfreundin Svenja durch den Kopf. Svenja kannte Liv gut, schließlich waren sie jahrelang beste Freundinnen gewesen. Vielleicht hätte sie ja Zeit, sich mit ihr zusammenzusetzen?

»Mal schauen«, antwortete Liv Jasper bedächtig. »Eventuell treffe ich mich mit einer Freundin.«

Interessiert schaute er zu ihr herüber. »Von früher?«

»Ja. Leider haben wir uns durch Studium und Auslandsaufenthalte aus den Augen verloren, aber vor ein paar Tagen haben wir uns zufällig wiedergetroffen.«

»Das klingt doch nach einem guten Plan für einen freien Tag.«

Dem konnte Liv nur zustimmen.

Nachdem sie den Vormittag damit verbracht hatte, ihre Notizen zu ordnen, stand sie um Punkt ein Uhr vor Svenjas Finanzberatung am Kalkarer Marktplatz. Sie hatte Svenja vorher angerufen und mit ihr vereinbart, sich in Svenjas Mittagspause in der Agentur zu treffen. Da Liv schon einige Erfahrungen damit gemacht hatte, wie schnell sich in einer Kleinstadt Gerüchte verbreiteten, wollte sie sich lieber in privater Atmosphäre mit Svenja unterhalten.

Bevor sie klingeln konnte, wurde die Eingangstür schon von innen geöffnet, und ihre Freundin strahlte ihr entgegen.

»Wie schön, dass wir uns so schnell schon wiedersehen!«

»Finde ich auch.« Liv nahm Svenja zur Begrüßung in den Arm, und es fühlte sich so an, als habe es all die Jahre der Entfremdung gar nicht gegeben.

»Komm rein. Ich hatte vorhin kurz Zeit und habe uns ein paar belegte Brötchen und etwas Süßes vom Bäcker geholt.«

Liv folgte ihr in die Agentur und schaute sich neugierig um. Der vordere Raum war mit zwei Schreibtischen, Aktenschränken und Regalen praktisch, aber anheimelnd eingerichtet. Der Boden bestand aus alten Dielenbrettern,

und das Mobiliar war in blauen und grauen Farbschattie-
rungen gehalten. Auch die Wände waren in einem hellen
Grau gestrichen und mit großen Schwarz-Weiß-Fotogra-
fien bestückt.

»Sieht edel aus, aber nicht ungemütlich«, stellte Liv anerkennend fest.

»Danke, mir gefällt es auch. Aber jetzt komm mit. Ich
bin schon total neugierig darauf, was du mir so Geheim-
nisvolles zu erzählen hast, dass wir nicht im Café zu Mittag essen konnten.«

Sie folgte Svenja in einen ebenfalls stilvoll eingerich-
teten Aufenthaltsraum, der die Farbgebung der Agentur
fortsetzte und auch eine kleine Teeküche beinhaltete.

»Was möchtest du trinken?«, fragte ihre Freundin. »Etwas Heißes? Oder lieber ein Wasser? Cola? Saft?«

Liv lachte, zog ihre Jacke aus und setzte sich auf einen
der gepolsterten Stühle. »Du bist hier ja bestens ausgestat-
tet.«

»Klar, meine Kunden sollen sich hier ja auch wohlfühlen.«

»Dann hätte ich gern einen Saft.«

Svenja nahm ein Fläschchen Orangensaft aus einem
kleinen Kühlschrank, öffnete den Kronkorken und stellte
es vor Liv ab.

»Danke dir. Das sieht ja alles sehr lecker aus, was du
da besorgt hast«, fügte sie hinzu. Auf einem großen Teller hatte ihre Freundin belegte Brötchen, Nussecken und
Mandelhörnchen drapiert.

»Greif zu«, sagte Svenja, nahm sich eine Cola und setzte
sich ihr gegenüber. »Und erzähl endlich, worum es geht!«

Liv musste schmunzeln. Ihre Freundin war noch genauso ungeduldig wie früher.

Liv betrachtete sie einen Moment nachdenklich. Svenja trug ihr dunkelblondes Haar zu einem festen Knoten gebunden, und ihre blaue Augen funkelten unter hochgezogenen Brauen. Sie wirkte genauso gespannt wie damals, wenn sie sich über ihre neuesten Eroberungen ausgetauscht hatten.

»Ich weiß gar nicht so genau, womit ich anfangen soll«, sagte sie schließlich unschlüssig.

»Am besten ganz von vorn. Warum bist du wieder hier?«

»Dass meine Mutter vor zwei Jahren gestorben ist, hast du mitbekommen?«

Svenja nickte, und ihre Augen drückten Mitgefühl aus. »Das tut mir sehr leid.«

»Es war schwer. Besonders, weil es so überraschend kam. Am Wochenende hatten wir noch miteinander telefoniert, und drei Tage später hatte sie den Schlaganfall. Sie ist nicht mehr aufgewacht und schon zwei Tage später gestorben. Dass ich mich nicht mehr von ihr verabschieden konnte, hat mich am meisten belastet.«

Svenja legte ihr eine Hand auf den Arm und drückte sie sanft.

Liv lächelte sie an. »Es ist jetzt lange her, und ich bin drüber hinweg. Natürlich werde ich noch wehmütig, wenn ich an sie denke, vor allem jetzt, wo Maike und ich damit beschäftigt sind, den Hausstand aufzulösen.«

Svenja zog ihre Hand wieder zurück. »Ihr wollt den Hof verkaufen?«

»Das ist genau das Problem: Ich weiß es nicht.«

Nun wirkte Svenja irritiert. »Du weißt nicht, ob ihr den Hof verkaufen wollt?«

»Vor zwei Wochen war noch alles klar. Da wir keinen Pächter gefunden haben und das Haus bereits so lange leer steht, hatten Maike und ich beschlossen, es zu verkaufen. Aber jetzt …?« Liv zuckte mit den Schultern.

»Was ist in den letzten zwei Wochen passiert?«

»Wir haben damit begonnen, die Schränke auszusortieren und das Haus zu renovieren, damit wir leichter einen Käufer finden. Und dann hatte ich ein Gespräch mit Jasper …«

»Wer ist Jasper?«, fiel Svenja ihr ins Wort.

»Jasper ist ein Tischler auf der Walz. Maike hat ihn zufällig in einem Café kennengelernt, und wir konnten ihn dafür gewinnen, ein paar Wochen für uns zu arbeiten und einiges im Haus zu sanieren.«

»Und ihr zwei hattet ein Gespräch?«

Liv nickte und trank einen Schluck Orangensaft. »Ja«, antwortete sie schließlich. »Er hat mich auf die Idee gebracht, den Hof eventuell zu behalten.«

Svenja grinste. »Jetzt wird es spannend! Also?«

»Ich habe mir viele Gedanken gemacht, denn die Landwirtschaft meiner Mutter wieder aufzunehmen, konnte ich von Anfang an kategorisch ausschließen.«

Svenja nickte bestätigend. »Das war ja schon damals nicht für dich infrage gekommen, obwohl du so gern mitgeholfen hast.«

»Genau, daran hat sich auch nichts geändert. Weder daran, dass ich keine Bäuerin werde möchte, noch daran, dass ich gern mit den Händen arbeite.«

»Aber?«, hakte Svenja ungeduldig ein.

»Du weißt doch sicher noch, dass ich mich schon immer für Wildkräuter und deren heilende Wirkung interessiert habe. Jasper hat mich auf die Idee gebracht, mich damit selbstständig zu machen.«

»Dieser Jasper scheint einige Ideen zu haben.«

Svenja betrachtete sie kritisch, und Liv spürte, wie sie ganz verlegen wurde.

»Aha«, sagte ihre Freundin schließlich, nachdem Liv nicht antwortete. »Jasper also.«

Liv hob abwehrend die Hand. »Das ist ein anderes Thema.«

Nun wurde Svenjas Grinsen breiter. »Er ist also ein Thema? Spannend! Ich freu mich schon auf das Gespräch.«

Nun lachte auch Liv befreit auf. Dieses Zusammensein mit ihrer Jugendfreundin fühlte sich genauso gut an wie früher. Es war so schön, dass sie das Gefühl hatte, verstanden zu werden. Angenommen zu sein, wie sie war. Zudem wusste sie nicht nur, dass sie über alles mit Svenja sprechen konnte, sondern auch, dass diese Gespräche niemals weitergetragen wurden.

»Ich werde es dir erzählen, versprochen, aber nicht jetzt. Erst mal brauche ich deinen Rat, wie ich bezüglich des Hofs entscheiden soll, denn das kann ich nicht viel länger vor mir herschieben. Maike weiß noch nicht einmal, dass ich überhaupt darüber nachdenke, ihn zu behalten. Allein bei dem Gedanken, ihr das zu erklären, wird mir ganz flau.«

»Ich fasse mal kurz zusammen: Deine Schwester geht davon aus, dass ihr den Hof verkauft, aber du überlegst, ihn zu behalten und dort irgendwas mit Kräutern zu machen?«

»Genau.«

»Das hört sich für mich nach einer genialen Idee an. So könntest du deinen Beruf als Apothekerin mit dem einer Landwirtin verbinden.«

Liv schaute Svenja fassungslos an. »Und das fällt dir einfach so ein?«

»Ja, sicher. Das springt einem doch sofort ins Auge.«

»Also mir nicht. Ich habe tagelang hin und her überlegt, ehe Jasper mich überhaupt erst auf die Idee mit den Kräutern gebracht hat.«

»Hauptsache, der Groschen ist gefallen.«

»Das ist er. Ich habe jedenfalls gestern im Internet recherchiert, was ich für Möglichkeiten hätte, damit sich das Ganze rechnet.«

»Du hast schon einen Businessplan erstellt?«

Liv schüttelte abwehrend den Kopf. »Davon bin ich noch meilenweit entfernt. Ich sammle erst Ideen, welche Produkte ich mit meinem Kräuterwissen herstellen könnte, die sich verkaufen.«

»Und was ist dir da so eingefallen? Außer dem Offensichtlichen?«

»Dem Offensichtlichen?«, fragte Liv neugierig nach.

»Nun ja, du bist Apothekerin. Das heißt, du wirst dich gut damit auskennen, wie verschiedene Kräuter bei unterschiedlichen Erkrankungen wirken, was man daraus herstellen kann und wie es dosiert wird. Aber ich vermute mal stark, dass du keine naturheilkundliche Praxis eröffnen willst?«

»Bloß nicht. Nein, da hast du völlig recht. Ich denke mehr in die Richtung, ob es sich lohnen würde, eventuell selbst welche anzupflanzen.«

Svenja lachte auf und klatschte in die Hände. »Das klingt großartig!«

»Meinst du?«, fragte Liv zweifelnd.

»Ganz bestimmt. Das Land um euren Hof schreit doch geradezu danach, wieder bewirtschaftet zu werden. Und dir werden sicher etliche Produkte einfallen, die du aus deinen Kräutern herstellen könntest. Tees, Gewürzmischungen, Öle, Seifen, Cremes … Und das alles aus regionalem Anbau. Dafür gibt es sicher eine zahlwillige Käuferschaft. Bestimmt könntest du deine Produkte hier in der Gegend in kleinen Geschäften oder auf den Wochenmärkten vertreiben, aber auch das Ruhrgebiet liegt quasi vor der Haustür. Außerdem könntest du einen Onlineshop eröffnen.«

Liv spürte, wie Svenjas Begeisterung sie mitriss und die Anspannung freudiger Erwartung wich. »Es tut mir so gut, dass du das so positiv siehst. Ich weiß, ich bin noch weit von einer realistischen Umsetzung entfernt, aber ich fasse langsam Zutrauen in die Vorstellung, dass ich mir hier eine neue Lebensgrundlage aufbauen könnte.«

Svenja sprang auf. »Darauf müssen wir anstoßen.«

Sie öffnete erneut den Kühlschrank und nahm zwei weitere Fläschchen heraus. »Alkoholfreier Prosecco!«

Sie stellte die Fläschchen auf den Tisch, nahm zwei Sektgläser aus dem Schrank und schenkte ihnen ein. Dann prostete sie ihr zu. »Auf die neue und gleichzeitig ehemalige Mitbürgerin von Kalkar! Auf dass dein Geschäft

erfolgreich sein wird und alte Freundschaften wieder aufleben!«

Sie stießen miteinander an, und Liv genoss das kalte Pri-
ckeln des Getränks in ihrer Kehle.

»Ach ja …«, ergänzte Svenja und hob erneut ihr Glas.
»Falls du finanztechnische Beratung für deine Firmen-
gründung brauchst, weißt du ja, wo du mich findest.«

Und damit war eigentlich alles gesagt.

Kapitel 13

Am gestrigen Abend und vorhin beim gemeinsamen Frühstück mit Jasper und Maike hatte Liv sich sehr bremsen
müssen, nicht mit ihren Neuigkeiten herauszuplatzen.
Eben weil es noch keine Neuigkeiten waren, auch wenn
sie gestern mit Svenja bereits darauf angestoßen hatte. Sie
wollte sich erst sicher sein, dass sie es sich leisten könnte,
hier auf dem Hof einen Kräuterhandel aufzuziehen. Sicher,
sie müsste finanzielle Risiken eingehen, aber diese sollten
in einem überschaubaren Rahmen bleiben. Maike würde
sicher darauf bestehen, dass Liv sie auszahlte, wenn sie
den Hof übernahm, was bereits eine große Verantwortung
mit sich brachte, zudem wäre einiges anzuschaffen. Noch
bis in die Nacht hinein hatte Liv vor dem Laptop gesessen
und an einem Konzept gefeilt, das zumindest ansatzweise
die Hoffnung barg, den Hof erfolgreich führen zu können.
Darin war unter anderem enthalten, dass sie die Kräuter
nicht nur selbst auf den anliegenden Wiesen zog, sondern
sie auch weiterverarbeitete.

Die Herstellungsprozesse im pharmazeutischen Bereich
waren ihr geläufig, und auch die Produktion von Kräu-
teressigen, -ölen oder -essenzen schreckte sie nicht. Allerdings musste sie sich dafür eine eigene Arbeitsstätte auf
dem Hof einrichten.

Liv schüttelte den Kopf, als sie daran dachte, wie schwer sie sich manchmal mit den einfachsten Lösungen tat. Sie öffnete die Küchentür zum Hof und ging hinüber zum Stallgebäude. Das große Eingangstor lag an der Kopfseite des Gebäudes, Liv steuerte nun aber eine schmale Tür in unmittelbarer Nähe zum Wohnhaus an. Als sie sie öffnete, strahlte sie über das ganze Gesicht. Sie stand in der ehemaligen Milchküche, die ein idealer Ort zum Verarbeiten ihrer Produkte wäre. Sie trat ein und schaute sich um. Milchtank, Käsekessel und alle sonstigen Geräte waren nach dem Tod ihrer Mutter verkauft worden. Aber die Milchküche an sich war erst vor gut fünf Jahren renoviert worden, und es war kaum mehr zu tun, als sie gründlich zu putzen, ehe sie sie mit all den Dingen bestücken könnte, die sie für ihr Vorhaben bräuchte.

Liv reckte voller Freude eine Faust in die Luft, ehe sie hinüber zu der breiten, chromglänzenden Arbeitsplatte ging und darüberstrich. Wenn alles gut ging, würde sie in gar nicht so langer Zeit hier stehen und arbeiten. An die Arbeitsfläche schloss sich ein großzügiger Spülbereich an, der in einer weiteren Chromplatte auslief. Darunter befanden sich fest verbaute Unterschränke.

Erleichtert drehte sie sich einmal um die eigene Achse und ließ den Raum auf sich wirken. Die glänzenden weißen Fliesen an den Wänden und die hellgrauen rutschfesten auf dem Boden. Die großen Fenster, die viel Licht hereinlassen würden, wenn sie sie erst einmal wieder ordentlich gewienert hätte. Sie sah bereits deutlich vor sich, wie der große Raum aussehen würde, sobald sie ihn auf Vordermann gebracht und für ihre Zwecke eingerichtet hätte.

Plötzlich lief ihr ein Schauer über den Rücken, und sie schlang die Arme um den Oberkörper.

Sie würde es tatsächlich tun!

Sie würde es tatsächlich tun?

»Ich werde es tatsächlich tun«, murmelte sie vor sich hin.

Plötzlich erklang Jaspers Stimme von der Tür. »Was wirst du tun?«

Erschrocken wandte sie sich zu ihm um. »Ich hatte dich gar nicht kommen hören.«

Er schmunzelte, als er auf sie zukam. »Du hast mich nicht gehört und offenbar auch nicht gesehen. Ich stehe schon eine ganze Weile hier, aber du warst so versunken in dein …« Er machte eine kurze Pause, zuckte mit den Schultern und schaute sich um. »Was genau auch immer du hier tust.«

Liv spürte, wie sich ein Strahlen über ihr Gesicht zog. »Dies hier wird ein Teil meiner neuen Wirkungsstätte sein. Ein wichtiger Teil meiner neuen Wirkungsstätte«, fügte sie hinzu.

Er zog die Augenbrauen hoch. »Du hast dich entschieden, hierzubleiben?«

»Ja!«, juchzte sie und warf die Arme in die Luft. »Und du bist der Erste, dem ich meine endgültige Entscheidung mitteile.«

»Ich fühle mich geehrt.«

»Kannst du glauben, dass mir erst heute Morgen einfiel, dass sich die Milchküche optimal als Arbeitsraum für mich anbietet? Wie kann man bitte so blöd sein und den Wald vor lauter Bäumen nicht sehen?«, sprudelte es aus ihr heraus.

»Willst du immer weiterschweifen? Sieh, das Gute liegt so nah …«, begann er zu rezitieren.

»… Lerne nur das Glück ergreifen: Denn das Glück ist immer da«, fuhr sie ergriffen fort.

»Ja, der alte Goethe wusste schon, wovon er sprach«, sagte Jasper leise und griff nach ihrer Hand.

Liv fühlte sich plötzlich ganz schwindelig. So viele verschiedene Gefühle hatten sie in den letzten Minuten durchströmt, und jetzt war es auf einmal ganz still zwischen ihnen geworden. Alle Gedanken an Kräuter und Milchküchen waren verschwunden, und sie nahm nur noch den intensiven Blick aus seinen blauen Augen wahr. Wie von Fäden gezogen, machte sie einen Schritt auf ihn zu, nur um Sekunden später unsanft aufgehalten zu werden, als Flönz plötzlich ohne Rücksicht auf Verluste um sie herum und zwischen ihnen hindurch wuselte und abwechselnd Jaspers und ihre Hand abschleckte.

»Flönz!«, stöhnte Jasper frustriert auf.

Liv entzog ihm ihre Hand und brach in haltloses Gelächter aus, was die Freude des Hundes nur noch steigerte.

»Flönz!«, ermahnte Jasper ihn erneut, als dieser Versuche unternahm, mit seiner Zunge auch Livs Gesicht zu erreichen.

Diese wischte sich die Lachtränen von den Wangen, während sie sich gleichzeitig bemühte, Flönz' Liebesbekundungen abzuwehren.

»Der Hund ist völlig verrückt nach dir«, brummte Jasper und hielt seinen vierbeinigen Freund am Halsband fest. »Jetzt ist Schluss!«, ermahnte er ihn ein weiteres Mal, was dazu führte, dass sich der große Hund auf sein Hinterteil setzte, sein Schwanz sich jedoch weiter hektisch hin und her bewegte.

»Oh mein Gott!« Liv hielt sich den Bauch. »Das hat wirklich gutgetan.«

»Vielleicht sollte ich Flönz zum Therapiehund ausbilden.« Der schelmische Ausdruck war in Jaspers Augen zurückgekehrt.

»Ganz bestimmt.« Liv lachte erneut. »Er wird im wahrsten Sinne des Wortes umwerfend sein.«

»Was ist denn hier los?«

Liv drehte sich um und sah Maike im Türrahmen zur Milchküche stehen.

»Hier scheint ja gute Stimmung zu sein. Weiht ihr mich ein?«

Plötzlich fühlte Liv sich ein wenig verlegen. Wie sollte sie ihrer Schwester die Situation erklären, die zu ihrem Lachanfall geführt hatte?

»Lange Geschichte«, antwortete sie schließlich vage. »Aber Flönz bietet einfach immer wieder Gelegenheit, über ihn zu lachen. Er ist das reinste Energiebündel.«

»Das ist wohl wahr.«

Maike betrat die Milchküche und schaute sich um. »Hier war ich schon seit Jahren nicht mehr drin. Was macht ihr hier? Du willst doch hier nicht etwa auch noch putzen?«

Liv schaute Hilfe suchend zu Jasper, doch der ließ Flönz los, sagte nur: »Ich bin dann mal weg«, und verließ den Raum.

Maike verschränkte die Arme vor der Brust und schaute Liv prüfend an. »Irgendwie habe ich das Gefühl, etwas geht an mir vorbei.«

Liv seufzte. Sie hatte sich besser auf das Gespräch mit ihrer Schwester vorbereiten wollen, aber gab es dafür überhaupt den richtigen Zeitpunkt?

»Lass uns zurück in die Küche gehen, da können wir uns besser unterhalten. Ich mache uns einen Tee.«

»Also gibt es tatsächlich etwas, das du mir sagen willst?«, bohrte Maike weiter, als sie die Milchküche verließen.

»Ja, aber nicht hier zwischen Tür und Angel.«

Liv versuchte mit der Zubereitung eines entspannenden Lavendeltees noch ein wenig Zeit zu schinden, weshalb sie betont langsam die vier Teelöffel getrocknete Lavendelblüten abmaß, bevor sie sie in einen frischen Teefilter gab. Sie spürte zwar Maikes neugierige Blicke im Rücken, wandte sich jedoch bewusst nicht um. Sie hatte nicht den leisesten Schimmer, wie sie dieses Gespräch beginnen sollte. Und wenn sie ehrlich war, fürchtete sie sich auch ein wenig vor Maikes Reaktion. Die letzten Tage war es so gut zwischen ihnen gelaufen, das würde sie mit ihrer Entscheidung nur ungern wieder aufs Spiel setzen.

»Liv, komm schon. Wie schlimm kann es schon sein, dass du solch ein Geheimnis daraus machst?«

»Bin gleich so weit.«

Liv goss das kochende Wasser über die Lavendelblüten, setzte den Deckel zurück auf die Kanne und stellte sie zusammen mit zwei Tassen auf den Tisch.

»Möchtest du Honig zum Süßen?«

Maike verdrehte theatralisch die Augen. »Ja, ich möchte gern Honig zum Süßen. Und dann setz dich endlich hin und sag mir, was los ist.«

Liv nahm noch den Honig und zwei Teelöffel aus dem Schrank und setzte sich ihrer Schwester gegenüber.

»Also?«

»Ich weiß nicht, womit ich anfangen soll, also sage ich es einfach freiheraus: Ich möchte den Hof gern behalten.«

Erst nachdem sie es ausgesprochen hatte, traute sie sich, ihrer Schwester wieder in die Augen zu schauen.

Diese blickte sie irritiert an. »Du möchtest den Hof behalten? Um was damit zu tun? Schafe züchten?«

Bei dem Gedanken musste Liv doch schmunzeln. »Nein. Ich habe mir überlegt, einen Kräuterhandel aufzuziehen.«

Nun fiel Maikes Kinnlade nach unten. »Kräuter? Rentiert sich das?«

»Ich glaube schon. Noch habe ich keinen genauen Businessplan, aber ich habe bereits einige Ideen gesammelt und denke, ich könnte es schaffen.«

Maike lehnte sich auf ihrem Stuhl zurück. »Ich fass es nicht. Du hast dich doch von jeher gegen die Selbstständigkeit ausgesprochen. Du hast genauso wie ich immer wieder bemängelt, wie viel Mama arbeiten musste, um den Hof am Laufen zu halten.«

»Du hast recht.« Liv spielte verlegen mit ihrem Teelöffel herum. »Aber inzwischen habe ich das Gefühl, dass mir die viele Arbeit überhaupt nichts ausmachen würde, wenn ich dafür auf dem Hof bleiben und mit etwas arbeiten könnte, das mir Freude macht. Ich hätte die Möglichkeit, mir einen eigenen Betrieb aufzubauen, wäre nicht mehr abhängig von Chefs und eventuell unliebsamen Kollegen.«

»Dafür wärst du abhängig von potenziellen Kunden, vom Wetter und von steigenden Zinsen, um nur einige mögliche Widrigkeiten zu nennen.«

»Ja, das stimmt. Und weißt du was? Es schreckt mich nicht. Ich weiß auch nicht, was auf einmal mit mir los ist, aber ich bin so vereinnahmt von dem Gedanken, mein Kräuterwissen praktisch umzusetzen, dass ich bereit bin, auch gewisse Risiken einzugehen.«

»Also gibst du zu, dass es ein Risiko ist?«

»Sicher. Und ich werde in den nächsten Tagen noch vieles bedenken und berechnen müssen. Aber mein Entschluss steht fest: Ich möchte den Hof behalten.«

»Ich kann das immer noch nicht glauben. Du bist doch sonst überhaupt kein risikofreudiger Mensch. Dein Studium, deine Arbeit in der Apotheke. Du warst immer weit weg von: Jetzt probiere ich mich aus.«

»Offenbar ist das das Spannende am Leben: Man kann seinen Blickwinkel verändern.«

»Innerhalb von einer Woche?«, fragte Maike zweifelnd.

»Ja. Vielleicht kam alles zusammen: die Kündigung meines Jobs in Münster, das Gefühl, etwas verändern zu müssen, die Überlegungen, den Hof zu verkaufen, und letztlich sicher auch das Auseinandersetzen mit Mamas Nachlass.«

»So habe ich das noch gar nicht gesehen. Bei dir ist in der letzten Zeit wirklich einiges passiert.« Nun wirkte Maike nachdenklich. »Mich hat das Ausräumen von Mamas Sachen auch nicht kaltgelassen«, fügte sie leise hinzu.

Berührt von der Verletzlichkeit, die ihre Schwester plötzlich zeigte, ergriff Liv tröstend ihre Hand. »Damit hatten wir wohl beide nicht gerechnet. Aber umso besser, dass wir keinen Zeitdruck mehr damit haben, wenn ich den Hof behalte.«

»Du wirst mich aber auszahlen müssen. Ich hatte nämlich mit dem Geld gerechnet«, sagte Maike plötzlich und entzog Liv ihre Hand. »Es tut mir leid, das so hart aussprechen zu müssen, aber letztlich ist das natürlich auch etwas Geschäftliches.«

Liv seufzte, dass der Moment der Nähe schon so rasch wieder vorbei war. Trotzdem konnte sie Maike verstehen.

Deshalb antwortete sie: »Sicher, das ist überhaupt keine Frage. Du bekommst natürlich das, was dir zusteht.«

»Was meinst du, wie lang das dauern wird?« Maike warf ihr einen fragenden Blick zu und fügte rasch hinzu: »Ich möchte dich nicht unter Druck setzen, es geht mir nur darum, dass ich auch planen kann.«

Liv zuckte mit den Schultern. »Das kann ich dir noch nicht genau sagen. Zuerst einmal muss ich ausrechnen, was für eine Summe ich für den Geschäftsstart benötige. Ich plane keine allzu großen Investitionen, aber das eine oder andere werde ich anschaffen müssen. Dann muss ich bedenken, dass einige Zeit vergehen wird, bis ich tatsächlich Gewinne erwirtschafte, und wir müssen den Wert des Hofs mitsamt Grundstück schätzen lassen, damit wir wissen, wie viel genau ich dir auszahlen muss. Soweit ich weiß, gibt es da rechtliche Bestimmungen, was die Übergabe bzw. das Erbe eines landwirtschaftlichen Betriebs angeht. Danach werden wir uns richten müssen. Erst dann kann ich einschätzen, ob ich das Ganze überhaupt stemmen kann. Würdest du mir diese Zeit noch zugestehen?«

»Natürlich. Den Hof hätten wir schließlich auch nicht von heute auf morgen verkauft. Ich schätze mal, dass du das in einigen Wochen bewerkstelligen kannst?«

Liv nickte erleichtert. »Das nimmt mir sehr viel Druck, vielen Dank.«

Maike nippte an ihrem Tee, und Schweigen füllte den Raum. Aber dieses Mal war es nicht unangenehm. Liv fühlte sich ihrer Schwester verbunden und hatte den Eindruck, dass es ihr genauso ging. Deshalb nahm sie ihre Tasse in die Hand, lehnte sich auf ihrem Stuhl zurück und genoss ebenfalls einen Schluck von dem heißen Getränk.

»Wäre es dir denn recht, wenn ich die beiden Räume oben vorläufig noch benutze?«, fragte Maike schließlich.

Liv setzte sich auf. »Gar keine Frage! Ich freue mich, wenn du hier bist. Du kannst die Zimmer so lange nutzen, wie du magst. Ist ja nicht so, als hätten wir hier akute Raumnot.«

Über diese Aussage mussten sie beide lachen und prosteten sich mit ihren Teetassen zu.

*

Eine gute Stunde später saß Liv wieder an ihrem Schreibtisch und machte sich Notizen. Sie entwarf erste Rezepte, wie sie regionale Zutaten mit Kräutern verfeinern, einwecken oder Essige und Öle produzieren könnte. Außerdem erdachte sie Teemischungen, Salben und Cremes und überlegte sich, sogar kleine Hausapotheken in hübschen Verpackungen zusammenzustellen. Zudem könnte sie zumindest für den näheren Einzugsbereich auch ihr Heilkräuterwissen als Apothekerin anbieten, ein Arbeitsgebiet, das ihr schon immer Freude gemacht hatte. Viele verschiedene Pläne schwirrten ihr durch den Kopf. Bei dem Gedanken daran, was da alles auf sie zukam, wurde ihr doch recht blümerant zumute.

Als sie rechts von sich eine Bewegung wahrnahm, wandte sie sich um. Die Tür zu ihrem Zimmer öffnete sich ein Stück weit, und Flönz kam hereingetrottet.

»Na, mein Lieber«, sagte sie. »Ist dir langweilig?«

Er schaute sie nur kurz an, ehe er sich duckte und unter ihren Schreibtisch krabbelte. Dort angekommen, legte er sich quer über ihre Füße, seufzte einmal tief auf und ließ entspannt den großen Kopf auf den Boden sinken.

»Okay, du hast also nur ein bequemes Plätzchen gesucht.«

Sie lachte, als sie unter den Schreibtisch lugte und ihn betrachtete, wie er dort wie hingegossen dalag.

So ein Hundeleben ist gar nicht so schlecht, dachte sie, als sie wieder auf ihre Unterlagen schaute. Einen bequemen Schlafplatz, regelmäßiges Futter und genug Platz, um sich auch einmal auszutoben, mehr brauchte es nicht zum Glücklichsein.

Bei diesem Stichwort wanderten ihre Gedanken automatisch zu Flönz' Herrchen. Wenn sie an den kurzen Moment in der Milchküche zurückdachte, reagierte direkt ihr ganzer Körper. Offensichtlich empfand sie mehr als reine Freundschaft für den attraktiven Tischler, und es sah ganz so aus, als beruhte das auf Gegenseitigkeit.

Nur, was sollte daraus werden, wenn Jasper in wenigen Wochen weiterzog? Wollte sie überhaupt, dass mehr daraus wurde als ein kurzer Flirt? Schließlich hatten bei Liv alle Beziehungen in der Vergangenheit nur eine äußerst begrenzte Halbwertszeit gehabt.

»Und daran würde sich auch dieses Mal nichts ändern«, murmelte sie vor sich hin.

Daher war es doch eigentlich ideal, dass nur noch ein paar Wochen vor ihnen lagen, bis Jasper wieder seiner Wege ginge. Warum also störte sie der Gedanke daran dermaßen?

Kapitel 14

Nachdem Liv sich am nächsten Morgen wieder an ihren Schreibtisch gesetzt hatte, stellte sie rasch fest, dass sie viel zu unruhig war, um sich auf Finanzpläne und Risikoberechnungen zu konzentrieren. Sie brauchte dringend eine Auszeit von all den Zahlen, die ihr unentwegt durch den Kopf schwirrten. Deshalb hatte sie sich auf den Weg zum Wochenmarkt nach Xanten gemacht. Sie liebte das Schlendern über den kopfsteingepflasterten Platz, der im Schatten des ehrwürdigen Doms von kleinen bunten Häusern umgeben war. Die Auslagen der Marktbeschicker, von frischem Gemüse, Blumen, Milch- und Käseprodukten bis hin zu Kunstgewerbe, ließen sie immer wieder innehalten, riechen, fühlen und auch schmecken. Diese Vielfalt intensiver, aromatischer Gerüche konnte kein Supermarkt bieten, weshalb es für sie immer ein ganz besonderes Erlebnis war, einen Wochenmarkt zu besuchen und spontan zu entscheiden, welches der Angebote sie wahrnehmen wollte.

Heute war ihre Wahl auf Möhren und Kartoffeln gefallen. Das Wetter zeigte sich nicht unbedingt von seiner besten Seite, weshalb ein deftiger Möhren-Kartoffel-Stampf genau das Richtige wäre.

Nun stand sie in der Küche und warf einen prüfenden

Blick auf den dampfenden Topf, in dem die Kartoffel- und Möhrenstücke vor sich hin kochten, während sie die gusseiserne Pfanne auf den Herd stellte. Bei dem Verkaufsstand eines Biobauern hatte sie frische Bratwurst entdeckt, die sie bereits lange nicht mehr gegessen hatte. Sie würde die Würstchen schön kross braten und dazu Zwiebelringe rösten.

Allein bei dem Gedanken an das Essen, zusammen mit den Gemüsedüften, die bereits durch die Küche waberten, lief ihr das Wasser im Mund zusammen. Sie erhitzte Rapsöl in der Pfanne und legte anschließend die Bratwürstchen hinein, damit sie vor sich hin brutzeln konnten. Dann stellte sie ein kleineres Pfännchen daneben, um ein wenig Fenchelsaat darin zu rösten, was dem Kartoffelstampf eine ganz eigene Geschmacksnote geben würde.

Gerade als sie damit beginnen wollte, die Zwiebeln in Ringe zu schneiden, klingelte es an der Haustür. Da sie nicht wusste, ob Maike oben in ihrem Zimmer das Läuten gehört hatte, schaltete sie die Herdplatten runter und ging ins Treppenhaus, um zu öffnen.

»Pia!«, sagte sie erstaunt, als sie die junge Gärtnerin vor sich sah. »Das ist ja eine schöne Überraschung.«

Ein wenig verlegen rang diese die Hände. »Anni meinte, ich solle meine Mittagspause zur Abwechslung mal mit jungen Leuten verbringen statt mit ihr.«

»Was für eine gute Idee, komm rein!« Liv trat einen Schritt zurück und ließ Pia ins Haus.

»Oh«, staunte diese, als sie das Treppenhaus betrat, »ist das schön hier!«

Dem konnte Liv nur zustimmen. »Ich kann mich an der renovierten Treppe kaum sattsehen. Jasper hat hier wirklich tolle Arbeit geleistet.« Dann fragte sie Pia: »Hast du Hunger? Es gibt gleich Kartoffelstampf mit Bratwurst.«

»Ich möchte mich nicht aufdrängen.«

»Quatsch! Ich freue mich, dass du da bist. Komm mit in die Küche, ich bin gleich fertig.«

»Mmh, es duftet schon herrlich«, sagte Pia, als sie die Küche betraten. »Ich liebe deftiges Essen, wenn es draußen so üsselig ist.«

»Ich auch. Wo ist Zoe?«, fragte Liv und begann gleichzeitig die Zwiebeln zu schneiden.

»Ich bin ganz erstaunt, aber die wollte lieber bei Cornel in der Werkstatt bleiben.«

Liv schaute Pia erstaunt an. »Bei Cornel?«

Pia lachte. »Ja, die beiden scheinen sich auch ohne Worte ausgesprochen gut zu verstehen. Zoe folgt ihm seit dem ersten Tag wie ein Schatten, und er guckt schon immer nach ihr, wenn sie mal nicht in seiner Nähe ist. Zoe zumindest weiß wohl die Ruhe zu schätzen, die Cornel ausstrahlt.«

»Das kann ich gut verstehen. Ich fühle mich in seiner Gegenwart auch immer ausgesprochen wohl. Du kannst auf jeden Fall sicher sein, dass er gut auf sie aufpasst.«

»Da habe ich gar keinen Zweifel«, stimmte Pia ihr zu. »Kann ich dir irgendwie helfen?«

»Lieb, dass du fragst. Würdest du bitte gerade darauf achten, dass nichts anbrennt? Ich flitze nur schnell nach oben und sage Maike Bescheid, dass wir essen können.«

Ohne auf eine Antwort zu warten, drückte Liv der verdutzten Pia die Kochwerkzeuge in die Hand und lief die Treppe hinauf.

Als sie an Maikes Zimmertür klopfte, rührte sich nichts, weshalb sie sich abwandte und kräftig auf der gegenüberliegenden Seite des Flurs an die Tür des ehemaligen Wohnzimmers ihrer Großeltern pochte.

»Moment! Ich komme gleich!«, ertönte Maikes Stimme.

Kurz darauf öffnete sich die Tür einen Spaltbreit. »Ja?«

Liv sah ihrer Schwester an, dass sie sie wohl mitten aus der Konzentration gerissen hatte. Die Haare waren zerzaust, als wäre sie immer wieder mit den Händen hindurchgefahren, und ihre Stirn war in Falten gezogen.

»Ich wollte dir nur Bescheid sagen, dass ich gekocht habe. Möhren-Kartoffel-Stampf und Bratwurst. Wir können gleich essen.«

Die Falten auf Maikes Stirn glätteten sich, und sie lächelte breit. »Ich merke gerade, dass ich ganz schönen Hunger habe. Bin gleich unten.«

Damit klappte die Tür wieder zu, ohne dass Liv auch nur einen Blick in das Zimmer hätte werfen können. Einen Moment verharrte sie noch auf der Stelle, ehe sie sich wieder auf den Weg nach unten machte. Was fabrizierte Maike denn bloß da drinnen? Und warum tat sie so geheimnisvoll? Liv hatte eigentlich gedacht, nach dem gestrigen Gespräch einen Durchbruch in ihrem gemeinsamen Umgang erzielt zu haben. Auch das gemeinsame Abendessen war sehr harmonisch verlaufen, und Liv hatte endlich das Gefühl gehabt, dass sie einander nähergekommen waren, und hoffte, dass sich in der nächsten Zeit darauf aufbauen ließ. Doch dieses Verhalten verunsicherte sie nun wieder.

Als sie zurück in die Küche kam, wendete Pia gerade die Zwiebelringe in der Pfanne.

»Soll ich wieder übernehmen?«, fragte Liv die neue Nachbarin.

»Gern, ich kenne mich mit euren Gepflogenheiten ja noch nicht aus. Aber ich könnte schon mal den Tisch decken, wenn du mir sagst, wo ich alles finde.«

Während Liv das Essen fertig machte, erklärte sie Pia, wo sie das Geschirr fand, sodass sie schon kurz darauf gemeinsam am Tisch sitzen konnten.

»Dass ich hier eine komplette Mahlzeit vorgesetzt bekomme, damit hatte ich gar nicht gerechnet.« Pia wirkte immer noch ein wenig verlegen.

»Ist auch nicht jeden Tag der Fall, dass ich Zeit und Lust zum Kochen habe. Aber bevor ich mich weiter meinen Berechnungen widmen muss, wollte ich etwas tun, was mir mehr Spaß macht.«

»Was denn für Berechnungen?«, hakte Pia nach, während sie sich etwas von dem Möhren-Kartoffel-Stampf auf den Teller lud.

»Ach, das weißt du ja noch gar nicht. So wie es aussieht, werde ich wohl den Hof übernehmen und mein Kräuterwissen zum Beruf machen.«

Pia machte große Augen. »Na, das sind ja gute Neuigkeiten. Das heißt, wir werden Nachbarinnen?«

Unter diesem Aspekt hatte Liv ihre Entscheidung noch gar nicht betrachtet, doch der Gedanke daran ließ ihr das Herz aufgehen.

»Ja, ist das nicht toll? Darauf müssen wir dringend anstoßen.« Sie hob ihr Wasserglas und prostete Pia zu.

»Was feiert ihr denn?«, fragte Maike, die in die Küche stürmte.

»Pia«, sagte Liv, »das ist meine Schwester Maike. Maike, das ist Pia, Annis neue Mitarbeiterin.«

»Ah, du bist das. Schön, dich kennenzulernen«, sagte Maike und setzte sich ebenfalls an den Tisch. Sie legte sich eine Bratwurst auf den Teller. »Und weshalb habt ihr angestoßen?«

»Darauf, dass ich hierbleibe«, erklärte Liv.

»Ein guter Grund«, sagte Maike schlicht.

Liv betrachtete sie einen Moment nachdenklich, wollte jedoch nicht hier vor Pia fragen, wie Maike das meinte. Sicher, sie hatte sich gestern nicht quergestellt, als Liv ihr erzählt hatte, dass sie den Hof übernehmen wollte, aber sie hatte auch nicht gerade überschwänglich reagiert. Und was hatte das zu bedeuten, dass Maike ihre beiden Zimmer weiterhin nutzen wollte? Ob ihre Schwester vielleicht genauso an dem Hof hing wie sie selbst?

»Liv?«, erklang Maikes Stimme und riss Liv aus ihren Gedanken.

Sie wandte sich an ihre Schwester. »Entschuldige, was hast du gefragt?«

»Ich wollte wissen, warum Jasper nicht mit uns isst?«

»Der ist unterwegs. Musste noch irgendwelche Lacke besorgen.«

»Das ist wirklich toll, dass ihr da einen Fachmann habt, der das Haus so schön herrichtet«, sagte Pia.

»Wir sind auch ganz begeistert. Die Badezimmer sahen so oll aus, und jetzt, nachdem Jasper die Fenster abgeschliffen und neu lackiert hat, ist es kein Vergleich mehr«, schwärmte Maike.

»Wird er dir auch beim Aufbau deines Geschäfts helfen?«, wollte Pia von Liv wissen.

Sie kaute rasch und schluckte hinunter, ehe sie antwortete: »Inwiefern sollte er mir dabei helfen?«

Nun wirkte Pia irritiert. »Ich dachte, du möchtest etwas mit Kräutern machen. Brauchst du dafür keine Gewächshäuser?«

Perplex ließ Liv Messer und Gabel sinken. »Darüber habe ich noch gar nicht nachgedacht.«

Maike lachte. »Ich denke, du brütest seit Tagen über Zahlen und notwendige Investitionen.«

»Das mache ich ja auch. Aber ich stelle immer wieder fest, wie wenig ich bisher tatsächlich im Blick habe.«

»Ein Grund, weshalb ich mich scheuen würde, mich selbstständig zu machen.« Pia nahm sich erneut vom Gemüse und legte sich ein paar gebratene Zwiebelringe obendrauf. »Ich wäre permanent in Sorge, dass ich etwas übersehen könnte.«

»Da geht es mir nicht anders«, bestätigte Liv. »Aber unsere Mutter hat uns all die Jahre vorgelebt, dass es funktionieren kann. Trotz aller Ängste möchte ich es versuchen. Zum einen, weil ich mich darauf freue, meiner Leidenschaft nachgehen zu können, aber zum großen Teil auch, weil ich so gerne hierbleiben möchte.«

»Hier sind deine Wurzeln«, sagte Maike leise.

Liv nickte. »Hier sind meine Wurzeln. So viele schöne

Erinnerungen verknüpfe ich mit meiner Zeit auf diesem Hof, auf die ich gern aufbauen möchte.«

»Darauf sollten wir noch einmal anstoßen.« Pia erhob ihr Wasserglas und prostete ihr zu. »Darauf, dass sich deine Wünsche erfüllen.«

»Und deine Träume Wirklichkeit werden«, ergänzte Maike.

Liv traten die Tränen in die Augen. Diesen Moment in ihrer Küche würde sie sich als erste schöne Erinnerung für ihr zukünftiges Leben bewahren.

Die nächste halbe Stunde drehte sich das Gespräch um Pias erste Tage in Annis Samenhandlung, ihre Eindrücke von den Stammkunden und einige Erlebnisse, die die Tage bunt und voll gemacht hatten.

»Ich habe Anni, Hein und Cornel schon so sehr ins Herz geschlossen«, sagte sie schließlich. »Sie gehen so freundlich und offen mit Zoe um, dass sie in dieser kurzen Zeit schon richtig aufgeblüht ist. Gestern Abend saß sie vor sich hin summend in ihrem Zimmer und bastelte eine Kette aus Sternchennudeln.« Pia lachte. »Eine wahre Geduldsaufgabe, das kann ich euch sagen. Solche Meisterwerke gehen normalerweise als Geschenke an mich, aber diese Kette hatte sie für Anni gemacht.« Sie seufzte und wischte sich über die Augen. Auch Liv spürte, wie ihr vor Rührung die Brust eng wurde.

»Anni ist ein großartiger Mensch«, sagte nun Maike. »Wir waren als Kinder auch oft drüben, und nie ist ein lautes Wort gefallen. Wir waren immer willkommen, selbst wenn wir ihr zwischen den Kundengesprächen auch noch ein Ohr abgelabert haben.«

Liv schmunzelte, als sie daran dachte, dass sie auch erst vor ein paar Tagen ähnliche Gedanken zu ihren Nachbarn im Kopf gehabt hatte.

»Mich freut besonders, dass Zoe so einen guten Draht zu Cornel entwickelt hat. Auch wenn er so ruhig ist, dass er manchmal schon ruppig wirkt, hat er ein großes Herz. Etwas Besseres, als dass er sie unter seine Fittiche nimmt, kann Zoe gar nicht passieren. Du wirst sehen, in ein paar Jahren wird sie alles reparieren können, was du in deinem Haushalt hast«, sagte Liv.

Pia lachte erneut. »Das klingt ja vielversprechend. Die Entscheidung, von Köln hierherzuziehen, war auf jeden Fall richtig, und dafür bin ich zutiefst dankbar.«

Sie schaute auf die Küchenuhr und stand auf. »Aber jetzt muss ich los. Meine Pause ist gleich vorbei, und ich möchte Annis Freundlichkeit nicht ausnutzen. Vielen Dank, dass ich mit euch essen durfte.«

Liv und Maike erhoben sich ebenfalls und nahmen Pia nacheinander kurz in den Arm.

»Schön, dass du da warst«, sagte Liv. »Ich hoffe, du entwickelst daraus eine Gewohnheit.«

»Ein Weg führt immer in zwei Richtungen«, erwiderte Pia mit einem Augenzwinkern. »Zoe und ich freuen uns auch über Besuch.«

Als Pia sich zur Küchentür wandte, mischte sich auch Maike in das Gespräch. »Nur förmlicher Besuch klingelt an der Haustür. Unter Freunden nehmen wir die Hintertür, die steht immer offen.«

Daraufhin traten Pia vor Freude die Tränen in die Augen, und Liv hätte sich in den Hintern treten können, dass sie nicht diejenige gewesen war, die das Offensichtliche ausgesprochen hatte. Am liebsten hätte sie Maike kräftig gedrückt für ihren unkomplizierten Umgang mit Beziehungen. Da könnte sie sich noch einiges abgucken.

Als Pia schließlich unter leisem Schniefen das Haus verlassen hatte, setzten sie sich beide wieder zurück an den Tisch.

»Sie ist wirklich nett«, meinte Maike.

Liv, die immer noch berührt war, stimmte ihr mit kratziger Stimme zu. »Schon am Tag ihres Einzugs habe ich mich ihr sehr zugetan gefühlt, und das gemeinsame Essen hat mir das Gefühl noch mal bestätigt. Ich hoffe sehr, dass es ihr hier gefällt und Anni mit ihrer Arbeit zufrieden ist, sodass sie und Zoe bleiben.«

»Hier ist wirklich ein schönes Fleckchen, um ein Kind aufzuziehen.«

Liv horchte auf. Irrte sie sich, oder klang die Stimme ihrer Schwester tatsächlich wehmütig? Sie musterte sie, während Maike still vor sich hin brütete.

Gerade als Liv ihr tröstend über den Arm streichen wollte, richtete Maike sich kerzengerade auf, klatschte in die Hände und fragte: »Was hältst du davon, wenn wir die beiden am Sonntag zum Essen einladen, und ich mache meine berühmten Rebbes?«

»Du bist am Wochenende hier?«, entfuhr es Liv, ohne dass sie weiter darüber nachdachte.

Maike wirkte verletzt. »Ist das ein Problem?«

»Nein! Überhaupt nicht«, beeilte sich Liv zu antworten. »Ich bin nur erstaunt, weil du die letzten Wochenenden immer unterwegs gewesen bist.«

»Klang aber so, als wolltest du mich nicht hier haben.«

»Im Gegenteil!«, insistierte Liv, völlig überrascht von der emotionalen Reaktion ihrer Schwester. »Ich freue mich, wenn du hier bist und wir Zeit miteinander verbringen können. Deshalb ist das mit dem gemeinsamen Mittagessen auch eine tolle Idee. Pia hat sich das Kochen gespart, und du wirst Zoe kennenlernen.«

Wieder besänftigt, lächelte Maike sie an. »Was, meinst du, sollen wir zu den Rebbes anbieten? Für die Kurze sicher am besten Apfelmus.«

»Und auf jeden Fall Rübenkraut.« Allein bei dem Gedanken an den süßen Zuckersirup auf den salzigen Reibekuchen lief Liv das Wasser im Munde zusammen.

»Wir könnten ein bisschen Lachs besorgen oder auch Champignons in Kräuterbutter braten.«

»Oder Blaubeeren und Himbeeren dazu karamellisieren.«

»Und du könntest uns einen leckeren Wildkräutersalat dazu anrichten.«

»Klingt ganz so, als hätten wir am Sonntag ein Festessen«, erklärte Liv begeistert.

»Dann hoffe ich nur noch, dass Pia nichts anderes geplant hat.« Maike stand auf. »Ich gehe direkt mal rüber und frage sie. Dann kann ich auch mal nach Anni und Opa Hein schauen. Bei denen habe ich mich bisher nämlich noch überhaupt nicht blicken lassen. Kann ich dich mit der Küche allein lassen?«, fragte sie und machte eine umfassende Geste in Richtung des dreckigen Geschirrs.

»Kein Problem. Das räume ich gerne auf. Sonntag wird das dann dafür dein Part werden.«

Als sie daraufhin Maikes strahlendes Lächeln sah, wurde Liv ganz warm ums Herz. Weggeblasen waren ihre Zweifel von vorhin. Es war so schön, ihre Schwester so engagiert zu sehen und sich ihr, und sei es nur wegen des bevorstehenden Sonntagsessens, ein bisschen mehr verbunden zu fühlen.

Kapitel 15

Am frühen Nachmittag brütete Liv wieder über ihrem Businessplan, aber sie konnte sich einfach nicht darauf konzentrieren. Noch immer ging ihr der Moment durch den Kopf, in dem Maike Pia durch eine simple, herzliche Geste zu ihrer Freundin erklärt hatte. So war es schon immer gewesen: Maike war kontaktfreudig und verschenkte rasch ihr Herz. Sie selbst war da eher zurückhaltend und vorsichtig, brauchte oft lange, ehe sie sich jemandem gegenüber öffnete. Aber obwohl Liv etwas förmlicher mit Pia umgegangen war als ihre Schwester, hatte sie sich doch nicht in ihrem Schneckenhaus verkrochen, sondern war auf Pia zugegangen. Und nicht nur der Kontakt mit Pia war ihr leichtgefallen, sondern auch der Kontakt zu Jasper.

Sie schloss die Augen und genoss einen Moment das sehnsuchtsvolle Ziehen, das der Gedanke an ihn direkt in ihr auslöste. Sie gehörte nicht zu den Frauen, die hartnäckig umworben werden wollten, aber es hatte in der Vergangenheit doch immer einige Zeit gedauert, ehe sie einem Mann vertrauen konnte. Wobei, richtig vertraut hatte sie bisher wohl noch keinem. Außer Jasper. Bei ihm war alles völlig anders. Sie hatten schon Gespräche geführt, die sie bisher noch mit niemandem geführt hatte.

Ob es an der altvertrauten Umgebung lag, dass sie plötzlich so viel offener war? Und nicht nur das. In den letzten Wochen hatte Liv das Gefühl gehabt, anstatt mit der Straßenbahn nur noch im ICE unterwegs zu sein. So viel hatte sich ereignet. So viel war auf sie eingestürmt und hatte sie dazu veranlasst, ihr Leben komplett auf den Kopf zu stellen. Aber es gefiel ihr.

Liv gluckste selig auf. Es hatte sich wirklich viel verändert. Sie hatte eine neue Perspektive für ihre Zukunft gefunden. Ihr schien es, als habe sie einen Kokon abgestreift. Als habe sie einen Schild entfernt, der sie bisher vor Unwägbarkeiten schützte, aber gleichzeitig auch die Abenteuer, die das Leben bereithielt, von ihr ferngehalten hatte.

Und gerade in diesem Moment hielt sie die Frage nach einem Abenteuer mit einem attraktiven Tischler davon ab, sich mit dem Businessplan für ihren zukünftigen Betrieb zu beschäftigen. Liv wurde ganz warm, als sie an den prickelnden Moment mit Jasper in der Milchküche zurückdachte. Zu schade, dass erst Flönz und anschließend auch noch Maike sie gestört hatten. Zu gern hätte sie gewusst, wie Jaspers Küsse schmecken.

Sie fuhr zusammen, als es plötzlich an ihrer Zimmertür klopfte.

»Ja, bitte?«

Sie versuchte noch, sich zu sammeln, als sich die Tür bereits einen Spaltbreit öffnete.

»Hast du einen Moment Zeit?«

Nannte man solch eine Begegnung einen wahr gewordenen Traum?

Rasch wischte sie sich mit der Hand über das Gesicht, um sich zu sortieren.

»Hallo, Jasper. Na klar, komm rein.«

Die Tür ging weiter auf, und Jasper kam gefolgt von Flönz ins Zimmer. »Immer noch fleißig?«

»Wie man's nimmt«, antwortete sie ausweichend. »Ich kann mich heute nicht so richtig auf die Zahlen konzentrieren.«

»Dann ist es ja gut, wenn ich dich ein wenig ablenke.«

Wenn er wüsste, wie sehr er mich ablenken kann, dachte sie prompt und bemühte sich, nicht rot anzulaufen.

»Ich war ja vorhin im Baumarkt und habe Lacke für die Fenster geholt«, erklärte er ungeachtet ihrer Überlegungen.

»Okay?«, sagte sie mit einem fragenden Unterton.

Er schaute sie auffordernd an. »Kommst du mal mit?«

»Sicher.« Sie stand auf und folgte ihm hinaus in den Flur.

»Du hattest mich doch heute Morgen gebeten, mir auch noch die anderen Fensterrahmen anzuschauen und zu entscheiden, an welchen noch dringend gearbeitet werden müsste.«

Er blieb am Fuße der Treppe stehen und schaute sie an.

»Klar.« Sie nickte und hatte immer noch null Ahnung, worauf er hinauswollte.

»Also gut, dann komm mit.«

Er begann die Treppe hinaufzusteigen, und Liv folgte ihm irritiert. Ob er etwas gefunden hat, was dringend repariert werden muss? Hoffentlich nichts am Dach, schoss es ihr augenblicklich durch den Kopf. Sie spürte, wie sich ihre Brust angstvoll zusammenzog. Dass Feuchtigkeit am

Dachstuhl Schaden angerichtet haben könnte, war eine Befürchtung, die ihr seit Beginn der Renovierungsarbeiten immer wieder durch den Kopf geisterte. Doch anstatt dagegen vorzugehen, hatte sie sich bisher immer krampfhaft bemüht, allein den Gedanken daran zu verdrängen. Vielleicht wäre es an der Zeit, Jasper zu bitten, sich das mal genauer anzusehen.

Als dieser im ersten Stock angekommen war, wandte er sich kurz zu ihr um, lächelte ihr zu und setzte seinen Weg den Flur entlang fort.

Nein, er hat sicher keine Hiobsbotschaft zu verkünden, sonst wäre er doch nicht so gut drauf, versuchte sie sich selbst zu beruhigen. Wobei, da er seinen Job liebte, fand er es vielleicht ganz besonders spannend, ein komplett renovierungsbedürftiges Dachgestühl wieder in Schuss zu bringen.

Liv Elisabeth Derksen! schimpfte sie mit sich selbst, bist du jetzt komplett übergeschnappt?

Flönz, der ihr gefolgt war, stupste sie gegen die Hand und forderte sie auf, ihn hinter den Ohren zu kraulen. Dieses überdimensionale Fellknäuel schaffte es immer in kürzester Zeit, ihre Gedanken zu beruhigen, sodass sie tief durchatmen konnte.

Ohrenkraulend legte sie die letzten Meter bis zu einem der Gästezimmer zurück, in dem Jasper verschwunden war. Gott sei Dank, es ging tatsächlich nicht um irgendwelche verrotteten Dachbalken!

Sie folgte ihm mit Flönz im Schlepptau in den Raum, der früher das Nähzimmer ihrer Großmutter gewesen war. Während ihre Mutter bis auf gelegentliche Flickarbeiten nicht genäht hatte, hatte ihre Großmutter gefühlt ganze Tage hier oben verbracht und Kleidung für Maike und sie geschneidert. Selbst als Teenies konnten sie sich noch an sie wenden, wenn sie besondere Wünsche für modische Accessoires an ihrer Kleidung hatten. Oma Hanne reichten schon die Fotos aus den angesagten Zeitschriften, um etwas Entsprechendes für sie zu zaubern.

Jasper stellte sich neben den alten Schubladenschrank, in dem ihre Großmutter die Nähutensilien aufbewahrt hatte, und strahlte sie an wie ein frischgebackener Vater. »Und?«

»Und, was?«, fragte sie irritiert.

»Was meinst du?« Er nickte in Richtung des Schranks neben sich.

Sie folgte seinem Blick, konnte jedoch nichts Auffälliges entdecken. »Ich fürchte, ich bin zu blöd für deine Andeutungen.«

»Wäre dieser Schrank nicht ein Prunkstück für dein neues Geschäft?«, fragte er betont langsam und deutlich.

Und dann traf sie plötzlich die Erkenntnis. Der breite Schrank, der im oberen Drittel aus zusammengesetzten Regalen bestand, barg im unteren Teil Unmengen an kleinen Schubfächern, ähnlich einem Apothekerschrank. Darin hatte Oma Hanne damals Garne, Nadeln, Bänder, Knöpfe und sonstiges Nähzubehör aufbewahrt.

Jasper musste ihr angesehen haben, dass ihr klar geworden war, was er meinte. »Wenn du möchtest, richte ich ihn dir wieder her.«

Sie war so ergriffen von dem Gedanken, dass dieses alte Möbelstück, das schon seit mehreren Generationen in ihrer Familie genutzt worden war, nun Bestandteil ihres neuen Geschäfts werden sollte, dass sie gar nichts erwidern konnte. Deshalb nickte sie ihm nur zu.

»Wenn du schon erste Ideen hast, wozu du ihn nutzen willst, kannst du mir vielleicht die Stilrichtung nennen, in der du die Restaurierung gern hättest. Ich könnte dem Schrank zum Beispiel einen neuen Farbanstrich verpassen oder ihn etwas modernisieren«

Nachdenklich strich Liv über eine Kerbe im Holz. »Am liebsten würde ich ihn so lassen, wie er ist. Da hängen so viele Erinnerungen dran.« Sie schaute auf. »Oder geht das gegen deine Tischlerehre?«

»Überhaupt nicht«, erklärte er vehement. »Im Gegenteil. Es gefällt mir gut, wenn ein Möbelstück trotz Restaurierung einen Teil seiner Patina behält. Schließlich hat dieser Schrank schon viel erlebt. Ich finde immer, Kratzer und Kerben im Holz entsprechen den Falten im Gesicht eines Menschen. Sie erzählen die Geschichten eines langen Lebens.« Er rieb sich verlegen den Nacken. »Das klingt jetzt wahrscheinlich ein wenig überzogen.«

»Gar nicht«, widersprach sie leise. »Es berührt mich, weil du mich verstehst. Bei manchen Kerben weiß ich noch, wie sie entstanden sind, und andere zeugen schlicht davon, dass dieses Möbelstück viel in Gebrauch gewesen ist. Mir würde es gut gefallen, wenn ich wüsste, dass der Schrank für die nächsten Jahrzehnte gut gerüstet ist, ohne seinen Charme zu verlieren.«

»Also wäre es dir recht, wenn ich ihn aufarbeite? Ich kann das auch gern in meiner Freizeit machen.«

»Kommt überhaupt nicht infrage!«, widersprach sie vehement. »Für deine Arbeit wirst du auch bezahlt. Apropos Arbeit: Würdest du dir mal das Dachgestühl ansehen? Mir liegt bereits seit Tagen das ungute Gefühl im Magen, dass dort oben noch eine ungute Überraschung auf mich wartet.«

»Was meinst du? Gibt es vielleicht Anzeichen, dass es durchregnet?«

Sie schlang die Arme um den Oberkörper. »Nein, aber ich werde den Gedanken daran einfach nicht los. Wahrscheinlich, weil es der Supergau wäre, wenn zu all den anstehenden Finanzierungen auch noch eine Reparatur des Dachs fällig wäre.«

»Das kann ich gut verstehen. Mich würde es auch verunsichern, wenn ich große Kredite aufnehmen müsste.«

Zuerst schien es Liv, als wolle er dem noch etwas hinzufügen, aber er nickte nur mit dem Kopf in Richtung Tür und meinte: »Also, sollen wir den Stier bei den Hörnern packen?«

Mit klopfendem Herzen ging sie voraus zum Ende des Flurs, wo eine Treppe zum Dachboden führte. Nach dem Öffnen der Tür verharrte sie einen Moment und schnupperte vorsichtig in den Raum hinein. Die Luft roch abgestanden, aber nicht muffig. Das musste doch ein gutes Zeichen sein. Mutig trat sie ein paar weitere Schritte vor und machte Jasper Platz, ihr zu folgen.

»Wow«, erklang dessen erstaunte Stimme hinter ihr, »das ist ja so groß wie ein Tanzsaal!« ·

»Gute zweihundert Quadratmeter«, antwortete Liv mechanisch.

»Wahnsinn!« Jasper klang begeistert. »Und dieses Dachgestühl! Hier könnte man was Tolles draus machen.«

Liv schaute automatisch nach oben, und ihr Blick glitt
über die alten Dachbalken hinweg, die in luftiger Höhe
ein geordnetes Chaos bildeten.

Hier könnte man was Tolles draus machen, hallte ihr
Jaspers Bemerkung durch den Kopf. Und plötzlich sah
sie vor sich, wie sich dieser Dachboden mit Leben füllte.
Svenja, Jasper, Maike und Pia hatten ihr zwar Mut gemacht, sich mit der Herstellung von Salben und Tinktu-
ren selbstständig zu machen, aber ihre Berechnungen der
letzten Tage hatten es ihr vor Augen geführt: Selbst wenn
sie ihre Produktpalette ausweiten würde, müsste sie mehr
herstellen und verkaufen, als ihr das als Ein-Frau-Unter-
nehmen möglich war, um Gewinne zu erwirtschaften.

Erneut schaute sie nach oben in die Dachbalken. Den
Dachboden auszubauen, um Gäste unterzubringen, wäre
der schiere Wahnsinn. Oder nicht? Ihr Herz schlug schneller, als lauter Unternehmungen in ihrem Hirn aufploppten,
die sie potenziellen Gästen anbieten könnte: Kräuterwanderungen, Workshops, Seminare, Verkostungen. Doch dafür müsste sie nicht nur einen großen Kredit aufnehmen,
sie bräuchte auch Personal. Und deren Gehalt müsste sie
sicherstellen, ehe der Betrieb überhaupt Gewinn abwarf.
Würde sie sich zutrauen, diese Verantwortung zu tragen?
Wollte sie sich wirklich zumuten, ihr Geschäft auf einem
solch großen Kredit aufzubauen?

»Und dieser Blick erst!«

Froh, dass Jaspers Ausruf sie aus diesen beunruhigen-
den Gedanken riss, wandte sie sich ihm zu und sah, dass

er an eines der bogenförmigen Gaubenfenster getreten war.

Sie ging zu ihm hinüber und stellte sich neben ihn. Für diesen Blick würden potenzielle Gäste sicher einiges bezahlen, überlegte sie, während sie über die vor ihr liegende Landschaft schaute. Von hier oben sah man den Rhein hinter dem Deich träge in Richtung Niederlande fließen. Gerade fuhr ein mit Containern beladenes Binnenschiff in Richtung Westen an ihnen vorüber, während sich ein offensichtlich voll beladener Gastanker in Höhe von Grieth gegen den Strom in Richtung Xanten vorkämpfte und deutlich langsamer unterwegs war. Es tat ihrer Seele gut, von hier oben das geschäftige Treiben zu beobachten, das einen ganz gemächlichen Eindruck machte. Einen beruhigenden Eindruck.

Liv spürte, wie ihr Herzschlag sich verlangsamte und sie wieder besser durchatmen konnte. Heute müsste sie noch keine Entscheidung treffen. Sie konnte die Gedanken an einen ausgebauten Dachboden, Gäste und Seminare erst einmal ein wenig in ihrem Hinterkopf gären lassen.

»Dort hinten siehst du Grieth, ein Stück weit rechts davon den Freizeitpark Wunderland Kalkar und links von uns, auf der anderen Rheinseite, da liegt Dornick, ein kleines Dorf mit gut vierhundert Einwohnern«, erklärte sie Jasper.

»Und dazwischen einfach nur viel Grün«, ergänzte er, ohne den Blick von der gegenüberliegenden Landschaft abzuwenden.

»Das ist alles Überschwemmungsgebiet. Ausweichflächen, wenn der Rhein Hochwasser hat. Bei Dornick ist es die Dornicksche Ward, rechts von uns liegt die Reeserward. Genau gegenüber umschließt der Grietherorter Altrhein ein großes Landschaftsschutzgebiet.«

»Landschaftsschutzgebiet?«

»Ja. Von hier oben kannst du mit einem Fernglas herrlich Vögel beobachten, zum Beispiel den Flussregenpfeifer oder den Wachtelkönig.«

Jasper lachte und schaute sie an. »Dann müsste ich erst einmal in ein Lexikon gucken, damit ich wüsste, wie die aussehen.«

In dem Moment, in dem sie in sein strahlendes Gesicht sah, wurde ihr erst bewusst, wie nah sie beieinanderstanden. Unwillkürlich strömte Hitze einer Welle gleich durch sie hindurch.

»Der Flussregenpfeifer hat auffallend gelbe Augenringe und sieht aus, als trage er ein schwarzes Halstuch«, dozierte sie im Flüsterton, obwohl der kleine Vogel sie plötzlich überhaupt nicht mehr interessierte.

Jasper schien ebenfalls zu spüren, dass die Luft zwischen ihnen flirrte, denn er sagte nichts mehr, sondern hob nur seine Hand und strich ihr mit dem Finger sanft über die Wange.

»Du bist so hübsch«, raunte er. »Das habe ich schon in dem Moment gedacht, als ich dich am ersten Tag im Wohnzimmer auf der Couch liegen sah. So gar nicht hingelümmelt, sondern trotz bequemer Klamotten durch und durch würdevoll und mit unterschwelliger Autorität. Eine äußerst anziehende Mischung.«

Ihr Herz veränderte seinen Rhythmus, und das Atmen fiel ihr schwerer. Sie war eine äußerst anziehende Mischung? Würdevoll und mit unterschwelliger Autorität? Das hatte noch niemand zu ihr gesagt. Doch ehe sie den Gedanken vertiefen konnte, legte Jasper beide Arme um ihre Hüften, und ihr Hirn stellte die Arbeit ein.

»Geht dir das hier zu schnell?«, fragte er mit zärtlicher Stimme.

Anstatt zu antworten, legte sie ihrerseits die Hände auf seine Hüften und überbrückte so den letzten Rest Abstand.

Eine weitere Aufforderung brauchte er nicht, denn er senkte den Kopf, und endlich spürte Liv Jaspers weiche Lippen auf ihren, spürte seine Zunge, die erst erkundend über ihre Unterlippe strich, ehe sie ihr Einlass gewährte.

Es war, als hätten sie damit den Startschuss gegeben, nicht nur die Münder, sondern auch ihre Körper zu entdecken. Sie hatte gar nicht gewusst, dass sie so viel auf einmal fühlen konnte. Seine festen Muskeln unter ihren Fingerspitzen zu spüren, seine forschenden Hände, die gleichzeitig zärtlich und doch fordernd über ihren Körper wanderten.

Sie gab sich ganz diesen wundervollen Gefühlen hin, bis er sich plötzlich von ihr löste und einen Schritt zurücktrat. Irritiert starrte sie ihn an.

»Das war eine Erfahrung der anderen Art«, murmelte Jasper und strich sich mit einer Hand über den Nacken.

Dem hätte sie nur zu gern zugestimmt, doch noch war sie nicht in der Lage zu sprechen. In ihrem Kopf summte es, ebenso in jeder einzelnen Zelle ihres Körpers. Daher nickte sie nur und versuchte zu verstehen, weshalb Jasper diesen besonderen Moment so rüde unterbrochen hatte.

»Soll ich jetzt nach den Balken schauen?«, fragte er.

Den Balken? Wie kam er jetzt auf Balken?

Liv brauchte einen Moment, ehe ihr einfiel, weshalb sie überhaupt hier oben waren.

»Ja, sicher.« Mit wackligen Beinen machte sie ebenfalls einen Schritt zurück und sorgte damit für den Abstand, den er offenbar wünschte.

Jasper warf ihr noch einen kurzen Blick zu, den sie nicht richtig zu deuten verstand, ehe er sich umdrehte und mit festen Schritten zum anderen Ende des Dachbodens marschierte.

Liv wischte sich mit den Händen über das Gesicht, in der Hoffnung, sie könnte anschließend klarer sehen. Aber auch nach dieser Geste blieb ihr nicht mehr, als ihm fassungslos hinterherzuschauen. Sie hatte ja bereits seit Tagen ein ungutes Gefühl gehabt, was den Dachboden betraf. Dass sie ausgerechnet hier, nach einem solch spektakulären Kuss, einfach stehen gelassen werden sollte, damit hatte sie allerdings nicht gerechnet.

Kapitel 16

Am folgenden Vormittag saß Liv bei Svenja in der Agentur, und ihr rauchte der Kopf. Ihre Freundin hatte vorgeschlagen, mit ihr die Zahlen zu diskutieren, die Liv für ihren Businessplan bisher errechnet hatte, und sie hatte dankbar angenommen. Zwar hatte sie während ihres Studiums auch einiges an Betriebswirtschaft gelernt, es während ihres Angestelltendaseins in der Münsteraner Apotheke jedoch so gut wie nie gebraucht. Nun schlug sie sich seit Tagen mit Begriffen wie Markt-, Wettbewerbs- oder SWOT-Analyse herum, versuchte, verschiedene Rechtsformen gegeneinander abzuwägen, und erstellte Tabellen mit voraussichtlichen Preisen, Produktionskosten und Gewinnberechnungen. Am liebsten hätte sie den Kopf in beide Hände gestützt und einfach nur noch die Augen zugemacht. Bisher hatten alle Berechnungen gezeigt, dass es äußerst schwierig werden würde, ihr Kräutergeschäft allein zu führen. Weshalb Svenja sie nun fragte, ob Liv sich mit der Selbstständigkeit wirklich sicher war. Wie sehr scheute sie sich vor einem Sprung ins kalte Wasser? Ihre damalige Entscheidung, in einem Angestelltenverhältnis zu arbeiten, war ja gut durchdacht gewesen. Hatte sich daran inzwischen etwas geändert? Hatte sie sich verändert?

»Ich glaube, das reicht für heute, oder?«, fragte Svenja nun. »Ich habe den Eindruck, du bist durch.«

Liv wischte sich über die Augen. »Mir geht gerade viel durch den Kopf.«

»Kann ich verstehen. Das ist ja auch eine schwierige Entscheidung. Aber du hast den großen Vorteil, dass dich niemand hetzt. Du kannst dir Zeit lassen und deine Ideen von allen Seiten betrachten, bevor du dich endgültig entscheidest. Aber, wie gesagt, denk nicht zu klein, das wäre mein Rat an dich.« Svenja klappte den Aktenordner zu, schob ihren Stuhl zurück und stand auf. »Noch Zeit für einen weiteren Kaffee? Dann schließe ich ab.«

»Ich denke, Kaffee hatte ich für heute Vormittag genug, aber etwas anderes zu trinken wäre schön. Hast du keine weiteren Termine?«

Svenja blickte auf ihre Armbanduhr. »Erst wieder in einer guten Stunde.«

Sie verschloss die Tür, drehte das Schild auf *Bitte klingeln!* und forderte Liv auf, ihr in die kleine Küche zu folgen.

»Ich habe keine Ahnung, wie du dich den ganzen Tag lang mit solch ätzenden Tabellen beschäftigen kannst«, lästerte Liv.

Ihre Freundin lachte. »Ich verzeihe dir großmütig deine verletzenden Worte, schließlich kann nicht jeder so ein Zahlenfreak sein wie ich.«

»Nein, das konnte ich schon in der Schule nicht verstehen. Ich hatte ja auch nicht unbedingt ein Problem mit Mathe, aber deine Begeisterung dafür war doch eine völlig andere.«

»So hat eben jeder seine Leidenschaften.«

Svenja öffnete den Küchenschrank und nahm zwei Gläser heraus.

»Ehrlich gesagt bin ich froh, dass du noch ein bisschen Zeit für mich hast«, sagte Liv, als sie sich an den kleinen Esstisch setzte.

Svenja stellte die Gläser ab, grinste sie an und rieb sich die Hände. »Ich hoffe doch sehr auf ein Gespräch unter Frauen?«

Nun war es an Liv, zu lachen. »Du bist unverbesserlich. Ich freue mich schon darauf, wenn bei dir ein neuer Mann auftaucht, dann werde ich mir die Hände reiben.«

»Und bis es so weit ist, gönne ich mir das Vergnügen, dich auszuquetschen. Saft? Oder lieber ein Wasser?«

»Liebend gern einen Orangensaft. Nach den vielen Zahlen brauche ich dringend etwas Zucker.«

Svenja stellte zwei Fläschchen Orangensaft zu den Gläsern auf den Tisch und setzte sich Liv gegenüber.

»Also, was hast du auf dem Herzen? Ich gehe doch recht in der Annahme, dass es etwas mit diesem attraktiven Tischler zu tun hat?«

»Woher willst du wissen, dass er attraktiv ist?«

»Nun, ich denke, zumindest für dich ist er das, sonst würdest du dich wohl kaum für ihn interessieren.«

»Auch wieder wahr.«

»Aber ich wüsste schon gern, wie er aussieht. Hast du ein Foto?«

Liv atmete tief durch, ehe sie zu ihrem Handy griff. »Nicht dass du mich für eine Stalkerin hältst, aber ich habe das Foto vorgestern nach einem denkwürdigen Treffen in der alten Milchküche gemacht.«

Sie spürte, wie ihr unwillkürlich die Hitze durch den Körper schoss, während sie Svenja das Handy reichte.

Doch diese nahm es achtlos entgegen, den Blick weiterhin fest auf sie gerichtet. »Ein denkwürdiges Treffen? Darüber will ich alles wissen.«

»Nun, ich war in der Milchküche, weil ich die Idee hatte, dass ich darin doch prima meine zukünftigen Leckereien zubereiten könnte …«

»Ich weiß«, wehrte Svenja ab, »davon hatten wir ja eben schon gesprochen. Dabei hast du diesen Jasper aber mit keinem Wort erwähnt.«

»Dann lass mich doch mal ausreden«, beschwerte Liv sich. »Ich war ja noch gar nicht am Punkt. Also, ich tanzte da so durch die Milchküche, weil ich mich so über die Erkenntnis freute, tatsächlich ein eigenes Geschäft zu eröffnen, da stand plötzlich Jasper im Türrahmen.«

Liv verfolgte, wie Svenja nun doch das Foto betrachtete, das sie in einem unbeobachteten Moment geschossen hatte.

»Wow!«, stieß ihre Freundin aus. »Der sieht wirklich gut aus. Er hat so helles Haar, kommt er aus Norddeutschland?«

»Aus Hamburg.«

»Okay, ein Nordlicht also.« Svenja gab ihr das Handy zurück. »Nun aber wieder zurück zur Milchküche. Du hast da also rumgetanzt, und dann erschien er auf der Bühne.«

»Ich war ganz euphorisch, weil ich endlich eine Entscheidung getroffen hatte, und dann kam er auf mich zu und strahlte mich an.«

Liv legte eine Hand auf ihre Brust. »Ich schwöre dir, dass ich in dem Augenblick gespürt habe, wie sich mein Herzschlag verändert hat. Es schien, als würde die Luft um uns herum immer dicker, je näher er meinem Gesicht kam. Aber kurz bevor er mich küssen konnte, hat sich Flönz zwischen uns gedrängt, und der Moment war vorbei.«

Svenja seufzte. »Wie romantisch. Und wie unsensibel von diesem Flönz«, fügte sie hinzu. »Was ist das überhaupt für ein Name, Flönz?«

Liv gluckste. »Flönz ist sein Hund und eigentlich äußerst liebenswert. Aber manchmal zeigt er mir seine Liebe im falschen Moment.«

Svenja verdrehte die Augen. »Ich möchte jetzt nichts mehr von dem Hund hören, sondern davon, was sich zwischen dir und diesem Jasper auf dem Dachboden abgespielt hat.«

Liv spürte, wie ihre Brust eng wurde und sich ihr Herzschlag beschleunigte. »Wir haben uns geküsst.«

»So wie du mich anguckst, war es nicht einfach nur ein Kuss.«

»Es war atemberaubend, im wahrsten Sinne des Wortes. Es passte einfach alles«, schwärmte Liv.

»Ich fürchte, jetzt kommt noch ein großes Aber?«

»Leider. Und ich verstehe es einfach nicht. Aber Jasper hat sich nach dem Kuss von mir gelöst und gemeint, er wolle jetzt nach Feuchtigkeit in den Dachbalken sehen.«

»Er wollte weiterarbeiten?«, fragte Svenja fassungslos.

Liv zuckte nur mit den Schultern.

»Und dann? Hast du ihn zur Rede gestellt?«

»Nein. Ich war so perplex, dass ich ihm zugestimmt habe und gegangen bin. Mit wackligen Knien übrigens.«

»Du musst mit ihm darüber sprechen.«

»Das fürchte ich auch. Aber ich weiß nicht, wie ich das ansprechen soll. Oder wo. Maike ist ja im Haus und könnte jederzeit auftauchen. Das wäre mir unangenehm.«

»Dann musst du eben woanders mit ihm sprechen. Es sei denn, der eine Kuss ist dir genug.« Fragend schaute ihre Freundin sie an.

»Das ist genau das, was mich heute Nacht wach gehalten hat. Ich bin mir nicht schlüssig. Wobei, eigentlich weiß ich ganz genau, was ich will.«

»Keine feste Beziehung«, stellte Svenja nüchtern fest und trank einen Schluck von ihrem Orangensaft.

»Du kennst mich einfach zu gut. Genau, ich will keine feste Beziehung.«

»Er vielleicht auch nicht. Vielleicht hat er genau deshalb auf die Bremse getreten.«

»Daran hatte ich auch schon gedacht.«

»Na dann, sprich ihn darauf an. Überleg dir etwas, wo du mit ihm allein sein kannst, und dann bring das Gespräch auf den Punkt.«

»Aber wo soll das sein? Wenn ich mir vorstelle, mit ihm im Auto irgendwohin zu fahren und dann die ganze Zeit schweigend neben ihm zu sitzen ...«

»Ach, Liv!«, fiel ihr Svenja ins Wort. »Nun sei doch nicht so melodramatisch. Du tust ja so, als gäbe es nichts anderes, worüber du mit ihm sprechen könntest, selbst wenn ein Elefant im Raum steht. Du bist doch nicht auf den Kopf gefallen. Und außerdem, wer sagt denn, dass du mit ihm mit dem Auto irgendwohin fahren musst. Nehmt die Räder und macht eine Tour auf dem Deich, und dann geht ihr irgendwo Kaffee trinken. Während ihr mit dem Rad unterwegs seid, müsst ihr nicht viel miteinander reden, da kann er einfach die Landschaft genießen.«

»Es sei denn, besagter Elefant stört auch sein Wohlbefinden.«

»Das wirst du wohl nur rausbekommen, wenn du mit ihm darüber sprichst.«

Liv fühlte sich immer noch unbehaglich und drehte das Glas in ihrer Hand hin und her.

»Irgendwie habe ich das Gefühl, wir sind bisher noch nicht bis zum Kern des Problems vorgedrungen.« Svenja lehnte sich nach vorn und sah Liv forschend an.

»Damit hast du recht.« Liv stellte ihr Glas vor sich ab und schaute ihre Freundin an. »Meine letzte Beziehung ist gründlich schiefgegangen. Es hat sich bisher immer so entwickelt, dass es mir irgendwann zu eng wurde. Jasper ist jedoch nur noch für ein paar Wochen hier, dann wird er seine Wanderschaft fortsetzen.«

»Und wo ist das Problem? Ihr seid beide erwachsen und ungebunden. Was hindert euch daran, einfach ein paar Wochen Zweisamkeit zu genießen und dann wieder getrennter Wege zu gehen? Sieh es doch einfach als verlängerten One-Night-Stand.«

Liv musste lauthals lachen. »Als verlängerten One-Night-Stand?«

»Nimm das Leben doch mal nicht so schwer. Das Schicksal hat dir diesen tollen Mann vor die Füße gespült, greif zu und zerdenk es nicht. Genieße einfach die Zeit, die ihr zusammen habt.«

»Tut mir leid, das sagen zu müssen, aber ich werde darüber nachdenken. Ich kann einfach nicht anders«, fügte Liv entschuldigend hinzu.

»Dann denk eben drüber nach. Aber mach keine Doktorarbeit daraus, hörst du? Sonst zerrinnt dir die Zeit zwischen den Fingern.«

Auf dem Weg nach Hause dachte Liv über das Gespräch mit ihrer alten Schulfreundin nach. Svenja kannte sie einfach zu gut. Sie wusste, dass sie Zeit schinden würde, nur um keine Tatsachen schaffen zu müssen. Aber was war mit der neuen Liv, die sich zwar nach wie vor an ihre Listen klammerte, aber trotzdem weitreichende Entscheidungen traf, ohne vorher ein großes Sicherheitsnetz zu weben? Vor Jahren hatte sie sich geschworen, niemals ein eigenes Geschäft zu gründen, geschweige denn den mütterlichen Hof zu übernehmen, und wo stand sie jetzt? Jetzt übernahm sie nicht nur den Derksen-Hof, sondern gründete auch noch ein Geschäft, das wahrlich nicht auf sicheren Füßen stand. Sie wollte doch den Sprung ins kalte Wasser wagen, warum sollte sie die Gelegenheit für eine schöne Zeit mit Jasper jetzt einfach verstreichen lassen? Und wer wusste schon, ob es nicht doch die Möglichkeit gab, dass Jasper und sie sich auch in Zukunft würden sehen können?

Sie erschrak. Wo kam denn der Gedanke so plötzlich her? Es ging doch gerade darum, dass die Situation gut war, wie sie war. Jasper blieb nur noch ein paar Wochen, damit war ein Ende der Affäre vorprogrammiert. Doch trotz allem guten Zureden von Svenja hatte sie ein ungutes Gefühl. Trotz aller Abneigung gegen enge Verstrickungen und große Gefühle mochte sie den Gedanken nicht, dass das Ende bereits im Raum stand. Auch wenn sie ihre letzte Beziehung mit Paul beendet hatte, ehe ihre Gefühle überhandnahmen, war ein klares Ablaufdatum vor Augen doch etwas völlig anderes. Oder nicht?

Als sie vor dem Haus parkte, sah sie, dass Maikes Renault nicht vor der Tür stand. Ihre Schwester war demnach unterwegs, und sie wäre mit Jasper allein. Unschlüssig blieb sie im Wagen sitzen. Sie hatte eindeutig noch nicht lange genug über die Situation nachgedacht und wollte jetzt keinesfalls auf Jasper treffen. Machte sie das zu einem Feigling?

Sie stöhnte und lehnte die Stirn gegen das Lenkrad. Sie hatte noch nie zu den mutigen und starken Frauen gehört. Maike, ja, die hatte schon immer angepackt, um ihren Willen zu bekommen. Sie selbst hatte immer erst nüchtern ihre Möglichkeiten gegeneinander abgewogen, ehe sie eine Entscheidung getroffen hatte. Damit war sie stets ganz gut gefahren, hatte aber bisher noch nicht das große Glück gefunden.

So wie mein Pharmaziestudium, schoss es ihr durch den Kopf. Vom Gefühl her war sie eigentlich schon immer die prädestinierte Landwirtin gewesen. Sie mochte die Arbeit an der frischen Luft und mit den Händen, liebte es, die Kreisläufe der Natur mitzuerleben und daran mitzuwirken. Trotzdem hatte sie sich für das eher trockene Studium entschieden und für einen Lebensmittelpunkt mitten in der Stadt.

Wenn sie jetzt so darüber nachdachte, konnte sie eigentlich nur mit dem Kopf schütteln. Wie war sie damals nur zu der Überzeugung gelangt, dass sie die Arbeit als Apothekerin in Münster ihr Leben lang erfüllen könnte? Wenn sie ehrlich war, hatte sie sich immer auf die Wochenenden gefreut, an denen sie nach Hause gefahren war. Nur hier hatte sie sich wirklich entspannt gefühlt. Geerdet im wahrsten Sinne des Wortes. Aber irgendetwas in ihr hatte sich geweigert, genau hinzuschauen, und so waren etliche Jahre vergangen.

Entschlossen stieg sie aus und schlug die Tür des Wagens zu. Diese Zeiten waren jetzt vorbei. Sie wollte ihr Leben nicht länger an sich vorbeiziehen lassen, und deshalb würde sie sich nun auch einem Aufeinandertreffen mit Jasper stellen. Von jetzt an wollte sie ihr Leben selbst in die Hand nehmen. Selbst wenn ihr dabei die Knie zitterten und sie das Bedürfnis hatte, sich schnellstmöglich in ihr Zimmer zu flüchten.

Kapitel 17

Sonntagmorgen entschloss sich Liv, dass es mal wieder Zeit wurde, hinüber zu Anni und ihren Männern zu gehen. Sie hoffte darauf, zumindest eine Zeit lang weder an ihre Zahlen noch an Jasper denken zu müssen. Dieser schien nämlich nicht sonderlich erpicht auf ein Zusammentreffen mit ihr zu sein, denn er war ihr gestern direkt ausgewichen, als er sie kommen sah, und in die Scheune verschwunden, um die Fenster abzuschleifen.

Bevor sie eben das Haus verlassen hatte, hatte sie ihm jedoch einen Zettel an seine Zimmertür geklebt, auf dem sie ihn um ein Treffen gebeten hatte. Das Wetter zeigte sich von seiner sonnigen Seite, und sie hatte vor, Svenjas Vorschlag aufzugreifen und Jasper einen Ausflug mit dem Fahrrad vorzuschlagen. Sie war gespannt, ob er darauf eingehen würde.

»Ich bin es!«, rief sie laut, als sie durch die Hintertür Annis Haus betrat.

Wie immer öffnete sich kurz darauf im Stockwerk über ihr die Tür zum Wohnzimmer, und Cornel trat an das Treppengeländer.

»Schön, dass du mal wieder da bist«, stellte er nüchtern fest, ehe er wieder aus ihrem Blickfeld verschwand.

Liv schmunzelte, während sie die Treppe hinaufstieg.

Für Cornel war das schon eine ausschweifende Begrüßung gewesen, sie fühlte sich geehrt.

»Guten Morgen allerseits«, begrüßte sie die vertraute Runde, als sie das Wohnzimmer betrat. Sie schloss sorgfältig die Tür hinter sich, da sie wusste, dass Hein selbst zu dieser Jahreszeit noch die warme Heizungsluft brauchte, um sich wohlzufühlen.

»Setz dich, Mädchen, wie schön, dass du mal wieder vorbeischaust.« Anni klopfte neben sich auf das Sofa, um Liv zu signalisieren, dass sie sich neben sie setzen solle.

»Tee?« Cornel schaute sie mit fragendem Gesichtsausdruck an. Er hatte bereits eine vierte Tasse auf den Tisch gestellt und hielt ihr nun die bauchige Porzellankanne entgegen.

»Früchtetee mit Honig«, ergänzte Hein. »Sehr lecker.«

»Sehr gern, danke.« Liv machte es sich neben Anni bequem.

»Ich muss ja gar nicht fragen, was es Neues gibt«, eröffnete diese direkt das Gespräch. »Pia hat mir schon erzählt, dass du nun wohl doch hierbleiben willst?«

»Ja. Ich bin selbst überrascht darüber, wie schnell sich diese Gedanken in mir festgesetzt haben, aber nun bin ich schon seit einigen Tagen dabei, einen Businessplan auszuarbeiten, und es sieht bisher ganz danach aus, dass es klappen könnte.«

»Deine Mutter hätte sich sehr darüber gefreut.« Anni bekam feuchte Augen und tätschelte Liv liebevoll das Knie.

»Und ich freue mich auch«, erklärte Hein. »Ich hatte mir schon Sorgen gemacht, wen wir wohl als neuen Nachbarn kriegen. Ist ja nicht so einfach, wenn man ein wenig abgeschieden wohnt, aber dann doch jemanden direkt nebenan wohnen hat.«

Liv griff nach der Teetasse, die Cornel für sie gefüllt hatte, und genoss einen Moment den fruchtig-süßlichen Duft, der von der heißen Flüssigkeit aufstieg. Dann probierte sie einen Schluck. »Mmh, lecker. Eigene Mischung?«

»Äpfel, Zitrusfrüchte, Ingwer und ein wenig Minze«, erklärte Hein, als wäre er für diese Kreation zuständig gewesen.

»Schmeckt wirklich gut.«

»Und so etwas willst du auch in deinem neuen Geschäft machen?«, fragte Anni nach.

»So etwas auch. Aber ich möchte auch mein Apothekerwissen mit einbringen ...«

»Meinst du so Salben und medizinische Tees und so ein Zeugs?«, unterbrach Hein sie, ehe sie weitersprechen konnte.

Livs Mundwinkel zuckten. »Ja, genau so ein Zeugs meine ich.«

»Dann könntest du mir doch noch mal diese schöne Salbe machen, die du mir zu meinem letzten Geburtstag geschenkt hast. Die hat mir so gutgetan, aber es ist nichts mehr davon übrig.«

Unwillkürlich überkam Liv ein schlechtes Gewissen. Hein, Anni und Cornel waren ihr lieb und teuer, aber diese Freundschaft hatte sie in den letzten Jahren sträflich vernachlässigt.

Unsinn, schalt sie sich selbst. Anni, Cornel und Hein waren keine Freunde, sie waren Familie. Familie, die sie von klein auf begleitete, behütete und liebevoll umarmte, wenn es ihr mal nicht gut ging. Es wurde wirklich Zeit, dass sie sich besser um sie kümmerte.

»Ich mache dir gern wieder etwas von der Salbe, Opa Hein. Gleich morgen besorge ich alles, was ich dafür brauche.«

»Das ist lieb von dir.« Zufrieden lehnte sich der alte Mann in seinem Sessel zurück. »Dann kann ich mir damit wieder meine Finger einreiben. Seit ein paar Tagen ärgern sie mich wieder heftig.«

Bei diesen Worten wurde das schlechte Gewissen noch größer, da ihr das fortgeschrittene Alter ihres Nenn-Opas bewusst wurde.

»Machst du auch Bonbons?«, wollte nun Cornel von ihr wissen, während er sich eine Handvoll von dem Studentenfutter nahm, das in einem Schüsselchen auf dem Tisch stand.

»Wie kommst du auf Bonbons?« Irritiert runzelte sie die Stirn.

»Na, du machst doch was mit Kräutern. Deshalb frage ich mich, ob du auch Kräuterbonbons machst?«

»Darüber habe ich mir noch keine Gedanken gemacht.«

Anni sah von ihrem Strickzeug auf und warf Cornel einen belustigten Blick zu. »Klar, dass du als Erstes an Süßigkeiten denkst.«

Ein kleines Lächeln zog sich über das Gesicht des Mannes. »Jeder muss sehen, wo er bleibt.«

»An was für Bonbons hast du denn gedacht?«, wollte Liv von ihm wissen.

»Meine Mutter hat uns früher immer Tannenspitzenbonbons gemacht. Gut gegen Husten und Heiserkeit.«

Liv hob erstaunt die Augenbrauen. »Tannenspitzenbonbons? Davon habe ich noch nie gehört.«

»Meine Mutter ist mit uns im Frühjahr losgezogen und
hat mit uns Tannenspitzen gesammelt. Nur die nach innen
gewachsenen, damit der Baum keinen Schaden litt. Die hat
sie dann getrocknet, damit wir das Jahr über immer Nach-
schub für die Bonbons hatten. Von uns acht Kindern war
immer eines krank.«

»Das klingt spannend, aber ich habe keine Ahnung davon, wie man Bonbons macht.«

»Schade.«

Cornel wirkte enttäuscht, und Liv nahm sich vor, nachher im Internet zu recherchieren, wie man Tannenspitzenbonbons herstellte.

»Auf jeden Fall klingt dein Vorhaben nach einem guten
Plan. Pia meinte, dass du eventuell auch Gewächshäuser
bauen willst?«, fragte Anni.

»Ob es gleich mehrere werden, weiß ich noch nicht.
Aber ich werde auch Kräuter anbauen, Land ist schließlich genügend vorhanden. Um auch außerhalb der Saison-
zeiten frische Kräuter zu haben, wäre ein Gewächshaus
sicher sinnvoll. Aber wie gesagt, das muss ich erst noch
durchdenken.«

Und mit Jasper besprechen, dachte sie im Stillen. Ob er
den Zettel an seiner Tür inzwischen wohl gelesen hatte?
Sie wurde ganz kribbelig bei dem Gedanken, ihn nachher
zu treffen.

Da spürte sie plötzlich Annis Hand auf ihrem Bein.

»Alles gut, mein Kind?« Sie wirkte besorgt.

Liv nickte ihr zu und bemühte sich um ein strahlendes Lächeln. »Sicher. Warum fragst du?«

»Du hast so tief geseufzt. Ich könnte mir vorstellen, dass diese ganzen Veränderungen auch einige Ängste mit sich bringen.«

Wenn Anni wüsste, welche Veränderung sie im Moment tatsächlich am stärksten verunsicherte. Doch darüber wollte sie im Moment nicht sprechen, schon gar nicht im Beisein von Opa Hein und Cornel.

Deshalb zwang sie sich dazu, betont locker zu sagen: »Zum Glück habe ich Svenjas Unterstützung. Kennt ihr sie noch? Meine beste Freundin aus Schulzeiten?«

»Sicher«, erklärte Anni. »Die große Blonde, die nie um eine Antwort verlegen war.«

Liv lachte. »Genau. Und Svenja ist nicht nur seit Neuestem wieder in Kalkar, sie ist auch Profi im Finanzwesen. Es beruhigt mich ungemein, dass ich sie an meiner Seite weiß.«

»Wie schön, dass du hier schon eine Freundin hast. Dann wird dir das Einleben bestimmt leichter fallen«, meinte Opa Hein.

»Ich hoffe auch, dass der Kontakt zu Pia noch enger wird. Richtig schade, dass wir das Rebbesessen mit ihr und Zoe verschieben mussten.«

»Ja, aber die Kurze hatte sich schon sehr auf das Treffen mit ihrer Patentante in Köln gefreut.«

Erstaunt betrachtete Liv Cornel, der entspannt in seinem Sessel saß. So gesprächig wie heute hatte sie ihn schon lange nicht mehr erlebt.

»Was haltet ihr davon, wenn ihr auch zum Rebbesessen dazukommt?«, fragte sie spontan. »Dann wären wir eine richtig große Runde und hätten sicher viel Spaß.«

»Eine gute Idee, Mädchen!«, rief Opa Hein. »Maikes Rebbes sind einfach unübertroffen. Entschuldige, Anni, ist nicht böse gemeint.«

Die machte jedoch nur eine wegwerfende Handbewegung. »So was nehme ich nicht persönlich. Maikes Rebbes sind wirklich ausgesprochen lecker, und ich setze mich gern an einen gedeckten Tisch.«

»Dann ist das abgemacht«, beschloss Liv und freute sich bereits auf die gesellige Runde. Dann fiel ihr ein, dass Maike und sie bis dahin das Esszimmer aufräumen müssten, damit sie dort an dem großen Tisch sitzen könnten, denn an den Küchentisch passten kaum mehr als sechs Personen.

Sie warf einen Blick in die Runde ihrer Lieben und dachte wieder an das Gespräch zurück, das sie mit Jasper am Rhein geführt hatte. *Es ist solch ein Geschenk, wenn man einen Ort wirklich als Zuhause empfindet*, hörte sie seine dunkle Stimme in ihrem Kopf. Und mit diesem Satz hatte er völlig recht. Sie hatte nicht nur das Privileg, auf einem Hof leben zu dürfen, den sie als ihr Zuhause betrachtete, sie hatte auch noch liebevolle Freunde, die sie als ihre Familie sah, in direkter Nachbarschaft. Zum ersten Mal seit Langem fühlte Liv aus vollem Herzen, dass das Leben es gut mit ihr meinte.

✳

Gegen Mittag lief sie in ihrem Zimmer auf und ab. Ob Jasper den Zettel gelesen hatte? Ob er sich gleich bei ihr einfinden würde? Und ob er sich bereit erklären würde, mit ihr eine Fahrradtour zu machen? Sie war sich nicht einmal sicher, ob sie es schaffte, halbwegs entspannt mit ihm umzugehen, bevor sie sich nicht mit ihm ausgesprochen hatte.

Unruhig ging sie hinüber zur Terrassentür und schaute auf den Hof. Wahrscheinlich war ihr Plan sowieso eine blöde Idee. Vielleicht sollte sie …

Sie fuhr herum, als jemand an ihre Zimmertür klopfte. Sie hatte gar nicht gehört, dass Jasper zurückgekommen war. Oder wollte Maike etwas von ihr? Sie hoffte auf Letzteres, als sie den Raum durchquerte, nicht sicher, ob sie sich einem klärenden Gespräch schon stellen wollte.

Doch es war tatsächlich Jasper, der vor der Tür stand.

»Hey, schön, dass es geklappt hat«, begrüßte sie ihn und bemühte sich um eine feste Stimme.

»Ich habe deinen Zettel gelesen. Was gibt es?«, fragte er freundlich, aber distanziert.

Innerlich wand sie sich, aber es nutzte alles nichts. Jetzt würde sie ihren Plan auch durchziehen.

»Es ist so schönes Wetter, und ich dachte, du hättest vielleicht Lust auf eine kleine Fahrradtour? Zuerst auf dem Oraniendeich und dann den Griethauser Altrhein entlang? Das ist eine schöne Strecke, und am Ende liegt ein uriges Gartencafé, wo wir einkehren könnten«, sprudelte es aus ihr hervor.

Er zog die Stirn in Falten, nickte aber kurz darauf. »Also gut. Eine Fahrradtour. Warum nicht?«

»Was machen wir mit Flönz?«, fragte sie immer noch unsicher.

»Der liegt in meinem Zimmer auf seiner Decke. Mit dem war ich den ganzen Morgen unterwegs. Der ist froh, wenn er jetzt seine Ruhe hat.«

Liv schlängelte sich an Jasper vorbei in den Flur und nahm an der Garderobe ihre Jacke vom Haken. Jasper folgte ihr.

»Wo warst du denn heute Vormittag?«, fragte sie ihn, um die Stille zwischen ihnen zu unterbrechen.

»Flönz und ich sind durch die Felder spaziert und letztlich wieder in Wissel gelandet. Im Café habe ich einen Kaffee getrunken, und dann haben wir uns auf den Heimweg gemacht, damit ich pünktlich bei dir anklopfen konnte.«

Er lächelte sie an, und Liv hätte sich am liebsten sofort wieder in seine Arme geschmiegt. Aber nicht nur sie hielt sich zurück, auch Jasper machte deutlich, dass er einen gewissen Abstand zu ihr beibehalten wollte.

Was für eine verkorkste Situation. Sie wandte sich von ihm ab und ging hinaus zum Schuppen, um ihr Fahrrad hervorzuholen. Das Wetter war wirklich herrlich, sonnig, aber nicht zu warm, genau richtig für eine gemütliche Fahrradtour.

Liv bemühte sich weiterhin um Abstand, als auch Jasper sein Rad aus dem Schuppen holte, bis sie schließlich gemeinsam vom Hof fuhren. War ihr sein Schweigen anfänglich noch unangenehm, schaffte sie es mit der Zeit, sich auf ihre Umgebung zu konzentrieren und einfach nur diesen angenehmen Frühlingstag zu genießen. Über eine weite Strecke führte der Weg den Rhein entlang in Richtung der Niederlande. Das Sonnenlicht setzte das helle Frühlingsgrün der umliegenden Wiesen in Szene, und Liv konnte sich gar nicht sattsehen. Nach den vielen trüben Tagen der letzten Wochen schien alles Leben zu erwachen und großzügig Energie zu verteilen. Zumindest fühlte es sich für sie an, als würde ihr innerer Akku sich aufladen. Beim Vorbeiradeln erkannte Liv Löwenzahn, Wiesenschaumkraut und Spitzwegerich, die am Wegesrand wuchsen. Unweigerlich begann sie über mögliche Frühlingskräutermischungen zu sinnieren, während sie die frische Luft tief inhalierte und den weiten Blick über Land und Fluss genoss. Ein ehemaliger Klassenkamerad, der nach der Schule nach New York gegangen war, hatte mal zu ihr gesagt, ihn störe es, dass es hier nichts gäbe, woran sein Blick sich stoßen könne. Sie selbst dagegen konnte sich ein Leben in solch einer großen Stadt überhaupt nicht vorstellen. Sie liebte diesen weiten Blick, bei dem sich Wasser und Wiesen bis zum Horizont erstreckten. Er machte ihr Herz weit und ließ sie zur Ruhe kommen.

Erst nachdem sie geraume Zeit einfach nur vor sich hin geträumt hatte, fiel ihr wieder ein, dass sie ja nicht allein unterwegs war. Bisher war Jasper schweigend hinter ihr hergefahren, und ihr wurde plötzlich bewusst, dass es nicht nur ein einvernehmliches Schweigen war, sondern auch ein sehr angenehmes. Als sie sich kurz zu ihm umdrehte, sah sie, dass sein Blick ebenfalls über den Fluss in die Ferne gerichtet war, weshalb sie beschloss, an der Situation nichts zu verändern.

Die Strecke bis zum Gartencafé war gemütlich zu bewältigen. Nach einer guten Stunde fuhren sie über die mit Kopfsteinpflaster belegte Hofeinfahrt.

Liv fühlte sich deutlich entspannter als vor ihrer Tour, als sie von ihren Rädern stiegen und diese an der Giebelseite des braunen Backsteinhauses abstellten. »Lust auf ein Stück Kuchen?«, fragte sie Jasper.

»Große Lust. Ich hatte schließlich noch kein Mittagessen.«

Sie suchten sich einen freien Tisch im windgeschützten Innenhof, von dem aus sie einen freien Blick auf den symmetrisch angelegten Bauerngarten hatten. Noch war hier hauptsächlich üppiges Grün zu sehen, doch schon in wenigen Wochen würde es überall knospen und blühen.

»Schön hier«, stellte Jasper fest. »Richtig idyllisch.«

»Warte ab, bis du den Kuchen probiert hast«, schwärmte Liv. »Sollen wir kurz reingehen und schauen, was es heute Gutes gibt? Alles mit viel Liebe selbst gebacken.«

Am Kuchentresen entschied er sich für ein Stück Käsekirschkuchen, während sie selbst sich ein Stück Himbeersahnetorte aussuchte. Dazu noch zwei Cappuccino, und sie gingen mit zwei Tabletts in den Händen voller Vorfreude auf den Genuss wieder hinaus.

»Mmh.« Liv schloss die Augen und genoss einen Moment den Schmelz der süßen Sahne in Kombination mit den aromatischen Himbeeren. »Das sind Momente wahren Glücks«, sagte sie, nachdem sie geschluckt hatte.

Als sie jedoch auf Jaspers durchdringenden Blick traf, schob sich das Glücksgefühl automatisch in den Hintergrund, denn ihr wurde bewusst, dass sie nicht nur hier beisammensaßen, um in der Sonne ein Stück Torte zu genießen.

Sie trank einen Schluck von ihrem Cappuccino und überlegte, wie sie das Thema am besten anschneiden sollte. Sie entschied sich dafür, den Stier bei den Hörnern zu packen und einfach auszusprechen, was ihr auf dem Herzen lag.

»Vielleicht hast du dich gefragt, warum ich dir einen Zettel an die Tür geklebt habe, anstatt dich direkt anzusprechen, aber ich hatte das Gefühl, du weichst mir seit dem Vorfall auf dem Dachboden aus.«

Jaspers Mundwinkel zuckten. »Seit dem Vorfall?«

»Also gut, seit dem Kuss.«

Liv legte ihre Kuchengabel zurück auf den Teller. Auch wenn es ihr schwerfiel, ihr Anliegen direkt anzusprechen, war jetzt nicht der richtige Zeitpunkt, um den heißen Brei herumzureden. »Warum hast du dich nach dem Kuss von mir zurückgezogen?«

»Du bist wirklich ganz schön direkt.«

Sie zuckte nur mit den Schultern, worauf ein Moment des abwartenden Schweigens folgte. Aber sie weigerte sich, ihm die Sache zu erleichtern.

Schließlich legte er seine Gabel ebenfalls beiseite und sagte: »Ich werde bald weiterziehen.«

»Ich weiß.«

»Ich habe nicht vor, in naher Zukunft mit der Wanderschaft aufzuhören. Und ich will auch noch nicht darüber nachdenken, was ich nach meiner Wanderschaft machen will. Ich kann mir im Moment überhaupt nicht vorstellen, irgendwo sesshaft zu werden.«

»Du klingst, als habe ich dir einen Antrag gemacht.« Liv spürte, wie Ärger in ihr hochstieg.

»Ich habe keine Ahnung, was du für Ambitionen hast.«

»Genau, du hast keine Ahnung. Du hast keine Ahnung, triffst aber eine Entscheidung, ohne überhaupt mit mir gesprochen zu haben. Anschließend weichst du mir tagelang aus. Wie lange, meinst du denn, hätte das funktioniert? Oder hattest du vor, Maike und mir morgen früh zu kündigen?«

So, wie er sich betroffen auf seinem Stuhl zurücklehnte, schien sie den Nagel auf den Kopf getroffen zu haben.

»Du hattest tatsächlich vor, uns zu kündigen?«, fragte sie fassungslos. »Was ist bloß los mit dir? Ich dachte, wir hätten in den letzten Wochen ein freundschaftliches Verhältnis zueinander aufgebaut. Und trotzdem hättest du uns einfach so im Stich gelassen?«

Nun hob er abwehrend die Hände. »Jetzt dramatisierst du aber. Von im Stich lassen kann man wohl nicht unbedingt sprechen. Das Treppenhaus ist fertig, und mit den Fenstern, die es am nötigsten hatten, bin ich auch durch. Da ihr das Haus ja nun doch nicht verkaufen wollt, haben die restlichen Renovierungen und der alte Nähschrank auch Zeit, bis sie ein ortsansässiger Handwerker richten kann.«

»Das hast du dir ja alles gut überlegt, oder?«, fragte sie zynisch.

»Was erwartest du denn von mir?« Nun wurde auch seine Stimme schärfer.

»Ich erwarte schlicht, dass du mit mir sprichst.«

»Also gut, hier bin ich. Sprechen wir.«

»Nicht dass du denkst, das hier würde mir leichtfallen. Ich habe solch ein Gespräch auch noch nie geführt. Aber ich möchte nicht so einfach hinnehmen, nach diesem Kuss alles versanden zu lassen.«

»Nach diesem Kuss?«, raunte er und zwinkerte ihr zu.

Liv spürte, wie sich die Spannung löste. Das hier war Jasper, der Mann, der ihr die Knie weich werden ließ. Der Mann, mit dem sie in den letzten Wochen so gut hatte sprechen können – und der so unfassbar gut küsste.

»Ganz genau«, antwortete sie daher mit einem Lächeln. »Ich zumindest habe ihn sehr genossen.«

»Ich auch.« Jasper griff nach ihrer Hand, und die Verbundenheit, die dadurch entstand, beseitigte auch ihre letzten Bedenken.

»Ich fände es jedenfalls schön, wenn wir die Zeit, die wir noch haben, auch miteinander genießen könnten«, sprach sie genau das aus, was ihr auf der Seele lag.

»Selbst wenn es kein Auf-immer-und-ewig geben wird?«

»Selbst wenn es kein Auf-immer-und-ewig geben wird. Versprochen. Es wird keinen tränenreichen Abschied geben, und ich werde auch nicht versuchen, dich zum Bleiben zu überreden.«

»Klingt ein wenig so, als würden wir einen Vertrag abschließen. Das gefällt mir nicht.«

»Weil ich es ausspreche und nicht du? Ich dachte eigentlich, dass es eher die Männer sind, die sich über solch klare Spielregeln freuen.«

Mit seiner freien Hand kratzte er sich verlegen am Kopf. »Touché, damit könntest du nicht so ganz falschliegen. Ich bin einfach kein Typ für eine feste Beziehung. Ich weiche ja schon meiner eigenen Familie aus. Ich wüsste gar nicht, wie man eine gesunde Partnerschaft aufbaut.«

»Da es mir ähnlich geht, müssten wir doch wunderbar zusammenpassen«, antwortete sie leise.

Er streichelte mit dem Daumen über ihre Hand, was ein sehnsuchtsvolles Ziehen in ihr entfachte. »Wir lassen uns also auf unsere Gefühle ein, ohne weitere Verpflichtung?«, fasste er zusammen.

»Ohne weitere Verpflichtung«, bestätigte Liv.

Sie beugte sich vor, und er kam ihr auf halbem Weg entgegen. Zuerst sanft, dann mit einer kurzen, aber nicht weniger heftigen Leidenschaftlichkeit besiegelten sie ihre Abmachung mit einem Kuss.

Danach aßen sie, ohne einander loszulassen, in einvernehmlichem Schweigen ihren Kuchen auf, ehe sie sich wieder auf den Rückweg machten. Deutlich beschwingter als auf dem Hinweg fuhren sie nebeneinanderher, die Blicke eher aufeinander als auf die Umgebung gerichtet.

Kapitel 18

Am nächsten Vormittag war Liv auf den Wiesen hinter dem Hof unterwegs. Maike hatte sich gewünscht, mit ihr zusammen Gnocchi zu machen, weshalb sie jetzt Kräuter für ein leckeres Pesto sammelte. Mal schauen, ob sie ihre Schwester nicht doch von ihren Wildkräutern überzeugen konnte.

Liv schmunzelte, als sie an das Gespräch zurückdachte, das sie vor inzwischen gut zwei Wochen miteinander geführt hatten und in dem Maike ihre Skepsis gegenüber Kräutern geäußert hatte. Vermutlich war es ihrer kleinen Schwester oftmals gar nicht bewusst, wenn sie Kräuter zu sich nahm.

Sie pflückte einige Blätter vom Gundermann, ehe sie ihren Blick wieder auf die Wiese richtete, um einen Moment lang den Anblick des gelb blühenden Löwenzahns zu genießen, der zu dieser Jahreszeit seine leuchtenden Farbpunkte in den grünen Wiesen setzte.

Sie hockte sich hin und pflückte nachdenklich die frischen Blätter. In Anbetracht des eher ruppigen Gesprächs von vor zwei Wochen hatte sich ihr Verhältnis zu Maike wirklich sehr verbessert. Sie fühlte sich ihrer Schwester jetzt wieder viel näher, auch wenn sie nach wie vor nicht wusste, was Maike im Obergeschoss in ihren Zimmern so trieb.

Liv dachte an ihre gemeinsame Kindheit zurück, wie oft Maike nachts zu ihr ins Bett gekrabbelt war und wie sehr sie es dann genossen hatte, den warmen Körper ihrer Schwester neben ihrem zu spüren.

Sie hielt inne, denn beim Nachspüren dieser wohligen Situation schob sich augenblicklich Jaspers Gesicht vor ihr geistiges Auge. Wie gern würde sie sich jetzt an seinen warmen Körper kuscheln. Doch solange Maike um sie herum war, fühlte sie sich im Umgang mit ihm noch ein wenig befangen. Sie freute sich wirklich darüber, dass Maike und sie sich wieder einander annäherten, aber dennoch hatte sie gehofft, sie würde sich gerade jetzt ein wenig rarer machen.

Allerdings war das Gegenteil der Fall. Als hätte ihre Schwester einen siebten Sinn dafür, dass nach Livs Gespräch mit Jasper endlich alle Bedenken beseitigt waren, hatte sie ihnen kaum einen Moment Zeit allein gelassen. Gestern hatte sie nicht nur den Wunsch geäußert, zusammen zu Abend zu essen, sie hatte beide auch noch eingeladen, anschließend bei ihr einen Film zu schauen.

Allein bei dem Gedanken daran, wie sie dicht neben Jasper auf dem Sofa im Wohnzimmer ihrer Großeltern gesessen hatte, ohne ihn wirklich berühren zu dürfen, vibrierte Livs ganzer Körper.

Sie stand auf und machte sich langsam wieder auf den Weg zum Haus. Inzwischen war sie wirklich froh, dass sie Svenjas Rat gefolgt war und sich mit Jasper ausgesprochen hatte. Auch wenn es ihnen beiden ein wenig merkwürdig vorgekommen war, so offen bereits über ein Ende ihrer Beziehung zu sprechen, führte es vielleicht gerade deswegen dazu, dass sie die gemeinsame Zeit intensiver lebten. Zumindest hatte sie das vor. Sie war einfach nicht dafür gemacht, eine langfristige Beziehung zu pflegen. Bei all ihren Freundschaften hatte sie bisher auch irgendwann die Reißleine gezogen. Vielleicht war es tatsächlich keine schlechte Idee, sich auf dieses befristete Abenteuer einzulassen. Sie wollte ihre Beziehung jedoch nicht mit einem Geheimnis belasten, weshalb sie auch nicht drum herumkommen würde, mit Maike darüber zu sprechen. Allerdings würde sie dafür noch den richtigen Zeitpunkt abwarten.

Sie betrat durch die Hintertür die Küche und stellte das Körbchen mit den frischen Kräutern auf die Arbeitsplatte, wo sie bereits Pellkartoffeln, Grieß und Mehl, Knoblauch, Sonnenblumenkerne und Öl bereitgestellt hatte. Im Kühlschrank warteten außerdem drei Lachssteaks auf sie. Dass ihr Magen einen aufgeregten Hüpfer machte, als sie ihren Blick über die Lebensmittel schweifen ließ, lag nicht nur daran, dass sie sich wirklich auf das Mittagessen freute. Es lag vor allem daran, dass sie sich, bevor sie mit den Essensvorbereitungen begann, erst einmal auf die Suche nach Jasper machen wollte. Es war viel zu lange her, dass sie seinen festen Körper an ihrem gespürt hatte.

Mit schnellen Schritten eilte sie die Treppe hinauf, den Flur entlang und schließlich auf den Dachboden, denn Jasper hatte ihr beim Frühstück gesagt, dass er heute die Inspektion der Dachbalken abschließen wollte. Sie öffnete die Tür zum Speicher, woraufhin Flönz direkt auf sie zugeschossen kam und um ihre Beine herumwuselte.

Sie beugte sich zu ihm hinab und zauste ihm liebevoll das Fell. »Hallo, mein Freund, hast du alles gut im Griff?«

»Vor allem mich«, erklang Jaspers Stimme aus dem hinteren Teil des riesigen Raumes.

»Warum?« Sie wandte sich wieder dem Hund zu. »Was hast du denn schon wieder angestellt?«

Flönz warf ihr aus seinen seelenvollen Augen einen Blick zu, als könne er kein Wässerchen trüben.

»Dein Hund meint, er sei sich keiner Schuld bewusst«, sagte sie, während sie zu Jasper hinüberging, der auf einer hohen Leiter stand und zu ihr hinabblickte.

»Dann möchte ich nur die große Pfütze erwähnen, die hinter dem kleinen Tannenhain in Richtung von Annis Grundstück liegt.«

Liv lachte bei der Vorstellung, wie Flönz wohl ausgesehen haben mochte, nachdem er darin ein morgendliches Matschbad genommen hatte.

»Nur gut, dass du bereits ein dunkles Fell hast«, sagte sie und tätschelte dem Hund den Rücken.

Jasper kam langsam die Sprossen herunter. »Das hat ihn auch nicht vor einer ausgiebigen Dusche im Hof bewahrt.«

»Brr.« Liv schüttelte sich bei dem Gedanken an das kalte Wasser. »Dass er daraus nichts lernt.«

»Für sein Hundehirn gibt es eben keinen Zusammenhang zwischen Wohlfühlbad in der Pfütze und kalter Dusche.«

Inzwischen war er die Leiter komplett herabgestiegen und kam auf sie zu. »Und was führt dich in diese heiligen Hallen?«

Liv hatte den Eindruck, dass die Luft plötzlich dicker wurde und das Atmen erschwerte. »Ich wollte dich sehen.«

»Nur sehen?« Er grinste und streckte bereits beide Arme nach ihr aus.

Sofort machte sie einen letzten Schritt auf ihn zu und schmiegte sich an ihn. Er fühlte sich herrlich an. Sein Körper war fest und stark und dabei gerade weich genug, dass sie zusammenpassten wie Yin und Yang. Seine Hände glitten sanft ihren Rücken entlang, umfassten ihren Po und pressten sie an ihn. Sie hob den Kopf, schaute ihn an und genoss seinen intensiven Blick, ehe sie ihre Lippen auf seine drückte. Er schmeckte so gut, Liv konnte gar nicht genug von ihm bekommen. Ihre Hände wanderten über die kräftigen Muskeln seines Rückens, umfassten seine Schultern und suchten nach Halt. Als sie sich endlich ein wenig voneinander lösten, war sie völlig außer Atem.

»So lasse ich mich gern von der Arbeit ablenken.« Jasper drückte ihr zärtliche kleine Küsse auf die Mundwinkel und ihre Wangen entlang.

»Ich ebenso.« Liv stöhnte auf, als seine Zungenspitze einen besonders empfindsamen Punkt unter ihrem Ohr fand.

»Vielleicht sollten wir eine ausgiebige Pause machen?«, raunte er.

»Gute Idee«, stimmte sie ihm zu, löste sich jedoch widerstrebend von ihm. »Allerdings nicht, solange Maike im Haus ist.«

Sie fühlte dasselbe Bedauern, das sie jetzt in seinen Augen aufblitzen sah.

Er atmete einmal tief durch und sagte: »Verständlich.«

»Ich werde mit ihr sprechen, damit wir nicht ständig Katz und Maus spielen müssen. Aber ich möchte gern den richtigen Zeitpunkt abwarten.«

Sie rang die Hände, und Jasper legte beschwichtigend seine darum. »Alles gut. Niemand hetzt uns. Und solch ein geheimes Tête-à-Tête hat ja auch etwas für sich.«

Dann zog er sie wieder in seine Arme und zeigte ihr eindringlich, dass er es verstand, auch in schwierigen Situationen eindeutige Prioritäten zu setzen.

Als Liv einige Zeit später wieder das Erdgeschoss betrat, hatte sie immer noch das Gefühl, zu schweben. Jasper war ein wirklich guter Küsser, und auch seine Hände waren nicht nur im Umgang mit Werkzeug geschickt. Sie glückste in sich hinein, als sie die Küchentür öffnete.

»Was ist denn so lustig?«

Überrascht hielt sie inne.

Maike stand vor der Arbeitsplatte und zog die Schale von den Pellkartoffeln, die Liv vorhin schon aufgesetzt hatte.

»Ach, hm, nichts Besonderes«, stammelte Liv. Dann wechselte sie rasch das Thema. »Ähm, willst du die Gnocchi doch alleine machen?«

»Nein, ganz sicher nicht. Aber ich dachte, ich fange schon mal an. Ich habe echt Hunger.«

Nun lachte Liv befreit auf. »Dann sollten wir uns besser beeilen. Ich weiß, wie ungnädig du werden kannst, wenn du hungrig bist.«

»Dafür kann ich nichts. Das ist genetisch vorgegeben.«

Dann wies sie auf die gepellten Kartoffeln. »Mit den Kartoffeln bin ich fertig, was soll ich jetzt tun?«

»Du könntest schon mal Grieß und Mehl abwiegen.«

Maike nahm die Küchenwaage aus dem Unterschrank und wog die Zutaten ab, während Liv im Spülbecken die Kräuter abbrauste und anschließend gut abschüttelte. Sie stellte das Sieb mit den gewaschenen Kräutern auf die andere Seite der Arbeitsplatte, während ihre Gedanken zurück auf den Dachboden wanderten. Unmittelbar spürte sie ein sehnsuchtsvolles Kribbeln und wünschte einmal mehr, sie wäre mit Jasper allein im Haus.

»Was hast du denn heute noch so vor? Bist du später noch unterwegs?«, fragte sie deshalb betont entspannt.

»Nein. Heute Nachmittag habe ich noch ein paar Stunden hier zu tun, aber ich dachte, heute Abend könnten wir den nächsten Teil der *Fantastischen Tierwesen* schauen. Hättest du Lust? Wir könnten ja auch Jasper wieder fragen, ob er mitgucken will.«

Liv konnte sich wahrlich etwas Schöneres vorstellen, als einen weiteren Abend neben Jasper auf dem Sofa zu verbringen, ohne sich dabei in seine Arme zu schmiegen. Aber andererseits freute sie sich darüber, dass Maike offenbar genauso daran gelegen war, mehr Zeit mit ihr zu verbringen, wie sie selbst.

»Sicher, gute Idee«, antwortete sie daher, obwohl ihr Körper völlig anderer Meinung war.

Doch bevor sie wieder in ihre Fantasiewelt abtauchen konnte, hielt Maike sie in der Gegenwart. »Was muss ich nun tun?«

Liv erklärte ihr die nächsten Arbeitsschritte und holte

den großen Mörser aus dem Schrank, als Maike sich daranmachte, ihren ersten Gnocchiteig zu stampfen.

»Warum nimmst du nicht den Mixer für deine Kräuter?«, wollte Maike von Liv wissen, während sie ein wenig Mehl zu ihrem Teig hinzugab. »Das ginge doch viel schneller.«

»Wenn ich den Mörser benutze, erhitzen sich die Kräuter während des Verarbeitens nicht, und die Frische bleibt besser erhalten.«

»Kannst du dir vorstellen, dass ich mir noch nie Gedanken darüber gemacht habe, woraus Pesto tatsächlich besteht? Ich meine, als wir neulich darüber gesprochen haben, habe ich doch gesagt, dass ich eigentlich keine Kräuter mag. So ein Quatsch. Ich liebe Pesto.«

Liv lachte. »Das liegt daran, dass du nicht viel kochst. Wenn du die Zutaten selber verarbeitest, weißt du sie ganz anders zu schätzen. Und vor allem weißt du auch genau, was du da eigentlich isst.«

Während die Gnocchi vor sich hin garten und die Lachssteaks in der Pfanne schmurgelten, deckten sie gemeinsam den Tisch. Liv fühlte sich zurückversetzt in frühere Zeiten, in denen das Tischauf- und -abdecken zu ihren täglichen Pflichten gehörte. Am liebsten hätte sie Maike in die Arme geschlossen und fest an sich gedrückt, um all die Gefühle zu vermitteln, die gerade auf sie einströmten, aber irgendetwas hielt sie davon ab.

»Soll ich Jasper Bescheid geben, dass das Essen fertig ist?«, fragte Maike und lenkte Livs Gedanken direkt in eine andere Richtung. Am liebsten wäre sie selbst aus dem Zimmer gestürzt und hinauf auf den Dachboden geeilt.

Aber das hätte wohl einen merkwürdigen Eindruck auf ihre Schwester gemacht.

Doch gerade als sie ihr zustimmen wollte, öffnete sich die Küchentür, und Flönz samt seinem Herrchen betraten den Raum.

»Mmh, es duftet so herrlich, dass man es durchs ganze Haus riechen kann.«

»Ich habe Gnocchi gemacht«, erklärte Maike nicht ohne Stolz, und Liv betrachtete sie mit einem liebevollen Lächeln.

»Lecker!« Jasper wies Flönz an, sich unter den Tisch zu legen, ehe er fragte: »Kann ich helfen?«

»Setz dich einfach, du darfst nachher abräumen«, erklärte Maike. »Du auch«, wies sie Liv an. »Den Rest schaffe ich allein.«

Während Maike am Herd hantierte, setzte Liv sich Jasper gegenüber und wusste nicht, wie sie sich verhalten sollte. Alles in ihr schrie danach, neben ihn zu rücken, damit sie ihn ausgiebig küssen könnte, doch das war das Letzte, was sie in dieser Situation machen sollte. Also blieb sie so ruhig wie möglich auf ihrem Stuhl sitzen und bemühte sich, einen unbefangenen Eindruck zu machen. Vor allem aber versuchte sie, ihn nicht anzuschauen, da das Verlangen in seinen Augen unübersehbar war und ihren Gemütszustand nicht gerade dämpfte.

Glücklicherweise war das Essen fertig, sodass Maike kurz darauf die Runde ergänzte und sie sich die Teller füllten.

»Pesto aus Wildkräutern?«, wollte Jasper wissen, während er das grüne Mus über seine Gnocchi gab.

»Ja, Löwenzahn, Gundermann, Brennnesseln und Giersch, dazu ordentlich Knoblauch und Sonnenblumenkerne«, dozierte Liv, froh darüber, endlich ihr Besteck in den Händen halten zu können und etwas zu tun zu bekommen.

»Yummy, ein richtiges Sonntagsessen«, lobte Jasper, ehe er sich eine Gabel voll in den Mund schob.

»Apropos Sonntagsessen«, hakte Maike ein. »Wer kommt am Sonntag eigentlich alles zum Rebbesessen?«

Liv erzählte von ihrem Gespräch mit Anni, Cornel und Hein und dass sie heute Morgen auch bereits mit Pia gesprochen hatte, die gern mit Zoe dazukommen wollte. Fehlte nur noch Svenja, die sie später sowieso noch anrufen wollte, um einen weiteren Termin für ihre Finanzierung auszumachen. Bei der Gelegenheit würde sie sie ebenfalls einladen.

»Große Runde«, stellte Maike fest. »Da passen wir aber nicht hier in die Küche.«

»Nein, ich denke, wir sollten das Esszimmer dafür herrichten. Was meinst du?«

»Klar, das machen wir. Und was hast du heute Morgen gemacht?«, wollte Maike von Jasper wissen.

»Ich habe mir die restlichen Balken vom Dachboden angesehen.«

Der Dachboden! Liv konnte es nicht fassen. Vor ein paar Tagen war sie fast in Panik ausgebrochen bei dem Gedanken, die Dachbalken könnten Feuchtigkeit aufweisen. Und heute? Heute hatte sie noch keinen einzigen Gedanken daran verschwendet, obwohl sie Jasper sogar bei der Arbeit daran gesehen hatte. Wie konnte es sein, dass dieser Mann ihr komplettes Denken lahmlegte?

»Was?«, fragte sie, noch immer in ihren Gedanken versunken, als besagter Mann sie erwartungsvoll ansah und ihr klar wurde, dass er gerade etwas gesagt haben musste.

»Ich sagte, alle Balken sind völlig in Ordnung. Das Dach ist dicht, und der Speicher ist trocken.« Ein süffisantes Lächeln zog sich über sein Gesicht, als sei ihm völlig klar, wohin ihr Hirn gerade abgeschweift war.

»Das freut mich«, antwortete sie, ohne die Erleichterung zu verspüren, die jetzt eigentlich angesagt war. Tatsächlich war sie angespannt bis unter die Haarwurzeln, weshalb sie den Blickkontakt unverzüglich abbrach.

»Puh, das ist wirklich eine gute Nachricht«, erklärte Maike, die die Spannung zwischen Jasper und ihr offenbar nicht wahrnahm. »Aber jetzt entschuldigt mich bitte, ich habe heute Nachmittag noch einiges zu tun. Vielen Dank, dass du hier klar Schiff machst, Jasper.« Sie spießte eine letzte Gnocchi auf ihre Gabel und verspeiste sie, ehe sie vom Tisch aufstand.

»Kein Problem, dafür bin ich ja fürstlich bekocht worden. Der Dank liegt also ganz auf meiner Seite.«

»War schön, mit dir zu kochen«, sagte Maike im Hinausgehen und streifte mit einer Hand Livs Schulter.

Diese war ob der liebevollen Geste derart perplex, dass sie nicht antwortete. Und dann fiel auch schon die Küchentür ins Schloss.

»Eine Begegnung der dritten Art?«, fragte Jasper.

»Damit hatte ich wirklich nicht gerechnet.«

»Scheint so, als hättet ihr einen Schritt aufeinander zu gemacht.«

»Das war schon fast ein Schritt in Siebenmeilenstiefeln. Aber ich freu mich.« Liv genoss das Glücksgefühl, das nun ihre Brust ausfüllte und ausnahmsweise ihre Gedanken in eine andere Richtung lenkte. »Wir haben uns als Kinder so gut verstanden, da passte kein Blatt Papier dazwischen. Aber als wir älter wurden, habe ich zunehmend die Erzieherrolle übernehmen müssen, und das hat letztlich einen Keil zwischen uns getrieben. Es ist so schön, dass sich das nun wieder zu ändern scheint.«

Jasper griff nach ihrer Hand und streichelte ihr über die Finger.

»Hast du es eigentlich jemals bedauert, dass du keine Geschwister hast?«, wollte sie von ihm wissen.

Er legte die Stirn in Falten, bevor er sagte: »Mehr als einmal. Ich habe meine Freunde beneidet, obwohl sie ständig genervt von ihren Geschwistern waren. Ich habe mich oft einsam gefühlt in unserem großen Haus. Meine Eltern waren ja nicht nur tagsüber unterwegs, sie hatten auch abends etliche Termine. Da hätte ich mir schon mehr Gesellschaft gewünscht.«

»Familie ist ganz schön kompliziert.«

»Da sagst du was. Wie wäre es, wenn wir nun zu etwas völlig Unkompliziertem kommen?«

Er stand auf, kam um den Tisch herum und zog sie von ihrem Stuhl hoch in seine Arme.

»Du meinst tatsächlich, dass das, was wir hier tun, völlig unkompliziert ist?« Liv lachte, als sie ihm die Arme um den Hals legte.

»Mit dir zusammen ist das eine meiner leichtesten Übungen«, raunte er.

Und dann sagte eine ganze Weile keiner mehr etwas, weil sie mit angenehmeren Dingen beschäftigt waren.

Kapitel 19

Donnerstagmorgen war Liv erneut vom Markt in Xanten auf dem Weg nach Hause. Dieses Mal hatte sie zwar auch einiges eingekauft, war aber hauptsächlich aus Recherchezwecken dort gewesen. Sie hatte sich angesehen, wo die einzelnen Verkaufsstände platziert waren und was genau dort angeboten wurde. Sie hatte beobachtet, welche Stände besonders viel Kundschaft anzogen und wie viele Leute generell unterwegs waren. Sicher hatte das warme Frühlingswetter heute einige Menschen mehr auf den Marktplatz gelockt. Besonders der Blumenstand hatte sich großer Beliebtheit erfreut, wo vor allem Hortensien und Rosen reißenden Absatz fanden. Nach den langen, dunklen Monaten erfreute anscheinend nicht nur sie selbst sich an der verschwenderischen Blütenpracht. Auch sie war in Versuchung geraten, sich ein paar Pflanzen mitzunehmen, hatte sich dann aber doch nur für einen dicken Strauß orange-gelber Tulpen entschieden. Die werde ich gleich auf den Küchentisch stellen, überlegte sie, während sie schwungvoll in die Hofeinfahrt fuhr und unmittelbar darauf abbremste, als plötzlich Maike vor ihrem Auto auftauchte.

Liv stellte den Motor ab und stieg aus. »Entschuldige, ich war total in Gedanken.«

»Kein Ding«, beschwichtigte ihre Schwester und hievte ihre Reisetasche in den Kangoo.

»Musst du weg?«, wollte Liv wissen.

Maike wandte sich ihr zu. »Tut mir echt leid, eigentlich wollten wir uns ja das Esszimmer vornehmen, aber mir ist ein Auftrag dazwischengekommen.«

»Ein Auftrag? Um was geht es denn, und wann bist du wieder zurück?«

»Ach, nichts von Interesse«, wich Maike aus. »Morgen Abend, spätestens Samstag früh bin ich wieder da. Ich übernehme auf jeden Fall die Einkäufe für Sonntag und helfe dir bei den Vorbereitungen im Esszimmer. Machen wir eigentlich noch weiter mit dem Aussortieren? Die Frage ging mir vorhin durch den Kopf, als ich die Kisten im Wohnzimmer gesehen habe. Oder behältst du jetzt erst mal alles und lässt dir mehr Zeit damit?«

»Darüber habe ich mir noch keine Gedanken gemacht«, stellte Liv, über sich selbst verwundert, fest. »Ich war in der letzten Zeit so in meinen Geschäftsplan vertieft ...«

Und nicht nur in den. Auch ein gewisser Tischler hatte einiges von ihrer Aufmerksamkeit gefordert. Über den Nachlass ihrer Mutter hatte sie da überhaupt nicht mehr nachgedacht.

»Was meinst du denn dazu?«, wollte sie von ihrer Schwester wissen.

»Ich würde das eigentlich gern zu einem Abschluss bringen. Wäre doch sicher auch für dich schön, wenn du die Räume dann entsprechend nutzen könntest.«

Maike schaute kurz in die Ferne, ehe sie Liv unsicher ansah. »Und vor allem würde ich nächste Woche gern

Papas Zimmer ausräumen. Aber nicht allein«, schob sie hinterher.

Als sie sah, dass ihrer kleinen Schwester die Tränen in die Augen stiegen und ihr Kinn verdächtig zu wackeln begann, nahm Liv sie in den Arm und drückte sie fest an sich.

»Natürlich helfe ich dir«, sagte sie leise. »Obwohl ich immer noch wütend auf ihn bin.«

Maike schmiegte sich an sie und schniefte. »Das kann ich inzwischen auch verstehen.«

Liv drückte sie ein wenig fester. »Er hat dich so sehr verletzt.«

»Ja, das ist mir jetzt bewusst. Aber dich hat er genauso verletzt.«

»Aber du warst noch so klein.«

Nun schnaubte Maike, nahm den Kopf zurück und schaute Liv an. »Du warst damals zwölf, das kannst du ja nun wahrlich nicht als erwachsen bezeichnen.«

»Als Zwölfjährige verstehst du solche Dinge schon viel besser als mit zehn. Du warst noch ein richtiges Kind, und zudem hast du viel mehr an Papa gehangen als ich.«

Liv trat einen kleinen Schritt zurück, ohne ihre Schwester loszulassen. »Aber egal. Gemeinsam werden wir es schon schaffen, seine Sachen wegzuräumen. Es sei denn, du möchtest etwas davon behalten.«

Zögernd schüttelte Maike den Kopf. »Mit dem Kapitel habe ich abgeschlossen.«

Liv gab ihr noch einen liebevollen Kuss auf die Wange, ehe sie sie wieder losließ. »Also gut. Dann werden wir das in der nächsten Woche in Angriff nehmen. Und jetzt fahr los, wo immer du auch hinwillst.«

»Ich habe doch gesagt, dass mir ein Auftrag dazwischengekommen ist, ich muss nach Düsseldorf.«

»Und was ist das für ein Auftrag? Irgendetwas Illegales?« Nun funkelten Maikes Augen belustigt. »Dein Ernst? Wie kommst du denn darauf?«

»Du machst in letzter Zeit immer so ein Geheimnis um alles, dass mir dazu die unterschiedlichsten Ideen durch den Kopf gehen.«

»Und dann heißt es immer, du wärst die Pragmatische von uns beiden. Dabei scheinst du ebenfalls viel Fantasie zu besitzen«, spöttelte Maike.

Doch darauf ging Liv nicht ein, sondern schlug einen ernsten Ton an, als sie fragte: »Also, was machst du? Du hattest mir, als wir hier ankamen, gesagt, du befändest dich zwischen zwei Jobs, und jetzt bist du dauernd unterwegs.«

Nun wirkte Maike doch ein wenig verlegen. »Entschuldige, die Geheimniskrämerei war vielleicht ein bisschen albern von mir, aber das habe ich nur gemacht, weil du mir in der Beziehung absolut nichts zutraust. Seit Jahren höre ich mir deine Meinung über mein Leben an, und die ist immer negativ. Ich hatte einfach keine Lust mehr drauf, mir deine Kommentare anzuhören, deshalb habe ich einfach gar nichts mehr erzählt. Ja, es stimmt, ich habe anfangs oft meinen Job gewechselt, und meine Entscheidung, eine Ausbildung zur Bürokauffrau zu machen, ist sicher nicht die beste gewesen. Aber inzwischen mache ich einen richtig guten Job und werde erstklassig dafür bezahlt.« Im Laufe ihrer Rede war Maike immer energischer geworden. »Ich arbeite seit vier Jahren in einer großen Immobilienagentur in Düsseldorf.«

»Seit vier Jahren?«, fragte Liv fassungslos. »Wusste Mama davon?«

Maike schaute sie entrüstet an. »Natürlich wusste Mama davon. Was hältst du denn von mir?«

»Aber warum hat mir dann niemand davon erzählt?«

»Zum einen hast du nie danach gefragt, und außerdem: Warum hätte ich es dir erzählen sollen? Du hättest ja doch nicht an mich geglaubt. Hättest hinterfragt, ob das der richtige Job für mich sei, ob es nicht besser sei, etwas anderes zu machen, etwas, das mehr zu mir passt. Solche Reden kannte ich zu Genüge von dir und hatte null Bock, mir das wieder und wieder anzuhören. Da war es mir lieber, dich anzulügen und dir zu sagen, dass ich gar keinen Job habe. So konnte ich mögliche Erwartungen von dir an mich gar nicht erst enttäuschen.« Sie warf Liv einen spöttischen Blick zu. »Schon interessant, dass jetzt du diejenige von uns beiden bist, die mit ihrem Job unzufrieden ist und sich komplett neu orientiert.«

Liv schluckte. Sie musste wirklich eine ätzende Schwester gewesen sein, dass Maike sie so wenig an ihrem Leben hatte teilhaben lassen. »Es tut mir leid, dass ich so ein Klugscheißer war. Aber noch mehr bedauere ich, dass mir nicht einmal aufgefallen ist, dass du mich nicht mehr an deinem Leben hast teilhaben lassen. Wie konnten wir beide bloß so weit auseinanderdriften?«

Nun wurde Maikes Gesichtsausdruck weicher. »Du hast immer so viel Verantwortung für mich getragen, vor allem nachdem Papa uns endgültig verlassen hat. Die Erwachsenen hatten genug mit dem Hof und sich selbst zu tun. Letztlich bist eigentlich du diejenige gewesen, die mich immer begleitet hat. Selbst als du zum Studieren nach Münster gegangen bist, warst du jedes Wochenende hier und hast dich gekümmert. Aber irgendwie hast du nicht mitbekommen, dass auch ich erwachsen geworden bin. Ich musste meine eigenen Erfahrungen sammeln, meine eigenen Fehler machen. Aber auch meine eigenen Erfolge feiern.«

»Und in dieser Immobilienagentur bist du glücklich?«, fragte Liv vorsichtig.

»Ja, ich bin wirklich zufrieden. Ich kann endlich auch meine kreative Seite ausleben. Okay, vielleicht gäbe es etwas Spannenderes als Immobilien, aber der Job ist sehr abwechslungsreich. Inzwischen bin ich zuständig für hochpreisige Immobilien. Nicht nur für die Erstellung der Exposés, sondern auch für den Verkauf. Aber vor allem die Arbeit am Computer macht mir Spaß. Ich habe festgestellt, dass ich ein gutes Auge fürs Fotografieren habe, und kann im Zuge meiner Aufträge meine Kreativität voll ausleben.«

»Deshalb wusstest du auch so genau Bescheid, als wir den Hofverkauf geplant haben«, stellte Liv verdattert fest.

»So ist es.« Maike schaute kurz auf ihre Armbanduhr. »Aber jetzt muss ich unser Gespräch leider abbrechen, denn für heute ist noch ein Besichtigungstermin reingekommen.« Sie zögerte einen Moment, doch dann machte sie einen Schritt auf Liv zu und nahm sie herzlich in den Arm. »Ich bin froh, dass es nun endlich raus ist. Ich kam mir inzwischen ganz schön blöd vor mit dieser Geheimniskrämerei.«

»Ich bin auch froh«, sagte Liv und erwiderte die Umarmung. »Zum einen, dass ich nun endlich weiß, was du so treibst, aber vor allem, dass du mir noch einmal kräftig den Kopf gewaschen hast.«

Sie lösten sich voneinander und wischten sich beide Tränen der Rührung aus den Augen.

»Fahr vorsichtig«, ermahnte Liv Maike, als diese die Fahrertür öffnete.

»Ja, Mama«, antwortete die kleine Schwester betont genervt, lächelte Liv jedoch fröhlich zu, während sie einstieg.

Liv schaute ihr noch so lange hinterher, bis der Kangoo hinter Grieth verschwand, dann wandte sie sich nachdenklich dem Haupthaus zu. Es stimmte, was Maike gesagt hatte. Sie war nun mal die Große gewesen, die sich immer um ihre kleine Schwester gekümmert hatte, die schon früh Strukturen nutzte, um ihren Alltag zu bewältigen. Aber jetzt wurde es dringend Zeit, dass sie endlich mehr Spontaneität und Lebendigkeit in ihr Leben ließ – und sie wusste ganz genau, in welchem Bereich sie damit anfangen wollte.

Voller Vorfreude brachte sie die Einkäufe ins Haus, verstaute die Lebensmittel und stellte die Tulpen in die Vase, ehe sie sich auf die Suche nach Jasper machte. Die Zeit, die Maike außer Haus war, wollte sie bis auf die letzte Minute auskosten. Sie schaute kurz auf ihre Armbanduhr, ehe sie die Treppe hinaufstieg. Viertel vor zwei. Ob er noch oben auf dem Dachboden zugange war? Die Balken hatte er zwar alle überprüft, aber beim Frühstück hatte er gesagt, dass er sich dort oben heute die Dielenbretter und Fenster noch einmal genauer anschauen wollte.

Als sie am Nähzimmer vorbeikam, hielt sie inne und lugte hinein. Das obere Teil des Nähschranks war abmontiert worden und nirgends zu sehen. Wahrscheinlich hatte Jasper es bereits in die Scheune transportiert, um daran zu arbeiten. Die Vorfreude wandelte sich in ein Glücksgefühl, als sie sich vorstellte, wie schön der Schrank bald aussehen und was er für ein Prunkstück in ihrem Ladenlokal darstellen würde. Was sie wieder auf den Gedanken brachte, dass es Zeit wurde, auch darüber nachzudenken, wo auf dem Hof sie ihre Produkte anbieten wollte. Die Scheune war ihr nicht nur viel zu groß, sie war in den Wintermonaten auch zu kalt für ihre teils empfindlichen Erzeugnisse.

Sie kaute auf ihrer Unterlippe, während sie nachdachte. Doch dann wischte sie ihre Überlegungen beiseite. Schließlich hatte sie sich doch eben erst dazu entschieden, jede Minute bis zu Maikes Rückkehr mit anderen Gedanken zu füllen. Und vor allem mit anderen Gefühlen.

Ein glückliches Grinsen zog sich über ihr Gesicht, während sie eine Hand auf ihren unruhigen Bauch legte. Dieses Kribbeln, das dort immer dann einsetzte, sobald sie an Jasper dachte, ließ sie sich herrlich lebendig fühlen.

Beschwingt setzte sie ihren Weg auf den Dachboden fort. Doch noch ehe sie die Tür öffnete, war ihr klar, dass er nicht dort oben war, ansonsten hätte sie schon Flönz' Krallen über die Dielenbretter kratzen gehört.

»Jasper?«, rief sie trotzdem und öffnete die Tür. Doch wie erwartet gab es keine Resonanz.

Wo konnte er sich bloß rumtreiben? Ob er in der Scheune war und an dem Nähschrank arbeitete?

Sie schloss die Tür des Dachbodens und lief die Treppe wieder hinunter.

Doch ein kurzer Blick in die Scheune bewies ihr, dass

das Oberteil des Schranks tatsächlich dort stand und auf seine Bearbeitung wartete, von Jasper war jedoch weit und breit nichts zu sehen. Allerdings sah sie plötzlich Flönz, der von den angrenzenden Wiesen auf sie zugeprescht kam.

Sie spannte die Muskeln an und wappnete sich vor dem Aufprall, der auch unmittelbar darauf erfolgte, als der große Hund an ihr hochsprang und all seine Liebe vermitteln wollte.

Liv lachte. »Du großes Baby!« Sie wuschelte ihm über die Ohren. »Wo ist denn dein Herrchen?«

Wie zu erwarten, verstand Flönz die Frage nicht und wuselte weiter um sie herum. Liv entschloss sich, in die Richtung zu gehen, aus der Flönz gekommen war. Vielleicht befand Jasper sich ja dort. Flönz folgte ihr auf dem Fuße, bis er schließlich voraussprang und hinter dem kleinen Tannenhain nahe Annis Grundstück verschwand.

Als Liv schließlich das Ende des Hains erreicht hatte, sah sie Jasper mit dem Rücken zu den Blautannen auf dem Boden sitzen, den Blick über die angrenzenden Wiesen gerichtet.

»Hier bist du«, stieß sie aus, während sie auf ihn zuging.

Er drehte den Kopf in ihre Richtung und lächelte ihr zu. »Ein herrliches Plätzchen.«

Auch Liv ließ ihren Blick kurz schweifen und stimmte ihm zu. »Ich bin als Kind immer hier herumgestromert, habe die Kühe besucht, die hier gestanden haben, oder nach Wildblumen gesucht, aus denen ich kleine Sträußchen gebunden habe.«

Jasper stand auf und klopfte sich den Hosenboden sauber. »Du solltest dir überlegen, ob du dir hier nicht eine

Sitzecke einrichtest. Im Windschutz der Tannen wäre es ein herrlicher Grillplatz.«

»Gute Idee.« Plötzlich sah sie das Land ihrer Mutter mit ganz neuen Augen. Die Blautannen waren hier am Ende des Hains in einem kleinen Bogen zum Grundstück von Anni gepflanzt worden. Dadurch machte es den Eindruck einer behütenden Lichtung, die gleichzeitig einen weiten Blick über die Felder bot.

»Warum habt ihr überhaupt hier hinten die Tannen gesetzt? Alles Weihnachtsbäume?«, spöttelte Jasper.

»Es sind tatsächlich alles Weihnachtsbäume. Der älteste ist an die siebzig Jahre alt. Meine Urgroßeltern haben schon in den Fünfzigerjahren damit begonnen, Weihnachtsbäume in Kübeln zu kaufen, um sie im darauffolgenden Herbst hinter die Scheune zu pflanzen. Meine Großeltern und später auch meine Mutter haben diese Tradition fortgesetzt, und inzwischen ist hier ein kleines Wäldchen entstanden.«

»Wow!«

Erneut ließ Jasper seinen Blick über die Tannen schweifen, und die Anerkennung in seinen Augen ließ es Liv ganz warm ums Herz werden. Er war ein Mann mit Sinn für die Kleinigkeiten, die das Leben besonders machten und es bereicherten. Manchmal genügte es eben schon, jedes Jahr eine kleine Blautanne auf die Wiese zu pflanzen. Über die Jahre entstand daraus ein mächtiger Wald.

Überwältigt von den Gefühlen, die mit diesen Gedanken auf sie einstürmten, ging sie auf ihn zu, schloss ihn fest in die Arme und legte den Kopf an seine Brust. Es fühlte sich so gut an. So richtig. So passend.

Jasper drückte sie ebenfalls an sich und raunte ihr ins Ohr: »Hast du gar keine Angst, dass Maike uns so sehen könnte?«

Sie lachte und schaute ihn an. »Zum einen geht das Wohnzimmer meiner Großeltern nach vorne raus, und zum anderen ist Maike gerade nach Düsseldorf gefahren.«

»Für wie lange?« Seine Stimme war kaum mehr als ein Flüstern.

»Auf jeden Fall bis morgen.«

Schlagartig löste er sich von ihr, ergriff ihre Hand und zog sie hinter sich her in Richtung Haus. Flönz folgte ihnen schwanzwedelnd.

Liv lachte schallend. »Nicht so schnell, ich komme kaum hinterher.« Was nicht unbedingt am Tempo lag, sondern eher daran, dass sie vor lauter Lachen kaum noch Luft bekam.

»Ich habe keine Zeit, um auf dich zu warten«, erwiderte er und schenkte ihr ein breites Grinsen. »Wir müssen jede Minute nachholen, die wir in den letzten Tagen verloren haben.«

»Ich hoffe doch«, presste Liv unter atemlosen Keuchen hervor, als sie durch die Küchentür ins Haus stürmten, »dass du in den essentiellen Momenten durchaus zu Geduld fähig bist.«

Da blieb er so abrupt stehen, dass sie schwungvoll gegen ihn prallte. Er legte erneut beide Arme um sie und gab ihr einen ausgesprochen sanften Kuss auf die Lippen. »Glaube mir, ich kann ausgesprochen geduldig sein, wenn es mit Genuss verbunden ist.«

Erneut löste er sich von ihr und zog sie, dieses Mal deutlich rücksichtsvoller, mit sich in den Flur.

»Zu dir oder zu mir?«

»Zu mir«, entschied sie knapp und war nun selbst diejenige, die den Schritt vorgab. »Ich habe nämlich das breitere Bett.«

Kaum eingetreten, schloss Jasper energisch die Tür hinter ihnen. »Flönz wird sich ein wenig allein beschäftigen müssen«, erklärte er mit rauer Stimme.

Dann zog er sie fordernd an sich. »Alles okay?«

Liv schlang die Arme um seinen Hals. »Alles bestens.«

»Ich liebe deine Locken.« Zärtlich strich er ihr eine Strähne hinter die Ohren. »Ich liebe deine Locken«, wiederholte er, »und deine Augen, weil sie selbst dann warm schimmern, wenn du deinen kritischen Blick aufsetzt.«

»Ich habe einen kritischen Blick?«, fragte sie, während ihre Hände über seinen Rücken glitten.

»Oh ja.« Er küsste sie auf die Stirn. »Sobald jemand anderer Meinung ist als du.« Er küsste sie auf die Nasenspitze. »Oder wenn Flönz sich mal wieder in Kuhfladen gewälzt hat.« Er küsste ihren rechten Mundwinkel. »Aber noch mehr mag ich dieses Grübchen hier, wenn du lächelst.«

Jetzt küsste er auch ihren linken Mundwinkel, und Liv wollte nicht länger darauf warten, endlich seine warmen Lippen auf ihren zu spüren. Sie umfasste seinen Kopf, suchte seinen Mund mit ihrem, und der anfangs noch zärtliche Kuss wurde rasch heißer. Mit fiebrigen Händen öffnete sie die Knöpfe an seinem Hemd. Sie hatten gefühlt eine Ewigkeit darauf warten müssen, für das erste gemeinsame Mal das Haus für sich zu haben, sodass Livs Fantasie bereits genug Zeit gehabt hatte, sich alles bis ins Kleinste auszumalen. Doch nun waren diese Fantasien passé, denn alles in ihr drängte danach, Jasper endlich Haut an Haut zu spüren. Sie zerrte an seinem Hemd, ehe er es schließlich schwungvoll über den Kopf zog und sie sich ganz dem Vergnügen hingeben konnte, ihn zu streicheln und dabei den Formen seiner ausgeprägten Muskeln zu folgen. Sie genoss den Schauer, der sie erfüllte, als er mit seinen kräftigen Händen ihren Po umschloss, sie hochhob und quer durchs Zimmer zu ihrem Bett trug. Geschickt ließ er sich gemeinsam mit ihr darauf fallen, sodass sie auf ihm zu liegen kam und darin schwelgte, ihm so nah zu sein. Erneut verbanden sich ihre Münder, suchten und fanden sich ihre Zungen und heizten die Begierde aufeinander weiter an. Kein Gedanke an nächtliche Träumereien, kein Gedanke an irgendwelche Konsequenzen oder gar daran, dass er irgendwann weiterziehen würde. Ihr Hirn war wie leer gefegt, und sie überließ sich nur zu gern ihren Gefühlen.

Kapitel 20

Die letzten beiden Tage waren wie im Rausch vergangen. Liv und Jasper hatten ihr Bett nur noch verlassen, um etwas zu essen oder sich eher kurz und knapp um Flönz' Bedürfnisse zu kümmern. Noch nie hatte ein Mann sie dermaßen zu fesseln gewusst. Nicht nur der Sex mit ihm war atemberaubend, auch ihre Zweisamkeit hatte bereits jetzt eine Intimität, die sie vorher noch nicht erlebt hatte. Sie hatten lockere Gespräche miteinander geführt oder einfach nur einträchtig schweigend nebeneinandergelegen und die eigenen Gedanken träge vorbeiziehen lassen.

Liv schmunzelte, als sie daran dachte, wie wehmütig sie beide ihr Zimmer verlassen hatten, um wieder ihren Aufgaben nachzugehen, weil Maike heute aus Düsseldorf zurückkommen wollte. Allerdings war ihr völlig klar gewesen, dass sie sich nach diesen zwei Tagen im Höhenflug nicht auf irgendwelche Berechnungen konzentrieren konnte, weshalb sie sich dazu entschlossen hatte, endlich die Salbe gegen Opa Heins Arthritisschmerzen anzurühren. Cornel dagegen müsste sich noch ein wenig gedulden, denn für Tannenwipfelbonbons war es noch ein wenig zu früh im Jahr. Zusätzlich zur Arthritissalbe wollte sie noch eine Handcreme für ihre anderen Freunde herstellen und damit die Zeit überbrücken, in der der Ölauszug ziehen müsste.

Deshalb hatte sie zuerst die Zutaten für Heins Weihrauchsalbe in einem feuerfesten Glas über dem Wasserbad erhitzt, wo das Gemisch schon seit einiger Zeit vor sich hin zog. Für die Handcreme hatte sie bereits Kakaobutter und Bienenwachs im Wasserbad geschmolzen und rührte nun noch ein wenig Jojobaöl darunter. Für sie hatte es etwas Meditatives an sich, zu beobachten, wie die öliggoldenen Streifen in der Kakaobutter Wirbel bildeten und irgendwann wie von Zauberhand verschwanden.

Als sie hörte, dass sich die Küchentür öffnete, breitete sich ein Grinsen auf ihrem Gesicht aus: »Hallo, Jasper.«

»Woher wusstest du, dass ich es bin?«, erklang Jaspers Stimme.

»Wer sollte es denn sonst sein?«

»Maike zum Beispiel?«

Inzwischen war er hinter sie getreten, und Liv spürte seinen warmen Atem im Nacken. Sofort überzog sie eine Gänsehaut.

»Zum einen habe ich deine Schritte im Flur gehört, und außerdem hat Flönz' Rute gegen das Holz geschlagen. Sag ihm bitte, dass er sich hinlegen soll, damit hier keine Hundehaare herumfliegen.«

Jasper wies seinen Hund an, sich unter dem Fenster abzulegen, ehe er ihr einen Kuss auf den Nacken gab.

»Weißt du eigentlich, wie höllisch heiß du aussiehst, wenn du so konzentriert am Herd stehst?«

Sie schaute auf, und ihr Herz schlug schneller, als sie ihn ansah, sein Mund so nah an ihrem Gesicht, dass sie sich beherrschen musste, sich nicht weiter von ihm ablenken zu lassen. Deshalb drückte sie ihm nur einen kurzen Kuss auf die Lippen und wandte sich wieder der Handcreme zu.

Jasper lehnte sich lässig gegen die Arbeitsplatte, überkreuzte die Beine und musterte sie.

»Hast du nichts Besseres zu tun, als hier herumzustehen?«, fragte sie spöttelnd.

»Was gibt es Besseres, als hier herumzustehen und dich anzuschauen?«

»Süßholzraspler«, spottete sie, konnte sich jedoch ein Lächeln nicht verkneifen.

»Mit Vergnügen. Was machst du da?«

»Cremes. Eine für Hein und eine für euch.«

»Für euch? Heißt das, auch für mich?«

»Auch für dich, wenn du möchtest.«

»Es riecht jedenfalls ... nicht schlecht.«

Liv schaute erneut zu ihm hinüber und hätte beinahe laut gelacht, als sie seinen nachdenklichen Gesichtsausdruck sah.

Er neigte den Kopf ein wenig in Richtung Herd und schnupperte.

»Das ist der Weihrauch«, erklärte Liv den Duft. »Der ist für Hein.«

»Weihrauch? So wie in der Kirche?«

Liv lachte. »Ja, so wie in der Kirche. Nur dass ich nicht damit räuchere, sondern einen Ölauszug daraus mache.«

Interessiert schob er sich ein wenig näher an den Herd heran und betrachtete das goldgelbe Ölgemisch, das nach wie vor im heißen Wasserbad stand.

»Ich habe mir noch nie Gedanken darüber gemacht, welche Konsistenz der Weihrauch hat, der in der Kirche genutzt wird. Ist das ein Baum? Oder ein Busch? Nimmt man dafür die Wurzeln?«

Liv griff nach dem Fläschchen mit dem Orangenöl und gab ein paar Tropfen davon zum Salbengemisch vor ihr.

»Ein deutscher Name wäre zum Beispiel Somalischer Weihrauch«, erklärte sie währenddessen. »Der gehört zu den Balsambaumgewächsen. Das sind kleine Bäume, deren Harz geerntet wird. Und dieses Harz enthält ätherische Öle, die unter anderem schmerzlindernd und entzündungshemmend wirken.«

»Und dieses Harz löst sich im Öl auf?«

Liv verschloss das Fläschchen wieder und griff erneut nach ihrem Rührlöffel. »Nun, ganz so einfach ist es nicht. Ich habe das Harz zuerst im Mörser fein gemahlen, ehe ich es mit verschiedenen Ölen und Bienenwachs in das feuerfeste Glas gegeben und erhitzt habe. Nun zieht es bei gemäßigten Temperaturen insgesamt eine gute Stunde durch.«

»Das ist ja spannend. Und da ist Bienenwachs drin?« Er wies mit dem Zeigefinger auf das Glasgefäß.

»Ja, den kannst du in Pellets kaufen. Dieser hat sogar Bio-Qualität.«

»Bei meiner Liv ist alles vom Feinsten«, raunte er.

Und als sie aufsah, erkannte sie in seinem Blick, dass seine Gedanken sich nicht mehr auf die Salbenherstellung bezogen. Ein warmer Schauer durchfuhr sie, und sie wünschte, sie hätte Zeit, sich mit etwas anderem als dem Herstellen von Salben zu beschäftigen.

Sie verfielen in einträchtiges Schweigen, während Liv ihre Salbenmischung zum Abschluss brachte. Erst als sie die feuerfeste Schüssel aus dem Wasserbad nahm und zum Abkühlen auf die Arbeitsplatte stellte, setzte er die Unterhaltung fort.

»Mit den Fenstern bin ich fertig. Das letzte liegt zum Trocknen in der Scheune. Nun bin ich gerade mit dem Nähschrank beschäftigt. Soll ich nächste Woche mit dem Gewächshaus anfangen?«

Liv spürte, wie sich unmittelbar ihr Magen regte und ihr Puls schneller wurde. Die Gefühle von sehnsüchtiger Zuneigung wurden von gespannter Erwartung abgelöst. Bisher war es bei Jaspers Arbeiten immer nur ums Haus gegangen, und bis auf die Sanierung des Treppenhauses waren das eher Instandhaltungsarbeiten, die sie nicht sonderlich berührt hatten. Sollte er nächste Woche mit dem Gewächshaus anfangen, würde er damit endgültig eine neue Ära einläuten, und der Gedanke daran raubte ihr einen Moment lang schier den Atem.

Sie holte tief Luft und sah zu ihm hinüber. »Ich fühle mich plötzlich ganz zittrig.«

Sein Gesichtsausdruck wurde weich. »Das kann ich mir gut vorstellen. An deiner Stelle ginge mir auch der Arsch auf Grundeis. Aber irgendwann musst du Nägel mit Köppen machen, das kann ebenso gut am Montagmorgen sein. Sollen wir zusammen zum Holzhandel fahren, um nach dem richtigen Material zu gucken?«

»Du willst mich mitnehmen? Ich habe davon doch gar keine Ahnung.«

»Du wirst aber ein Gespür dafür bekommen, wenn du

dir die verschiedenen Hölzer anschaust, sie anfasst, den Geruch einatmest.«

Liv konnte sehen, wie sehr er für sein Metier brannte, was sie gut nachvollziehen konnte. »Also gut, dann fahren wir am Montagmorgen nach Holz gucken, und du baust mir ein Gewächshaus.«

Er klatschte in die Hände. »Bestens!«

Dann stieß er sich von der Arbeitsplatte ab, kam wieder zu ihr herüber und küsste sie auf diesen empfindlichen Punkt hinter dem Ohr.

Liv schloss die Augen, um das prickelnde Gefühl zu genießen.

Leider brach er die Zärtlichkeit ab und rief nach Flönz.

»Bis später.«

Ehe sie seinen Abschiedsgruß erwidern konnte, hatte er die Küche bereits wieder verlassen.

Liv musste lachen. Dieser Mann verstand es, mit ihren Gefühlen zu spielen, wie keiner zuvor. Über Langeweile musste sie sich in seiner Gegenwart wahrlich nicht beklagen.

*

Als Maike knapp zwei Stunden später eintrudelte, war Liv gerade dabei, Schleifen um die Gläschen mit der Handcreme zu binden. In der Schrankwand im Büro ihrer Mutter hatte sie noch rotes Geschenkband mit goldenen Sternchen gefunden, womit sie nun die Cremetiegel verzierte.

»Hier riecht es aber gut«, sagte Maike, als sie mit Einkaufstüten beladen in die Küche kam.

»Hi! Ich habe Handcreme gemacht. Willst du sie mal ausprobieren?«

»Klar, sobald ich das hier ausgepackt habe.«

Liv wandte sich ihrer Schwester zu und staunte nicht schlecht, als sie die Mengen sah, die sie mitgebracht hatte.

»Was hast du damit vor? Ich dachte, es gibt Rebbes?«

»Sicher gibt es Rebbes. Aber ein guter Reibekuchen steht und fällt mit dem Beiwerk. Und da habe ich mich von den Angeboten inspirieren lassen.«

Liv lachte schallend. »Da scheinen die Marketingexperten ja einiges richtig gemacht zu haben.«

»Läster nicht!« Maike grinste gut gelaunt, während sie ihre Einkäufe im Kühlschrank verstaute. »Morgen wirst du mir noch dankbar sein, wenn du erst siehst, was ich alles auftischen werde.«

»Ich freue mich schon drauf. Das wird sicher eine fröhliche Runde.«

»Kommt Svenja auch?«, wollte ihre Schwester wissen, während sie Rapsöl, Zwiebeln und Eierkartons auf die Arbeitsplatte stellte.

»Ja, von ihr soll ich dir ganz herzliche Grüße ausrichten und sagen, dass sie seit Jahren keine Reibekuchen mehr gegessen und jetzt schon Hunger habe.«

»Bestens. Ich freue mich, wenn morgen herzhaft zugelangt wird.« Maike hievte eine schwere Tasche mit Kartoffeln in die Ecke neben dem Kühlschrank. Dann betrachtete sie die kleinen Gläschen, die auf einem Tablett auf dem Küchentisch standen. »Ich dachte, Weihnachten wäre schon vorbei?«

»Sternchen gehen immer«, verteidigte Liv ihr Werk.
»Du wirst sehen, unsere Gäste werden begeistert sein.«

»Aber rotes Schleifenband?«, fragte Maike zweifelnd.
»Welches Geschirr sollen wir denn dazu nehmen?«

Liv schmunzelte. Das war eine Frage, über die sie sich
keinerlei Gedanken gemacht hätte. Aber Maike mit ihrem
ausgeprägten Sinn für Ästhetik sah wahrscheinlich bereits
den eingedeckten Tisch vor sich. »Ist das nicht egal?«,
fragte sie, nur um ihre kleine Schwester zu provozieren.

Die hob auch gleich die Brauen und erwiderte stante
pede: »Das ist nicht egal! Das Service mit dem Blumen-
dekor passt auf keinen Fall dazu, und blaues Zwiebelmus-
ter mit Rot und Sternchen ist auch viel zu unruhig. Bleibt
eigentlich nur das feine von KPM mit dem grün-goldenen
Rand.« Nun stemmte sie die Hände in die Hüften. »Und
das kann nicht in die Spülmaschine.«

Liv hätte die Gläschen mit dem Schleifenband auch
auf Blumenmustern oder blauem Zwiebeldekor platziert,
schließlich sollten sie nur eine freundliche Geste sein.
Aber da es Maike offenbar wichtig und sie diejenige war,
die dieses Essen ausrichtete, ergab sie sich in ihr Schicksal
und sagte: »Okay, ich werde das Spülen übernehmen.«

»Also gut«, antwortete Maike besänftigt. »Demnach
wird es eine ausgesprochen festliche Tafel geben. Haben
wir noch Silberputzmittel? Wenn wir das Geschirr von
KPM benutzen, sollten wir auch Silberbesteck dazulegen.«

Innerlich rollte Liv mit den Augen, aber sie blieb ruhig
und wies auf den Besenschrank, in dem auch die Putzmittel standen. »Kann sein, das habe ich bisher noch nicht gebraucht.«

Ihre Schwester öffnete die Schranktür und zog kurz darauf ein kleines Fläschchen hervor. »Meinst du, so was hat ein Verfallsdatum?«

»Keine Ahnung.« Liv wusste nicht, ob das jetzt der richtige Zeitpunkt war, aber sie wollte aus ihrer Beziehung zu Jasper kein großes Geheimnis mehr machen. »Apropos Verfallsdatum ...«, stieß sie hervor.

Erst als Maike sie fragend anschaute und wiederholte: »Apropos Verfallsdatum?«, fiel ihr auf, dass sie eine Pause gemacht hatte.

Sie sammelte sich kurz und sagte dann: »Jasper und ich haben eine Affäre.«

Jetzt war es raus. Sie musterte Maikes Gesichtszüge, die jedoch recht unbewegt blieben. Nun, nicht ganz unbewegt, die Mundwinkel zogen sich leicht nach oben.

»Und die hat ein Verfallsdatum?«

»Jasper bleibt ja nur noch ein paar Wochen, dann zieht er weiter.«

»Das wäre aber kein Grund, die Beziehung zu beenden.«

»Wir werden sehen«, erklärte Liv knapp. »Ich bringe schon mal die Cremegläschen nach drüben«, fügte sie hinzu und verließ rasch die Küche.

Auch wenn es ihr wichtig gewesen war, Maike von der neuen Situation zu erzählen, war sie doch noch nicht bereit, mit ihr über den Fortgang ihrer Beziehung zu Jasper zu diskutieren. Am liebsten hätte sie ihre Augen davor verschlossen, weshalb sie heute ganz bestimmt nicht weiter darüber nachdenken wollte.

Doch da hatte sie die Rechnung ohne ihre Schwester gemacht. Kaum hatte sie das Tablett mit den Gläschen auf den Esszimmertisch gestellt, tauchte Maike bei ihr auf.

»Glaub nicht, dass hierüber bereits das letzte Wort gesprochen wurde«, verkündete diese. »Fürs Erste bist du vom Haken, weil ich dir ansehe, dass du selbst noch nicht so genau weißt, wo die Reise hingeht, aber ich werde auf jeden Fall auf dieses Thema zurückkommen.«

»In welchem Karton hattest du das gute Geschirr verstaut?«, fragte Liv, ohne weiter auf Maike einzugehen.

»In gar keinem«, erklärte diese und öffnete eine Schranktür. »Ich dachte, das würdest du vielleicht gern behalten. Ich habe leider keinen Platz dafür.«

Dankbar, dass Maike sie nicht weiter löcherte, ging sie zu ihr hinüber und schaute auf die Fächer voller Geschirr.

»Obwohl du schon so viel verpackt hast, wird das hier kaum weniger.«

»O doch«, widersprach ihre Schwester. »Der andere Schrank ist inzwischen komplett leer geräumt. »Allerdings weiß ich nicht, ob du nun nicht doch einiges behalten willst, jetzt, wo du dich entschieden hast, hierzubleiben.«

»Ich schätze, darüber werde ich in Ruhe nachdenken müssen, wenn erst einmal die Pläne für mein Geschäft gemacht sind.«

Sie bemerkte eine leichte Verunsicherung in Maikes Blick. »Was ist los?«

»Ich weiß nicht ... ob es mir zusteht ... überhaupt einen Vorschlag zu machen«, brach es stockend aus ihr hervor. »Ich meine ... ich bin froh, dass wir im Moment wieder so gut miteinander auskommen. Ich will nicht, dass du denkst, ich würde mich einmischen ...«

»Mein Gott, Maike«, stöhnte Liv. »Lass es einfach raus.«
Maike rang die Hände, aber gleichzeitig funkelten ihre
Augen aufgeregt. »Also gut. Ich war auf dem Dachboden.«

»Und?« Langsam verlor Liv die Geduld. Ihre Schwester hatte doch ansonsten auch kein Problem damit, ihr die
Meinung zu sagen.

Maike atmete noch einmal tief durch. »Also«, wiederholte
sie, »ich war auf dem Dachboden, und der ist so riesig!«

»Stimmt«, erklärte Liv. »Das ganze Haus ist riesig.«

»Du könntest so viel damit machen!«, platzte es aus
Maike hervor. »Hast du schon mal darüber nachgedacht,
auch Seminare anzubieten? Es gibt viele Leute, die sich
für Kräuterkunde interessieren, und wenn du ihnen das in
mehrtägigen Seminaren näherbringst, wäre das so etwas
wie ein Kurzurlaub. Das Haus ist groß genug. Du könntest das Obergeschoss für dich privat nutzen, den Dachboden zu Gästezimmern ausbauen und im Erdgeschoss
Seminarräume oder Ähnliches einrichten. Auf dem Dachboden könntest du bestimmt sechs Gästezimmer einpla-
nen, inklusive eines großen Aufenthaltsraums und …«

War eben noch kaum ein vernünftiger Satz über Maikes Lippen gekommen, schien sie nun überhaupt nicht
mehr zu bremsen zu sein, und je mehr ihre Schwester darin schwelgte, was man alles aus dem Dachboden machen
könnte, desto schwummeriger wurde es Liv.

»Moment!« Liv hob abwehrend die Hände. Ihr Herz
schlug ihr bis zum Hals. »Von deinem Tempo wird mir
ganz schwindelig, denn ich habe mir selbst tatsächlich
bereits ähnliche Gedanken gemacht, bin aber noch zu
keinem eindeutigen Ergebnis gekommen. Es wäre ein rie-

sengroßer Schritt für mich, denn ich müsste einen hohen Kredit für solche Umbauten aufnehmen.«

»Ich kann verstehen, dass das eine Wahnsinnssache wäre, aber die Idee ist es sicher wert, sie nicht gleich wieder zu verwerfen, nur weil du davor Angst hast.«

Liv lachte humorlos auf. »Nur weil ich davor Angst hätte? Du hast leicht reden. Du wärst ja nicht diejenige, die der Bank Hunderttausende Euro schulden würde.«

Nun hob Maike beschwichtigend die Hände. »Du hast recht, es wäre dein Risiko. Wäre es trotzdem okay für dich, wenn ich mir dazu ein paar Gedanken mache? Seitdem ich da oben war, habe ich im Kopf bereits mit verschiedenen Grundrissen herumgespielt. Davon würde ich den einen oder anderen gerne mal zu Papier bringen.«

»So was kannst du?« Liv war beeindruckt.

»Natürlich habe ich keine Ahnung von den technischen Details, aber es gehört zu meinem Job, mir vorstellen zu können, was man aus einer Immobilie machen könnte. Oft haben die Kunden gewisse Anforderungen, die ein Objekt auf den ersten Blick nicht aufweist, und ihnen fehlt dann die Vorstellungskraft, wie man das ändern könnte. Das sind dann Vorarbeiten, die wir leisten, ehe wir Kunden mit speziellen Wünschen eine Immobilie präsentieren.«

»Wow, darüber habe ich mir noch nie Gedanken gemacht. Ich dachte einfach, so ein Makler macht ein paar gute Fotos und lässt die Interessenten anschließend in die Wohnung. Aber ich war auch noch nicht viel auf dem Immobilienmarkt unterwegs.«

»Woher solltest du das auch wissen? Ich kann mir vorstellen, dass etliche Leute denken, Apotheker tun nicht viel mehr, als Tablettenschachteln über die Theke zu reichen, und doch weiß ich von dir, dass noch viel mehr dazugehört.«

Und ich weiß kaum etwas von Maikes Beruf, dachte Liv nun beschämt. »Es wäre schön, wenn du mir mal mehr über deinen Job erzählst.«

Maike zuckte mit den Schultern, aber Liv sah ihr an, dass sie sich über die unausgesprochene Wertschätzung freute. »Das kann ich gerne mal machen. Wärst du denn damit einverstanden, dass ich ein paar Zeichnungen anfertige?«

»Klar, wenn du dazu Lust hast. Ich kann dir nur nicht versprechen, dass ich das in der nächsten Zeit umsetzen werde.«

»Ha!« Maike wies mit dem ausgestreckten Finger auf sie. »Hast du gehört, was du gesagt hast?«

»Was meinst du?«

»Du hast gesagt: … in der nächsten Zeit … Das bedeutet, dass du es prinzipiell in Erwägung ziehst.«

Perplex schaute Liv ihre Schwester an. Aber Maike hatte recht. Natürlich war die Vorstellung verlockend, Seminare abzuhalten und Wochenendkurse oder Kräuterwanderungen anzubieten.

»Stimmt«, gab sie daher zu. »Ich lehne es nicht kategorisch ab. Und ich muss schon sagen, dass ich sehr neugierig darauf bin, was du zu Papier bringen wirst. Auch wenn mir allein der Gedanke daran den Puls in astronomische Höhen jagt.«

Maike machte einen großen Schritt auf sie zu und nahm sie stürmisch in den Arm. »Dir traue ich alles zu, und deshalb wird das großartig. Du wirst schon sehen!«

Kapitel 21

Sonntagmittag saßen pünktlich um eins alle Gäste um den großen Esstisch herum und schienen sich bestens zu unterhalten, als Liv mit zwei Schüsseln Apfelmus aus der Küche hereinkam. Zoe hatte sich gewünscht, zwischen ihrer Mutter und Cornel zu sitzen, die Plätze ihnen gegenüber belegten Opa Hein, Anni und Svenja, und zu deren linker Seite hatte sich Jasper niedergelassen. Flönz hatte sich unter dem Tisch ein Plätzchen zwischen dem Gewusel an Beinen und Füßen erobert, während Maike und Liv die Kopfseiten des Tisches einnehmen würden, wenn sie sich gleich zum Essen setzten. Aber jetzt stellte sie erst einmal die Schüsseln mit dem noch warmen Mus auf den Tisch, das sie erst heute Morgen gekocht hatte.

Als sie ihren Blick über die gedeckte Tafel schweifen ließ, musste sie zugeben, dass Maike wirklich ein Händchen für Dekorationen hatte. Aus irgendeinem Karton hatte sie eine fein gemusterte weiße Batisttischdecke gefischt, auf der nun jeder Platz mit dem in Grün und Gold dekorierten Geschirr eingedeckt war. Die Gläschen mit den rotgoldenen Bändern erzeugten einen hübschen Farbkontrast dazu. Mitten auf dem Tisch prangte ein silberner Kandelaber mit fünf weißen Kerzen, den Maike gestern Abend noch mit Inbrunst geputzt hatte, und rundherum standen etliche Schüsselchen und Teller mit Leckereien. Grüne, sorgfältig gefaltete Papierservietten rundeten das festliche Bild gelungen ab, und Liv freute sich einmal mehr, dass Maike so ein gutes Auge für Dekorationen hatte.

»Wie weit bist du?«, fragte sie ihre Schwester, als sie zurück in der Küche war.

»Gleich fertig mit der ersten Fuhre.«

Maike wischte sich mit einer Hand über die Stirn. Zwei brutzelnde Pfannen auf dem Herd sowie die große gusseiserne Kasserolle, für die sie extra die beiden zusätzlichen Kochplatten aus dem Schrank gekramt hatten, erzeugten eine nicht unerhebliche Hitze. Zusätzlich lagen auf zwei Rosten im Backofen bereits etliche Reibekuchen zum Warmhalten. Mit dieser Fuhre wäre bei so vielen hungrigen Mäulern zumindest der erste Hunger schon mal beseitigt.

»Es riecht einfach köstlich und sieht verführerisch aus«, lobte Liv.

Maike strahlte sie an. »Ich kann vielleicht nicht so gut kochen wie du, aber an meine Rebbes kommt niemand ran.«

»Da werde ich dir nicht widersprechen. Kann ich dir helfen?«

Maike wies sie an, die kross gebratenen Kartoffelplätzchen aus dem Bräter zu nehmen und auf ein bereitstehendes Abtropfgitter zu legen, während sie selbst die beiden Pfannen leerte, die auf dem Herd standen. Dann drapierten sie die warm gehaltenen Rebbes aus dem Backofen auf zwei großen Platten und gingen damit hinüber ins Esszimmer.

Mit vielen Ohs und Ahs wurden sie dort von ihren Gästen begrüßt.

Maike griff nach ihrem Glas, nachdem sie ihre Platte abgestellt hatte, und prostete den anderen zu. »Wir freuen uns, dass ihr alle gekommen seid, und hoffen, dass es euch gut schmecken wird. Haut rein!«

»Das werden wir!«, rief Opa Hein voller Vorfreude und stieß mit ihr an.

»Du glaubst gar nicht, wie sehr ich mich auf dieses Essen gefreut habe«, ergänzte Svenja. »New York hat ja einiges zu bieten, aber vernünftige Rebbes gibt es einfach nur zu Hause.«

Während Maike zurück in die Küche ging, um noch die restlichen Kartoffelplätzchen zu holen, setzte sich Liv auf ihren Platz. Sofort spürte sie Jaspers Hand auf ihrem Oberschenkel.

Sie hob ihren Blick und zwinkerte ihm zu. »Guten Appetit.«

»Den habe ich.«

Liv musste sich beherrschen, nicht laut aufzulachen, denn über mangelnden Appetit aufeinander konnten sie sich wohl beide nicht beklagen. In dieser Runde begnügte sie sich allerdings damit, ihre Hand auf seine zu legen und einfach seine Präsenz zu genießen.

Kurz darauf herrschte gefräßiges Schweigen, nur unterbrochen von kurzen Bitten um das Anreichen der einen oder anderen Köstlichkeit. Sie selbst hatte sich von dem süßsauer eingelegten Kürbis genommen und war überrascht, wie gut der Geschmack mit dem Rebbes harmonierte. Das war eine Kombination, auf die sie noch gar nicht gekommen war, die sie sich aber auf jeden Fall merken wollte.

»Es schmeckt fabelhaft«, sprach Pia Livs Gedanken aus.

Ein Blick auf deren Teller zeigte ihr, dass Pia die klassische Variante mit Apfelmus genoss und damit das Gleiche auf ihrem Teller hatte wie ihre Tochter. Auch diese langte herzhaft zu, ein Anblick, der Livs Herz erwärmte. Das blasse Sorgenkind hatte tatsächlich in dieser kurzen Zeit schon ein wenig Farbe bekommen. Die Luftveränderung, vielleicht überhaupt die neue räumliche Situation, schien dem Mädchen gutzutun.

Gerade schaute Zoe hinüber zu Jasper und zog die Stirn in winzige Falten. »Warum hast du eigentlich immer dasselbe an?«, wollte sie von ihm wissen.

»Zoe!«, zischte Pia peinlich berührt.

»Lass nur, die Frage ist doch völlig in Ordnung«, winkte Jasper ab.

Dann wandte er sich Zoe zu. »Ich bin auf Wanderschaft und trage meine Kluft.«

»Deine Kluft?«, fragte Zoe.

»So nennt man die Klamotten, die ich anhabe. Weißes Hemd, schwarze Weste, Jacke und Hose. Dazu noch der Hut, wenn ich draußen bin.«

»Sieht ein bisschen komisch aus.«

»Zoe!«

Pia wurde rot, aber Jasper lachte nur.

»Ja, da hast du völlig recht. Es sieht ein wenig ungewohnt aus, wo die meisten Leute in Jeans rumlaufen. Aber eine Kluft ist so etwas wie eine Uniform. Jeder, der mich sieht, weiß gleich, dass ich ein Geselle auf Wanderschaft bin.«

Mit dieser Erklärung schien das Mädchen zufrieden zu sein, denn es steckte sich ohne weiteren Kommentar ein weiteres Stück Reibekuchen in den Mund.

»Wo bist du eigentlich schon überall gewesen?«, wollte nun Anni von ihm wissen.

»Hauptsächlich war ich bisher in Europa unterwegs, aber für ein Projekt war ich auch schon in Südafrika und außerdem eine Zeit lang in Kanada.«

»In Kanada?«, hakte Svenja interessiert ein. »Wo denn genau?«

»Im Hinterland von Ottawa. Dort haben wir Docks für Wasserflugzeuge gebaut.«

Nun hob Cornel interessiert den Kopf. »Docks?«

»Im Prinzip große Stege mit Parkbuchten für Wasserflugzeuge. Wasserflugzeuge sind dort oben ein wichtiges Fortbewegungsmittel.«

Cornel brummte zustimmend und widmete sich wieder seinem Essen.

»Dann suchst du also weltweit Arbeit als Tischler?«, wollte nun Opa Hein von ihm wissen.

»Nun, ich suche nicht unbedingt weltweit, wie du siehst. Aber wenn sich etwas ergibt, dann reise ich auch schon mal per Flugzeug. Allerdings habe ich in den letzten Jahren nicht nur als Tischler gearbeitet. Das ist ja das Spannende am Wandern. Du triffst Gesellen aus unterschiedlichsten Gewerken und unterstützt sie manches Mal bei ihren Aufträgen. So lernt man die verschiedenen Handwerke kennen.«

»Zum Beispiel?«, fragte Maike.

Liv schmunzelte. Der arme Jasper kam überhaupt nicht zum Essen. Jedoch schien ihn das in keiner Weise zu stören.

Er lächelte Maike zu und erklärte: »Zum Beispiel habe ich eine Ofenbauerin unterstützt, bei einem Bauprojekt einen großen Holzbackofen für einen Gemeinschaftsgarten zu bauen. Das hat richtig viel Spaß gemacht, und ich habe viel gelernt. Oder in Friesland, dort bin ich Reetdachdeckern zur Hand gegangen und habe Dachstühle saniert.«

»Also total unterschiedliche Baustellen«, stellte Anni fest.

»Im wahrsten Sinne des Wortes.«

»Erzähl doch mal davon, wie ihr den Mast gebaut habt?«, forderte Liv ihn auf. Denn diese Erzählung hatte sie am meisten fasziniert.

»Meinst du nicht, jemand anders möchte auch mal ein wenig erzählen?«, fragte er sie verlegen.

»Also mich würde schon interessieren, wie ein Mast gebaut wird«, mischte Maike sich ein. »Ich habe mir jedenfalls noch nie Gedanken darüber gemacht. Sind die nicht inzwischen aus Aluminium?«

»Die gibt es natürlich auch aus Aluminium, aber sie werden auch noch aus Holz gearbeitet.«

Und dann hörte Liv entspannt Jaspers Beschreibung zu, wie viel Arbeit darin steckte, aus einem Baumstamm erst ein Vierkantholz, daraus ein Achtkant-, ein Sechzehnkantholz und so weiter zu arbeiten, bis letztlich durchs mühevolle Kantenrunden ein Mast entstanden ist. Ihr hatte er bereits vor einiger Zeit davon erzählt, aber sie genoss es, einfach nur dazusitzen, seiner warmen Stimme zu lauschen und Teil einer harmonischen Gemeinschaft zu sein.

*

Eine gute Stunde später hatten sie die Männer in Frieden ihrer Wege gehen lassen. Opa Hein wollte ein Schläfchen halten, Cornel mit Zoe etwas Wichtiges in der Werkstatt erledigen, und Jasper hatte sich, nachdem er von Liv und Maike sanft, aber bestimmt nach draußen komplimentiert worden war, dazu entschieden, in der Scheune noch letzte Hand an das Oberteil des Nähschranks anzulegen.

Liv genoss es sehr, nunmehr allein unter Frauen zu sein. Sie hatte es schon als Kind geliebt, wenn bei großen Feiern die Frauen der Gesellschaft die Küche unter ihrer Fuchtel hatten – auch wenn das rückblickend betrachtet nicht unbedingt feministisch gewesen war. Um in den Genuss zu kommen, mit gespitzten Ohren ihren Gesprächen zu folgen, hatte sie noch nicht einmal protestiert, wenn sie zum Abtrocknen eingeteilt worden war – ansonsten eine Arbeit, die sie gern Maike aufs Auge gedrückt hatte.

Genauso heimelig, wie sie es damals empfunden hatte, empfand sie es auch im Augenblick. Da Maike und sie das Essen vorbereitet hatten, waren sie nun von den anderen Frauen an den Esstisch bugsiert worden, während Anni den Abwasch und Svenja und Pia das Abtrocknen übernommen hatten. Neben ihren gefüllten Kaffeetassen türmte sich bereits ein kleiner Berg gesäuberten Geschirrs.

Liv trank einen Schluck ihres Milchkaffees und sinnierte darüber, wie problemlos Pia und Svenja sich diesem Kreis angeschlossen hatten. Von Beginn an hatten sie sich an der Unterhaltung beteiligt, Interesse an den Erlebnissen der anderen gezeigt und selbst die eine oder andere Anekdote zum Besten gegeben. Liv wunderte sich nicht wenig, wie sich aus dem Gefühl, allein in der Welt zu stehen, innerhalb so kurzer Zeit ein Gefühl der Dazugehörigkeit gebildet hatte. Nicht nur ihr Verhältnis zu Maike war um so vieles besser geworden, mit Svenja hatte sie eine alte Freundschaft aufleben lassen, und Pia war so herrlich unkompliziert, dass es eine Freude war, mit ihr zusammen zu sein.

»Woran denkst du?«, wollte Maike wissen.

Liv löste ihren Blick von den drei schwatzenden Frauen am Spülbecken und schaute ihre Schwester an. »Ich freue mich einfach darüber, hier zu sitzen, in unserer alten Küche, umgeben von lauter netten Menschen.«

Maike nickte zustimmend. »Wer hätte das vor ein paar Wochen gedacht?«

»Du denkst genau dasselbe?«, fragte Liv erstaunt.

»Das liegt wohl auf der Hand, wenn man nach solch einem gelungenen Mittagessen gemütlich am Tisch sitzen und den anderen bei der Arbeit zuschauen kann.« Maike zwinkerte ihr zu und fuhr dann fort. »Nein, im Ernst. Ich genieße es sehr, zu sehen, wie sehr sich dieses Haus wieder mit Leben gefüllt hat. Mama würde sich freuen.«

Liv schossen die Tränen in die Augen, und sie musste schlucken. Dann legte sie Maike den Arm um die Schultern und zog sie kurz an sich. »Mama sitzt dort oben auf ihrer Wolke und freut sich, das zu sehen, da bin ich mir ganz sicher.«

Sie räusperten sich beide und zwangen sich zu einem Lächeln. Jetzt war kein Moment, um Trübsal zu blasen. Ihre Mutter würde sagen, sie sollten ihn genießen.

»Fertig!«, erklang Annis Stimme von der Spüle her.

Liv schaute auf und sah, wie Anni den Stöpsel aus dem Ausguss zog und Pia und Svenja noch die letzten Teile abwischten, ehe sie ihre Geschirrhandtücher zum Trocknen über die Heizung hängten. Dann nahmen die drei ihre Kaffeebecher und setzten sich zu ihnen an den Tisch.

Kaum dass sie saßen, griff Svenja nach einem der Cremegläser, die sie auf dem Tisch abgestellt hatten, öffnete den Deckel und schnupperte daran. »Die Creme riecht so köstlich nach Orange, dass ich mich zügeln muss, sie nicht zu probieren.«

Liv freute sich über das Kompliment. »Schön, dass sie dir gefällt.«

»Das ist doch genau der richtige Zeitpunkt, um sie auszuprobieren«, meinte nun Pia. »Reich mir doch bitte auch ein Gläschen rüber.«

Neben Pia und Svenja cremte sich auch Anni die Hände ein.

»Richtig gut«, meinte sie kurz darauf. »Zieht gut ein, erzeugt ein angenehmes Gefühl, und der Duft ist herrlich erfrischend.«

»Ich habe extra keinen Blütenduft gewählt, damit die Männer die Creme auch benutzen können«, erklärte Liv.

Anni lachte. »Bei aller Liebe, aber ich kann mir wirklich nicht vorstellen, dass Cornel sich damit die Hände eincremen wird. So wie ich ihn kenne, wird spätestens Ende der Woche sein Gläschen irgendwo bei mir in der Küche auftauchen. Wahrscheinlich genau neben meinem, das einen Platz auf der Spüle bekommen wird.«

Pia schnaubte. »Männer. Alles Banausen.«

Jetzt fühlte sich Liv verpflichtet, Partei für Jasper zu ergreifen. »Vielleicht sollte man nicht alle über einen Kamm scheren. Jasper hat die Creme gestern schon ausprobiert und fand sie richtig gut.«

»Jasper, ja?« Grinsend hob Svenja die Augenbrauen.

»Kein Wunder«, murmelte Pia.

»Bringen wir es doch mal auf den Punkt: Du und Jasper also?« Anni hatte wieder einmal überhaupt kein Problem damit, die Dinge beim Namen zu nennen.

Liv stockte kurz der Atem, bevor sie sich schalt, dass sie ja nichts verbrochen hatte. Dann nickte sie. »Ja, Jasper und ich.«

»Und du hast mir gar nichts davon erzählt«, schimpfte Svenja und stupste sie spielerisch mit dem Ellenbogen gegen die Rippen.

»Es ist ja auch noch ziemlich frisch, und überhaupt …« Jetzt schaute sie Anni an. »Jasper zieht in ein paar Wochen weiter.«

»Du meinst, ihr habt keine Chance auf eine gemeinsame Zukunft?«

»Es wäre nicht die erste Fernbeziehung, die funktioniert«, wandte Pia ein.

»Er darf kein Handy bei sich tragen und hat nur sporadisch Zugang zum Internet, solange er unterwegs ist. Zudem kennen wir uns noch nicht sehr lange. Wie soll man da eine Beziehung aufbauen?« Liv zuckte mit den Schultern. Ganz sicher würde sie hier und jetzt nichts weiter zu dem Thema sagen.

»Früher haben die Menschen auch oft tagelang auf Briefpost warten müssen, das ist doch eigentlich kein Problem«, erklärte Anni.

»Vielleicht will Liv ja auch gar nicht, dass die Beziehung länger hält«, mutmaßte Svenja.

Liv zuckte unmerklich zusammen, da Svenja mit ihrer Aussage den Nagel auf den Kopf getroffen hatte. Bevor sie sich jedoch eine unverfängliche Erwiderung aus den Fingern saugen musste, sprang Maike für sie in die Bresche.

»Die beiden sind doch erst seit ein paar Tagen zusammen. Nun lasst ihnen doch etwas Raum, dann werden wir schon sehen, wie sich das Ganze entwickelt.«

Dankbar betrachtete Liv ihre Schwester, die unmittelbar nach ihrer Aussage einfach ein neues Thema anschnitt und die anderen damit ablenkte. Als Kind war immer sie selbst diejenige gewesen, die ihre kleine Schwester in Schutz genommen hatte. Es war ein wohltuendes Gefühl, dass Maike nun für sie dasselbe tat.

Kapitel 22

Am nächsten Vormittag waren Liv und Jasper auf dem Heimweg vom Holzhandel. Ihre Laune war bestens, denn der Einkauf hatte sich als sehr erfolgreich erwiesen. Für Liv war es wieder einmal eine Erfahrung der besonderen Art gewesen, Jasper in diesem Geschäft zu erleben. Obwohl er sowieso schon guter Stimmung gewesen war, als sie am Morgen losgefahren waren, schien es so, als habe in dem Moment jemand in ihm eine Lampe angeknipst, als sie den Holzhandel betraten. Seine Augen funkelten, während er mit einem der Händler über die Vorteile verschiedener Hölzer fachsimpelte, mit den Händen über die Balken fuhr und genauestens verfolgte, wie sie schließlich auf Maß gesägt wurden. Liv stellte sich seine Gefühle ähnlich ihren vor, wenn sie früher in Münster die Rezeptur der Apotheke betreten hatte, wo sie nicht nur Salben, sondern zum Beispiel auch Fiebersäfte für Kinder hergestellt hatten. Umgeben zu sein von den vielen Schubladen mit Materialien und Ingredienzien, stimmte sie immer ähnlich aufgeregt wie ein Kind beim Betreten eines Spielwarenladens. Oder eben wie Jasper beim Besuch einer Holzhandlung.

Nachdem Jasper ihr die Vor- bzw. Nachteile der verschiedenen Holzarten dargelegt hatte, entschieden sie sich für robustes, unbehandeltes Eichenholz, das sich über die Jahre grau verfärben und so auch optisch gut in den hinteren Bereich des Gartens passen würde.

Sie musste sich konzentrieren, nicht vor lauter Vorfreude auf dem Fahrersitz von Annis Lieferwagen herumzuhopsen, auch wenn sie sich nicht verkneifen konnte, immer wieder zu Jasper hinüberzuschauen.

Der grinste sie an. »Du strahlst wie ein Honigkuchenpferd.«

»Es war einfach so ein tolles Erlebnis! Wer hätte gedacht, dass es so viel Spaß machen kann, Holz zu kaufen?«

»Ich.«

Liv prustete. »Ja, das glaube ich gern. Ich dagegen war da heute Morgen zuerst noch ein wenig verhalten in meinen Erwartungen. Ich muss zugeben, dass ich mir bisher kaum Gedanken darüber gemacht habe, welche Eigenschaften verschiedene Hölzer besitzen. Dabei hätte doch gerade mir klar sein sollen, dass sich Bäume genauso voneinander unterscheiden wie andere Pflanzen auch.« Sie sah kurz zu Jasper hinüber, der sie weiterhin angrinste.

»Du lachst mich aus«, warf sie ihm vor, bevor sie sich wieder auf die Fahrbahn konzentrierte.

»Ich lache dich nicht aus. Aber es amüsiert mich ein wenig, dass du so streng mit dir bist. Auch wenn Bäume zu den Pflanzen zählen, einige sogar zu den Heilpflanzen, wie du mir am Weihrauch ja gerade erst deutlich gemacht hast, so ist es doch etwas ganz anderes, über die Beschaffenheit des Holzes im Sinne des Verbauens nachzudenken, wenn man aus deiner Berufsgattung kommt.«

Sie seufzte. »Wahrscheinlich hast du recht, schließlich kann man ja nicht alles wissen. Und gerade deshalb ist es auch so spannend, neue Erfahrungen zu machen, oder?«

»Klar. Ich hatte mir, bevor ich dich kennenlernte, auch noch nie Gedanken darüber gemacht, warum welche Heilmittel in welche Salben gerührt werden. Nicht einmal Gedanken darüber, dass Salben überhaupt gerührt werden. Und ich muss sagen, je mehr du mir davon erzählst, desto mehr will ich darüber wissen.«

Liv spürte, wie sich ein warmes Gefühl in ihr breitmachte. Jaspers Interesse an ihrer Leidenschaft bereicherte inzwischen ihre Tage. Es machte so viel mehr Spaß, die Kräuter zu verarbeiten, wenn sie beide darüber im Austausch waren. Sofort ploppten Bilder vor ihr auf, von Menschen auf ihrem Hof, die sich ebenfalls für Wildkräuter interessierten und von ihr mehr darüber lernen wollten. Ja, sie hätte wirklich große Lust, Seminare zu geben …

»Hallo?«

Jaspers Ausruf riss sie aus ihren Gedanken, und sie sah, dass sie vor lauter Hirngespinsten an der Hofeinfahrt vorbeigefahren war.

»Sorry!«

Sie nutzte die nächste Möglichkeit zum Wenden und fuhr zurück zum Hof.

»So sehr in Gedanken?«, fragte er.

»Eher Hirngespinste.«

»Das ist etwas, was ich nicht so gut verstehe. Anstatt dich mit jemandem auszutauschen, kaust du tagelang allein auf deinen Ideen herum«, grummelte er.

Als sie vor dem Haus angehalten hatte, stellte sie den

Motor ab und wandte sich ihm zu. »Du hast recht. Ich bin jetzt schon so lange für mich allein verantwortlich, oder besser gesagt, ich fühle mich schon so lange für mich allein verantwortlich, dass ich es wohl verlernt habe, mich andern gegenüber zu öffnen. Tut mir leid.«

»Und worüber denkst du die ganze Zeit nach? Ich spüre doch, dass da etwas ist. Hat es etwas mit mir zu tun? Bist du unzufrieden?«

Erstaunt sah sie ihn an. »Unzufrieden? Im Gegenteil. Es hat überhaupt nichts mit dir zu tun, da ist alles bestens. Ich denke die ganze Zeit darüber nach, ob es besser wäre, das Geschäft klein und überschaubar zu halten, sodass ich es allein stemmen kann, oder ob ich größer denken sollte. Ob ich viel Geld in die Hand nehmen und neben dem Vermarkten meiner Waren auch noch Seminare und Workshops anbieten sollte.«

»Wieso müsstest du viel investieren, um Seminare oder Workshops anzubieten?«

»Weil sich Seminare nicht rentieren, wenn sie sich nur an Kunden in der Region richten. Das funktioniert vielleicht in einer Großstadt, aber hier auf dem Land muss ich einen größeren Einzugsbereich bedenken, das heißt, die Leute, die zu meinen Seminaren kommen wollen, müssten irgendwo untergebracht werden.«

»Platz im Haus wäre genug.«

»Theoretisch schon, aber um es professionell aufzubauen und auch um selbst auf lange Sicht Privatsphäre zu haben, müsste ich ausbauen.«

Ein Strahlen zog sich über sein Gesicht. »Der Dachboden!«

Liv lachte, beugte sich zu ihm hinüber und drückte ihm einen herzhaften Kuss auf den Mund. »Genau. Der Dachboden.«

Seine Augen bekamen einen träumerischen Ausdruck, und sie meinte zu erahnen, welche Bilder jetzt vor ihm vorbeizogen.

Trotzdem fragte sie nach: »Was meinst du?«

»Ich halte das für eine famose Idee. Aber ich kann natürlich verstehen, dass du dir das gut überlegen musst. Das wäre wirklich eine völlig andere Hausnummer als dein ursprüngliches Vorhaben.«

War sie eben noch euphorisch bei dem Gedanken an das, was sein könnte, überfiel sie jetzt schlagartig wieder ein Gefühl von Unsicherheit. Niemand würde ihr diese Entscheidung abnehmen können, und sie allein wäre diejenige, die die Konsequenzen zu tragen hätte.

»Jetzt laden wir erst einmal aus«, erklärte sie resolut. »Noch muss keine Entscheidung getroffen werden.«

Sie startete den Motor und fuhr den Lieferwagen hinter das Haus bis zum Ende des Hofs. Ein bisschen körperliche Betätigung würde ihr jetzt guttun und die Anspannung, die sich eben über sie gelegt hatte, wieder verschwinden lassen.

Kaum dass sie ausgestiegen waren, schoss Flönz auf sie zu und tanzte um sie herum, als hätten sie sich jahrelang nicht mehr gesehen.

Jasper lachte und klopfte ihm den Rücken. »Immer wieder eine große Freude, was?«

Auch Liv wurde ausgiebig von Flönz' Liebesbezeugungen bedacht und wehrte sich eher halbherzig gegen die schlabbrige Hundezunge, mit der er versuchte, ihre Hände abzulecken.

Doch nachdem Jasper die Hecktüren des Lieferwagens geöffnet hatte, wandte sich der Hund den aufregenden Gerüchen der mitgebrachten Holzbalken zu.

In einträchtigem Schweigen und der Begleitung des Hundes trugen sie die ersten Holzbalken nach hinten auf die Wiese, wo Jasper bereits das Fundament gegossen hatte. Bevor Liv sich mit dem Bau eines Gewächshauses beschäftigt hatte, war ihr noch nie die Idee gekommen, dass man dabei die Ausrichtung beachten sollte. Da sie nicht mit Plexiglas, sondern mit Glasflächen arbeiten wollte, war in ihrem Fall eine Nord-Süd-Ausrichtung am besten, weshalb sich die Giebelseite des Gewächshauses auf einer Achse mit dem alten Kuhstall befand. Ein gutes Stück entfernt, auf der anderen Seite der Wiese, befand sich der Tannenhain, während sie im Herbst auf der westlichen Seite des Gewächshauses eine Hecke pflanzen wollte, die später ein wenig Windschutz bieten würde. So würde mit der Zeit alles zu einer harmonischen Einheit verwachsen, und sie freute sich schon darauf, sich dort aufzuhalten.

Die Vielzahl an Kanthölzern und Leisten abzuladen, war eine schweißtreibende Tätigkeit, und Liv hatte sich nur zu gern bereit erklärt, zum Haus hinüberzugehen und Getränke zu besorgen.

Bevor sie den Kühlschrank öffnete, rollte sie die Schultern nach vorn und zurück, in der Hoffnung, ihre geplagte Muskulatur zu entspannen. Morgen hätte sie ob der ungewohnten Tätigkeit sicher einen gehörigen Muskelkater.

Aber der hätte sich gelohnt. Gut gelaunt öffnete sie die Kühlschranktür und griff nach zwei Flaschen Sprudelwasser. Als sie auf dem Rückweg an der alten Milchküche vorbeikam, wurde ihr Schritt langsamer, weil ihr einfiel, dass sie heute noch ausmessen wollte, wie viel Platz sie für einen größeren Herd hätte. Vielleicht könnte sie sogar zwei Herde unterbringen, um noch effektiver arbeiten zu können. Wenn sie mit ihrer Arbeit für Jasper fertig war, würde sie in der Werkstatt nach einem Zollstock schauen.

Als sie wieder bei Jasper ankam, hatte er bereits die restlichen Hölzer aus dem Lieferwagen geräumt und auf den nach Größen sortierten Stapeln am zukünftigen Gewächshaus verteilt. Er wirkte zufrieden mit seinem Werk.

»Sieht nach ganz schön viel Arbeit aus«, meinte Liv, als sie ihm eine der beiden Flaschen reichte.

Er nahm sie ihr dankend ab und schraubte sie auf. »Das wirkt vielleicht so, aber du wirst sehen, dass das ruckzuck verbaut sein wird.«

»Kann ich dir dabei helfen?«

Jasper setzte die Flasche wieder ab, aus der er einen langen Zug getrunken hatte. »Möchtest du gern helfen? Oder fragst du, ob ich Hilfe brauche? Denn wenn du möchtest, kannst du mir sehr gern helfen. Wenn du aber anderes zu tun hast, brauchst du es nicht. Ich komme schon klar.«

Sie rang einen Moment mit sich, da sie es einerseits schön fände, an der Entstehung des Gewächshauses mitzuwirken, sie andererseits jedoch der Gedanke an den neuen Herd mit aller Macht in Richtung Milchküche zog.

Sie schraubte ebenfalls ihre Wasserflasche auf und trank daraus, um etwas Zeit für ihre Antwort zu gewinnen. Dann setzte sie die Flasche ab und schaute Jasper verlegen an. »Meine Neugier siegt, ich gehe in die Milchküche.«

Jasper lachte auf. »Und auf was bist du neugierig?«

»Ich habe online nach Herden geschaut. Deshalb wollte ich die Milchküche ausmessen, damit ich tiefer in die Planung der Ausstattung einsteigen kann.« Allein beim Sprechen darüber merkte Liv, wie freudige Erwartung in ihr hochstieg.

»Sicher ein tolles Gefühl, wenn es zunehmend konkreter wird, was?«

»Aber auch nicht wenig beängstigend.«

Er trat auf sie zu und nahm sie in den Arm, was ihr sofort ein Gefühl der Geborgenheit vermittelte.

»Du bist eine kluge Frau und hast mit Svenja eine weitere kluge Frau an deiner Seite«, sagte er, während er ihr zärtlich über den Rücken strich. »Ihr beide werdet das ganz sicher hinbekommen.«

Liv fühlte sich so wohl in seiner Umarmung, dass sie sich am liebsten gar nicht von ihm lösen wollte, aber er sah das wohl anders, denn er ließ sie los und trat einen Schritt zurück.

»Dann werde ich mal mein Werkzeug holen«, sagte er mit belegter Stimme, wandte sich ab und stapfte in Richtung Scheune davon.

Ein wenig verdattert über dieses brüske Ende ihrer Umarmung sah sie ihm hinterher, ehe sie in Annis Lieferwagen stieg, um ihn zurückzubringen.

»Männer«, murmelte sie vor sich hin. »Und dann sagt man immer, wir Frauen wären so schwer zu verstehen.«

Sie parkte den Wagen hinter dem Geschäft und ging durch die Hintertür direkt in die Werkstatt. Cornel schraubte an einem Rasenmäher, während Zoe auf einem Stuhl danebensaß, ihm zuschaute und mit den Beinen baumelte.

»… und dann hat Mama gesagt, ich muss ins Bett. Das war so unfair!«, beschwerte sie sich gerade bei ihm.

Liv unterdrückte ein Auflachen. An der Problematik zwischen Mutter und Kind schien sich im Laufe der Jahre nichts verändert zu haben.

Dann schaute Zoe auf und lächelte sie an. »Hallo, Liv.«

Diese enorme Wandlung in Bezug auf ihre Kommunikation hatte sich während des gestrigen Essens ergeben. Nachdem Zoe erst Jasper mit Fragen gelöchert hatte, beteiligte sie sich zunehmend auch an den folgenden Gesprächen und war ihnen gegenüber regelrecht aufgetaut.

»Bringst du Annis Auto zurück?«, wollte sie nun von ihr wissen.

Liv nickte. »Hallo, Zoe. Unterhältst du dich gut mit Cornel?«

Der hob nun auch den Kopf und brummte zustimmend. »Häng den Schlüssel einfach drüben ans Schlüsselbrett. Habt ihr euer Holz bekommen?«

»Ja, hat alles prima geklappt.«

Liv hängte den Schlüssel an einen der Haken an dem einfachen Holzbrett und wandte sich dann wieder den beiden zu. »Jasper will gleich mit dem Aufbau des Gewächshauses anfangen.«

Cornel richtete sich auf und wischte sich die ölverschmierten Hände an einem Lappen ab.

»Wollen wir ein wenig zuschauen gehen?«, fragte er Zoe. Die sprang sofort von ihrem Stuhl auf.

»Aber erst deine Mutter fragen, und …«

Das Mädchen verdrehte theatralisch die Augen. »… und erst warten, wenn Mama gerade mit einem Kunden spricht, ich weiß.«

Nun konnte sich Liv ein Lachen doch nicht verkneifen. »Sie hat sich inzwischen offensichtlich gut eingelebt«, sagte sie zu Cornel, nachdem die Kleine im Durchgang verschwunden war.

Ein Lächeln huschte über sein Gesicht. »Ist eine richtige kleine Quasselstrippe. Erinnert mich an dich damals.«

»Mein Gott, es kommt mir vor wie gestern, dass ich hier bei dir und Opa Hein gesessen habe.«

»Ja, wir werden alle nicht jünger. Aber die Kleine hier bringt frischen Wind ins Haus.«

Und das gefällt ihm, dachte Liv, als sie sein zufriedenes Gesicht betrachtete. So wie es aussah, war die Entscheidung, Pia einzustellen und ihr und Zoe eine der Wohnungen anzubieten, genau die richtige für alle Beteiligten gewesen.

Zoe stürzte zurück in die Werkstatt. »Wir können los!«

Cornel wuschelte ihr kurz durchs Haar, während sie zu dritt die Werkstatt durch die Hintertür verließen.

Während Zoe und Cornel weiter hinüber zur Baustelle liefen, ging Liv in die Werkstatt, holte sich einen Zollstock und versuchte, sich auf ihr Vorhaben in der Milchküche zu konzentrieren. Doch als sie den Raum betrat, überfiel sie unmittelbar die Erinnerung an den Tag, an dem sie ihre Entscheidung getroffen hatte, auf dem Hof zu bleiben.

Der Tag, an dem sie Jasper beinahe geküsst hatte. Als sie ihm, vollgepumpt mit Endorphinen, gegenübergestanden und seine Hand gehalten hatte.

Liv atmete tief durch und legte eine Hand aufs Herz. Ihr ganzer Körper war in Aufruhr, und sie genoss jedes einzelne Gefühl, das sie gerade durchströmte, in vollen Zügen. Die letzten Tage mit Jasper waren nur so verflogen, und gleichzeitig waren sie so angefüllt mit Zärtlichkeiten und Gesprächen gewesen, wie sie es nie zuvor erlebt hatte. Gedanken daran, dass diese wunderbare Zeit bald zu Ende sein sollte, schob sie beiseite, sobald sie sich einen Weg in ihren Kopf zu bahnen versuchten. Sie wollte die Wochen, die ihr bis dahin blieben, noch unbeschwert genießen.

Liv drehte sich mit geschlossenen Augen einmal im Kreis, ehe sie sich zur Ordnung rief, den Zollstock auseinanderzog und damit begann, die Stirnseite des Raums auszumessen. Sie kam auf knapp fünf Meter, sogar mehr als fünf Meter an der Seitenwand. Die Milchküche war damals recht großzügig bemessen worden, damit ihre Großeltern die Möglichkeit hatten, in kleineren Mengen eigenen Käse herzustellen. Die entsprechenden Gerätschaften hatten Liv und Maike nach dem Tod ihrer Mutter verkauft, aber sie würde die Fläche zukünftig sicher gut nutzen können.

Ihr Blick fiel auf die Verbindungstür zum Nebenraum, in dem früher die beiden großen Milchtanks gestanden hatten. Sie lugte hindurch. Ihr war gar nicht mehr bewusst gewesen, wie viel größer der Raum jetzt wirkte, seitdem die Tanks entfernt worden waren. Vor ihr tauchte das Bild eines lang gestreckten Holztischs auf, umgeben von gut gelaunten Menschen, die daran arbeiteten.

Sie schnappte nach Luft, ihr Hirn arbeitete fieberhaft. Es wäre sicher ein Leichtes, den Durchgang zu vergrößern oder die Wand komplett zu entfernen und so einen großen Raum zu schaffen. Einen Raum, den sie hervorragend für Workshops oder Praxisanleitungen im Zusammenhang mit Seminaren nutzen könnte.

Der Puls hämmerte in ihrer Brust, und das Atmen fiel ihr schwer, während sie versuchte, die umherfliegenden Gedanken in ihrem Kopf zu sortieren. Sollte es wirklich so einfach sein, eine solch schwerwiegende Entscheidung zu treffen? Wegen des Bilds von einer fröhlichen Gemeinschaft, die sich rund um einen Tisch versammelt hatte?

Und dann, als hätte das entscheidende Puzzleteil noch an seinen Platz fallen müssen, fühlte sie sich plötzlich ganz ruhig, denn dass dies genau das war, was sie wollte, wurde ihr in diesem Moment klar. All das Für und Wider, das sie in den letzten Tagen geistig hin und her gewälzt hatte, die Ängste, die sie gegen das aufregende Gefühl der Möglichkeiten abgewogen hatte, hatten hier und jetzt zu einem Ergebnis geführt. Schon Svenja hatte ihr empfohlen, größer zu denken, und auch Maike und Jasper hatten sie dahingehend bestärkt. Aber jetzt spürte sie zum ersten Mal ganz deutlich, dass sie selbst es wollte und sie auch den Mut hatte, es umzusetzen. Obwohl sie sich gerade überhaupt nicht mutig fühlte. Es war eher eine Selbstverständlichkeit, dass sie genau diesen Weg gehen wollte. Die Angst war weg und einer freudigen Erwartung gewichen.

»Ich werde Seminare veranstalten!«, rief sie laut aus, reckte die Fäuste und warf den Kopf in den Nacken.

Sie hatte in den letzten Tagen schon so viele Ideen für Workshops gesammelt, dass sie es kaum abwarten konnte, ihren Träumen Taten folgen zu lassen. Leider stünde vor all dem kreativen Brainstorming noch ein nüchternes Berechnen des Kreditrahmens. Aber auch das schreckte sie nicht mehr. Sie vertraute Svenjas Erfahrung und war zuversichtlich, dass sie gemeinsam eine gute Strategie entwickeln würden.

Kapitel 23

Dienstagvormittag hatte Liv sich eigentlich voller Elan in die neuen Berechnungen stürzen wollen, doch nun saß sie sicher schon seit einer halben Stunde an ihrem Schreibtisch und bekam das breite Grinsen nicht aus dem Gesicht. Jasper und sie hatten ihre Entscheidung in der letzten Nacht auf ihre Art gefeiert, und sie hatte jeden Moment davon genossen. Aber es war nicht nur der Sex mit ihm, der ihre Gefühle in Aufruhr brachte, auch die Gespräche, die sie miteinander führten, waren so intensiv und auf Augenhöhe, wie sie es bisher noch nicht erlebt hatte. Egal, ob es Diskussionen waren, bei denen sie verschiedene Standpunkte vertraten, oder fachspezifische Debatten, in denen sie voneinander lernen konnten. Jeder Tag mit ihm war einfach durch und durch erfrischend, immer wieder gab es einen neuen Aspekt, den es zu erkunden galt.

Liv atmete noch einmal tief durch, ehe sie nach ihrem Kugelschreiber griff und den Collegeblock zurechtrückte. Es nutzte nichts, irgendwann würde sie die Arbeit machen müssen, und je eher sie damit anfing, desto eher könnte sie sie abschließen.

Doch gerade als sie starten wollte, klopfte es an ihrer Tür.

»Ja?«

Maike kam herein, unter dem Arm aufgerolltes Papier. »Hast du einen Moment Zeit? Ich würde dir gern zeigen, was ich mir für den Dachboden überlegt habe.«

Noch mehr Aufregung blubberte durch Liv hindurch. »Natürlich möchte ich gern sehen, was du gezeichnet hast. Ich bin schon total gespannt!«

Sie schob ihre Unterlagen beiseite und machte Platz für die Papiere, die Maike mitgebracht hatte. Ihre Schwester rollte ein lang gezogenes Blatt Papier mit dem aufgezeichneten Grundriss vor ihr aus. Beide beugten sich darüber und studierten die Linien und Anmerkungen.

»Wie du siehst, habe ich mir überlegt, an der Giebelseite einen Aufenthaltsraum einzurichten. Du könntest dort sogar einen Kamin einbauen, dann wird es richtig gemütlich. Hier hinten könnte auch eine Teeküche entstehen, damit deine Gäste nicht immer ins Erdgeschoss laufen müssen, wenn sie etwas trinken möchten.«

»Das sieht so toll aus! Ich kann es mir schon richtig vorstellen.«

Neben dem Aufenthaltsraum hatte Maike sechs großzügig geschnittene Doppelzimmer mit jeweils integrierten Badezimmern eingeplant.

»Ich habe extra Zimmer mit einem etwas größeren Schnitt gewählt, damit du die Möglichkeit hättest, die Betten auch getrennt voneinander aufzustellen, wenn sich Gäste ein Zimmer teilen wollen, die nicht als Paar anreisen.«

Bewundernd schaute Liv ihre kleine Schwester an. »Du hast ja echt schon weit vorausgedacht. Super. Ich habe mir zwar auch schon viele Gedanken gemacht, aber darüber zum Beispiel noch nicht.«

»Deshalb ist es ja immer gut, wenn man sich mit mehreren bespricht und jeder seine Ideen einbringt.«

Maike wies auf die rechte Seite des Dachbodens. »Du müsstest dir noch überlegen, wie auch du zu deiner Privatsphäre kommst. Ich habe hier ein Treppenhaus angefügt, das seitlich an die Giebelwand angebaut werden könnte, damit du und deine Gäste jeweils einen eigenen Treppenaufgang habt.«

»Auch eine sehr gute Idee, wobei ich gerade überlege ...«

Liv stockte und tippte sich nachdenklich mit dem Finger gegen die Lippen, während ihre Gedanken Form annahmen.

»Was?«, fragte Maike.

»Du hast da jetzt schon so viel Arbeit reingesteckt, aber ...«, druckste Liv herum.

Maike rollte mit den Augen. »Liv, das hier ist nur ein Vorschlag, und es hat wirklich viel Spaß gemacht, mir dazu Gedanken zu machen. Aber wenn es dir nicht gefällt, ist das völlig in Ordnung.«

»Es ist nicht so, dass es mir nicht gefällt«, sagte Liv schnell. »Es gefällt mir sehr. Ich war ja auch total begeistert von der Idee, den Dachboden für die Gäste umzubauen. Nur überlege ich gerade, ob es nicht sinnvoller wäre, wenn ich meine Privaträume unter dem Dach hätte und die Gäste sich ungestört im Erdgeschoss und ersten Stock aufhalten könnten.«

»Das wäre mit sehr viel mehr Umbaumaßnahmen verbunden«, wandte Maike ein. »Sprich: Wahrscheinlich wird es ein gutes Stück teurer und aufwendiger, als wenn du nur den Dachboden ausbaust.«

Liv nickte. »Sicher, es wäre ein größerer Aufwand und auch teurer, aber meinst du nicht, es wäre auf lange Sicht sinnvoller?«

Maike betrachtete eingehend ihre Zeichnungen. »Das angebaute Treppenhaus wäre in diesem Fall nicht unbedingt nötig, damit würde natürlich ein großer Kostenfaktor wegfallen. Und da du für dich allein sicher nicht die gesamte Fläche zum Wohnen brauchst, müsste der Dachboden natürlich auch nicht komplett ausgebaut werden.«

Liv strahlte ihre kleine Schwester an. »Das klingt doch schon sehr vielversprechend. Hast du vielleicht Lust, dich da noch einmal dranzusetzen?«

Nun leuchteten auch Maikes Augen. »Sehr gern. Das wird sicher ganz schön kniffelig, aus den Zimmern im ersten Stock etwas Neues zu zaubern.«

Liv stand auf und nahm ihre Schwester in den Arm. »Ich möchte jetzt überhaupt nicht tiefsinnig werden, aber wenn ich aus den letzten Wochen eines gelernt habe, dann ist es das, wie gut es mir tut, mich endlich ein wenig zu öffnen und andere in meine Überlegungen mit einzubeziehen. Das hatte ich bisher einfach nicht begriffen.«

Maike drückte sie liebevoll, ehe sie sich von ihr löste. »Die letzten Wochen waren für uns beide eine wertvolle Zeit. Ich hatte jedenfalls die Möglichkeit, dich noch einmal ganz neu kennenzulernen.«

Liv spürte, wie ihr die Schamesröte in die Wangen schoss. »Ich muss eine furchtbare Schwester gewesen sein.«

Doch Maike schüttelte den Kopf. »Nein, du warst für mich lange Zeit mein Rettungsanker. Nur irgendwann bin ich erwachsen geworden, und du hast es nicht mitbekommen. Schön, dass wir das jetzt geklärt haben. Und da wir beide uns jetzt gerade so wunderbar erwachsen fühlen ...« Maike machte eine bedeutungsschwangere Pause, ehe sie weitersprach: »Wir sollten uns wirklich Papas Zimmer vornehmen, damit wir da auch endlich einen Haken dran setzen können.«

Sofort spürte Liv, wie sich der wohlbekannte Knoten in ihrem Magen formierte. Aber Maike hatte recht. Dadurch, dass sie das Ausräumen des Zimmers vor sich herschoben, wurde die Situation nicht besser.

»Dann brauche ich aber erst noch einen Tee.«

Maike starrte sie entgeistert an. »Wir haben doch gerade erst gefrühstückt.«

»Frühstück ist Frühstück, und Tee ist Tee. Jetzt brauche ich einen Seelentröster.«

»Also gut. Dann mach dir einen Tee und ruf mich, wenn du so weit bist.« Damit rauschte sie aus dem Zimmer.

Liv folgte ihr langsamer und ging in die Küche, wo sie Wasser aufsetzte und ihre Teemischung heraussuchte.

Gedanken an ihren Vater hatte sie sich bereits seit vielen Jahren verboten, doch wenn sie jetzt sein Zimmer leer räumen wollten, musste sie sich wohl oder übel noch einmal mit der ganzen Geschichte auseinandersetzen. Vielleicht ist das gar nicht so schlecht, überlegte sie, während sie das heiße Wasser über ihre Teemischung goss. Vielleicht kann ich dann auch endlich einen Schlussstrich unter dieses Kapitel ziehen.

Sie nahm ihre Teetasse und setzte sich damit an den Küchentisch. Wenn sie an ihren Vater dachte, überfiel sie jedes Mal heiße Wut. Heiße Wut darüber, wie ein Mensch so egoistisch sein konnte. So weit, wie sie zurückdenken konnte, war ihr Vater Gast im eigenen Haus gewesen. Ein geliebter Gast, ein hofierter Gast, aber eben nur ein Gast. Ein Gast, der kam und ging, so wie es ihm in den Kram passte.

Sie hatte schon sehr früh lernen müssen, dass sie sich nicht auf ihn verlassen konnte. Hatte er ihr an einem Tag versprochen, am nächsten mit ihr einen Ausflug zu machen, konnte es sein, dass er, wenn sie am Morgen erwachte, das Haus schon auf unbestimmte Zeit verlassen hatte. Bis heute wusste sie nicht, was er in diesen Tagen, Wochen, meist sogar Monaten eigentlich getrieben hatte. Ihre Mutter hatte nie darüber gesprochen. Sie hatte bis zu ihrem Tod niemals ein böses Wort über ihn verloren, hatte sein Zimmer die ganzen Jahre in einem Zustand gehalten, als könne er jederzeit wieder vor der Tür stehen. Doch seit jenem Tag, kurz nach Maikes neuntem Geburtstag, war er nie wiederaufgetaucht.

Liv nippte an ihrem Tee. In ihrer Kindheit hatte es ein permanentes Auf und Ab an Emotionen gegeben, ein großes Willkommen im Wechsel mit erneutem Verlassenwerden, dazu die ständige Ungewissheit, wie lange welcher Zustand anhielt. Aber noch schlimmer als für sie war das ganze Hin und Her für Maike gewesen. Seit sie ein Baby gewesen war, hatte sie sehr an ihrem Vater gehangen, während Liv ein Mamakind gewesen war. Maike war jedes Mal in ein tiefes Loch gefallen, wenn ihr Vater sie verlassen hatte. War nächtelang zu Liv ins Bett gekrabbelt und hatte ihrer Mutter mit Wutausbrüchen das Leben schwer gemacht. Nachdem ihr Vater endgültig verschwunden war, sackte Maike auch in der Schule ab, und Liv erinnerte sich schmerzhaft an die Nachmittage zurück, an denen sie ihrer bockigen Schwester das schriftliche Addieren erklären sollte.

Sie seufzte, ehe sie die Teetasse wieder auf den Tisch stellte. Es nutzte ja nichts, das Ausräumen vor sich herzuschieben. Sie konnte schon froh sein, dass sie es nicht allein machen musste, sondern Maike ihr half. Wenn sie sich beeilten, wären sie sicher ruckzuck fertig und könnten diese ganze Angelegenheit endlich abhaken.

Sie stand auf, ging in den Flur und rief nach ihrer Schwester.

»Genug Tee getrunken?«, fragte Maike spöttisch, als sie die Treppe herunterkam.

»Aber leider ohne Erfolg. Lauter nutzlose Gedanken.«

Maike schlang ihr einen Arm um die Taille. »Bringen wir es hinter uns.«

Liv fühlte sich sofort besser, während sie mit Maike zusammen den Flur entlangging und schließlich die Zimmertür öffnete.

»Du hast ja sogar schon die Kartons bereitgestellt«, rief sie erfreut, als sie die gefalteten Kisten neben dem Sofa stehen sah.

»Ich bin absolut deiner Meinung, dass wir das hier so rasch wie möglich erledigen sollten.« Maike ging in den Raum hinein, griff sich einen Karton und klappte ihn auseinander.

»Willst du etwas aufheben, oder können wir einfach alles einpacken?«

»Alles weg. Die letzten neunzehn Jahre habe ich auch nichts davon vermisst.«

Liv biss sich auf die Zunge, um nichts zu erwidern, denn die ersten Jahre, nachdem ihr Vater sie verlassen hatte, war dieses Zimmer der bevorzugte Aufenthaltsort ihrer Schwester gewesen. Umso besser, dass sie damit offenbar abgeschlossen hatte.

Sie arbeiteten sich zügig durch die Regale und Schränke und füllten Karton um Karton. Liv hing ihren Gedanken nach, als ihr ein Buch über die Pflege von Beziehungen in die Hände fiel.

»Meinst du, Papas Verhalten hat uns den Umgang mit Männern versaut?«, fragte sie ihre Schwester nachdenklich.

Maike schaute erstaunt zu ihr herüber. »Wie kommst du denn darauf?«

Liv hielt ihr das Buch entgegen.

Maike kam auf sie zu und nahm ihr das Buch aus der Hand. »So was hat er gelesen?«

»Sieht ganz so aus.«

»Entweder ein grottenschlechter Ratgeber, oder er hat die Tipps nicht verstanden.«

Liv ging nicht auf diese flapsige Bemerkung ein, sondern blickte Maike weiterhin ernst an.

Doch diese zuckte nur mit den Schultern. »Was weiß ich?«

»Drückst du dich gerade davor, genauer hinzusehen, oder willst du mich nicht verstehen?«

»Willst du jetzt wirklich eine Grundsatzdiskussion führen?«

»Warum nicht? Schließlich sind wir doch gerade am Ort des Geschehens.«

»Pah, am Ort des Geschehens.«

Aber dann legte Maike das Buch zu den anderen in den Karton und wandte sich wieder ihrer Schwester zu. »Du meinst, er hat unseren Blick auf Männer versaut, weil weder du noch ich eine vernünftige Beziehung zustande kriegen?«

»Ich fürchte, dass es so ist. Bei mir hat diese On-Off-Beziehung zwischen Mama und Papa jedenfalls dazu geführt, dass ich mir schon früh vorgenommen habe, mich niemals so kopflos in jemanden zu verlieben, wie Mama es getan hat.«

»Also ich habe da bisher eigentlich noch nie so richtig drüber nachgedacht.« Nun runzelte Maike nachdenklich die Stirn. »Aber jetzt, wo du es sagst ... Meine Beziehungen waren auch immer eher oberflächlicher Natur. Und in den letzten Jahren habe ich mich dermaßen in die Arbeit gestürzt, dass überhaupt keine Zeit für eine Beziehung blieb. Und ich habe nichts vermisst.«

»Bei mir ist es so gewesen, dass ich jede Beziehung beendet habe, die drohte, sich zu vertiefen.«

»Deshalb verkündest du auch so gern, dass die Affäre mit Jasper ein absehbares Ende hat.«

Liv nickte. »Wie es scheint, sind wir da beide ganz schön verkorkst.«

»Und? Willst du was daran ändern?«

»Ich denke nicht, dass das auf Knopfdruck funktioniert.«

»Aber wenn es funktionieren könnte: Würdest du es wollen?«, insistierte Maike.

Wenn sie das wüsste. Liv rieb sich frustriert das Gesicht,

ehe sie wieder zu Maike hinübersah. »Keine Ahnung. Ich sage es ja: Wir sind verkorkst.«

»Damit kann ich gut leben«, erklärte Maike leichthin, ging zurück zum Bücherregal und fuhr damit fort, es leer zu räumen.

Doch so leicht wie ihre Schwester konnte Liv diese Überlegungen nicht einfach beiseiteschieben. Sie beschloss, weiter über die gerade gewonnene Erkenntnis nachzudenken, weshalb sie das Buch anstatt in die Kiste zur Seite legte, um später noch einen Blick auf den Inhalt zu riskieren. Auch wenn es bereits einige Jahre auf dem Buckel hatte, war vielleicht nicht alles überholt, was darin besprochen wurde.

Kapitel 24

Einige Tage später streifte Liv durch den kleinen Tannenhain und sammelte Tannenwipfel, frisch getriebene Spitzen der Tannenzweige. Da sie in den letzten Tagen viel Sonnenschein hatten, war um sie herum quasi der Frühling explodiert. Überall blühte es, Beete und Wiesen leuchteten in den unterschiedlichsten Farben, und die Insekten schwirrten aufgeregt umher. Sie liebte diese Jahreszeit, die solch einen scharfen Kontrast zur Ruhe des zurückliegenden Winters bildete. Das Leben um sie herum schien zu pulsieren und füllte auch sie selbst mit neuer Energie.

Sie trat aus dem Tannenhain hinaus und schaute hinüber zum Gewächshaus, dessen Gerüst nun aufgebaut war, es fehlten nur noch die Glaseinsätze. Ihr Herz schlug höher bei dem Gedanken daran, dass es nun nicht mehr lange dauern würde, bis sie mit dem Bepflanzen der Hochbeete beginnen könnte. Manchmal war es noch total unwirklich für sie, dass sie wirklich im Begriff war, ein eigenes Geschäft aufzuziehen. Doch wenn sie dann einen Blick auf das Gewächshaus, die Zahlenkolonnen oder Maikes Pläne zum Ausbau des Hauses warf, wurde alles so real, dass ihr ganz schwummerig wurde.

Aber es war ein angenehmes Gefühl, entschied sie.

Liv betrachtete die Ausbeute in ihrer Schüssel und erklärte die Menge für ausreichend. Schließlich wollte sie ja noch keine Großproduktion aufziehen, sondern erst einmal nur ausprobieren, ob sie die Tannenwipfelbonbons so hinbekam, dass sie auch schmeckten.

Auf einigen Seiten im Internet hatte sie sich in das Thema eingelesen, anschließend ein paar Videos über die Zubereitung von Kräuterbonbons angeschaut und fühlte sich nun bereit für einen ersten Versuch. Aus den zarten Trieben kochte sie einen Kräutersud und stellte ihn zum Ziehen beiseite. Der kräftige Duft, der schon jetzt von ihm aufstieg, ließ auf wohlschmeckende Bonbons hoffen. Sie erhitzte Kristallzucker in einer Pfanne, ließ ihn karamellisieren und löschte ihn schließlich mit dem Kräutersud ab. Nun hieß es Geduld haben, denn sie müsste die Masse so lange unter großer Hitze rühren, bis diese zäh genug war, um sich formen zu lassen. Nur gut, dass sie sich schon in Anbetracht ihres Vorhabens dazu entschieden hatte, lediglich ein kurzärmliges Top anzuziehen, sie fühlte sich hier vor dem Herd inzwischen wie im Hochsommer.

Als sie hörte, wie sich die Küchentür öffnete, streckte sie reflexartig einen Arm in die Richtung der Störung, ohne von der Pfanne aufzusehen.

»Bleib mir vom Leib!«, rief sie in bestimmtem Ton, denn inzwischen kannte sie Jaspers Art, sie von hinten schwungvoll in den Arm zu nehmen, wann immer er sie am Herd stehen sah. Eine Geste, die sie normalerweise in vollen Zügen genoss, auf die sie gerade in Anbetracht ihres Tuns jedoch besser verzichten sollten. »Ich muss mich konzentrieren, und diese Masse ist wirklich sehr heiß. Ich mache Tannenspitzenbonbons.«

Natürlich war er inzwischen trotz ihrer Ermahnung hinter sie getreten, und sie spürte bereits seinen warmen Atem im Nacken. Ihr Körper reagierte sofort.

»Halt bitte Abstand«, wies sie ihn deshalb erneut zurecht, auch wenn ihre Stimme jetzt deutlich freundlicher war. »Ich möchte nicht, dass hier irgendwas schiefgeht.«

Er hauchte ihr noch einen Kuss auf den Hals, trat dann jedoch einen Schritt zur Seite. »Du siehst heute wieder ausgesprochen hübsch aus.«

Sie schaute auf, und ihr Herz schlug schneller, als sie sah, wie er sich lässig gegen die Arbeitsplatte lehnte und sie musterte.

Doch Liv bemühte sich trotz der Ablenkung darum, weiterhin in gleichmäßigen Achten durch die Masse zu rühren.

»Was meinst du, wann die Bonbons fertig sind?«

»Das wird noch dauern. Die brauchen nach dem Einkochen noch recht lange, bis sie abgekühlt sind.«

»Ich bin schon total gespannt darauf, wie sie schmecken, es duftet herrlich nach … Wald.«

»Da ist noch ein Rest Sud in der Kanne, du kannst ihn gerne mal probieren.«

Er ging um sie herum, schenkte sich ein wenig von dem Kräutersud in eine Tasse und probierte.

»Interessant, würde ich jetzt aber nicht unbedingt trinken wollen.«

Er leerte den Rest aus seiner Tasse in die Spüle, bevor er sie in die Spülmaschine stellte.

»Es ist ja auch nicht als Getränk gedacht, sondern zur Weiterverarbeitung. Du wirst sehen, wenn die Bonbons fertig sind, werden sie dir sicher gut schmecken.«

»Ich stelle mich gern als Tester zur Verfügung, aber jetzt würde ich mich um den Nähschrank kümmern, wenn dir das recht ist. Der Aufsatz ist inzwischen fertig, ich werde mich heute also ein wenig mit dem Unterteil beschäftigen.«

Liv spürte, wie Vorfreude in ihr aufstieg. Der alte Nähschrank würde das erste Möbelstück sein, dass sie bewusst für ihr neues Geschäft einsetzen wollte. Da sie bereits gesehen hatte, wie grandios das obere Teil des Schranks geworden war, freute sie sich schon darauf, ihn bald fertig vor sich zu haben.

Sie holte tief Luft und sah zu Jasper hinüber. »Ich fühle mich plötzlich ganz zittrig, wenn ich daran denke, dass ich tatsächlich jeden Tag ein Stück mehr auf mein Ziel zusteuere.«

Sein Gesichtsausdruck wurde weich. »Ich kann mir gut vorstellen, dass dich das verunsichert, aber du wirst das schon wuppen, da bin ich mir ganz sicher.«

Dann kam er wieder zu ihr herüber, strich ihr zärtlich eine Haarsträhne hinter das Ohr und küsste ihre Schläfe.

»Während ich an dem Nähschrank arbeite, werde ich mir vorstellen, wie du hier in der Küche stehst, mit nicht mehr als dieser sexy Schürze am Leib.«

Liv schaute ihm, nicht nur von der heißen Bonbonmasse erhitzt, hinterher, während er gemütlich aus der Küche schlenderte, als hätte er ihr nicht gerade eine aufregende Szene ins Hirn gepflanzt. Aber sie würde sich rächen, nahm sie sich vor, während sie sich weiterhin darum bemühte, die erforderliche Konzentration für die Karamellmasse aufzubringen. Voller Vorfreude darauf gluckste sie auf. Der Umgang mit Jasper war so herrlich unkompliziert und immer wieder überraschend, dass sie sich rundum lebendig fühlte.

✳

Liv war gerade dabei, die letzten heißen Bonbonhäufchen mit dem Esslöffel auf einer langen Bahn Backpapier zu drapieren, als Jasper schon wieder in die Küche kam.

»Na? Hat die Fantasie gesiegt, und du möchtest jetzt doch lieber etwas anderes machen, als am Schrank zu arbeiten?«, neckte sie ihn, ohne den Blick von ihrer Arbeit zu wenden.

»Mit dir wäre ich immer zu allen Schandtaten bereit, aber ich fürchte, du hast vorläufig keine Lust dazu.«

»Wie kommst du denn darauf?«, fragte sie, die nächste Spitze schon auf der Zunge. Doch als sie sich aufrichtete und seinen ernsten Gesichtsausdruck sah, legte sie alarmiert den Löffel beiseite. »Ist etwas passiert?«

»Wie man es nimmt.«

Er reichte ihr ein kleines Päckchen mit Briefen. »Die hier habe ich in einem der Schubfächer vom Nähschrank gefunden.«

Sie nahm ihm die Briefe ab und betrachtete die Adresse.

»An Regina Derksen«, flüsterte sie.

Dann schaute sie zu ihm hinüber. »Briefe, die meine Oma an meine Tante geschrieben hat.«

»Und diese hat sie nicht einmal geöffnet.«

Liv blätterte die verschlossenen Umschläge durch, auf denen samt und sonders ein Stempel prangte: *Annahme verweigert.*

Jasper trat neben sie und legte tröstend einen Arm um ihre Schultern. »Ganz schöner Hammer, was?«

Liv nickte. »Maike und ich hatten erst vor ein paar Tagen darüber gesprochen, dass unser Versuch, mit Regina Kontakt aufzunehmen, offenbar gescheitert ist. Wir denken nicht, dass sie sich noch melden wird. Und dass sie damals bereits so vehement alle Brücken hinter sich abgebrochen hat, scheint unsere Meinung doch zu bestätigen.«

Er drückte sie kurz an sich. »Traurig?«

»Nein. Enttäuscht. Ein bisschen. Aber auch neugierig darauf, was meine Oma ihr damals wohl geschrieben hat. Meinst du, wir dürfen die Briefe öffnen?«

Jasper lachte auf. »Wer sollte es euch verbieten?«

»Irgendwie kommt es mir nicht richtig vor, fremde Post zu öffnen.«

»Dann besprich dich mit Maike. Es sind jetzt eure Briefe, schließlich ist sonst niemand mehr da. Ihr könnt sie lesen, weglegen oder einfach entsorgen. Das solltet ihr gemeinsam entscheiden.«

Liv löste sich aus seiner Umarmung, ging in den Flur und rief nach ihrer Schwester. »Maike?«

»Ja?«, erklang deren gedämpfte Stimme aus dem Wohnzimmer im Erdgeschoss.

Bevor Liv hinübergehen konnte, öffnete sich auch schon die Zimmertür, und Maike streckte den Kopf heraus. »Was ist los?«

Liv hielt das Briefbündel in die Höhe. »Jasper hat alte Briefe gefunden.«

»Alte Briefe?« Neugierig kam Maike näher. »Von wem?«

»Oma Elisabeth hat sie an Tante Regina geschrieben. Aber die hat sie nicht angenommen, deshalb sind sie zurückgekommen.« Liv streckte ihr die Briefe entgegen. »Sie sind noch verschlossen.«

»Sollen wir sie lesen?«

»Das habe ich Jasper auch gerade gefragt. Was meinst du?«

»Macht mir irgendwie ein komisches Gefühl, fremder Leute Post zu öffnen.«

»So richtig behaglich ist mir auch nicht dabei, aber neugierig wäre ich schon.«

Nun grinste Maike übers ganze Gesicht. »Ich auch. Wohnzimmer oder Küche?«

»Küche und Kaffee. Außerdem brauche ich dazu dringend ein paar von den Ricciarelli, die Opa Hein vorhin vorbeigebracht hat.«

Als Jasper Anstalten machte, sich diskret zu verkrümeln, lud Liv ihn ein, sich dazuzugesellen, und war froh, kurz darauf mit den beiden gemeinsam am Küchentisch zu sitzen.

»Du machst auf«, bestimmte Maike und knabberte an einem Stück von dem feinen Mandelgebäck.

Während hinter ihr die Kaffeemaschine ihre Arbeit tat, öffnete Liv den obersten Brief.

»*Meine liebe Regina*«, las sie vor. »*Nun versuche ich es noch ein letztes Mal, Dir zu schreiben, in der Hoffnung, dass Du diesen Brief annehmen wirst. Dass du überhaupt noch dort wohnen wirst. Dass Du inzwischen vielleicht nicht mehr so böse auf uns bist und wir endlich wieder miteinander reden können. Das ist mein größter Wunsch.*

Wir vermissen Dich alle sehr. Doch, auch Papa. Du weißt doch, wie er ist. Harte Schale, weicher Kern. Wir alle würden uns freuen, von Dir zu hören. Wenn wir wüssten, wie es Dir geht – wie es unserem Enkelkind geht.«

Liv hielt inne und schaute in die Runde. »Ein Enkelkind? Demnach war Regina schwanger?«

»Vielleicht gibt es doch noch jemanden, der sich irgendwann meldet!«, rief Maike aufgeregt.

»Wie wäre es, wenn ihr die Briefe chronologisch lest?«, wandte Jasper ein. »Dann hättet ihr eventuell auch eine Erklärung dafür, was eigentlich passiert ist.«

»Du hast recht.«

Liv studierte die verschiedenen Briefstempel, ehe sie einen weiteren Umschlag öffnete.

»*Meine liebe Regina«,* begann sie vorzulesen. »*Jetzt ist es schon beinahe vier Wochen her, dass Du den Hof verlassen hast. Warum meldest Du Dich denn nicht? Bist Du immer noch böse auf uns? Wir haben doch nur gestritten, weil wir uns um Dich sorgen. Niemand will Dich bevormunden. Natürlich bist Du eine erwachsene Frau. Und Du sollst auch eigene Entscheidungen treffen. Aber manches Mal ist es auch nicht verkehrt, sich die Meinungen anderer anzuhören. Die Meinung älterer Menschen mit mehr Lebenserfahrung. Ja, ich weiß, das wirst Du wieder nicht hören wollen. Dann sage mir bitte nur, ob er Dich jetzt besser behandelt? Geht es Dir gut? Fühlst Du Dich sicher? Unsere größte Sorge ist, dass Du irgendwann Schaden nehmen könntest. Oder das Kind.*

*Wenn ich könnte, würde ich die Zeit zurückdrehen und
versuchen, diesen Streit zu verhindern. Aber diese Macht
habe ich nicht. Deshalb bitte ich Dich: Melde Dich bei uns,
damit wir in Ruhe miteinander sprechen können.*

Wir lieben Dich und vermissen Dich

Mama«

Liv ließ das Blatt sinken und schaute in die ernsten Gesichter der beiden anderen.

»Harter Tobak«, murmelte Maike. »Demnach hatten sie
Angst, dass Reginas Freund übergriffig werden könnte.«

»Scheint so.«

Jasper nickte zustimmend. »Mich wundert es, dass ihr
bisher nicht mehr darüber wusstet. Das Ganze ist doch
jetzt schon Jahrzehnte her.«

»Die Geschichte vom Streit zwischen Regina und
unseren Großeltern war das große Tabuthema hier im
Haus«, erklärte Liv. »Natürlich wussten wir schon als
Kinder, dass es da noch eine Tante gab, schließlich war
sie auf den älteren Familienfotos zu sehen. Aber mehr,
als dass es einen Streit gegeben hatte, wurde uns nicht
erzählt.«

»Aber habt ihr denn Anni nicht danach gefragt? Oder
Hein? Die müssen doch etwas davon mitbekommen haben.«

»Als Regina älter wurde, war ihr Kontakt zu Annis Familie nicht mehr so intensiv. Und worum es bei diesem
Streit gegangen war, konnten mir auch Anni und Hein
nicht sagen, als ich sie einmal danach gefragt habe«, erklärte Liv. »Obwohl Anni ihre beste Freundin war, hat
Mama niemals mit ihr darüber gesprochen.«

Jasper stand auf, nahm die Kaffeekanne aus der Maschine und brachte sie an den Tisch. »Familiengeheimnisse. So unnötig.«

»Und belastend«, ergänzte Liv. »Diese Geschichte schwebte ja zeitlebens über uns. Wahrscheinlich genau deshalb, weil nie darüber gesprochen worden ist, war sie immer präsent.«

»Aber jetzt sind wir ein Stück weiter«, meinte Maike und nickte in Richtung des Briefs. »Offenbar waren Oma und Opa mit Reginas Freund nicht einverstanden, doch die hat sich für ihn und gegen ihre Eltern entschieden.«

Nachdem er allen eingeschenkt hatte, setzte sich Jasper wieder auf seinen Platz. »Vielleicht steht in den anderen Briefen ja noch mehr.«

»Genau, lies mal weiter«, forderte Maike.

Liv öffnete nacheinander alle Briefe und las sie vor, doch so viel Neues erfuhren sie nicht.

»Nach dem letzten Brief scheint Oma aufgegeben zu haben«, sagte Maike traurig.

»Sie tut mir so leid. Sie hat nie wieder etwas von ihrer Tochter gehört. Wie schrecklich muss so etwas sein?« Liv hatte bereits jetzt das Gefühl, ein Gewicht drücke auf ihre Brust, obwohl sie nur die Briefe gelesen hatten.

»Ich denke, die Dimension kann man erst wirklich verstehen, wenn man selbst Vater oder Mutter geworden ist«, merkte Jasper an. »In dieser Position bin ich nicht, allerdings hänge ich sehr an Flönz, und allein der Gedanke, er könnte verloren gehen, lässt mich panisch werden. Die Vorstellung, diese Ungewissheit ertragen zu müssen, ob es ihm gut geht, ob sich jemand liebevoll um ihn kümmert oder ob er misshandelt wird ... Ich kann mir gar nicht vorstellen, wie man das über so viele Jahre durchhalten kann.«

Was er sagte, berührte Liv tief. Auch sie hatte bereits eine tiefe Verbindung zu dem fröhlichen Vierbeiner aufgebaut, und allein der Gedanke, jemand könnte ihm schaden wollen, ließ ein flaues Gefühl in ihr aufwallen und verdeutlichte ihr erstmals die Dimension des damaligen Streits für ihre Großeltern. Und auch für ihre Mutter, die nicht nur das Leid ihrer Eltern miterlebte, sondern auch ihre Schwester verloren hatte.

»Tu mir so etwas bloß nie an!«, wandte sie sich impulsiv an Maike. »Brich bitte niemals einfach so den Kontakt zu mir ab. Du bist meine Schwester und gehörst zu den wichtigsten Menschen in meinem Leben. Daran wird sich auch niemals etwas ändern, auch wenn wir mal unterschiedlicher Meinung sein sollten.«

Maike schniefte. »Ich habe dich auch lieb.«

Sie reichten einander über den Tisch hinweg die Hände und hielten sich für einen Moment aneinander fest. In Liv herrschte ein ganzes Konglomerat unterschiedlichster Gefühle: nicht nur Zuneigung und Liebe, sondern auch Dankbarkeit und Demut, sie in ihrem Leben zu haben.

Kurz dachte sie an den Tag ihrer Ankunft hier auf dem Hof zurück und die diffusen Gefühle, die sie damals in Bezug auf Maike gehabt hatte. Die letzten Wochen hatten ihnen die Gelegenheit gegeben, einander neu kennenzulernen, die Ecken und Kanten der anderen zu respektieren und die liebenswerten Eigenschaften wertzuschätzen. Möglichkeiten, die Regina ihrer Familie genommen hatte, indem sie jegliches Gespräch mit ihnen verweigerte.

Kapitel 25

Eine Woche später saß Liv gemeinsam mit Jasper im Außenbereich eines Cafés am Marktplatz in Xanten und ließ sich ein Stück Grillaschtorte schmecken. Sie liebte diese sahnige Köstlichkeit, bei der ihrer Meinung nach Baiser, Krokant und Schokolade nicht fehlen durften. Die Version, die heute vor ihr stand, war eine Eistorte, was für sie die Krönung aller Grillaschtorten war. Auch Jasper schien es gut zu schmecken, denn er hüllte sich in zufriedenes Schweigen und beobachtete genau wie sie selbst das bunte Treiben am Blumenstand des Viktualienmarkts, der unmittelbar vor ihnen aufgebaut war. Gerade band eine der Floristinnen mit flinken Fingern einen bunten Frühlingsstrauß mit orangen Tulpen, gelben Fresien und blauen Anemonen. Doch im Gegensatz zu den exotischen Fresien schienen Narzissen und Tulpen in den unterschiedlichsten Farben die wahren Renner des heutigen Markttages zu sein.

»Habt ihr eigentlich schon mal versucht, ihn zu finden?«

Aus ihren Gedanken gerissen, schaute Liv irritiert zu Jasper hinüber. »Wen?«

»Ich habe gerade überlegt, ob ihr wohl schon einmal versucht habt, euren Vater zu finden?«

»Ich denke, du ergötzt dich an der Farbenpracht der

Blüten, und dabei machst du dir so schwerwiegende Gedanken?«

Er zuckte mit den Schultern. »Tut mir leid, wenn das für dich schwerwiegende Gedanken sind. Vergiss es einfach.«

»Nein. Nein, das ist kein Problem«, wiegelte sie ab und stellte erstaunt fest, dass dem tatsächlich so war.

Es war hier und jetzt überhaupt nicht belastend, an ihren Vater zu denken. Obwohl die Erinnerung an ihn normalerweise immer mit unguten Gefühlen verbunden gewesen war, fühlte sie sich nun geradezu unbeschwert.

»Entschuldige«, sagte sie, als ihr bewusst wurde, dass Jasper immer noch auf eine Antwort von ihr wartete. »Das ist eine berechtigte Frage. Aber nein, ich habe nie nach ihm suchen lassen, und ich denke, Maike auch nicht. Ansonsten hätte sie mir sicher spätestens beim Ausräumen seines Zimmers davon erzählt. Ich habe nie das Bedürfnis gehabt, ihn zu suchen, da ich niemals Sehnsucht nach ihm hatte. Zumindest in späteren Jahren war es eher Wut, die in mir hochschoss, wenn ich an ihn dachte. Aber gerade ist mir bewusst geworden, dass dem nicht mehr so ist. Im Gegenteil.« Sie horchte einen weiteren Moment in sich hinein. »Ich empfinde jetzt eher Gleichgültigkeit. Fühle mich unbeschwert.« Plötzlich spürte sie Freude in sich aufsteigen. »In Bezug auf meinen Vater ist das ein ganz neues Gefühl, das ich ehrlicherweise sehr genieße. Meinst du, es hat damit zu tun, dass Maike und ich sein Zimmer leer geräumt haben?«

Er betrachtete sie nachdenklich. »Das wirst du selbst am besten wissen. Wie fühlst du dich denn bei dem Gedanken daran?«

»Richtiggehend erleichtert. Es war so ein emotionaler Moment, als Maike und ich die Lampe, die meine Mutter bis zu ihrem Tod jeden Abend für ihn angemacht hatte, feierlich in der Mülltonne versenkt haben. Als könnten wir bei diesem Kapitel im wahrsten Sinne des Wortes den Deckel schließen. Daher schätze ich, dass ich auch in Zukunft nicht nach ihm suchen lassen werde. Wo auch? Ich weiß ja nicht einmal, ob er damals in Deutschland geblieben ist, ganz zu schweigen davon, ob er überhaupt noch lebt.«

»Es gäbe sicher Mittel und Wege, das herauszufinden.«

»Du meinst, einen Detektiv engagieren?«

»Ja, so etwas in der Art.«

Plötzlich hatte Liv eine Idee. Sollte es wirklich so einfach sein? »Mir kommt da gerade so ein Gedanke«, erklärte sie Jasper. »Vielleicht könnten wir durch eigene Recherche oder über solch einen Ermittler herausfinden, wo meine Tante Regina sich aufhält? Und ob sie tatsächlich ein Kind bekommen hat? Vielleicht habe ich ja sogar mehrere Cousinen oder Cousins«, schloss sie aufgeregt.

Jasper lächelte sie an. »Darüber würdest du dich wirklich freuen, was?«

»Ja, darüber würde ich mich wirklich freuen. Noch vor ein paar Wochen, als ich gerade erst auf dem Hof angekommen bin, hab ich mich so einsam gefühlt, dass ich mir wünschte, ich hätte eine größere Familie. Das hat sich in den letzten Wochen zwar relativiert, weil ich plötzlich so viele liebenswerte Menschen um mich herum habe. Aber trotzdem würde ich mich freuen, wenn wir Regina finden und mit ihr und ihren potenziellen Kindern unsere Familie noch vergrößern könnten.«

Jasper ließ gedankenverloren seinen Blick schweifen, ehe er sich wieder Liv zuwandte. »Das kann ich gut verstehen. Als Einzelkind von Eltern, bei denen Beruf und gesellschaftliche Stellung immer an erster Stelle standen, habe ich mir von klein auf Geschwister gewünscht. Dazu noch Cousins oder Cousinen wären ein Traum gewesen.« Dann beugte er sich vor, und seine Augen begannen zu funkeln. »Aber jetzt genug der alten Geschichten. Lass uns Pläne schmieden, wie wir deine Idee in die Tat umsetzen können.«

Liv beugte sich über den Tisch und drückte ihm einen zärtlichen Kuss auf die Lippen. Dieses Funkeln in seinen Augen ließ in ihr unwillkürlich die Schmetterlinge tanzen, und seine Lebenslust und Energie übertrug sich unmittelbar auf sie. »Also gut.« Sie stützte die Ellbogen auf den Tisch und legte das Kinn auf die Hände. »Wie fangen wir an? Einwohnermeldeamt?«

Er ahmte ihre Haltung nach, sodass sie einander fast Nasenspitze an Nasenspitze gegenübersaßen. »Klingt sinnvoll. Können die heutzutage schon deutschlandweit suchen?«

Sie rollte mit den Augen. »Deutschland und die Digitalisierung – eine Never-ending-Story. Aber das lässt sich sicher leicht rauskriegen. Die große Frage ist, was machen wir, wenn Regina damals ins Ausland gegangen ist?«

»Vielleicht einen Schritt nach dem anderen?« Er zwinkerte ihr zu, griff aber bereits nach ihrem Handy. »Darf ich mal kurz?«

»Sicher.«

Sie piekte mit der Gabel in den letzten Rest Grillaschtorte, lehnte sich zurück und schloss genussvoll die Augen, während sie die Torte aß. Die Sonne wärmte ihr Gesicht, und erneut wallte Freude in ihr auf. Freude darüber, hier sitzen und leckere Grillaschtorte essen zu dürfen, aber vor allem auch darüber, dieses Erlebnis mit Jasper teilen zu können. Sie fühlte sich herrlich leicht und beschwingt, voller Vorfreude auf die nächsten Tage in seiner Gesellschaft. Es war so einfach und unkompliziert, mit ihm zusammen zu sein. Sie musste sich keinerlei Gedanken darüber machen, was sie wann sagen sollte, konnte einfach aussprechen, wonach ihr war, oder auch nur schweigend neben ihm verweilen. Sie wünschte …

»Also, ich habe hier etwas gefunden, was uns weiterhilft.« Glücklicherweise riss Jaspers Stimme sie aus ihren verräterischen Gedanken, und sie konnte ihre Wünsche rasch wieder verdrängen. Liv öffnete die Augen und wandte sich ihm zu. »Was hast du gefunden?«

»Man kann sich leider nur an einzelne Kommunen wenden, um Auskünfte zu bekommen. So wie ich das hier gelesen habe, gibt es allein in Deutschland schlappe fünftausend davon.«

Hätte sie ihre Grillaschtorte nicht bereits gegessen, hätte sie sich sicher daran verschluckt. »Fünftausend? Und man müsste sich an jede einzelne wenden?«

»Dafür gäbe es ja die Ermittler, die das für dich übernehmen würden. Allerdings kämen da hohe Kosten auf dich zu, denn neben dem Ermittler müsstest du auch noch die Gebühren jeder einzelnen Anfrage bezahlen.«

»Dann scheidet diese Idee schon einmal aus. Aber vielleicht hält es sich im Rahmen, einen Detektiv zu beauftragen. Jemanden, der die letzte Adresse, die uns bekannt ist, aufsucht und versucht, dort mehr über Regina zu erfahren.«

»Ich denke nicht, dass die Tagessätze eines Detektivs sonderlich preiswert sind«, meinte Jasper zweifelnd.

»Weißt du was? Ich fahre selbst hin!« Sie musste lachen, als sie Jaspers perplexe Miene sah. »Warum wundert dich das? Das ist doch die perfekte Lösung. Wenn ich meinen Businessplan fertig habe, kann ich sicher ein paar Tage erübrigen und versuchen, etwas in Erfahrung zu bringen. Dieses Lenzkirch, wo Tante Regina damals wohl gewohnt hat, liegt ganz im Süden des Schwarzwalds. Die Gegend ist sicher wunderschön. Und außerdem wollte ich schon immer mal den Rheinfall sehen, der ist gar nicht weit entfernt.«

»Ein Kurzurlaub sozusagen.«

»Was hältst du davon?«

»Tolle Idee. Wenn du dort unten bist, solltest du auf jeden Fall auch einen Abstecher nach Freiburg machen, wenn du es noch nicht kennst. Gerade im Frühsommer hat die Stadt einiges zu bieten.«

Liv stutzte, ehe sie spürte, wie ihre eben noch empfundene Aufregung schlagartig verebbte. Natürlich würde Jasper nicht mitkommen, was hatte sie denn gedacht? Dass er freudig versprechen würde, ihr die lauschigsten Plätze in Freiburg zu zeigen? Bis sie abreisen würde, wäre er längst wieder auf der Walz. Was er von Anfang an klar kommuniziert hatte. Und doch fühlte sich dieser Moment der Klarheit an wie ein Schlag in die Magengrube.

Auch als Liv am Nachmittag auf dem Dachboden vor dem Fenster stand und auf den Rhein hinausblickte, hatte sich ihre Stimmung nicht wieder verbessert. Inzwischen hatte sie sich angewöhnt, regelmäßig hier hinaufzugehen, wenn sie in Ruhe über etwas nachdenken wollte, und da hatte es in den letzten Wochen einiges gegeben.

Auch von hier oben konnte sie gut erkennen, dass der Frühling eingekehrt war. Auf den Wiesen jenseits des Rheins grasten Schafe, die Kopfweiden entlang des alten Rheinarms hatten nach dem radikalen Rückschnitt im Winter bereits zahlreiche grüne Austriebe gebildet, und dazwischen flogen die Vögel hin und her und waren eifrig mit dem Nestbau beschäftigt. Ein friedliches Bild, das ihre Gedanken normalerweise in ruhige Bahnen lenkte, aber heute war in ihrem Kopf einfach zu viel los. Dieser Schmerz, den sie empfand, wenn sie an Jaspers Abreise dachte, war etwas völlig Neues für sie. In ihren früheren Beziehungen hatte sie solche starken Emotionen nicht kennengelernt. Sie hatte das Beisammensein genossen, gemeinsame Interessen und nicht zuletzt auch den Sex. Allerdings war es ihr nie besonders schwergefallen, solch eine Beziehung wieder zu beenden, bevor sie ihr zu eng wurde. Mit Jasper fühlte sich jedoch alles ganz anders an. Irgendwie potenzierter. Als gäbe es einfach von allem mehr. Mehr fruchtbare Diskussionen, mehr tiefgründige Gespräche, mehr Gemeinsamkeiten und auch mehr Zärtlichkeit. Einfach viel mehr Emotionen. Eigentlich müsste sie doch den Impuls verspüren, sich schnellstmöglich von Jasper zu trennen. Aber der war ausgeblieben.

Erneut horchte sie in sich hinein, doch anstatt die Beine in die Hand zu nehmen und so schnell wegzulaufen, wie sie konnte, verspürte sie jetzt schon wieder Sehnsucht nach ihm, obwohl sie sich noch vor wenigen Stunden gesehen hatten.

Frustriert rieb sie sich mit den Händen über das Gesicht. Sie wusste einfach nicht, wie sie mit dieser Situation umgehen sollte. Gerade als sie den Gedanken daran verwarf, Maike um Rat zu fragen, erklang von der Tür her Jaspers Stimme.

»Hier bist du. Ich habe dich schon überall gesucht.«

Liv drehte sich zu ihm um. Er sah wie immer zum Anbeißen aus in seiner Gesellenkluft mit den blonden Haaren, die wieder einmal in alle Richtungen abstanden, so oft war er mit den Händen hindurchgefahren. Kernig, schoss es ihr durch den Kopf, ein Ausdruck, der auf keinen ihrer bisherigen Freunde zutraf. Aber bei Jasper passte er wie die Faust aufs Auge.

»Alles gut?«, fragte er und kam auf sie zu. »Du bist so still.«

Sie zwang sich zu einem Lächeln. »Alles in Ordnung. Ich brauchte nur eine Pause. Warum hast du mich gesucht?«

»Ich bin fertig.«

Liv zuckte zusammen. Er wollte sie jetzt schon verlassen?

Jasper berührte sie an der Schulter. »Irgendetwas stimmt doch nicht mit dir. Was ist los?«

»Was soll das heißen, du bist fertig?«, wich sie seiner Frage aus.

»Ich bin fertig mit dem Nähschrank und wollte ihn dir gern zeigen.«

Vor Erleichterung hätte sie fast aufgelacht. Natürlich, der Nähschrank. Er hatte ihr doch gesagt, dass er nur noch ein paar Restarbeiten daran zu erledigen habe. Sie schlang die Arme um seinen Brustkorb und presste sich fest an ihn. Es fühlte sich einfach so richtig an, hier mit ihm zu stehen, seinen Herzschlag wahrzunehmen, seinen Duft einzuatmen und das Spiel seiner Muskeln unter ihren Fingern zu spüren. Am liebsten wäre sie stundenlang so stehen geblieben, aber er war sowieso schon argwöhnisch ob ihres Zustands, und sie hatte keine Lust, ihm ihre schwermütigen Gedanken darzulegen.

Deshalb löste sie sich wieder von ihm und lächelte ihn an. »Also los. Dann lass mich sehen.«

Sie griff nach seiner Hand und machte sich mit ihm gemeinsam auf den Weg in die Scheune, auch wenn das auf der schmalen Treppe, die den Dachboden mit dem Obergeschoss verband, ein schwieriges Unterfangen war.

»Tada!«, sagte Jasper, als sie in der Scheune angekommen waren, und wies weit ausholend auf das gute Stück.

»Wow!«, war alles, was Liv über die Lippen brachte. Natürlich hatte sie Jasper während seiner Arbeit an dem Schrank hin und wieder besucht, allerdings hatte sie das gute Stück seit seiner Zeit oben im Nähzimmer noch nicht wieder zusammengebaut gesehen. Das bearbeitete Holz schimmerte jetzt in einem warmen rötlich-braunen Ton, und Liv fühlte sich wie magisch davon angezogen, mit den Händen darüberzustreichen. Trotz der kühlen Luft in der

Scheune fühlte es sich warm unter ihren Fingerspitzen an, als sie sanft darüberfuhr.

»Er ist traumhaft schön geworden«, raunte sie Jasper zu, noch immer ganz ergriffen. »Wie hast du das gemacht?«

Jasper fuhr ebenfalls mit den Fingerspitzen über das matt schimmernde Holz. »Ich habe den Schrank erst sorgfältig gesäubert, anschließend eine Schicht Schellack aufgetragen und schließlich gewachst.«

Liv zog mehrere der vielen kleinen Schubladen auf. »Kein Ruckeln mehr, wie frisch geölt.«

Jasper lachte. »Nicht frisch geölt, aber ebenfalls frisch gewachst.«

Sie schaute ihn fragend an.

»Wenn du mit schlichtem Kerzenwachs über die Kanten fährst, läuft alles wieder wie frisch geschmiert.«

Liv schob die Schubladen vorsichtig zu, ehe sie sich erneut zu ihm umwandte. »Vielen Dank. Ich merke erst jetzt, dass ich wirklich viel mit diesem alten Stück verbinde. Nicht nur meine Großmutter, sondern auch meine Mutter hat viel Zeit im Nähzimmer verbracht und damit auch mit diesem Schrank. Es ist so ein schönes Gefühl, dass er nun von der nächsten Generation genutzt werden und einen wichtigen Platz in meinem neuen Geschäft einnehmen wird.«

»Weißt du denn schon, wo du ihn hinstellen willst?«

»In die alte Milchküche«, schoss es aus ihr heraus.

Jasper lachte. »Das klang ja überzeugt.«

»Ich hatte gerade den fertigen Seminarraum vor Augen. Den lang gezogenen Tisch, umgeben von wissbegierigen, gut gelaunten Menschen. Und an der Kopfseite, zum ehemaligen Kuhstall hin, wird dieser wunderschöne Näh-schrank stehen. Er ist wie dafür gemacht, Arbeitsmateria-lien darin unterzubringen.«

»Klingt wirklich gut. Dabei fällt mir ein: Hast du den Raum schon fertig ausgemessen, und weißt du, wie groß der Tisch sein soll? Ich könnte dir dafür ein paar Entwürfe zeichnen. Weißt du, aus was für einem Holz die Tisch-platte bestehen soll?«

Nun lachte Liv. »So viele Fragen! Also ja, ich habe al-les ausgemessen, und ich habe auch schon eine ungefähre Vorstellung davon, wie groß der Tisch sein soll. Aber an-sonsten habe ich mir noch keine Gedanken über Hölzer, Böden oder Wandfarben gemacht.«

»Wie wäre es, wenn wir uns dazu heute Abend online ein paar Inspirationen holen?«

Liv ging auf Jasper zu und schlang die Hände um seinen Nacken. »Ich denke da gerade an ganz andere Inspiratio-nen, und dazu brauchen wir bestimmt kein Internet.«

Sie liebte dieses Funkeln, das nun in seinen Augen auf-leuchtete und ihr einen weiteren Kick an berauschenden Gefühlen gab. Auch wenn sie noch nicht wusste, wie sie ihren Seminarraum einrichten wollte, war sie sich doch völlig sicher, dass sie den heutigen Abend nicht mit ei-ner Internetrecherche verbringen wollte. Und um einen Vorgeschmack dessen zu bekommen, was sie sich für den Abend vorstellte, drückte sie ihre Lippen auf seinen Mund und versank in einem seiner atemberaubenden Küsse.

Kapitel 26

Einige Tage später machte sich Liv um kurz nach zehn auf den Weg zu Annis Samenhandlung. Ende letzter Woche hatte Jasper die gelieferten Glasfenster ins Gewächshaus eingesetzt, und gestern hatte Liv die Erde in den Hochbeeten vorbereitet, auch wenn diese noch ein wenig auf ihre neuen Bewohner warten müsste, denn erst einmal wollte sie Kräuter einsäen. Dafür hatte sie auf ihrem langen Arbeitstisch große Anzuchtschalen und -erde bereitgestellt, sodass ihr nur noch die entsprechenden Samen fehlten. Sie war so voller Endorphine, dass sie den Weg zum Nachbarhaus am liebsten hüpfend zurückgelegt hätte. Der Start ihres Geschäfts rückte in greifbare Nähe, was sie mit grenzenloser Freude erfüllte. Hätte sie gewusst, welch einen Enthusiasmus sie für diese Aufgabe empfinden würde, hätte sie bereits vor zwei Jahren in der Apotheke gekündigt.

»Besser spät als nie«, murmelte sie vor sich hin, während sie die Ladentür schwungvoll öffnete. Über der Tür setzten sich die fünf kleinen Glöckchen in Bewegung, die dort oben hingen, solange sie zurückdenken konnte.

Anni, die dabei war, gemeinsam mit Zoe kleine grüne Ballbrausen in ein Regal zu sortieren, richtete sich auf und schaute zu ihr hinüber.

»Was machst du denn hier? Und warum kommst du nicht hintenrum?«

»Weil ich heute als Kundin komme. Heute werde ich bei dir meine ersten Samen fürs Geschäft kaufen«, erklärte Liv und spürte, dass ihr Grinsen von einem Ohr bis zum anderen reichte.

Anni klatschte in die Hände. »Ich freu mich! Das müssen wir feiern.«

»Ich feiere mit«, erklärte Zoe im Brustton der Überzeugung und stellte sich neben Anni in Positur.

»Zum Feiern habe ich aber nichts dabei. Es sei denn, du spendierst ein paar Kekse, wenn du welche dahast«, erwiderte Liv.

»Anni hat immer Kekse«, kam es empört von Zoe, die ihre Schüchternheit inzwischen komplett abgelegt hatte. »Sie ist die beste Bäckerin der Welt.«

»Zumindest die beste hier im Haus«, beschwichtigte Anni und tätschelte Zoe den Kopf. »Aber zuerst deinen Einkauf. Was möchtest du denn haben?«

»Da ich noch nicht viel Erfahrung habe, möchte ich erst einmal mit den üblichen Kräutern beginnen. Vor allem bilden sie die Grundlage zu etlichen meiner Rezepte. Daher hätte ich gern Lavendelsamen, Rosmarin, Salbei und Thymian, dazu Basilikum, Liebstöckel und Schnittlauch.«

»Schnittlauch?« Anni zog fragend die Augenbrauen hoch. »Wogegen ist denn Schnittlauch gut?«

Liv lachte. »Nicht wogegen, sondern wofür. Für meine Quarkbrote. Ich liebe Schnittlauchquark. Deshalb bekommt Schnittlauch ebenfalls ein Plätzchen in meinem Gewächshaus.«

Nun schmunzelte auch ihre Patentante. »Witzbold. Ich nehme an, du möchtest alles in Bio-Qualität?«, fügte sie geschäftsmäßig hinzu.

»Das wäre super. Hast du das da?«

»Ich zeige dir, wo die Bio-Samen sind.« Zoe griff nach Livs Hand und zog sie quer durch den Laden, bis sie vor dem richtigen Regal standen.

»Du kennst dich hier ja schon richtig gut aus«, sagte Liv anerkennend.

»Na klar, ich arbeite ja auch hier.«

Liv musste sich bemühen, ernst zu bleiben. »Das habe ich eben schon beim Reinkommen gesehen. Du bist Anni sicher eine große Hilfe.«

Zoe nickte. »Und Cornel. Dem reiche ich immer die Werkzeuge an. Und Opa Hein«, fügte sie noch rasch hinzu. »Dem suche ich immer seine Brille.«

Nun konnte sich Liv ein Lächeln doch nicht verkneifen. Es war einfach so schön, zu sehen, wie sehr die Kleine in den letzten Wochen aufgeblüht war.

Eine knappe halbe Stunde später verließ sie, nachdem sie ausgiebig von Annis Mininussecken genascht hatte, den Laden und machte sich auf den Weg zum Gewächshaus. Es war ein entspanntes Beisammensein in der kleinen Küche gewesen, währenddessen Zoe aufgeregt davon berichtet hatte, dass sie ab nächster Woche den Kindergarten im Nachbardorf Wissel besuchen durfte. Da sie im August in die Schule kam, war Pia froh, dass ihre Tochter nun schon erste Kontakte knüpfen konnte. Die beiden hatten sich hier so rasch eingelebt, dass es

Liv so vorkam, als würde sie sie schon seit Ewigkeiten kennen.

Liv balancierte den Karton mit den Samenpäckchen auf einem Arm und öffnete mit der freien Hand die Tür des Gewächshauses. Sofort strömte der Duft nach feuchter, frischer Erde in ihre Nase. Sie schnupperte ein paarmal voller Genuss, ehe sie hineinging und die Tür hinter sich schloss. Seit gestern hatte das Wetter umgeschlagen, und es wehte ein kühler Wind. Gut, dass ich ihn ausschließen kann, dachte sie, während sie voller Freude ihr schönes Gewächshaus betrachtete. Jasper hatte wirklich gute Arbeit geleistet, und obwohl das Häuschen lediglich aus Glas und Holz bestand, wirkte es hier drinnen doch heimelig auf sie.

Sie legte die Samenpäckchen auf den schmalen Arbeitstisch, der in der Mitte des Gewächshauses stand und bereits einige Arbeitsgeräte und ihre Handschuhe beherbergte. Dann atmete sie noch einmal tief durch. Sie konnte kaum fassen, dass es jetzt tatsächlich losgehen sollte, dass ...

»Hallo?«, erklang plötzlich eine männliche Stimme hinter ihr und riss sie aus ihren Gedanken.

Erschrocken fuhr sie herum und starrte zur Tür des Gewächshauses, in der ein ihr unbekannter Mann in ungefähr ihrem Alter stand.

»Entschuldigung, ich wollte Sie nicht erschrecken. Ich suche Liv Derksen.«

»Die haben Sie gefunden. Was kann ich für Sie tun?«

Nun kam er auf sie zu und streckte ihr die Hand entgegen. »Hallo Liv. Ich bin Philipp, dein Cousin.«

Völlig perplex reichte sie ihm die Hand. »Mein Cousin?«

»Reginas Sohn. Du hast einen Brief geschickt?«

»Wow.« Sie wusste gar nicht, was sie sagen sollte. »Ich meine, wie schön, dass du gekommen bist«, schob sie rasch hinterher. »Wir hatten gar nicht mehr damit gerechnet, dass sich noch jemand auf unser Schreiben meldet.«

»Tut mir leid. Aber ich wohne bereits seit vielen Jahren nicht mehr an dieser Adresse, und so hat es ein wenig gedauert, bis ich deinen Brief erhalten habe.«

Liv machte eine wegwerfende Handbewegung. »Kein Problem. Es ist toll, dass er dich überhaupt erreicht hat. Wer hat dir gesagt, dass ich hier hinten bin? Hast du Maike schon kennengelernt?«

»Nein. Ich habe geklingelt, aber mir hat niemand geöffnet. Da aber zwei Autos vor dem Haus stehen, dachte ich mir, dass wohl jemand da sein muss, und bin einfach hintenrum gegangen. Ich hoffe, das war okay?«

»Sicher, ich freue mich doch, dich zu sehen! Meine Schwester Maike hat sicher wieder ihre Kopfhörer auf, und Jasper repariert einen maroden Balken oben im Dachgeschoss. Dort hat er die Klingel sicher nicht gehört. Er ist Tischler und hilft uns gerade bei verschiedenen Arbeiten. Komm, gehen wir ins Haus und trommeln die anderen zusammen. Das Aussäen der Kräuter kann ich auch noch ein wenig verschieben.«

Sie stellte die Anzuchtschale zurück auf den Arbeitstisch und machte sich mit Philipp auf den Weg zum Haus. Dort angekommen, führte sie ihn in die Küche und bat ihn, sich zu setzen. »Ich laufe kurz nach oben und hole Maike. Bin gleich zurück.«

Sie eilte aus der Küche, flitzte die Treppe hinauf und klopfte an die Tür des ehemaligen Wohnzimmers ihrer Großeltern.

»Maike?«

Als sich nichts rührte, öffnete sie die Tür und entdeckte ihre Schwester über Papiere gebeugt am Wohnzimmertisch sitzen.

Nun schaute sie auf und nahm die Kopfhörer ab, die über ihre Ohren gestülpt waren. »Sorry, hast du mich gerufen?«

»Nein, nur geklopft, aber vorher hatte es geklingelt.«

»Ich war hier so in meine Arbeit versunken und Taylor Swift wohl ein wenig laut ...« Maike grinste schief. »Haben wir Besuch?«

»Dreimal darfst du raten, wer gekommen ist«, sagte Liv aufgeregt. »Wobei, da kommst du sowieso nicht drauf«, schob sie hinterher, bevor ihre Schwester antworten konnte. »Unser Cousin!«

»Welcher Cousin?«

»Na, welcher Cousin wohl?«, fragte Liv ungeduldig. »Der Sohn von Tante Regina.«

Nun kam Leben in ihre kleine Schwester. Sie sprang auf und eilte auf sie zu. »Sag das doch gleich.« Dann senkte sie die Stimme und lugte vorsichtig in Richtung Tür. »Und, wie ist er so?«

»Das weiß ich auch noch nicht«, antwortete Liv ebenfalls leise. »Ich bin gerade erst mit ihm reingekommen. Ich habe ihn erst mal in die Küche gesetzt. Also, komm jetzt.«

Gemeinsam gingen sie zurück in die Küche, wo Philipp sich auf einen Stuhl an den Tisch gesetzt hatte. Als er

Maike erblickte, stand er wieder auf und streckte ihr die Hand entgegen.

»Hallo, ich bin Philipp.«

Maike schlug ein. »Hi, Maike. Trinkst du Kaffee, oder möchtest du lieber einen Tee? Wasser? Saft?«

»Kaffee wäre gut«, erklärte er und setzte sich wieder.

Während Maike den Tisch eindeckte, setzte Liv die Kaffeemaschine in Gang und warf aus den Augenwinkeln verstohlene Blicke auf Philipp. Die Ähnlichkeit zwischen ihnen war frappierend. Er hatte ebenfalls dunkles, lockiges Haar, braune Augen und war, wenn auch ein Stück größer als sie selbst, nicht eben groß gewachsen für einen Mann. In seinen sandfarbenen Chinohosen, dem langärmligen Poloshirt von Gant mit rosa und dunkelblauen Blockstreifen und den stylishen Sneakern machte er einen äußerst gepflegten Eindruck.

Gerade als sie ihn danach fragen wollte, wo er denn jetzt herkäme, flog die Küchentür auf, und Jasper stürmte herein.

»Mir war so, als hätte ich Kaffee gerochen.«

Sofort schmolz Liv dahin, als ihr Blick auf sein verstrubbeltes Haar und seine schlichte Tischlerkluft fiel.

»Und das hast du bis nach oben auf den Dachboden gerochen?«, neckte sie ihn.

»Nein, nein, oben bin ich fertig. Ich wollte gerade zum Gewächshaus, um nachzuschauen, ob ich dich da finde, aber dann wurde ich abgelenkt. Auf die gute Art«, fügte er mit einem Raunen hinzu, griff sie um die Taille und zog sie zu sich heran.

Bevor sie auch nur irgendetwas sagen konnte, hatte er ihr schon einen heißen Kuss auf den Mund gedrückt.

Doch obwohl sich das verführerisch anfühlte, löste sie sich von ihm und schob ihn ein Stückchen von sich.

»Jasper, das ist Philipp, mein Cousin.« Sie wies hinüber zum Tisch, und Jasper wandte sich erstaunt um.

»Dein Cousin?«

Dann ging er zu ihm hinüber und reichte Philipp die Hand. »Entschuldige, ich hatte dich gar nicht gesehen.«

Philipps Mund verzog sich zu einem Grinsen. »Kein Problem. Du weißt eben Prioritäten zu setzen.«

Nun trabte auch Flönz in die Küche, orientierte sich kurz und lief dann ebenfalls auf Philipp zu, um ihn freundlich zu begrüßen.

Liv bemerkte an ihrem Cousin eine ähnliche Zurückhaltung gegenüber dem Hund, wie sie sie am Anfang auch verspürt hatte. Er wusste nicht, wohin mit seinen Händen, tätschelte ihm ein wenig unbeholfen den Kopf, wandte sich dann aber wieder rasch von ihm ab und setzte sich wieder auf seinen Stuhl.

»Jetzt erzähl, Philipp«, sagte Liv, als schließlich alle vor ihren gefüllten Bechern saßen. »Wo wohnst du jetzt? Und wie hat dich der Brief doch noch erreicht?«

»Ich lebe schon seit mehr als zehn Jahren in Paris«, begann er zu erzählen. »Dein Brief ging ja nach Lenzkirch, dort haben wir aber nur gewohnt, bis ich zwei Jahre alt war. Meine Mutter war ein unruhiger Geist und ist nach der Trennung von meinem Vater jahrelang mit mir durch die Welt gereist. Erst als ich im Schulalter war, hat sie es länger an einem Ort ausgehalten. Den Kontakt zu ihren Freunden in Lenzkirch hatte sie jedoch niemals ganz abgebrochen. Die wussten also, wo sie mich finden konnten.«

Liv beschlich ein ungutes Gefühl, weil er in der Vergangenheitsform über seine Mutter sprach.

»Ist sie schon verstorben, deine Mutter?«, fragte sie ihn deshalb mit leiser Stimme.

Philipp nickte. »Vor sechs Jahren, bei einem Gleitschirmflug in den Dolomiten.«

»Das tut mir sehr leid«, sagten Maike und sie unisono.

»Hast du noch mehr Familie?«, wollte ihre Schwester dann von ihm wissen. »Weitere Geschwister?«

»Nein, meine Mutter und ich waren immer nur allein. Von weiteren Verwandten weiß ich nichts. Auch zur Familie meines Vaters gibt es keinen Kontakt, und er hat sich nach der Trennung auch nicht mehr bei uns gemeldet. Die beiden sind damals nicht im Guten auseinandergegangen.« Dann schaute er Maike und sie durchdringend an. »Von euch hat meine Mutter auch nie gesprochen.«

»Regina wollte offenbar keinerlei Kontakt mehr zu ihrer Familie, nachdem es einen hässlichen Streit gegeben hat. Wir haben erst neulich Briefe meiner Großmutter an deine Mutter gefunden, die alle ungeöffnet zurückgekommen sind. Du kannst sie nachher gern einmal lesen«, bot Liv ihm an.

Philipp nickte zustimmend.

Dann herrschte ein Moment der Stille, und Liv schob aufgewühlt ihren Kaffeebecher hin und her, bis Jasper ihr beruhigend eine Hand auf den Unterarm legte.

Dankbar sah sie zu ihm hinüber, ehe sie sich wieder an Philipp wandte. »Und was machst du so in Paris?«

»Finanzwesen. Und ihr? Lebt ihr schon immer hier auf dem Hof?«

»Wir sind zwar hier aufgewachsen«, antwortete Maike, »aber später sind wir beide unserer Wege gegangen. Bis vor ein paar Wochen. Da haben wir damit begonnen, das Haus leer zu räumen und uns Gedanken um die Zukunft des Hofs zu machen.«

»Und ihr werdet jetzt den Hof bewirtschaften.«

Da er diesen Satz nicht als Frage formulierte, schaute Liv ihn verwundert an.

Er schien ihren Blick zu verstehen, denn es zog sich ein Grinsen über sein Gesicht, und er zuckte mit den Schultern. »Das Gewächshaus ist nigelnagelneu.«

Nun lächelte auch Liv. »Richtig erkannt. Jasper hat es gebaut. Es symbolisiert den ersten Schritt in Richtung meiner neuen Selbstständigkeit.«

»Du eröffnest eine Gärtnerei?«

Maike und sie lachten auf.

»Nein«, korrigierte ihn ihre Schwester. »Liv gründet einen Kräuterhof.«

Nun zog er fragend die Augenbrauen hoch.

»Ich werde hier bald Kräuter ziehen, verarbeiten und vermarkten. Zusätzlich Seminare und Workshops anbieten, Kräuterwanderungen. So in dieser Richtung«, erklärte Liv.

»Das klingt ja nach einem großen Projekt. Und das trägt sich?«

»Ganz bestimmt«, antwortete Jasper überzeugt, während sie selbst gleichzeitig meinte: »Das hoffe ich.«

Philipp musste lachen. »So ganz einig scheint ihr euch da noch nicht zu sein.«

Liv bemühte sich um ein Lächeln, auch wenn ihr allein

bei dem Gedanken daran, was da auf sie zukam, noch ein wenig flau wurde. »Ich bin noch dabei, meinen Business-plan zu erstellen, aber es sieht ganz gut aus.«

Sie sah, dass Jasper an dieser Stelle einhaken wollte, weshalb sie rasch das Thema wechselte und Philipp fragte, ob er gern eine Hofführung hätte. Ihr stand jetzt nicht der Sinn danach, ihre Pläne oder Zahlen zu diskutieren. Die nächsten Stunden wollte sie nutzen, ihren Cousin ein wenig näher kennenzulernen.

Kapitel 27

Am nächsten Vormittag fand Liv endlich die Zeit, sich um ihre Aussaat zu kümmern. Jasper war in den Holzhandel gefahren, um Holz für die Umbauten in der Milchküche zu bestellen, und Philipp wollte Maike bei einem Immobilientermin in der Region begleiten, weshalb die beiden bereits seit knapp zwei Stunden aus dem Haus waren. So hatte sie genug Zeit, zumindest ein wenig ihrer eigenen Arbeit nachzugehen, was ihr gerade sehr gelegen kam, denn in ihrem Kopf ratterten die Gedanken.

Sie hatte die Aussaatschalen bereits mit der Anzuchterde vorbereitet und zog sich nun eine davon zurecht. Zuerst würde sie sich um Lavendel und Basilikum kümmern, da sie beide Lichtkeimer waren und daher auf die gleiche Art und Weise ausgesät wurden. Wenn sie sich ein wenig beeilte, wäre sie vielleicht zumindest bei diesen zwei Kräutern mit der Aussaat fertig, ehe Maike und Philipp von ihrem Termin zurückkehrten.

Bei dem Gedanken an ihren Cousin hatte Liv direkt wieder das unerfreuliche Gespräch mit Jasper im Ohr, das sie gestern Abend noch miteinander geführt hatten. Gut gelaunt von den Ereignissen des Tages, war sie mit ihm in ihr Zimmer gegangen, obwohl er schweigsam und unruhig wirkte. Als sie ihn danach fragte, welche Laus ihm denn über die Leber gelaufen sei, meinte er nur: Philipp.

Liv nahm sich das Schüsselchen mit den Basilikumsamen zur Hand, die sie vorhin bereits für ein paar Stunden in Kamillentee eingeweicht hatte, da das ein leichteres Keimen bewirkte und zugleich der Schimmelbildung vorbeugte. Sie drückte die Körnchen vorsichtig in das feuchte Substrat, bis diese leicht davon bedeckt wurden. Über einen bestimmten Abstand musste sie sich noch keine Gedanken machen, da sie die kleinen Pflänzchen später sowieso ins Hochbeet setzen wollte.

Sie merkte, wie ihre Anspannung durch das Beschäftigen ihrer Hände langsam nachließ, auch wenn ihre Gedanken nach wie vor um Jasper und Philipp kreisten. Zuerst war es ihr gar nicht so sehr aufgefallen, aber im Laufe des Tages hatte sie Jaspers grimmige Stimmung natürlich bemerkt, und Philipp offensichtlich auch. Denn wenn die beiden überhaupt miteinander sprachen, hatten sie sich nur kurz und knapp über wesentliche Fakten ausgetauscht. Maike und ihr gegenüber war ihr Cousin dagegen überaus freundlich und deutlich gesprächiger gewesen. Sie verstand einfach nicht, was zwischen den beiden Männern gärte, denn auch Jasper hatte ihr gestern Abend darauf keine befriedigende Antwort geben können. Ihn störte einfach etwas an ihm, auch wenn er nicht sagen konnte, was es war. Deshalb war er heute Morgen auch bereits vor dem Frühstück zu einer ausgiebigen Hunderunde aufgebrochen, damit er nicht mit Philipp an einem Tisch sitzen musste. Männer! Es gab doch überhaupt keinen Grund, eifersüchtig aufeinander zu sein, denn anders konnte sie sich das Gebaren der beiden nicht erklären.

Sie schob die inzwischen gefüllte Anzuchtschale ein Stück zur Seite, nicht ohne sich noch einmal an dem Anblick der fertigen Arbeit zu erfreuen. Dann öffnete sie das Päckchen mit dem Lavendelsamen. Diese Körnchen waren deutlich größer als die des Basilikums, weshalb sie besser auf einen Abstand beim leichten Eindrücken in die Erde achten konnte. Für den Lavendelsamen würde sie auch erstmals ihre Pflanzlampe nutzen, da er die Wärme zum Keimen ganz besonders brauchte.

Gerade als sie auch mit dieser Schale fertig war, öffnete sich die Tür des Gewächshauses, und Maike und Philipp standen im Rahmen.

»Bist du fertig?«, wollte ihre Schwester von ihr wissen.

Liv richtete sich auf und sah zu ihnen hinüber. »Ich kann hier jederzeit unterbrechen. Habt ihr etwas vor?«

»Ich habe Philipp davon erzählt, dass ich gestern Abend noch an den Plänen für den Umbau gesessen habe, und er würde sie sich gerne ansehen. Du auch?«

»Welche Frage. Natürlich!«

Rasch wischte sie sich die Hände an ihrer Arbeitsschürze ab, nahm sie ab und hängte sie an den Haken, ehe sie den beiden ins Haus folgte. Sie hatte Maike schon mehrmals danach gefragt, wie weit sie mit ihren Skizzen sei, aber diese hatte bisher immer wieder abgewiegelt.

Nun überfiel Liv ein aufgeregtes Kribbeln, als sie das Haus durch die Küche betrat. Sie streifte ihre Schuhe von den Füßen und wusch sich die Hände, während Philipp sich auf einen Stuhl an den Tisch setzte.

»Und? War Maikes Termin interessant für dich?«, fragte sie ihn neugierig.

»Ja, sehr. Ich kannte solche Immobilientermine bisher nur von der Mieter- beziehungsweise Käuferseite. Heute Maike zu erleben, wie sie einem älteren Ehepaar davon vorschwärmte, was sie alles aus einem renovierungsbedürftigen, wenn auch stattlichen Haus machen könnten, war schon inspirierend.«

Liv griff nach einem Handtuch und trocknete sich die Hände ab. »Weshalb ihr auf die Idee gekommen seid, dass meine Schwester dir zeigt, was ihr zu diesem Haus eingefallen ist?«

»Genau«, bestätigte Maike ihr, als sie just in diesem Augenblick zur Tür hereinstürmte. »Aber ich bin besonders gespannt darauf, was du von meinen Ideen hältst.«

Sie setzte sich neben Philipp und breitete ihre Papiere auf dem Küchentisch aus, während Liv ihnen gegenüber Platz nahm.

»Fangen wir mit dem ersten Stock an«, erklärte ihre Schwester.

Sie zog eines der Blätter in die Tischmitte, und Liv bemühte sich, sich zu orientieren. Wieder einmal musste sie vor Maike den Hut ziehen. Vor einigen Wochen noch hätte sie sie als zwar kreativen Kopf, doch als eher chaotisch eingestuft. Allein anhand dieser sorgfältigen Zeichnungen bewies Maike ihr nun das Gegenteil.

»Logischerweise haben wir im ersten Stock die gleiche Grundfläche wie auf dem Dachboden, wenn auch keinen Verlust durch schräge Wände. So konnte ich hier durch Zusammenlegen einiger Zimmer sechs großzügig

geschnittene Doppelzimmer mit angeschlossenen Badezimmern planen.«

Philipp deutete auf eine rot gestrichelte Linie. »Ich
nehme an, das ist eine tragende Wand? Woher weißt du
das?«

»Als die Entscheidung gefallen ist, dass Liv das Haus
umbauen will, habe ich mir die alten Ordner unseres
Großvaters vorgenommen, um den Grundriss des Hauses
zu suchen. Bingo!«

Liv freute sich, ihre Schwester so strahlen zu sehen.
Trotzdem musste sie jetzt einhaken. »Du hast oben gar
keinen Aufenthaltsraum eingezeichnet.«

»Könnte ich natürlich noch machen. Aber da du deinen
Seminarraum ja in der alten Milchküche planst, hättest du
dafür genug Platz im Erdgeschoss.«

»Und oben wird niemand gestört, falls man den Abend
im Aufenthaltsraum ausklingen lassen möchte«, überlegte
Liv laut.

»Genau.«

Maike wies auf zwei kleine Räume, die sie rechts und
links von der Treppe abgetrennt hatte. »Hier könntest du
eine Teeküche und eine Wäschekammer einrichten.«

Liv spürte Freude in sich aufsteigen. Plötzlich wurde
alles so real. »Das klingt großartig.«

Am liebsten hätte sie sich noch in Ruhe jede Einzelheit
zu Gemüte geführt, aber Maike war offenbar zu ungeduldig damit, ihr alles zu zeigen, denn sie zog bereits das
zweite Blatt hervor.

»Ein Kamin?« Philipp wies auf eine Einzeichnung im
jetzigen Wohnzimmer.

»Ja, ein Kamin. Das Wohnzimmer könntest du vom Grundriss her so lassen und einen Aufenthaltsraum draus machen.«

Sie schaute Liv fragend an, die zustimmend nickte und dann auf die neue Beschriftung des Esszimmers wies.

»Das Frühstückszimmer?«

Nun nickte Maike. »Kann ebenso bleiben. Der Raum ist groß genug, dass hier locker sechzehn Personen essen können, wenn du die Geschirrschränke herausnimmst und die Anrichte an die Längswand stellst. Am sinnvollsten wäre es vielleicht, auch die alte Anrichte zu entfernen und die komplette Längswand mit einem Einbauschrank zu füllen. Dann könntest du dort alles unterbringen, was du für die Bewirtung deiner Gäste brauchst.«

Liv sah sich bereits mit Jasper über der Planung eines solchen Schrankes brüten, was ein weiteres Gefühl der Vorfreude in ihr auslöste. Es hatte sich zunehmend herausgestellt, dass sie einen ähnlichen Geschmack in der Gestaltung ihrer Möbel hatten, weshalb solche Planungsstunden immer das reinste Vergnügen für sie waren, da Jasper über ein profundes Wissen über Material und Verarbeitung verfügte. In den Jahren seiner Wanderschaft hatte er so viele verschiedene Regionen bereist und deren Eigenheiten in der Holzverarbeitung kennengelernt, dass er nun unzählige Ideen hatte, wenn es um die Gestaltung eines Raumes ging. Sie brauchte ihm immer nur Stichworte zu ihrer Vorstellung zu geben, und schon hatte er einen Vorschlag in petto.

Von solcherart Gedanken beschwingt, sah sie sich in aller Ruhe noch die restliche Planung mit der großen Küche, einem weiteren Badezimmer und ihrem zukünftigen Büro an, das in ihrem jetzigen Zimmer untergebracht werden könnte.

»Das sieht alles richtig, richtig gut aus«, lobte sie Maike. Sie konnte sich schon bildlich vorstellen, wie die Gestaltung des Hauses Formen annahm.

»Aber hier sind noch zwei Zimmer ohne Beschriftung«, wandte Philipp ein.

Die beiden Schwestern sahen sich an, dann seufzte Maike tief und zuckte mit den Schultern. »Ich wusste nicht, was du daraus machen willst, Liv. Eigentlich brauchst du keine weiteren Gemeinschaftsräume. Es sei denn, dir steht der Sinn nach einer Bibliothek oder Ähnlichem.«

Liv starrte auf den Grundriss, wo das Zimmer ihres Vaters und das Büro der Mutter als einzige Räumlichkeiten ohne Zuordnung übrig geblieben waren. Beide Räume verband sie mit gemischten Gefühlen, und ihr war klar, dass sie eine komplett neue Nutzung bräuchten, damit sie sich zukünftig in ihnen wohlfühlen konnte.

Sie überlegte einen Moment, und dann kam ihr eine Idee. »Wie wäre es mit einem behindertengerechten Doppelzimmer? Meinst du, das ließe sich machen?«

Maike hüpfte auf ihrem Stuhl herum. »Eine tolle Idee! Ich denke, das lässt sich problemlos einfügen. Natürlich müssten dann etliche Dinge mehr beachtet werden, auch beim Ausbau der alten Milchküche. Aber der Mensch wächst an seinen Aufgaben.« Sie rieb sich die Hände. »Am liebsten würde ich direkt in die Recherche einsteigen.«

»Meiner Meinung nach klingt das so, als hättet ihr einen Grund anzustoßen«, meinte Philipp mit einem Grinsen auf den Lippen.

»Und damit hast du völlig recht!«, stimmte Liv ihm zu.
»Wir haben doch noch die Flasche Sekt im Kühlschrank,
die Anni uns zum Rebbesessen mitgebracht hatte.«

Sie stand auf und nahm die besagte Flasche aus dem
Kühlschrank.

»Holst du die Gläser?«, wandte sie sich an ihre Schwester.

»Kann ich auch etwas tun?«, fragte Philipp. »Die Flasche öffnen, zum Beispiel?«

Obwohl sie kein Problem damit gehabt hätte, die Flasche selbst zu öffnen, drückte sie sie ihrem Cousin in die
Hand. »Dann mach bitte auf, während ich noch eine Kleinigkeit zum Snacken dazustelle. Ich habe noch Frisch-
käsecreme mit Pimpernelle, und im Schrank müsste auch
noch eine Packung Cracker stehen.«

»Was ist denn Pimpernelle?«, fragte Philipp, während er
bereits mit dem Sektverschluss hantierte.

»Die Pimpernelle ist ein Küchenkraut. Die Blättchen sehen ein wenig aus wie glatte Petersilie«, erklärte sie, als sie
die Kräutercreme aus dem Kühlschrank nahm. »Gehört
zu den sieben Kräutern der berühmten Frankfurter Grünen Soße. Schmeckt ein wenig nussig und ist als Wiesen-
pflanze natürlich auch ein Bestandteil des Viehfutters. War
früher übrigens wohl auch eine Zutat beim Bierbrauen.«
Liv hielt inne und wandte sich zu ihm um. »So genau wolltest du das sicher gar nicht wissen, oder?«

»Doch, sicher«, sagte Philipp, als mit einem sanften Zi-
schen der Korken der Sektflasche entwich. »Klingt doch
interessant. Ich habe mir über Kräuter bisher noch keine
Gedanken gemacht, aber so bekomme ich langsam einen
kleinen Einblick in das, was du hier vorhast.«

Maike stellte drei Sektgläser auf den Tisch und setzte sich wieder auf ihren Platz. »Und wenn dir das alles zu viel an Erklärungen wird, sagst du einfach: Schluss, sonst bekomme ich die Pimpernellen.«

Nun mussten sie alle lachen.

»Hier herrscht ja gute Stimmung.«

Liv sah Jasper zur Tür hereinkommen, und das Lächeln auf seinen Lippen deutete an, dass seine Stimmung deutlich besser war als am Morgen.

»Kennst du die Redensart: Da bekomme ich die Pimpernellen?«, wollte Maike von ihm wissen.

Jasper blieb an der Tür stehen und sah sie fragend an. »Die … was?«

»Die Pimpernellen«, erklärte Liv und nahm für ihn ein weiteres Sektglas aus dem Schrank. »Die Pimpernelle, der kleine Wiesenknopf, ist ein Küchenkraut, das auch als Heilkraut Verwendung findet.«

»Und die kann man kriegen, weil …?« Er nahm ihr mit einem dankenden Nicken das Sektglas ab und setzte sich Maike gegenüber an den Tisch.

»Das sagt man hier schon mal, wenn man von irgendetwas genug hat, wenn einem etwas zu viel ist«, dozierte nun ihre kleine Schwester.

Jasper wirkte immer noch verwundert. »Aber was hat das mit einem Küchenkraut zu tun?«

Liv stellte die Kräutercreme und das Schüsselchen mit den Crackern auf den Tisch und setzte sich neben ihn.

»Ich habe gelesen, dass die Pflanze hier im Rheinland früher wohl auch als Zittergras bezeichnet wurde. Wenn du also vor Aufregung ganz zittrig wurdest, kriegtest du die Pimpernellen«, erklärte sie.

»Faszinierend, oder?« Maikes Augen bekamen einen träumerischen Glanz. »Ich finde es immer so spannend, wenn es sich aufdröseln lässt, wie eine Redensart entstanden ist. Die Menschen früher waren wirklich äußerst kreativ, was den Umgang mit Sprache angeht.«

»Du hast auf deiner Wanderschaft doch sicher schon viele neue Redensarten kennengelernt, oder?«, wandte sich nun Philipp an Jasper, während er ihm ebenfalls das Glas füllte.

»Sicher«, erwiderte dieser. »Die sind tatsächlich von Region zu Region sehr unterschiedlich. Eigentlich schade, dass ich mir nicht viele davon merken konnte. Aber ich habe da eher ein Gedächtnis für Zahlen.«

»Geht mir ebenso.«

Philipp prostete ihm freundlich zu, und in Liv keimte die Hoffnung auf, dass Jaspers Abneigung ihrem Cousin gegenüber nun endlich Geschichte war. Es machte den Anschein, als hätten beide Männer den heutigen Tag gebraucht, um sich Gedanken darüber zu machen, wie sie zukünftig miteinander umgehen sollten, und sich für Höflichkeit entschieden. Das sollte ihr recht sein.

»Und was wird hier nun eigentlich gefeiert?«, wollte Jasper wissen, nachdem er mit Philipp einen Schluck getrunken hatte.

Liv spürte wieder die Freude über den gelungenen Grundriss in sich aufsteigen. »Wir feiern Maikes gute Ideen zur Umgestaltung des Haupthauses.«

Philipp schob Jasper die Papiere hin, die noch in der Mitte des Tisches lagen.

»Dann mal Prost!«, rief Maike, und es begann ein allgemeines Anstoßen.

Erst als sie einen großen Schluck getrunken hatte, fiel Liv auf, dass Jasper immer noch regungslos auf die vor ihm liegenden Papiere blickte.

»Willst du nicht mal schauen?«, fragte sie ihn.

»Doch. Doch, natürlich.« Er stellte sein Glas auf den Tisch und vertiefte sich in die Zeichnungen.

»Sieht wirklich alles sehr gut überlegt aus«, meinte er schließlich. Und was machst du aus den Zimmern deiner Eltern?«

Liv erzählte ihm von der Idee mit dem behindertengerechten Zimmer und fand sich kurz darauf in einem allgemeinen Brainstorming zum Thema barrierefreies Wohnen wieder. Eigentlich hätte sie sich genüsslich zurücklehnen und voller Freude mit den anderen Ideen sammeln können, doch an ihr nagte plötzlich ein Gefühl der Unsicherheit. Jasper verhielt sich zwar freundlich, und doch spürte sie, dass er sich gefühlmäßig nicht wirklich einbrachte. Irgendetwas saß ihm quer, und sie konnte sich bisher noch keinen Reim darauf machen.

Kapitel 28

Am nächsten Nachmittag war Liv nach einem kurzen Abstecher in ihr Gewächshaus, um noch den Schnittlauch auszusäen, nach Kalkar gefahren. Während Jasper sich in der Scheune um die Planung eines Trocknungsbereichs für ihre Kräuter kümmern wollte, war Philipp gemeinsam mit Maike aufgebrochen, um den Einkauf zu erledigen. Die beiden schienen wirklich gut miteinander zurechtzukommen, und sie selbst war froh, dass sie dadurch ein wenig Zeit für sich hatte. Nachdem Jasper heute Vormittag noch einmal die Pläne studiert und die Kosten, die durch den Umbau auf sie zukommen würden, grob überschlagen hatte, war sie doch ziemlich zusammengezuckt. Ihr war klar, dass er keine konkrete Summe nennen konnte, aber sie vertraute auf seine Erfahrung. Deshalb hatte sie sich auf den Weg zu Svenjas Büro gemacht, in der Hoffnung, von ihr eine Einschätzung der Situation zu bekommen. Eine beruhigende Einschätzung nach Möglichkeit.

Doch nun stand sie mitten auf dem Kalkarer Marktplatz und wusste nicht, wohin mit sich, da das Büro ihrer Freundin geschlossen war. Erst als sie den Zettel an der Tür hängen sah, hatte sie sich wieder daran erinnert, dass Svenja für ein paar Tage nach Amsterdam zu einem internationalen Kongress reisen wollte.

Und jetzt? Liv wollte noch nicht wieder nach Hause, wo sie Gefahr lief, direkt irgendwem in die Arme zu laufen, der irgendetwas von ihr wollte. Sie brauchte jetzt erst einmal einen Ort, wo sie sich in Ruhe sortieren konnte. Ihr Aufenthalt im Gewächshaus hatte heute jedenfalls nicht die nötige Beruhigung gebracht. Sie überlegte kurz und ging dann mit ausholenden Schritten die Altkalkarer Straße entlang, um kurz hinter dem Stadtgraben links die schmale Treppe hinunter zum Park zu betreten. Auch wenn er aus kaum mehr bestand als einem von üppigem Grün umgebenen, ausgedehnten Weg rund um den lang gezogenen Ententeich sowie einem großflächig angeschlossenen Spielplatz, war es doch ein Ort des Friedens, an dem man ein wenig Besinnung finden konnte, wenn einem danach war.

Dass dieses Konzept bei ihr aufging, verspürte sie durch ein Gefühl der aufwallenden Vorfreude, als ihr Blick bereits nach wenigen Metern auf die sprudelnde Fontäne inmitten des Ententeichs fiel. Beherzt setzte sie ihren Weg fort und fand die Bank vor dem Teich tatsächlich verwaist.

Wie für mich gemacht, dachte sie, als sie sich mit einem zufriedenen Seufzer auf dem von der Sonne erwärmten Holz niederließ. Sie lehnte sich entspannt zurück, schloss die Augen und tat eine ganze Weile nicht mehr, als dem gleichmäßigen Plätschern des Springbrunnens zu lauschen und ihr Gesicht in die Sonne zu halten. Für heute Abend waren kühlere Temperaturen und der Durchzug einer Regenfront gemeldet, doch jetzt gerade war einfach alles perfekt.

Sie öffnete die Augen, saugte förmlich das Frühlingsgrün der umstehenden Bäume und Büsche in sich auf und entdeckte eine Entenmutter mit ihren Küken, die ihre Bahnen auf der anderen Seite des Teiches zogen. Neun junge Küken zählte sie, und unwillkürlich verzogen sich ihre Lippen zu einem Lächeln. In Anbetracht dieser niedlichen Familienidylle sah die Welt doch gleich deutlich ungefährlicher aus. Denn was hatte sich seit gestern Mittag eigentlich verändert, als sie noch voller Begeisterung über den Plänen gesessen hatte? Gar nichts, denn die Zahlen machten nur deutlich, was ihr auch vorher schon klar gewesen war: Sie müsste einen dicken Kredit aufnehmen, um ihren Kräuterhof aufbauen zu können. Aber sie war nicht die Erste, die so etwas in Angriff nahm, und würde auch nicht die Letzte sein. Sie hatte mit Svenja eine vertrauensvolle Expertin an ihrer Seite. Und wenn deren Expertise positiv ausfiel und auch die Banker zustimmten, dann würde sie dieses Risiko auf sich nehmen.

Auch wenn ihre Beklemmungen nicht vollständig gewichen waren, fühlte sie sich nun doch entspannt genug, um wieder nach Hause zu fahren. Und wer wusste schon, ob eine gute Tasse Tee und eine bärige Umarmung von Jasper nicht auch noch die letzten grauen Wölkchen vertreiben konnten.

Zu Hause angekommen, führte ihr Weg sie daher direkt in die Küche. Anhand des frischen Salats, der auf der Arbeitsplatte lag, erkannte Liv, dass Maike und Philipp die Einkäufe bereits erledigt hatten. Im Moment war jedoch niemand zu hören oder zu sehen, was ihr ganz lieb war.

Sie setzte heißes Wasser auf, nahm ihre Teemischung aus dem Schrank und füllte die entsprechende Menge in ein Teesieb, das sie in die bauchige Teekanne hängte. So wie sie ihre Mitbewohner kannte, käme eher früher als später einer von ihnen vorbei und hätte vielleicht ebenfalls Lust auf ein heißes Getränk. Sie nahm das Stövchen aus dem Schrank, stellte es neben die Zuckerdose auf den Küchentisch und entzündete das kleine Teelicht darin. Allein dieser routinierte Ablauf des Teekochens vertrieb weitere graue Wölkchen aus ihrem Kopf, und die Entspannung in ihr breitete sich aus.

Kaum hatte sie das heiße Wasser über die Teemischung gegossen und die Kanne auf das Stövchen gesetzt, kam Philipp herein.

»Mmh, hier duftet es gut. Was ist das?«

»Ich habe mir gerade einen Schwarztee mit Orange gemacht. Schmeckt lecker fruchtig. Möchtest du auch eine Tasse?«

Da sie gerade für sich selbst eine Tasse aus dem Schrank nehmen wollte, griff sie nach einer zweiten und hielt sie ihm fragend entgegen.

»Sehr gern.« Er setzte sich auf einen Stuhl hinter dem Tisch, und Liv erkannte, dass er die Briefe ihrer Großmutter mitgebracht hatte.

Sie nahm noch zwei Teelöffel aus der Schublade und setzte sich ebenfalls an den Tisch. »Hast du sie gelesen?«

Philipp nickte. »Schwere Kost. Obwohl ich die Frau gar nicht kannte, tut sie mir leid. War wohl nicht leicht für sie.«

Liv spürte kurz Ärger über Philipps unpersönliche Wortwahl in sich aufsteigen, verdrängte ihn jedoch gleich wieder. Sie konnte ihn ja verstehen. Für ihn war ihre Oma nur eine unbekannte Frau. Er hatte keinerlei Bezug zu ihr und war natürlich nicht verpflichtet, sie als seine Großmutter anzusehen.

»Aber mehr über meine Mutter oder ihre Beziehung zu deiner Familie habe ich aus den Briefen auch nicht erfahren«, sagte er.

Liv schenkte ihnen beiden ein und gab anschließend ein wenig Zucker in ihre Tasse.

»Wir werden wohl damit leben müssen, dass das Zerwürfnis zwischen ihnen nebulös bleibt. Obwohl wir zumindest wissen, dass sie offenbar Vorbehalte gegen deinen Vater hatten. Das tut mir leid.«

»Muss dir nicht leidtun. Ich kann mich gar nicht mehr an ihn erinnern, und meine Mutter hatte auch nichts Gutes von ihm zu berichten, wobei sie sich trotz allem immer nur vage über ihn geäußert hat. Es gab nur uns beide, und das war für sie der Fakt. Ende der Geschichte.«

»Wie schön, dass wir nun die Gelegenheit haben, ein neues Kapitel in unserer Familiengeschichte zu schreiben.«

»Ein Kapitel, in dem wir die Hauptrollen spielen«, ergänzte er. »Apropos Hauptrollen: Maike und ich waren brav einkaufen. Was hast du denn in der Zwischenzeit Aufregendes erlebt? Hast du weiter ausgesät?«

Liv nickte. »Ja, aber nur den Schnittlauch. Jasper hat eine erste Kalkulation der Umbaukosten gemacht, weshalb ich nach Kalkar gefahren bin, um mit meiner Freundin darüber zu sprechen. Sie ist Finanzberaterin.«

»Und?«, fragte er, als Liv schwieg. »Konnte sie dir helfen? Oder sind die Zahlen so vernichtend? Du machst so einen nachdenklichen Eindruck.«

»Sie war nicht da. Ich hatte vergessen, dass sie zurzeit in Amsterdam bei einem Kongress ist.«

Er nickte zustimmend. »Finanzstatistik. Ich hatte auch überlegt, hinzufahren, aber dann kam euer Brief bei mir an. Was hältst du davon, wenn ich mir stattdessen mal deine Unterlagen ansehe? Vielleicht kann ich ja schon Entwarnung geben.«

»Das würdest du tun?«

»Sicher, wenn du es möchtest?«

»Moment, ich hole nur schnell die Ordner.«

Liv sprang auf und eilte zu ihrem Zimmer. Was für ein Glücksfall, dass Philipp gerade hier war. Sie schnappte sich die beiden Ordner auf ihrem Schreibtisch und kehrte zurück in die Küche.

»Ich hoffe, du steigst hier durch.«

»Das sieht doch alles gut sortiert aus«, murmelte er, während er bereits im ersten Ordner blätterte.

Liv setzte sich wieder auf ihren Platz und nahm ihren Teebecher zwischen beide Hände. Hatte sie sich vorhin schon wieder recht locker gefühlt, spannte sie sich nun unwillkürlich an.

»Von welcher Summe hat Jasper denn für den Umbau gesprochen?«, wollte Philipp von ihr wissen.

Liv nannte ihm den Betrag, und ihr Cousin stieß zischend die Luft aus. »Das ist eine ganz schön hohe Hausnummer. Und wahrscheinlich wirst du eher noch ein wenig draufrechnen müssen, oder?«

Doch er schien auf seine Frage keine Antwort zu erwarten, denn er versenkte sich direkt wieder in ihre Unterlagen. Ihr selbst blieb nichts anderes übrig, als mit einem flauen Gefühl im Bauch abzuwarten.

»Was macht ihr denn hier?«, erklang plötzlich Jaspers Stimme von der Tür her.

»Philipp schaut sich meine Unterlagen an«, antwortete sie und spürte, wie sich ihre Lippen zu einem Lächeln verzogen, nur weil Jasper da war.

Doch er erwiderte ihr Lächeln nicht, sondern trat nur näher heran. »Warum?«

»Ich wollte mit Svenja über deine Überlegungen zu den Kosten sprechen, doch die ist zurzeit in Amsterdam. Deshalb hat Philipp sich angeboten, mir eine grobe Einschätzung der Lage zu geben.«

Stirnrunzelnd betrachtete er Philipp, der nach wie vor in die Unterlagen vertieft war, und wandte sich dann an Liv. »Kann ich dich kurz sprechen? Allein?« Damit ging er hinaus in den Flur.

Verdattert warf sie einen Blick auf ihren Cousin, der sich von diesem Auftritt in keiner Weise hatte stören lassen, und folgte Jasper nach draußen.

»Was ist denn los?«, zischte sie leise. So langsam ging ihr sein negatives Gehabe um Philipp auf den Geist. »Was passt dir denn jetzt wieder nicht?«

Jasper schloss die Küchentür, ehe er sie jetzt ebenfalls ärgerlich anfunkelte. »Was mir jetzt wieder nicht passt? Ich bin fassungslos, wie unbedacht du mit deinen Zahlen umgehst und verstehe einfach nicht, was du hier tust? Du kennst diesen Mann doch überhaupt nicht.«

»Natürlich kenne ich ihn. Er ist mein Cousin!«, erwiderte sie heftig.

»Und bloß weil er dein Cousin ist, gibst du ihm deine Unterlagen, mit allen sensiblen Fakten und Zahlen? Mit mir hast du sie dir noch nie zusammen angesehen.«

»Philipp ist vom Fach«, entgegnete sie ihm aufgebracht.

»Ach?«, höhnte er. »Und ich nicht?«

Natürlich wusste sie, dass er ebenfalls ein entsprechendes Studium absolviert hatte, aber darum ging es hier doch gar nicht.

»Du bist eifersüchtig! Du bist eifersüchtig auf Philipp, seitdem er hier ist.«

Mit einer verzweifelten Geste hob Jasper die Arme. »Das hat doch überhaupt nichts mit Eifersucht zu tun, sondern damit, dass du diesen Mann überhaupt nicht kennst. Ich verstehe einfach nicht, wie du ihm derart vertrauen kannst.«

»Vielleicht kannst du das nicht verstehen, aber das nennt sich Familie«, fauchte sie nun.

In dem Moment, in dem sie sah, wie Jasper die Gesichtszüge entglitten, hätte sie ihre Worte am liebsten wieder zurückgenommen.

Er ließ die Arme hängen und schaute sie noch einen Moment mit traurigen Augen an, ehe er sich wortlos umdrehte und in sein Zimmer ging.

Liv rang mit sich, ob sie ihm folgen oder zu Philipp in die Küche zurückkehren sollte, entschied sich aber dafür, den Streit mit Jasper zu Ende zu bringen.

Sie klopfte an seine Tür, erhielt jedoch keine Antwort. Sollte sie ihn schmollen lassen? Sie klopfte erneut und öffnete dann einfach die Tür.

»Was machst du?«, entfuhr es ihr, als sie sah, dass er seine Sachen packte.

»Wonach sieht es denn aus?«, fragte er schroff.

»Bloß weil wir uns gestritten haben, musst du doch nicht dermaßen überreagieren.«

»Ich reagiere nicht über, sondern angemessen.«

Er verknotete das große Tuch, von dem sie inzwischen wusste, dass es *Charlottenburger* hieß, befestigte mit einem Gürtel Flönz' Hundedecke daran und griff nach seinem Wanderstab, der in einer Ecke stand.

Dann wandte er sich ihr zu. »Weißt du, ich habe tatsächlich gedacht, wir beide hätten eine Chance. Eine Chance auch über die abgemachten Wochen hinaus. Aber für eine richtige Beziehung braucht es Vertrauen. Vertrauen, das du ganz offensichtlich nicht in mich hast. Sorry, aber dann verzichte ich dankend auf die angedachte Zeit und sage schon heute Adieu. Ich wünsche dir alles Gute für die Zukunft. Grüß bitte Maike von mir.« Er schritt an Liv vorbei zur Tür. »Ach, und übrigens«, schob er hinterher, als er schon fast hinaus war, »vielleicht solltest du über den Begriff Familie noch einmal nachdenken. Familie hat nämlich nicht unbedingt etwas mit genetischen Übereinstimmungen zu tun.«

Dann nickte er noch einmal in ihre Richtung, hängte sich den Charlottenburger über die Schulter und machte sich auf den Weg.

Es dauerte eine Weile, ehe sie ihre Erstarrung lösen und ihm folgen konnte. Er war bereits nicht mehr zu sehen.

Sie rief nach ihm, doch er antwortete nicht. Nachdem sie ihn auf dem Hof nirgends fand, lief sie vors Haus und entdeckte ihn am Ende der lang gestreckten Hofeinfahrt. Mit ausholenden Schritten ging er in Richtung Grieth davon, Flönz an seiner Seite.

Kapitel 29

Als Liv am nächsten Morgen erwachte, fühlte sie sich wie durch die Mangel gedreht. Erschöpft von der nahezu schlaflosen Nacht, schloss sie die Augen und lauschte dem Regen, der gegen die Fensterscheiben prasselte. Unwillkürlich wanderten ihre Gedanken zu Jasper. Ob er irgendwo Unterschlupf gefunden hatte? Es hatte gestern bereits am frühen Abend zu regnen begonnen, bis dahin konnte er noch nicht weit gekommen sein.

Sofort setzte das schlechte Gewissen ein, das sie seit seinem Weggang begleitete. Hätte sie ihm folgen sollen? Vielleicht wäre sie ihm doch besser hinterhergelaufen und hätte noch einmal mit ihm geredet? Aber mit welchem Ziel? Er hatte ja recht mit dem, was er gesagt hatte. Es sollte nur eine Beziehung auf Zeit sein, so war es abgesprochen gewesen. Doch so oft sie sich das auch immer wieder sagte, kam sie zu keinem zufriedenstellenden Schluss. Der Gedanke, dass sie ihn nun niemals wiedersehen würde, tat einfach zu weh.

Wieder einmal drückte sie das Kissen an ihre Brust, das sie schon die ganze Nacht umschlang wie ein kleines Kind sein Kuscheltier. Am liebsten wäre sie noch länger so liegen geblieben, aber irgendwann würde sie sich einem Aufeinandertreffen mit Maike und Philipp stellen müssen. Nachdem Jasper gestern den Hof verlassen hatte, war sie nur kurz in die Küche zurückgekehrt und hatte Philipp mitgeteilt, dass es ihr nicht gut ging, weshalb sie schon in ihr Zimmer gehen würde. Woraufhin einige Zeit später Maike bei ihr angeklopft hatte, um zu fragen, was mit ihr los sei.

Bei dem Gedanken an ihre Schwester breitete sich ein warmes Gefühl in ihr aus. Maike war so mitfühlend gewesen, als Liv ihr von Jaspers Weggang erzählte. Sie hatte sie kurz, aber liebevoll in den Arm genommen und war wieder gegangen, um ihr Raum zu geben. Doch so langsam musste sie ihre sichere Höhle verlassen, denn ihre Blase drückte, und außerdem hätte sie gern eine Tasse Tee. Und etwas zu essen wäre sicher auch vernünftig, obwohl sie keinerlei Appetit verspürte.

Schweren Herzens löste sie sich von ihrem Kissen, stand auf und betrat nach einem Zwischenstopp im Badezimmer die Küche.

»Guten Morgen.«

Maike schaute von ihrem Handy auf. »Guten Morgen.« Dann stand sie auf und kam um den Tisch herum. »Setz dich«, wies sie Liv an. »Möchtest du einen Kaffee?«

»Besser einen Lavendeltee«, erklärte Liv, während sie sich auf einem Stuhl niederließ.

»Du siehst nicht so aus, als hättest du viel Schlaf gefunden.« Maike setzte den Wasserkocher auf, nahm einen Becher aus dem Schrank, gab die getrockneten Blüten in ein Tee-Ei und hängte es hinein.

Liv zupfte an ihren flüchtig gekämmten Haaren. »Ich habe mir die ganze Zeit darüber Sorgen gemacht, dass Jasper irgendwo im strömenden Regen herumlaufen muss.«

Nun zuckten Maikes Mundwinkel. »Dir ist schon klar,

dass Jasper seit fast vier Jahren zu Fuß in der Welt unterwegs ist? Ich denke, er wird schon wissen, wie er mit solch einer Situation umgehen muss.«

»Wahrscheinlich hast du recht, aber trotzdem mache ich mir Sorgen. Auch um Flönz.« Ohne Vorwarnung schossen Liv Tränen in die Augen.

»Ach, komm.« Maike kam zu ihr hinüber und nahm sie in den Arm.

»Ich verstehe gar nicht, wieso mir dieses Vieh so sehr ans Herz gewachsen ist, aber es tut so weh, dass ich ihn nun gar nicht mehr knuddeln kann.«

»Ich fürchte, es geht dabei nicht nur darum, dass du Flönz nicht mehr knuddeln kannst, sondern vor allem darum, dass sein Herrchen nun nicht mehr da ist.«

Darauf konnte Liv nicht mehr antworten, denn nun brachen alle Dämme. Hatte sie sich heute Nacht noch mit unzähligen Gedanken herumgequält, übernahmen nun die Gefühle die Oberhand.

»Warum nimmt mich das bloß so mit?«, schluchzte sie immer noch, als sie sich schließlich aus Maikes Umarmung löste.

Diese nahm die Papierrolle aus ihrer Halterung, stellte sie vor Liv auf den Tisch und setzte sich neben sie.

»Danke.« Liv schniefte ausgiebig, ehe sie weitersprach. »Wir hatten abgemacht, dass es nur eine Beziehung auf Zeit sein wird. Okay, jetzt wurde es ein bisschen weniger Zeit als abgemacht, aber nichtsdestotrotz ist alles so gelaufen wie besprochen.«

»Bis auf den Streit«, stellte Maike leise fest. »Erzählst du mir, worüber ihr gestritten habt?«

Liv putzte ein weiteres Mal geräuschvoll ihre Nase.

»Er hat mir Vorwürfe wegen Philipp gemacht. Er meinte, ich sei zu vertrauensselig. Ich habe mich verteidigt und erklärt, Philipp sei nun mal Familie.« Sie machte eine Pause und spürte Verlegenheit in sich aufsteigen. »Kann sein, dass ich ihm unterstellt habe, er könne einen Vertrauensvorschuss Familienmitgliedern gegenüber nicht nachvollziehen.«

Maike sog scharf die Luft ein. »Kann sein? Oder hast du ihm das tatsächlich unterstellt?«

Liv zuckte hilflos mit den Schultern. »Es ist mir so rausgerutscht.«

»Du hast Jasper, einem der vertrauenswürdigsten Menschen, die ich bisher kennengelernt habe, unterstellt, dass er sich ausgerechnet damit nicht auskennt?«

»Ich war wütend!«, verteidigte Liv sich. »Mit seiner grundlosen Eifersucht auf Philipp hat er uns schon die letzten Tage vermiest.«

»Okay«, stimmte Maike ihr zu. »Er war wirklich nicht besonders gut auf unseren Cousin zu sprechen. Aber so miesepetrig, wie du ihn jetzt darstellst, war er nun auch wieder nicht.«

Liv rieb sich über das Gesicht. »Egal. Vorbei. Er ist weg. Das muss ich jetzt akzeptieren.« Obwohl sie stark sein wollte, spürte sie, wie erneut ihre Unterlippe zitterte. »Warum tut es nur so furchtbar weh?«

Maike legte ihr tröstend einen Arm um die Schultern und drückte sie. »Kann es sein, dass deine Gefühle für ihn stärker geworden sind, als du beabsichtigt hattest?«

Liv griff zu einem weiteren Stück Papier und wischte

sich über die Wangen. »Ich fürchte, da könnte was dran sein.«

Maike ließ sie los und tätschelte ihr ein wenig unbeholfen die Schulter. »Ich fürchte, das ist etwas, das ich nicht nachvollziehen kann. Ich weiß auch nicht, ob ich das überhaupt jemals nachvollziehen möchte, wenn ich dich so leiden sehe.«

Liv wusste selbst nicht, was sie von dem ganzen Gefühlswirrwarr in ihr drin halten sollte. Sie fühlte sich einerseits völlig überwältigt und andererseits merkwürdig leer. Sie spürte die starke Sehnsucht nach Jasper, die sie in den letzten Wochen immer mit beschwingten Glücksgefühlen verbunden hatte. Doch jetzt brachte sie ihr körperliche Schmerzen, wie sie sie bisher noch nie kennengelernt hatte.

Nachdem sie eine Weile schweigend nebeneinandergesessen hatten, fragte Maike plötzlich: »Merkwürdig, dass Philipp noch gar nicht runtergekommen ist. Er war doch sonst schon immer früh auf. Ob es ihm nicht gut geht?«

Aus ihren Gedanken gerissen, schaute Liv ihre Schwester irritiert an.

»Meinst du, ich sollte mal nach ihm schauen? Ob alles in Ordnung ist?«, fragte diese.

Liv wandte den Kopf zur Küchenuhr, die kurz vor zehn anzeigte. So langsam lichtete sich ihr Kopf, und sie konnte sich auf Maikes Anliegen konzentrieren. »Vielleicht will er einfach ausschlafen. Er hat schließlich Urlaub.«

»Das hätte er mir doch bestimmt schon gestern Abend gesagt.« Maike schob den Stuhl zurück und stand auf. »Irgendwie habe ich ein komisches Gefühl. Ich gehe kurz nachschauen, ob wirklich alles in Ordnung ist.«

Liv blickte ihr hinterher und wurde sofort wieder von ihren um Jasper kreisenden Gedanken eingenommen. Doch dieser Zustand hielt nicht lange an, denn sie hörte Maike die Treppe herunterpoltern.

»Liv!« Atemlos stürzte sie in die Küche. »Er ist weg.«

»Was?«

»Philipp ist weg!« Maike machte eine ausholende Geste, um ihre Aussage zu unterstreichen.

»Du meinst, er hat sein Zeug gepackt und ist abgefahren, ohne uns Bescheid zu sagen?«

Maike nickte. »Sein Bett ist gemacht, seine Sachen sind weg, und ich habe aus dem Fenster geschaut: Sein Auto ist nicht mehr da.«

Ein ungutes Gefühl breitete sich in Livs Magen aus. »Und er hat keine Nachricht hinterlassen?«

»Eine Nachricht?« Maike zog fragend die Brauen hoch. »Darauf habe ich nicht geachtet.«

Ehe Liv mehr dazu sagen konnte, war ihre Schwester schon wieder im Flur verschwunden. Sie hörte ihre schnellen Schritte auf den Holzstufen, dann war kurz Ruhe, bis Maike auch schon wieder herunterstürmte. In der Hand hielt sie einen Briefumschlag.

»Lehnte am Fenster. Woher wusstest du das?«

»Ich wusste es nicht. Aber vielleicht hatte Philipp ja einen wichtigen Grund, weshalb er schon in aller Herrgottsfrühe aufgebrochen ist.«

Ihre Schwester setzte sich wieder neben sie, öffnete den Umschlag und zog einen DIN-A4-Bogen heraus, der in sorgfältiger Handschrift beschrieben war. Sie legte ihn so auf den Tisch, dass Liv mitlesen konnte.

»Hallo, Liv und Maike«, las sie laut vor. *»Zuerst möchte ich sagen, dass es nie meine Absicht war, Unfrieden zu stiften. Ich meine, im Sinne der Auseinandersetzung zwischen Liv und Jasper. Das war nicht geplant.«*

Sie sahen einander verwundert an.

»Das war nicht geplant?«, stieß Liv verwundert hervor.

Dann las sie weiter: *»Nun zu meinem eigentlichen Anliegen. Ich war sehr erstaunt, euren Brief zu bekommen, da meine Mutter, wie gesagt, nie von euch gesprochen hat. Ich habe mir demnach nie Gedanken darüber gemacht, dass ich noch irgendwo Verwandtschaft habe. Aber durch euren Brief ist mir bewusst geworden, dass meiner Mutter ihr Erbe vorenthalten worden ist.«*

Liv zuckte zusammen, und Maike entfuhr ein lauter Fluch.

»So ein Arsch!«, schimpfte sie. »Er hat uns etwas vorgespielt! Von wegen Verwandtschaft!« Aufgewühlt hielt sie inne und starrte Liv an.

Doch die nickte nur resigniert. »Jasper hatte recht.«

Sie wandten sich beide erneut dem Schreiben zu, und Maike las weiter vor: *»In den letzten Tagen hatte ich die Möglichkeit, mir ein recht gutes Bild über den Wert des Hofes zu machen, und fordere nun von euch den Pflichtteil, der mir aus dem Erbe meiner Mutter zusteht. Ich hoffe, dass wir das zivilisiert über unsere Anwälte abwickeln können. Philipp.«*

»Und ich Idiotin habe ihm auch noch meine Unterlagen gezeigt.« Liv konnte einfach nicht fassen, dass sie sich dermaßen in ihrem Cousin getäuscht hatte.

»Er wirkte so nett und unkompliziert. Wir haben uns

wirklich gut miteinander unterhalten. Und dann so etwas«, sagte Maike, die ebenso betroffen schien wie sie selbst.

»So kann man sich täuschen.« In Livs Kopf schwirrte alles durcheinander. »Ich kann mich überhaupt nicht konzentrieren.«

»Das kann ich gut verstehen. Erst Jasper und jetzt Philipp. Dazu hast du deinen Tee bisher nicht angerührt und seit gestern Mittag nichts mehr gegessen.«

Energisch schob Maike den Stuhl zurück, ging hinüber zum Obstkorb, der auf der Arbeitsplatte stand, und kam mit einer Banane, einem Apfel und einer Orange wieder zurück.

»Jetzt wird erst einmal eine Kleinigkeit gegessen. Oder soll ich dir lieber ein Brot machen? Oder ein Müsli?«

»Die Banane ist eine gute Idee«, erklärte Liv. »Und ich schätze, ein Kaffee wäre auch nicht schlecht.«

Als sie aufstehen wollte, hielt Maike sie am Arm zurück. »Das mache ich. Du isst jetzt erst einmal deine Banane, sonst kippst du mir gleich noch vom Stuhl.«

Während Maike für einen Becher sorgte und ihr Kaffee aus der Thermoskanne einschenkte, biss Liv gehorsam in ihre Banane. Fast augenblicklich spürte sie, wie gut es tat, als der Fruchtzucker seine Aufgabe erfüllte und ihren Körper wieder mit Energie versorgte. Mit zunehmendem Genuss verspeiste sie langsam die Frucht und nippte zwischendurch an ihrem Kaffee.

»Danke«, sagte sie schließlich zu Maike, »das hat richtig gutgetan.«

»Können wir jetzt darüber sprechen, wie wir weiter vorgehen wollen?«

»Ich schätze, gegen Philipps Forderung können wir nur wenig unternehmen. Sein Pflichtteil steht ihm zu. Und sollte es da keine Verjährungsfristen geben, werden wir ihm das auszahlen müssen.« Plötzlich richtete sie sich kerzengerade auf.

»Was ist los?«, fragte Maike alarmiert.

Livs Puls jagte, und die Brust wurde ihr eng. »Ich werde den Hof verkaufen müssen.«

»Was? Wieso?«

Energisch drängte Liv die Tränen zurück, die aufzusteigen drohten. »Dich auszuzahlen, hätte ich mir leisten können, auch wenn das knapp kalkuliert war. Doch Philipp auch noch auszuzahlen, übersteigt einfach meine Kapazitäten.«

»Willst du nicht erst mit Svenja darüber sprechen?«

»Sicher, aber das wird an der Situation nichts ändern. Für mich gibt es schlicht eine Grenze, bis zu der ich bereit bin, das Risiko zu tragen.«

»Aber dein Kräuterhof ist so ein tolles Projekt«, insistierte Maike.

Liv lachte freudlos auf. »Danach fragt die Bank aber nicht. Die möchte Zahlen sehen. Und die verändern sich durch die neue Situation eindeutig zu meinen Ungunsten.« Dann blickte sie Maike traurig an. »Entschuldige. Ich denke nur an mich. Du wirst natürlich auch weniger ausgezahlt bekommen.«

Maike machte eine wegwischende Handbewegung. Dann schaute sie aus dem Fenster, bevor sie sich schließlich wieder Liv zuwandte. »Ich habe nachgedacht.«

Liv spürte Panik in sich aufsteigen. Wenn Maike jetzt

auch noch mit einer Hiobsbotschaft kam, würde sie komplett zusammenbrechen. »Worüber?«

»Ich weiß nicht, inwieweit du dir so etwas überhaupt vorstellen kannst, aber ich habe schon seit längerer Zeit überlegt, wie es wäre, wenn ich hierbleiben und auf dem Hof mitarbeiten würde. Als Partnerin?«, schob sie beinahe zaghaft hinterher.

Liv brauchte einen Moment, ehe das Gesagte tatsächlich in ihrem Bewusstsein ankam. »Als Partnerin?«, wiederholte sie mechanisch. »Du möchtest mit mir zusammen den Kräuterhof aufbauen?«

»Blöde Idee?«, fragte Maike verunsichert.

»Überhaupt nicht!« Nun überschlug sich Livs Stimme beinahe vor Freude. »Mein Gott! Du und ich, als Team … Ich kann es gar nicht glauben.«

Erleichtert zog sie Maike in die Arme. Vielleicht wurde doch noch alles gut.

Kapitel 30

»Ich bin weg, bis später!«

Liv hörte die Haustür hinter Maike zuschlagen, trat ans Fenster und beobachtete, wie ihre Schwester in ihren Kangoo stieg und vom Hof fuhr. Sie hatten das ganze Wochenende genutzt, um Pläne für ihre zukünftige Zusammenarbeit zu schmieden, und nun war Maike unterwegs nach Düsseldorf, um ihre Kündigung zu überbringen.

Manchmal kam Liv all das, was sich in den letzten Tagen ereignet hatte, vor wie ein Traum. Wie ein schöner Zukunftstraum, wenn sie an ihre Schwester und den Hof dachte, aber gleichzeitig wie ein Albtraum, der nicht enden wollte.

Noch nie hatte sie dermaßen unter einer Trennung gelitten. Bisher war allerdings auch immer sie diejenige gewesen, die eine Beziehung beendete. Seitdem Jasper sie verlassen hatte, überfiel sie tiefe Traurigkeit, sobald sie nicht mehr von Maike und ihren sprühenden Ideen für ihren Kräuterhof abgelenkt wurde, und die schmerzhafte Sehnsucht nach ihm führte dazu, dass sie einfach nur zusammengerollt in ihrem Bett liegen und sich ihren düsteren Gedanken hingeben wollte.

Intuitiv legte sie sich eine Hand auf die Brust und ging langsam zurück zum Sofa, obwohl es sie eigentlich in ihr

Bett zog. Doch damit sie den Tag irgendwie überstand, musste sie sich ablenken, weshalb Maike ursprünglich vorgeschlagen hatte, sie solle sie doch nach Düsseldorf begleiten, damit sie nach ihrem Gespräch in der Agentur noch ein wenig über die Kö flanieren und einen Kaffee trinken könnten. Aber Liv war nicht danach, das Haus zu verlassen, und schon gar nicht nach einem Spaziergang über die Kö. Deshalb hatte Maike ihr vorgeschlagen, sich auf Pinterest Dekovorschläge für die zukünftigen Räumlichkeiten anzuschauen und eine Auswahl zusammenzustellen, über die sie später beraten könnten. Außerdem sollte sie sich über Kamine und Kachelöfen informieren und eine Pro-und-Kontra-Liste erstellen. Liv kam sich nicht wenig geschulmeistert vor, aber sie wusste, dass ihre Schwester es nur gut mit ihr meinte. Zudem war es natürlich wichtig, sich ein Konzept für die Innengestaltung zu überlegen, damit der zukünftige Architekt dieses bei der Grundrissplanung mit einbezog. Heute Morgen hatten sie bereits einige wegen des Umbaus kontaktiert und mit dem ersten für Ende der Woche einen Beratungstermin vereinbart.

Doch das wichtigste Telefonat hatten sie mit ihrem Anwalt geführt, damit er sich auf die Post von Philipps rechtlichem Vertreter vorbereiten konnte.

Unwillkürlich spürte Liv Übelkeit in sich hochsteigen, doch sie zwang sich dazu, den Laptop zu öffnen und ihre Suche zu beginnen. Es erschien ihr am einfachsten, sich zuerst mit den Kaminen und Kachelöfen zu beschäftigen. Von der Vielfalt an Gestaltungsideen für die Gästezimmer fühlte sie sich dagegen im Moment noch komplett überfordert.

Die Liste mit Pros und Kontras, die sie handschriftlich auf ihrem Collegeblock zusammentrug, war schon gut gefüllt, als sie plötzlich Pias Stimme hörte.

»Hallo? Liv? Bist du da?«

»Im Wohnzimmer«, rief sie in Richtung Flur.

Kurz darauf erschien ihre Freundin im Türrahmen. »Was machst du?«, fragte Pia, während sie näher kam.

»Nach Kaminen und Kachelöfen schauen. Wusstest du, dass man vor dem Erwerb eines Kamins darauf achten muss, ob dessen Brennleistung für den angedachten Raum auch passt? Und hast du schon mal etwas von Römeröfen gehört? Damit kannst du nicht nur ganze Zimmerfluchten heizen, sondern auch kochen oder backen.«

Solange sie das Gespräch über Öfen am Laufen hielt, hoffte Liv, dass Pia nicht auf Jasper zu sprechen kam. Sie wusste, dass Maike den anderen bereits erzählt hatte, was geschehen war, aber sie selbst war ihnen bisher erfolgreich aus dem Weg gegangen.

Leider ging ihre Taktik nicht auf. Pia fragte, als sie sich ihr gegenüber in den Sessel setzte: »Wie geht es dir?«

Sofort sackte Liv in sich zusammen, und ihre Augen füllten sich mit Tränen. Sie zuckte nur hilflos mit den Schultern.

Pia stellte eine Kunststoffbox, die sie in der Hand gehalten hatte, auf den Couchtisch, kam zu ihr herüber und nahm sie in den Arm. »Es tut mir so leid.«

Liv genoss den Moment der Zuwendung und schloss die Augen. Doch sofort sah sie Jasper vor sich, sein verwuscheltes Haar und das verschmitzte Lächeln, und die Tränen ließen sich nicht mehr aufhalten.

Pia zog eine Packung Taschentücher aus der Hosentasche und reichte sie ihr, und Liv bemühte sich, ihre Fassung wiederzugewinnen.

»Alles gut«, sagte sie schließlich und bemühte sich um Festigkeit in ihrer Stimme. »Eigentlich müsste ich inzwischen restlos leer sein, so viel, wie ich die letzten Tage geweint habe.«

Ihre Freundin setzte sich in den Sessel. »Nichts ist gut«, sagte sie statt irgendwelcher Beschwichtigungen, »aber ich verstehe, wenn du nicht darüber reden möchtest. Falls sich das ändern sollte, bin ich immer für dich da.«

Mehr als ein Nicken brachte Liv nicht zustande, wenn sie nicht riskieren wollte, eine erneute Tränenflut auszulösen.

»Jetzt komme ich jedenfalls im Auftrag von Anni«, erklärte Pia, und Liv war ihr dankbar, dass sie das Thema wechselte. »Ich soll dir schöne Grüße ausrichten und das hier bringen.« Sie deutete auf die verschlossene Box.

Liv zog sie zu sich heran und öffnete den Deckel. Dann lachte sie auf. »Schwarz-Weiß-Gebäck in Schweinchenform. Meine Lieblingskekse.«

Pia betrachtete den Inhalt neugierig. »Niedlich.«

Liv nahm sich ein Plätzchen aus der Box und bot auch ihrer Freundin eins an. »Die hat Anni mir früher schon gebacken, wenn ich als Kind großen Kummer hatte. Die lustigen Schweinegesichter zauberten mir immer wieder ein Lächeln aufs Gesicht. Vom Teignaschen während des Zubereitens ganz zu schweigen.« Erneut stiegen ihr die Tränen in die Augen, weil sie sich so sehr über die so gezeigte Zuneigung ihrer Patentante freute.

Doch Pia hatte die nötige Empathie, um darüber hinweg-zusehen. »Anni hat mich nicht nur wegen der Plätzchen geschickt«, erklärte sie nüchtern und nahm sich ebenfalls einen der Kekse. »Sie meinte, wir müssten dich dringend von deinem Elend ablenken, weshalb sie für heute Abend einen Mädelsabend organisiert. Sie hat Svenja angerufen und mir für heute Nachmittag freigegeben, damit ich uns etwas Leckeres für heute Abend zaubern kann. Gesprä-che über ganz spezielle Männer sind tabu, es sei denn, du selbst bringst das Thema auf. Du siehst, es ist völlig zwecklos, sich dagegen zu wehren.«

Liv schmolz förmlich dahin. Anni und Pia gaben sich so viel Mühe, ihr etwas Gutes zu tun, und sie wusste, dass es bei Svenja und Maike nicht anders sein würde. Auch wenn sie beileibe nicht davon sprechen konnte, dass sie sich auf den gemeinsamen Abend freute, würde sie mit Maike rü-bergehen und sich zumindest darum bemühen, sich ablen-ken zu lassen.

✳

Nachdem Pia gegangen war, hatte Liv sich mit einer Tasse Tee und einigen von Annis Plätzchen auf die Bank in den Hof gesetzt. Der April war inzwischen in den Mai über-gegangen, und auch wenn sich die Sonne heute hinter den Wolken verbarg, waren die Temperaturen doch so mild, dass sie ihren Tee an der frischen Luft genießen wollte. Doch sie merkte schnell, dass sie sich, sobald sie sich nicht mehr mit irgendeiner Tätigkeit ablenkte, sofort wieder in ihrem Gedankenkarussell befand. Also beendete sie ihre

Pause früher, als ihr lieb war, setzte sich zurück an ihren Laptop und hatte so, als Maike zurückkam, nicht nur alles Wesentliche über Kamine und Kachelöfen recherchiert, sondern bereits einige Ideen zu den Gästezimmern abgespeichert.

Kurz nach sechs gingen sie zusammen hinüber zu Pia. Annis Geschäft war bereits geschlossen, und Svenjas Auto stand im Hof. Offenbar waren alle bereit für den Mädelsabend, und Liv überkam erneut ein warmes Gefühl, als sie daran dachte, dass all diese Menschen heute ihretwegen zusammengekommen waren.

Ebenso wie ihre eigene Hintertür war auch Pias Haustür immer offen. So klopften sie nur kurz an und gingen hinein. In der kleinen Wohnung herrschte emsiger Betrieb. Aus dem Wohnzimmer schallte ihnen Stimmengewirr entgegen, in der Küche hantierte Anni am Herd, und Pia kam ihnen im Flur mit einem großen Rohkostteller in der Hand entgegen.

»Schön, dass ihr da seid, dann können wir ja gleich essen.«

In der Luft lag der Duft nach Speck und Zwiebeln, und Livs Magen signalisierte ihr deutlich, dass sie bisher kaum mehr als ein paar Kekse gegessen hatte.

Als hätte Pia mitbekommen, dass sie Hunger hatte, zwinkerte sie ihr zu und sagte: »Ich habe Quiches gemacht.«

»Wow, lecker«, rief Maike. »Können wir noch irgendetwas helfen?«

»Nein, nein. Kommt einfach mit durch. Wir haben alles so weit vorbereitet.«

Sie folgten Pia ins Wohnzimmer, wo sie neben Svenja und Zoe auch Opa Hein und Cornel antrafen.

»Da bist du ja, Kind.« Ein wenig schwerfällig erhob sich Hein vom Sessel, kam auf Liv zu und zog sie in eine warme Umarmung.

Mit Opa Hein hatte sie sich schon immer ohne Worte verständigen können, vor allem, wenn es ihr schlecht ging. Wenn sie als Kind Kummer gehabt hatte, hatte er sie einfach schweigend an seine breite Brust gedrückt und sie so lange in einer innigen Umarmung umfangen, bis sie sich besser fühlte und wieder von ihm löste. Es war, als hätte er die Fähigkeit, ihr auf diesem Wege Mut und Energie mitzugeben, um sich dem zu stellen, was auf sie zukäme.

Auch heute war es so, dass sie zwar zu Beginn versucht war, Tränen fließen zu lassen, aber schon bald spürte, wie sich all die verqueren Gedanken und die Anspannung in ihrem Körper zu beruhigen schienen. Nach vier emotionalen Tagen voller Kummer und Tränen hatte sie erstmals wieder das zarte Gefühl, durchatmen zu können.

Als sie sich schließlich von ihm löste, küsste sie ihn auf die Wange. »Danke.«

»Dafür nicht, Kind«, wehrte er verlegen ab.

Bevor die Situation unangenehm zwischen ihnen werden könnte, stand plötzlich Zoe neben Hein und griff nach seiner Hand.

»Opa Hein, ihr müsst jetzt gehen, das hier ist ein Abend nur für Frauen. Mama hat vorhin gesagt, hier wäre heute männerfreie Zone. Weißt du, eine Zone ist ein anderes Wort für einen Raum«, erklärte sie ernsthaft. »Deshalb musst du jetzt gehen. Und du, Cornel, auch.«

Sie warf einen strengen Blick zu ihrem erwachsenen Freund, der ihn mit einem schiefen Grinsen erwiderte.

»Ich geh ja schon«, verteidigte er sich, kam ebenfalls auf Liv zu und tätschelte ihr ein wenig unbeholfen die Schulter. »Wird schon, Mädchen.«

Unwillkürlich hoben sich Livs Mundwinkel, und sie brachte tatsächlich ein Lächeln zustande. Am liebsten hätte sie ihn ebenfalls umarmt, da sie wusste, dass diese kleine Geste für Cornels Verhältnisse einem Gefühlsausbruch bedrohlich nahe kam. Aber sie unterließ es, weil sie ihn nicht in weitere Verlegenheit bringen wollte.

So sah sie den beiden Männern hinterher, die einer unentwegt plappernden Zoe den Flur hinunter folgten. Es war so schön zu sehen, wie sehr die Kleine inzwischen aufgeblüht war. Wenn sie nur daran dachte, wie verschüchtert das Mädchen noch gewesen war, als sie Pia erst vor wenigen Wochen beim Einzug geholfen hatte. In dieser Zeit hatte sich so viel getan.

Liv ließ ihren Blick erneut über Zoe und die beiden Männer schweifen, ehe sie die fröhliche Truppe betrachtete, die sich inzwischen rund um Pias Couchtisch versammelt hatte. Wärme stieg in ihr auf und ein Gefühl der tiefen Verbundenheit. Jasper hatte so recht, dachte sie wieder einmal beschämt. Familie hatte nicht unbedingt etwas mit genetischen Übereinstimmungen zu tun, sondern mit Liebe, Zuneigung und uneingeschränkter Loyalität. Genau das, was sie bei diesen Menschen gefunden hatte, die sich ihre Freunde nannten.

Kapitel 31

An einem Freitagvormittag Ende Mai saß Liv wieder einmal auf ihrem Lieblingsplatz am Rheinufer. Inzwischen war es gut drei Wochen her, dass Jasper sie verlassen hatte. Und obwohl sie im Stillen darauf gehofft hatte, er würde sich noch einmal bei ihr melden, hatte er sich nicht wieder gerührt. Da er kein Handy bei sich und sie weder eine Adresse in Hamburg noch eine Mailadresse hatte, waren ihr die Hände gebunden. Natürlich hatte sie im Internet nach der Steuerkanzlei seiner Eltern gesucht und sie auch gefunden, aber da sie aus seinen Erzählungen wusste, wie angespannt Jaspers Verhältnis zu ihnen war, wäre eine Kontaktaufnahme in diese Richtung für sie die letzte Möglichkeit.

Zuerst würde sie der Idee nachgehen, die ihr letzte Woche gekommen war, als sie wieder einmal nicht hatte schlafen können und grübelnd im Bett lag. Jasper hatte ihr mal erzählt, dass er die Möglichkeit hätte, später die Schreinerei seines ehemaligen Chefs zu übernehmen. Deshalb telefonierte sie nun seit Anfang der Woche systematisch alle Schreinereien in Hamburg ab. Eine Mammutaufgabe, denn laut Telefonbuch gab es allein in Hamburg fast vierhundert von ihnen. Die Grenzbezirke, in denen er auch gearbeitet haben könnte, waren da noch nicht mitgerechnet.

Liv seufzte und schaute erneut auf die Liste in ihrem Notebook, auf der sie all die Betriebe abhakte, bei denen sie bereits angerufen hatte: Stattliche einhundertsiebzehn hatte sie in den letzten Tagen erreicht, allein sechsundzwanzig an diesem Vormittag. Aber da sie im Moment das Gefühl hatte, ihre Zunge bereits fusselig gesprochen zu haben, gönnte sie sich jetzt nicht nur eine Flasche Ingwerlimonade, sondern auch eine kleine Pause.

Sie trank einen Schluck und ließ müde ihren Blick schweifen. Gerade glitt eines der modernen Flusskreuzfahrtschiffe in Richtung Niederlande an ihr vorbei. Sie wusste, dass es aufgrund der vielen Wasserwege dort die unterschiedlichsten Routen gab. Wohin dieses Schiff wohl unterwegs war? Und welch ein Gefühl war es wohl für die Passagiere, auf diesem Schiff unterwegs zu sein? Obwohl sie in unmittelbarer Nähe zum Rhein aufgewachsen war, hatte sie doch niemals eine Schiffstour auf dem Rhein gemacht. Gerade in den Sommermonaten war auf dem Hof immer viel zu tun gewesen, egal ob werktags oder am Wochenende. Niemand in ihrer Familie war je auf die Idee gekommen, mit dem Fahrgastschiff von Rees nach Xanten oder Emmerich zu schippern. Das war nach der Ansicht ihrer Mutter und der Großeltern nur etwas für Touristen gewesen.

Eigentlich schade, dachte sie und trank einen weiteren Schluck Limonade, vielleicht sollte ich das wirklich einmal tun. Eine neue Erfahrung für die Wahrnehmung meiner direkten Umgebung. Eine Erfahrung, die ich gern mit Jasper teilen würde, schoss es ihr durch den Kopf, und unmittelbar darauf machte sich die schmerzhafte Sehnsucht nach ihm wieder bemerkbar. Wie so oft in den letzten Wochen legte sie zum Schutz ihre Hand an die Brust. Es gab so vieles, das sie gern mit Jasper besprechen oder ihm zeigen wollte.

»Und ich dachte, du wolltest einen Telefonmarathon durchziehen«, hörte sie plötzlich Maikes Stimme hinter sich. »Stattdessen sitzt du hier herum und träumst vor dich hin.« Maike schob Liv ein wenig zur Seite, damit sie mit auf den großen Stein passte, auf dem sie saß.

»Kommst du nur, um zu meckern, oder gibt es etwas Besonderes?«

Maike präsentierte ihr einen Brief in ihrer Hand. »Post von Flürendyck.«

Livs Herz schlug kräftig gegen die Brust. Flürendyck war ihr Rechtsanwalt. Ob schon abschließend entschieden worden war, wie viel Geld an Philipp zu zahlen war? Maikes breites Grinsen ließ darauf vermuten. »Wie viel?«, fragte Liv deshalb nur.

Maike zog den Brief aus dem Umschlag und reichte ihn ihr. »Deutlich weniger, als wir befürchtet haben«, quietschte sie, sprang auf und tanzte um sie herum.

Als Liv die Zahl in dem Schreiben ins Auge sprang, atmete sie erleichtert auf. Es hatte sich also bewahrheitet, was der Anwalt von Anfang an gesagt hatte. Durch die nordrhein-westfälische Höfeordnung und die dementsprechend verfügte Hofüberschreibung ihres Großvaters an ihre Mutter war das Erbe der beiden Schwestern nicht in zwei gleiche Teile aufgeteilt worden, wie es in anderen Bundesländern üblich war, sondern Regina hatte laut Vertrag nur einen deutlich geringeren Betrag zugesprochen bekommen, als die Hälfte des Hofs wert gewesen war. Und genau das war jetzt rechtlich bestätigt worden.

Nun hielt es auch Liv nicht mehr auf ihrem Platz. Sie sprang ebenfalls auf und fiel ihrer Schwester in die Arme. »Das liegt deutlich unter der Summe, die Svenja angepeilt hatte, damit wir die Finanzierung hinbekommen. Wir können loslegen!«

Maike stimmte laut und falsch *We are the Champions* an, und sie selbst stimmte überschwänglich mit ein, während sie einander in den Armen lagen.

❋

Gut zwei Stunden später öffnete Liv den Schuppen neben der Scheune. Für heute hatte sie ihren Telefonmarathon erfolglos beendet. Da Freitag war, war bei den letzten Betrieben, die sie kontaktieren wollte, nur noch der Anrufbeantworter gelaufen. Sie würde sich bis Montag gedulden müssen, ehe sie weitermachen konnte. Inzwischen hatte sich doch noch die Sonne gezeigt, und da sie so viele Stunden auf dem Stein am Rhein gehockt hatte, brauchte sie nun ein wenig Bewegung. Sie hatte sich überlegt, mit dem Fahrrad nach Kalkar zu fahren und Svenja einen Besuch abzustatten, um ihr die frohe Kunde zu überbringen, dass die Zahlen passten und sie nun einen Termin mit der Bank machen konnten. So ganz konnte sie es noch nicht fassen, dass es nun wirklich losgehen würde. Dass nicht nur Pläne zu schmieden waren, sondern es langsam auch an die Umsetzung ging. Maike und sie hatten bereits einen

Architekten ins Auge gefasst, mit dem sie vielleicht schon nächste Woche sprechen konnten.

Liv betrat den Schuppen und öffnete das Fahrradschloss. Sie konnte es gar nicht erwarten, ihre guten Nachrichten zu verbreiten. In den letzten Wochen hatten alle mit ihnen mitgefiebert und gebangt. Vielleicht sollte sie mit Maike besprechen, ob sie nicht zu einem gemeinsamen Mittagessen am Sonntag einladen sollten.

Ihr Blick fiel auf das alte Herrenrad ihres Großvaters, das an der gegenüberliegenden Wandseite lehnte, und sofort musste sie an ihre Fahrradtour mit Jasper zurückdenken. An ihr Gespräch in dem kleinen Landcafé, als ihr alles noch so leicht und unkompliziert erschienen war. Aber er hatte damals ganz klar gesagt, dass er gehen würde, und er war gegangen.

Liv wurde schwer ums Herz, doch sie schob die drohenden Gedanken energisch beiseite und griff nach ihrem Fahrrad. Jetzt würde sie einen schönen Ausflug machen und sich bemühen, dabei ein wenig Leichtigkeit zu verspüren.

Plötzlich stieß etwas gegen ihr Bein, und kurz darauf stupste etwas Nasskaltes gegen ihre Hand.

Sie keuchte auf und wandte sich um. »Flönz!«

»Flönz!« Sie konnte ihr Glück kaum fassen, hockte sich hin und knuddelte ihren flauschigen Freund kräftig durch. Der nutzte die Gelegenheit, seiner Wiedersehensfreude Ausdruck zu verleihen, und leckte ihr abwechselnd die Hände und das Gesicht.

»Wenn das nicht die große Liebe ist«, ertönte dann Jaspers Stimme von der Schuppentür.

Von plötzlicher Nervosität ergriffen, stand Liv auf und strich sich unsicher die Haare hinter die Ohren. Er sah verdammt gut aus, wie er so am Türrahmen lehnte. Es war das erste Mal, dass sie ihn mit etwas anderem bekleidet sah als mit seiner Kluft, und sie musste feststellen, dass er auch in T-Shirt und Jeans eine ausgesprochen gute Figur machte.

»Hallo, Jasper«, begrüßte sie ihn endlich.

»Hallo, Liv.« Er stieß sich vom Türrahmen ab und kam auf sie zu. »Ist es dir recht, wenn wir noch einmal miteinander reden?«

Sich seiner Nähe überdeutlich bewusst, brachte sie keinen Ton hervor. Sie nickte.

»Du hattest recht. Ich kann Philipp nicht leiden. Er hat irgendetwas an sich ... Ich weiß nicht, was es ist. Aber es ist keine Eifersucht.« Er machte eine Pause. »Du hast mir gefehlt«, sagte er schließlich. »Ich weiß, wir hatten abgesprochen, dass das zwischen uns keine Zukunft hat, aber ich habe mich gefragt, ob du das immer noch so siehst? Mir haben die letzten Wochen jedenfalls eindringlich gezeigt, dass mir etwas fehlt, wenn du nicht in meiner Nähe bist.« Mit einer unbehaglichen Geste fuhr er sich durchs Haar. »Vielleicht sagst du auch mal was?«

»Du hast mir auch gefehlt«, antwortete sie schlicht.

Er trat einen weiteren Schritt vor, nahm sie in den Arm und drückte sie zärtlich an sich. »Es tut so gut, wieder hier zu sein. Meinst du, wir haben eine Chance?«

Liv löste sich von ihm und sah ihn ernst an. »Du hattest völlig recht.«

Als er sie fragend anblickte, erklärte sie: »Bei diesem Streit, da hattest du völlig recht. Ich habe dir nicht vertraut. Aber nicht, weil ich irgendwelche Bedenken hatte, ich habe mir darüber schlicht und einfach überhaupt keine Gedanken gemacht. Ich war es gewohnt, alles für mich selbst zu regeln, ohne jemanden ins Vertrauen zu ziehen. Aber du hast recht: Vertrauen sollte Grundlage einer jeden Beziehung sein. Wenn man einander nicht vertrauen kann, gibt es auch keinen wahren Austausch. Aber du musst mir glauben: Ich vertraue dir. Ich habe dir von Anfang an vertraut, auch wenn ich nicht auf die Idee gekommen bin, dich in meine Finanzierung mit einzubinden. Das, was ich über Philipp und Familie gesagt habe, vor allem die Unterstellung, dass du davon keine Ahnung hast, war völlig daneben. Das habe ich schon in dem Moment gemerkt, in dem ich es ausgesprochen hatte. Aber ich war so wütend. Es tut mir wirklich leid.«

Sie sah, wie sich Jaspers Gesichtszüge entspannten. »Die Entschuldigung nehme ich gerne an. Mir tut es auch leid, dass ich so ausgeflippt bin.« Er nahm sie erneut in den Arm, und Liv schmiegte sich an ihn. Wie sehr hatte sie dieses wohlige Gefühl vermisst.

Dieses Mal war er derjenige, der sich löste. »Wie soll es mit uns weitergehen? Wird es überhaupt mit uns weitergehen?«

»Könntest du dir denn vorstellen, hierzubleiben? Ich bin durch den Hof angebunden und würde Maikes und mein Projekt nur äußerst ungern aufgeben.«

»Maikes und dein Projekt?«, hakte er ein.

Nun war sie es, die sich wieder ein wenig unbehaglich fühlte. »Dein Gefühl mit Philipp hat dich nicht getrogen. Einen Tag nachdem du gegangen bist, hat er in einer

Nacht-und-Nebel-Aktion das Haus verlassen und uns nur eine Nachricht hinterlassen, dass er auf dem Pflichtteil seines Erbes besteht.« Sie lachte humorlos auf, als sie daran dachte, wie ihr Cousin sie hintergangen hatte. »Es ging ihm mit all seiner Freundlichkeit nur darum, seine Möglichkeiten auszuloten und herumzuschnüffeln, wie viel der Hof wert ist.«

Jasper ballte die Hände zu Fäusten. »So ein Arsch.«

»Ja, so kann man es ausdrücken. Da es für mich knapp geworden wäre, den Kräuterhof zu finanzieren, wenn ich Philipp eine größere Summe zahlen müsste, hat Maike sich entschieden, meine Partnerin zu werden.« Sie spürte, wie sich ihre Lippen zu einem breiten Grinsen verzogen. »Die beste Entscheidung überhaupt. Die Planung macht jetzt noch mehr Spaß, wo ich alles mit ihr teilen kann. Und Philipps Erbteil ist zum Glück doch geringer als befürchtet. Das heißt, der Finanzierung unseres Projekts steht nichts im Wege.«

»Und meinst du, ihr hättet noch Platz für einen Dritten im Bunde?«

Überrascht klappte ihr die Kinnlade runter. »Bietest du mir tatsächlich an, hier mit einzusteigen?«

Er nickte. »Wie du siehst, habe ich die Kluft an den Nagel gehängt. Ich bin bereit, meine Zukunft in die Hand zu nehmen. Der Kräuterhof ist meiner Meinung nach eine lohnende Investition, und ich hätte große Lust, daran mitzuwirken, ihn aufzubauen.«

Freude wallte in ihr auf, und anstatt zu antworten, sprang sie Jasper in die Arme und schlang die Beine um seine Hüften.

»Ich könnte mir nichts Schöneres vorstellen, als auch künftig mit dir zusammenzuarbeiten«, flüsterte sie gegen seine Schulter, während sie sich an ihn schmiegte. »Das hat in den letzten Wochen doch hervorragend funktioniert. Natürlich kann ich nicht für Maike sprechen, aber von meiner Seite aus gibt es überhaupt nichts, was dagegenspricht.«

Liv hob den Kopf, drückte ihre Lippen auf seine und versank mit ihm in einen innigen Kuss, bis ihr plötzlich ein Gedanke durch den Kopf schoss. Ein wenig widerstrebend beendete sie den Kuss und sah ihn übermütig an.

»Ich habe dir noch gar nicht gesagt, dass ich dich liebe.«

Jasper legte den Kopf in den Nacken, lachte laut heraus, und sie stimmte überglücklich mit ein.

Epilog

Sechs Monate später

»Ich nehme dieses hier.«

»Mama, hast du meine Püppi mitgenommen?«

»Das ist so wunderschön!«

Liv stand im Flur des ersten Stocks und beobachtete glücklich das emsige Treiben um sie herum. In einer Woche kämen die ersten Gäste, und Maike, Jasper und sie selbst hatten überlegt, dieses Wochenende eine Probeübernachtung mit ihren Freunden zu veranstalten. Gerade jetzt bezogen alle ihre Zimmer, von denen das letzte erst gestern Abend fertig geworden war. Sie war so stolz darauf, was sie in den letzten Monaten alles gestemmt hatten. Besonders natürlich Jasper, der mit seinen handwerklichen Fähigkeiten gar nicht mehr wegzudenken war.

Und nicht nur wegen seiner handwerklichen Fähigkeiten, dachte Liv, und eine verräterische Hitze stieg in ihr auf.

»Alles gut bei dir?« Jasper trat näher an sie heran und legte den Arm um ihre Schultern.

»Alles bestens.« Sie hob den Kopf und strahlte ihn an. »Ich bin so stolz auf uns.«

Er nickte. »Es scheint bei den anderen richtig gut anzukommen.«

Eben hatten sie bereits mit allen einen Rundgang durch die neuen Räumlichkeiten gemacht. Die alte Milchküche war nicht zuletzt durch die Präsenz des restaurierten Nähschranks zu einem behaglichen Seminarraum geworden, und auch der Aufenthaltsraum im Erdgeschoss mit dem kuscheligen, Wärme verströmenden Kachelofen hatte den einen oder anderen direkt zum Ausprobieren der einladenden Polstermöbel animiert. Besonders freute sich Liv aber darüber, dass der gesamte öffentliche Bereich barrierefrei gestaltet worden war, sodass wirklich jeder potenzielle Gast die Möglichkeit hatte, an ihren Angeboten teilzunehmen.

Für das Seminar, das an den kommenden drei Wochenenden stattfinden sollte, hatten sie sich einige schöne Aktionen zum Thema *Die Geheimnisse der Weihnachtsdüfte – Alles rund um Zimt, Anis, Kardamom und Co.* überlegt.

Sie freute sich schon jetzt darauf, diese Events gemeinsam mit Jasper und Maike umzusetzen. Das letzte halbe Jahr waren sie als Team zusammengewachsen und hatten bestens harmoniert. Und das nicht nur in arbeitstechnischer Hinsicht, auch in ihrer spärlichen Freizeit hatten sie sich gut verstanden. Während der letzten Monate hatten sich verschiedene Arbeitsbereiche zwischen ihnen etabliert. Maike war unangefochten der kreative Kopf von ihnen, wenn es um dekorative Gestaltung ging. So hatte sie sich nicht nur mit Feuereifer auf jedes noch so kleine Ausstattungsdetail der Räumlichkeiten gestürzt, sondern ihnen auch eine äußerst einladende Website gestaltet. Und während Liv sich neben ihrer Unterstützung bei den Bauarbeiten hauptsächlich mit dem Ausprobieren von Rezepturen, der Pflege ihrer Kräuter und dem Ausarbeiten von

Seminaren befasst hatte, war Jasper nicht nur verantwortlich für die allgemeine Bauaufsicht gewesen, er hatte sich auch der Organisation ihrer Finanzen angenommen. Mit diesen unterschiedlichen Verantwortungsbereichen fühlten sie sich gut aufgestellt für das, was auf sie zukommen würde.

»Und noch zwei!«, rief Maike aufgeregt, als sie mit dem obligatorischen Tablet in der Hand auf ihre Schwester zustürmte. »Und sie haben ausdrücklich nach dem Rosmarin- und dem Ringelblumenzimmer gefragt.«

Maike hatte die Idee gehabt, verschiedene Kräuter für die Gästezimmer Pate stehen zu lassen. So waren sie alle in warmen Grüntönen und einzelnen Farbakzenten passend zu den Blütenfarben der Heilpflanzen eingerichtet worden. Bilder der jeweiligen Pflanzen an den Wänden und ihre Namen auf glasierten Porzellanschildern an der Zimmertür rundeten ihre Designideen ab. Dieses Vorgehen schien bei ihren Gästen ausnehmend gut anzukommen, denn nicht wenige hatten bereits bei der Reservierung ganz bestimmte Zimmerwünsche angegeben.

»Ich dachte, die drei Seminare sind ausgebucht?«, fragte Anni, die an sie herantrat, bepackt mit einer Reisetasche.

Maike warf ihr einen mitleidigen Blick zu und hüpfte dann freudig auf und ab. »Wir sind gefragt! Das sind schon Buchungen für den Januar, wenn Livs Seminare zum Thema Kräuter-Apotheke losgehen.«

Sie hatten die Website erst vor vier Wochen freigeschaltet, als das Ende der Bauarbeiten abzusehen gewesen war. Auf solch einen Ansturm hatten sie allerdings nicht zu hoffen gewagt.

»Das liegt an der tollen Homepage, die du für uns gestaltet hast«, erklärte Liv begeistert.

»Und an den eindrucksvollen Fotos, die du von den ganzen Kräutern und deiner Arbeit im Gewächshaus und in der Milchküche gemacht hast«, gab Maike das Kompliment zurück, ehe sie wieder von dannen zog.

»Ihr seid wirklich ein gutes Team«, merkte Anni an. »Das kann man hier überall erkennen.«

»Aber ohne euch alle hätten wir diese anstrengende Zeit nicht so gut überstanden«, wandte Liv ein und legte ihrer Patentante liebevoll einen Arm um die Schultern.

Anni, Pia und Svenja hatten mit angepackt, wann immer es ihnen möglich war. Wobei Anni und Pia oft für ihr leibliches Wohl gesorgt und Cornel mit Zoes großer Unterstützung Jasper bei komplexeren Aufgaben beigestanden hatten. Selbst Svenja hatte Liv in den letzten Monaten neu zu schätzen gelernt, die sich für keine hilfreiche Tätigkeit zu schade gewesen war. Ganz besonders hatte sie es zu schätzen gewusst, wenn ihre Freundin mit einer Rolle Klebeband in der Hand, Kopfhörern auf den Ohren und im Takt schwingenden Hüften die von ihr gehasste Kleinarbeit des Abklebens vor dem Anstreichen übernommen hatte.

Anni erwiderte Livs liebevolle Geste, löste sich dann aber von ihr. »Ich werde mal meinem Vater helfen, sich gemütlich einzurichten. Bis gleich.«

Liv schaute ihr hinterher, wie sie im Lavendelzimmer verschwand, und ließ anschließend ihren Blick ein weiteres Mal über das Gewusel ihrer Freunde gleiten, die im Laufe der Zeit noch mehr zu einer großen Familie zusammengewachsen waren. Und diese Familie wurde immer größer. Svenja hatte seit einigen Monaten einen neuen Freund, Thijs, einen sehr sympathischen Niederländer, den sie auf der Konferenz in Amsterdam kennengelernt hatte. Auch er war inzwischen ein voll integriertes Mitglied ihrer Bagage, der sich mit den Arbeiten hier im Haus ebenso gut auskannte wie alle anderen.

Liv schlang die Arme um Jasper, schmiegte sich an ihn und seufzte.

»Wir haben es wirklich gut angetroffen, oder?«, fragte er, als ob er ganz genau wüsste, was ihr gerade durch den Kopf ging.

Liv löste sich ein wenig von ihm und sah ihn an. »Es stimmt nicht ganz, dass wir es so angetroffen haben, aber es hat sich alles gut zusammengefügt. Wenn ich mich hier umschaue, geht mir wieder einmal durch den Kopf, wie recht du damit hattest, dass Familie keine genetischen Übereinstimmungen benötigt. Ich denke, wir haben in den letzten Monaten den Grundstein für ein solides Fundament gelegt, und ich bin gespannt darauf, wie sich unsere familiären Bande weiter verzweigen und entwickeln werden.«

Bevor sie ihn küssen konnte, erklang hinter ihr Maikes Stimme. »Liv! Hatten wir nicht ein paar von diesen einfachen Kopfhörern gekauft? Wo sind die hingekommen? Thijs hat seine bei Svenja liegen lassen.«

»Ich fürchte, die Arbeit ruft«, murmelte Jasper mit leichtem Bedauern in der Stimme.

Überschwänglich drückte sie ihm einen herzhaften Kuss auf die Lippen, ehe sie sich von ihm löste und sich kopfüber ins Gewusel stürzte. Im Gegensatz zu seiner

Aussage empfand sie in diesem Moment überhaupt keine Furcht, sondern pure Freude. Sie lebte einen Beruf, der mehr Berufung war, war umgeben von tollen Menschen, die sie aufrichtig mochten, und hatte mit Jasper ihre ganz große Liebe gefunden. Mehr brauchte sie wahrlich nicht, um glücklich zu sein.

Danksagung

Heute möchte ich mit meiner Danksagung dort beginnen, wo ich mit einer ersten Idee in die Recherche zu dieser Geschichte eingestiegen bin – bei der Walz, einem Thema, das mich schon immer fasziniert hat. So habe ich im Internet etliche Zeitungsartikel gelesen und Reportagen angesehen und über Facebook schließlich einen total netten Kontakt zu Janine und Christian herstellen können, die mir in ihrer herzlichen und aufgeschlossenen Art von ihren persönlichen Erfahrungen berichtet haben. Es war mir ein großes Vergnügen, euch kennenzulernen!

Ein weiteres Dankeschön geht an meine ehemalige Agentin Elisabeth Botros, die mich auf meiner Reise als Verlagsautorin von Anfang an begleitet hat. Wie schon zuvor half sie mir auch bei diesem Buch dabei, meine teils noch wirren Gedanken zum Plot zu einem Exposé zu formen, das auch für diejenigen verständlich war, die noch nicht wussten, worum es in diesem Roman überhaupt gehen sollte.

Ebenso danke ich meiner ehemaligen Lektorin Pascalina Murrone, die sich für die Idee von Livs Geschichte begeisterte und mir während des anfänglichen Schreibprozesses mit Rat und Tat zur Seite stand.

Ein ganz besonderer Dank gilt auch meiner jetzigen Agentin Clara Bentje Schröder, die Elisabeth ablöste und mich vor allem gegen Ende des Schreibprozesses nach Kräften unterstützte, obwohl sie sich erst einmal komplett einarbeiten musste. Vielen Dank für deine Mühe!

Ein weiteres dickes Dankeschön geht an Anna Hoffmann, die diesen Roman letztendlich lektorierte. Obwohl die Geschichte völlig neu für sie war, entwickelte sich bereits nach kurzer Zeit eine wunderbare Zusammenarbeit, durch die der Text noch runder wurde. Es hat mir großen Spaß gemacht!

Wie schon beschrieben, funktioniert Recherche am besten, wenn man auf Menschen trifft, die ihr Wissen gerne weitergeben. Während des Schreibens tauchen grundsätzlich etliche Fragen auf, und ich bin immer wieder überrascht, wie freundlich und zuvorkommend diese stets von Leuten beantwortet werden, die mir gänzlich unbekannt sind. All jenen, die ich hier gar nicht einzeln aufzählen kann, möchte ich an dieser Stelle auch einmal ein ganz herzliches Dankeschön aussprechen. Alle diesbezüglichen Fehler gehen natürlich auf mich, wenngleich ich mir an einigen Stellen auch künstlerische Freiheiten herausgenommen habe, um einzelne Szenen runder zu machen.

Besonderer Dank gilt an dieser Stelle Benedikt und Daniel. Sie haben mich von Anfang an bei meiner Recherche unterstützt und durch ihre Ortskenntnis jede meiner Fragen im Detail beantwortet. Selbst die, dass die Fontäne im Kalkarer Stadtpark in den Wintermonaten abgestellt wird.

Ganz lieben Dank auch an meine beiden Testleserinnen Judith und Justine. Es war so toll, dass ihr mich so unterstützt habt! Eure konstruktive Kritik und die treffenden

Kommentare zu den einzelnen Szenen haben mich stets motiviert, die Geschichte voranzutreiben.

Ein weiteres dickes Dankeschön geht an meine Familie und meine FreundInnen für ihre stete Unterstützung! Allen voran danke ich meinem Mann und schärfsten Kritiker, aber auch meinen Kindern, Schwiegerkindern und Enkeln. Es ist solch ein großes Geschenk, euch alle um mich zu haben!

Und zuletzt, doch nicht weniger von Herzen, möchte ich auch meinen LeserInnen danken. Es macht so viel Spaß, miteinander im Austausch zu sein und die Begeisterung für meine Geschichten mitzuerleben! Im Laufe der Jahre sind daraus bereits einige sehr schöne Kontakte und Freundschaften entstanden.

Unter dem Namen Jule Böhm Autorin bin ich übrigens auf Facebook und Instagram zu finden und freue mich sehr über Kommentare und PNs.